Gil Ribeiro
Einsame Entscheidung
Lost in Fuseta

Gil Ribeiro

Einsame Entscheidung

Lost in Fuseta

Ein Portugal-Krimi

Kiepenheuer
& Witsch

Aus Verantwortung für die Umwelt hat sich der *Verlag Kiepenheuer & Witsch* zu einer nachhaltigen Buchproduktion verpflichtet. Der bewusste Umgang mit unseren Ressourcen, der Schutz unseres Klimas und der Natur gehören zu unseren obersten Unternehmenszielen.

Gemeinsam mit unseren Partnern und Lieferanten setzen wir uns für eine klimaneutrale Buchproduktion ein, die den Erwerb von Klimazertifikaten zur Kompensation des CO_2-Ausstoßes einschließt.

Weitere Informationen finden Sie unter *www.klimaneutralerverlag.de*

MIX
Papier | Fördert gute Waldnutzung
FSC® C083411

4. Auflage 2022

Covergestaltung: Rudolf Linn, Köln
Covermotiv: © ImageBROKER/G&M Theorien-Weise
Karten: Oliver Wetterauer
Gesetzt aus der Berkeley
Satz: Buch-Werkstatt GmbH, Bad Aibling
Druck und Bindung: CPI books GmbH, Leck
ISBN 978-3-462-00102-0

Greife niemals in ein Wespennest,
doch wenn du musst, dann greife fest.

MATTHIAS CLAUDIUS

TAG EINS

1.

Es war die Nacht des Tausendsassas.

Die frühsommerliche drückende Hitze des 4. Juni hatte Fuseta, das kleine Fischerdorf an der Algarve, den ganzen Tag über fest im Griff. Den 32 Grad am Nachmittag wichen viele Bewohner an die Ufer der Lagune aus. Und wem das Wasser dort zu ruhig oder zu warm war, der ließ sich von den Barkassen und Wassertaxis zu den vorgelagerten Stränden übersetzen, wo der Atlantik seine sanften Wellen unermüdlich ans Ufer warf. Wer im Dorf zu tun hatte, flüchtete sich unter einen Sonnenschirm oder wenigstens in den Schatten einer Pinie, in ein Café oder in eines der Bistros vorne an der Promenade. Die Katzen erholten sich immer noch unter den geparkten Autos von dem nächtlichen lautlosen Durchstreifen ihres Reviers. Die Hunde dösten in schattigen Ecken auf den abgewetzten Steinen der Gassen.

Ein wolkenloses Azur spannte sich über den kleinen Ort und das Meer, bis die Dämmerung sich mit einem feinen, gelben Streifen am Horizont ankündigte. Ein Azur übrigens, das es nur hier an der Sand-Algarve gab, wie die Bewohner wussten. Doch heute zogen von Südwest Wolken als Vorboten der Nacht auf. Die Sonne, die schon hinter der dünnen Linie zwischen Himmel und Wasser verschwunden war, bestrahlte sie von unten mit einem intensiven Rot. Es war, als stünde der Himmel in Flammen.

Erst jetzt, da die Hitze langsam wich, füllten sich die Gassen Fusetas mit Leben. Die sinkende Temperatur war wie eine stumme Verheißung, die die Einwohner und die wenigen Touristen aus ihren Wohnungen und Häusern lockte. Einige flanierten an der Lagune entlang bis hinüber zum Kanal, an dem die Boote vertäut lagen, deren Besitzer sich zum Aufbruch in die Nacht bereit machten, um draußen einsam jene Meerestiere zu fangen, die am nächsten Morgen in der Markthalle angeboten wurden. In den schmalen, verwinkelten Straßen fuhren junge Männer mit ihren hübschen Sozias waghalsige Kurven auf knatternden Mopeds, deren Zweitaktergemisch noch Minuten später schwer in der Luft hing. Nachbarinnen unterhielten sich auf dem Trottoir, und ganze Familien zogen los, um mit Freunden eine gute Zeit zu haben.

Die Bars und Restaurants füllten sich und über Fusetas Häusern stiegen kleine Rauchsäulen auf. Sie verbreiteten den Geruch von gegrilltem Fleisch und Fisch. Einige Lokale boten in ihren winzigen Räumen nur Platz für zwei oder drei Tische, deshalb bestuhlten sie einfach die Bürgersteige und bereiteten ihre Köstlichkeiten auf Grills zu, so groß wie Steinway-Flügel.

In diese abendliche Stimmung mischte sich der Tausendsassa. *O faz-tudo*. Wie ein Chamäleon, das sich nicht der jeweiligen Umgebung anpasste, sondern der jeweiligen Situation.

Er trat aus seiner unscheinbaren Werkstatt in der Rua da Paiol, in der er offiziell wie inoffiziell alles und nichts reparierte, während sein eigentliches Geschäft in der Etage darüber stattfand, die er alleine bewohnte. Victor Pais war 34 Jahre alt, ging aber locker als 30 durch. Eine schmale Erscheinung mit einem jungenhaften Grinsen, das um seinen Charme wusste und es zugleich in einer Weise einsetzte, dass die Leute ihm deshalb trotzdem nicht böse sein konnten. Er trug weiße Turnschuhe, Jeans und ein halb offenes Hemd. Auf seiner braun gebrannten Brust klimperten drei Ketten, wenn er sich bewegte, und im Moment bewegte er sich Richtung Osten.

Keine zweihundert Meter weiter traf er an der Hauptstraße einen gedrungenen Kerl, der rauchte und dessen allgegenwärtiges Misstrauen sich in Form tiefer Falten an der Nasenwurzel in sein Gesicht graviert hatte.

»Olá – du bist der Tausendsassa, hm?«, stellte der Mann fragend fest und musterte ihn dabei eher mit Neugierde als mit Interesse. Wie ein seltenes Tier, von dem man sich erzählte, das man aber noch nie selbst zu Gesicht bekommen hatte.

Victor Pais nickte: »Genau. Und jetzt?«

»Jetzt gehen wir ein paar Meter.«

»Kontakt«, stellte Leander Lost fest.

Er sprach zwar leise, aber da er und die Kollegen mit Intercoms untereinander verbunden waren, hörten ihn die anderen einwandfrei. Jeder von ihnen hatte das winzige Mikro an unterschiedlicher Stelle platziert. Lost unter seiner schwarzen schmalen Lederkrawatte, Graciana Rosado, seine Chefin, hinter dem Anhänger ihrer Halskette und seine Kollegen Carlos Esteves und Miguel Duarte unter den spitzen Ausläufern ihrer Kragen.

Die Empfänger – Wunderwerke der Nanotechnik – ruhten von außen kaum sichtbar in ihren Ohrmuscheln. Eigentlich war der Etat der Polícia Judiciária, der Kripo in Faro, für solcherlei Ausrüstung so überschaubar wie die Arktis, aber Graciana hatte mit der ihr eigenen Nachdrücklichkeit auf deren Anschaffung bestanden. Sie bekam dann diesen Blick, dessen Missachtung vor vielen Jahren den Nachbarsjungen um einen Schneidezahn erleichtert hatte. Da war Graciana elf. Der Blick hatte an Intensität nichts eingebüßt.

»Kontakt mit V2«, präzisierte Leander Lost jetzt, da der Untersetzte aus dem Schatten eines Gebäudes in den gelblichen Lichtkegel einer Laterne trat.

Die anderen wussten, wem V2 zuzuordnen war. V2 war der Funkcode für Bruno Melo. Ausnahmsweise hatte bei der Einsatzbesprechung im Kommissariat Einigkeit über die Stimmigkeit des Namens »Bruno Melo« geherrscht. Er bildete die Statur des Mannes ebenso ab wie das Maß seines Frohsinns – jemand hatte anlässlich seiner Taufe prophetische Weitsicht bewiesen, fanden sie.

Victor Pais und der bullige Bruno Melo, der es sich offenbar zur Lebensaufgabe gemacht hatte, miese Laune in die Welt zu tragen, folgten der Straße zur Lagune hin. Weg von dem Platz der Republik, dem kleinen Zentrum des Ortes, an dem die Tische der vier Restaurants zum Bersten gefüllt waren. Stimmengewirr, Fadomusik und Lachen verdichteten sich zu dem Singsang eines ausgelassenen Abends.

Dort, an einer Ecke des Platzes, stand Leander Lost, wie immer im schwarzen Anzug mit weißem Hemd. Eine schlaksige, hagere Gestalt, die die dunklen Haare zweckmäßig kurz trug. Er war 34 Jahre alt und unterbot den Tausendsassa in puncto Jugendlichkeit, denn mit seinem nahezu faltenfreien Gesicht hätte man ihn auch für 28 halten können. Immerhin war er nun, nach bald zwei Jahren an der Algarve, nicht mehr mit jener aristokratischen Blässe geschlagen wie zu Beginn.

Er lehnte an einer gelben Ducati Scrambler, einem Motorrad im Retro-Look, und verfolgte den Weg, den Bruno Melo einschlug, aus den Augenwinkeln. Zu gerne hätte er genau hingeschaut, aber Graciana und Carlos hatten ihm eingeschärft, das zu unterlassen. Denn er neigte zum Starren. Und er wusste: Menschen spüren ganz genau, wenn sie intensiv beobachtet werden. Dennoch kostete es Leander einige Mühe, seinem Impuls nicht nachzugeben, er presste seine linke Hand so stark zur Faust, dass die Knöchel weiß hervortraten.

»V1 und V2 sind gleich außer Sicht. Ich wiederhole: V1 und V2 sind gleich …«

»Ich sehe die beiden«, unterbrach Carlos Esteves ruhig. Er saß allein an einem der roten Plastiktische des Bistros *Sport Lisboa e*

Fuzeta, das auf seiner ausgeblichenen Markise immer noch den ursprünglichen Namen des Fischerdorfs trug.

Der Sub-Inspektor war ein kräftiger, aber nicht muskulöser Kerl, der in sich ruhte. Das dunkle, gelockte Haar fiel ihm bis in den Nacken. Ein leicht zerknittertes Leinenjackett spannte sich über sein Kreuz, darunter ein weißes Shirt und helle Bluejeans, die an einem Knie einen Schlitz aufwiesen. Etwas, was gerade wieder in Mode kam, aber Carlos war mit seiner Vespa lediglich an einem Stacheldrahtzaun hängen geblieben.

Von hier, der Straßenecke aus, hatte Esteves alles im Blick. Sowohl die Hauptstraße, auf der ihm Pais und Melo entgegenkamen, als auch die Straße am Campingplatz vorbei zur Lagune. Falls der Tausendsassa und sein Begleiter nach links abbogen, würde Graciana Rosado dort hinter dem Steuer eines Ford Mustang in der Bullitt-Edition warten, dem so schnell nichts entwischen konnte.

Bogen sie dagegen nach rechts ab, würde Esteves sich hinter sie klemmen. Er und Graciana waren in Fuseta aufgewachsen, sie kannten jeden Winkel, jede Abkürzung und jeden Durchgang. Carlos konnte also hinter Melo und Pais verschwinden und eine Straße vor ihnen wieder auftauchen, wenn es drauf ankam.

Kam es aber nicht.

Sie bogen nach links ab, zum Kanal hin.

»V2 außer Sicht«, hörte er Leander Lost, dessen Umriss er selbst aus dieser Distanz neben der Scrambler ausmachen konnte.

V2.

Esteves schüttelte den Kopf und spießte mit der Gabel die letzten drei Scheiben der Chouriço auf, die der Koch des Bistros auf dem Grill für ihn flambiert hatte – das Gericht stand nicht auf der Karte, aber wem tat ein kleiner Gefallen für einen Sub-Inspektor schon weh? –, und schob sie sich in den Mund.

V2. Auf so etwas konnte nur der Alemão kommen.

»Warum sollen wir ihn nicht beim Namen nennen?«, hatte Carlos ihn im Büro der Polícia Judiciária gefragt. »Der Mann heißt Bruno Melo.«

»Das entspricht dem Funkstandard der Polizei«, bekam er prompt zur Antwort, »falls jemand auf unserer Frequenz mithört, wissen wir, wer sich hinter V2 verbirgt – aber der Mithörer nicht.«

»*Abhören*? Wer sollte uns denn abhören? Bruno Melo ist ein gewöhnlicher Krimineller, der denkt nicht so weit.«

»Ich verstehe, er denkt nicht weit.«

»Genau.«

»Und der, zu dem er uns führt? Denkt der auch nicht so weit? V3?«

Carlos Esteves holte Luft für eine flapsige Erwiderung, aber Graciana Rosado kam ihm zuvor und beendete die Diskussion: »Gut, nummerieren wir sie durch: Verdächtiger 1 für unseren Tausendsassa Victor Pais, V2 für Bruno Melo, Verdächtiger 3 für den Mann, zu dem er uns hoffentlich führen wird.«

Carlos wusste, sie tat es nicht aus Einsicht (vielleicht ein klitzekleines bisschen), sondern aus Pragmatismus. Für Graciana war nicht kriegsentscheidend, mit welchen Etiketten diese Männer durch den Funk geisterten. Sie wollte sie festnageln.

Carlos Esteves leerte das Super-Bock und legte ein paar Münzen auf die dafür vorgesehene Metallschale, bevor er aufstand. Er gab großzügig Trinkgeld. Schon als Teenager hatte er das getan, sein Vater hatte ihn das gelehrt.

Sparsamkeit ist nichts Schlechtes, aber sie sollte einen selbst begrenzen, nicht andere.

Und auch später, als es unter den jungen Leuten modern wurde, Geiz für etwas Gutes zu halten, weil es ihnen die Werbung eintrichterte, hielt er als alter Mann dagegen.

Geiz ist eine moralische Verkrüppelung, hatte er gesagt.

Und weil Carlos sich an diesen Moment mit seinem alten

Herrn gerade erinnerte, ein Augenblick aus vergangenen Tagen, der ihm das Herz wärmte, legte er noch einen Euro drauf. Er hätte sein ganzes Hab und Gut für eine halbe Stunde mit seinem Vater gegeben.

Dann schlenderte er dem Tausendsassa und dem V2 hinterher.

»Ich bin hinter ihnen«, sprach er leise in seinen Hemdkragen und kürzte den Straßennamen der Avenida 25 de Abril absichtlich ab, um Lost zu necken: »Sie gehen auf der Abril Richtung Kanal.«

»Avenida 25 de Abril?«, kam es prompt über das Intercom.

Esteves musste schmunzeln. »Es gibt nur eine Straße mit Abril in Fuseta«, ließ er ihn sanft abtropfen.

Der Tausendsassa und V2 gingen keine zwanzig Meter weit, während derer Bruno Melo die Umgebung misstrauisch beäugte, bis sie einen Wagen erreichten.

Esteves sah es an der Art, wie der Mann stoppte. Er ahnte die Drehung, er ahnte den Blick über die Schulter, die dem gesamten Straßenabschnitt hinter Melo gelten würde. Also jenem, in dem er, Carlos, sich befand.

Gerade rechtzeitig zauberte er aus den Untiefen seiner Jacketttasche eine Selbstgedrehte hervor und beugte sich zu einem Mann, der ihm rauchend entgegenkam: »Tem luz, por favor?«

Der Mann nickte und zückte exakt in dem Augenblick das Feuerzeug, in dem Melos Blick sie beide traf. Die Flamme entsprang direkt vor Carlos' Gesicht, und er zog an seiner Zigarette, deren Spitze hellorange aufglomm.

Er nickte dem Passanten dankend zu und setzte seinen Weg fort. Im Vorbeigehen prägte er sich das Nummernschild des Autos ein, in das Bruno Melo und Victor Pais gerade stiegen. Als er sicher war, dass die beiden die Türen geschlossen hatten und ihn nicht hören konnten, gab er die Information weiter: »V1 und V2 sind in einen silbernen Renault Captur gestiegen. Wenn sie nicht wenden, fahren sie Richtung Kanal. Das Kennzeichen ist 23–24-JK.«

»Ich übernehme«, meldete sich Sub-Inspektorin Graciana Rosado zu Wort. Mit ihren 1,62 Metern Körpergröße hatte sie den Sitz des Mustang ganz nach vorne geschoben. Ihre Füße steckten in flachen Schuhen, mit denen sie einen Sprint hinlegen konnte. Das war auch der Grund, weshalb sie sich heute Abend für einen Rock entschieden hatte. Darüber eine olivfarbene Bluse und eine passende beige Jacke, die die Glock 26, die Dienstwaffe für Frauen, geschickt vor neugierigen Blicken verbarg.

Das schulterlange Haar war zu einem Zopf zusammengefasst, der Pony reichte bis zu den Brauen. In ihrem ebenmäßigen Gesicht dominierten die ernsten Augen.

Graciana weckte den V8-Motor des Mustang mit einem Druck auf den Startknopf, dann erwachte das Biest mit einem Vibrieren, das durchs ganze Fahrzeug lief. »Senhor Lost, warten Sie mit dem Motorrad bei Madeira & Madeira«, wies sie den Alemão an, während sie ausscherte.

»Verstanden«, kam es knapp zurück.

Sie bog nach rechts ab, tippte das Gaspedal nur kurz an und der Wagen vollzog einen brummigen Satz. Schon lenkte sie ihn geschickt durch den Kreisverkehr – und sah den Renault nur 30 Meter vor ihr.

Sicherheitshalber wandte sie sich per Intercom an den einzigen in Spanien geborenen Sub-Inspektor im Team: »Miguel, falls er Spielchen mit mir spielt, postier dich vorsichtshalber an der Ponte Grande.«

»Und was ist, wenn er auf der N 125 wegzieht? Wenn ich doch meinen Jaguar benutzen könnte …«

»Mit der Vespa kannst du durch die Fußgängerzonen abkürzen. Hatten wir das nicht schon?«

Duarte gab sich keine Mühe, sein Seufzen zu unterdrücken.

Kaum war der kleinen Sub-Inspektorin das letzte Wort über die Lippen gekommen, bremste der Renault stark ab und legte eine Kehrtwendung hin, um in entgegengesetzter Richtung an ihr vorbeizuschießen.

»Merda.«

»Was ist?«

Das war Carlos' Stimme.

»Er hat mich verladen, er fährt wieder zurück.«

»Nach Westen?«

Das war Lost.

»Sim. Ich kann nicht wenden, zu auffällig.«

Bruno Melo und der Tausendsassa durften ihnen auf gar keinen Fall von der Leine gehen. Denn die beiden würden sie zu einem weit größeren Fisch führen: V3. Einer, der sich an den Tausendsassa gewandt hatte, um sich diskret mit ihm zu treffen. Es würde so schnell kein weiteres Treffen geben. Graciana Rosado wusste: Ihre Chance war genau heute. Jetzt.

»Besonders weit sind wir jetzt noch nicht gekommen«, merkte Victor Pais, der Tausendsassa, auf dem Beifahrersitz des Renault zu diesem Zeitpunkt an. Bruno Melo reagierte darauf nicht mal mit einem Blick. Er sah sich immer noch unermüdlich in alle Richtungen um.

Pais zog zwei Zigaretten aus seiner Brusttasche und hielt Melo eine hin.

Der schüttelte den Kopf: »Nichtraucherwagen.«

Pais seufzte und stopfte sie wieder zurück.

Als der Renault die N 125 erreichte, die von der spanischen Grenze quer durch die Algarve bis an den westlichsten Punkt des europäischen Festlands führte, bog Melo nach links ab.

Lost gab ihnen zweihundert Meter Vorsprung, dann startete er die Ducati Scrambler und folgte dem Renault Captur in einigem Abstand. Per Intercom übermittelte er die Fahrtrichtung, die aktuelle Position und die Geschwindigkeit.

Pais, der gelangweilt einen Blick in den Außenspiegel warf, sah die schwarze Figur auf der gelben Retromaschine, die kurz im Licht einer Laterne auftauchte. Eine dünne Gestalt in einem schwarzen Anzug mit einer im Fahrtwind flatternden Krawatte. Schwarzer Helm, schwarzes Visier.

Er deutete mit dem kurzen Vorschieben des Kinns auf den Motorradfahrer hinter ihnen und sagte: »Da folgt uns einer im Anzug. Auf dem Motorrad.«

Melo nickte zuerst und schüttelte dann den Kopf. Beides mit minimalem Aufwand.

Victor Pais war dieses Maß an Gesprächigkeit gerade recht. Er konnte es gut leiden, wenn jemand mit seinen Worten zu haushalten wusste.

»Schon gesehen. Ist kein Bulle. Viel zu auffällig mit dem behämmerten Anzug bei der Hitze.«

Als Bruno Melo die nächste Linksabbiegerspur zurück nach Fuseta nahm, rauschte der Mann im schwarzen Anzug einfach auf der N 125 weiter.

Der Renault ging Miguel Duarte keine Minute später ins Netz, der den Wagen bis zur Rua do Paiol verfolgte, wo Melo ihn parkte und die beiden Männer ausstiegen.

Graciana Rosado hatte den Mustang unten an der Promenade abgestellt, keine hundert Meter entfernt, und schloss mit zügigen, aber unauffälligen Schritten zu Carlos Esteves auf, der neben einer Parkbank an dem Platz wartete, in den die Rua do Paiol mündete. Von hier aus konnte er die Umrisse von V1 und V2 sehen. Er selbst fiel unter dem guten Dutzend Leuten, die hier was tranken und sich über die Vor- und Nachteile von Benfica Lissabon und dem FC Porto unterhielten, nicht auf. Er musste eher aufpassen, sich nicht in die Diskussion darüber hineinziehen zu lassen, ob nun Cristiano Ronaldo oder Lionel Messi der bessere Fußballer sei – was gar nicht so einfach war, weil die Antwort darauf doch kristallklar auf der Hand lag. War Wasser nass?

»Ronaldo ist doch gar kein richtiger Fußballer, er kann nur Tore machen«, sagte ein junger Kerl mit Dreadlocks.

Esteves platzte der Kragen: »Es gibt Fußballer, die machen gar keine Tore. Sind das *richtige Fußballer*? Ist doch für einen Fußballer nicht schlecht, Tore zu schießen.«

Der Dreadlocks-Mann und seine beiden Begleiter schauten auf und kamen nun näher. Sie musterten Carlos wie ein fleischgewordenes Ärgernis. »Lionel spielt auf allen drei Stürmerpositionen, und er dribbelt die Verteidiger aus.«

»Ach so, und Ronaldo bekommt immer eine Luftbrücke über die Verteidigung spendiert, oder wie kommt der an denen vorbei?«

»Ach, herrje, ein Ronaldo-Jünger. Messi ist auf dem Markt viel mehr wert. Schon mal darüber nachgedacht, ja?«

»Und? Ronaldo hat mehr Tore geschossen. Vielleicht«, er grinste, »kann Messi ja die hübscheren Einwürfe?«

»Hey, pass mal auf.«

Der mit den Dreadlocks kam näher, die Lippen zu einer Linie aufeinandergepresst.

Graciana, die soeben Leander Lost hierher zurückbeordert hatte, erreichte Carlos. »Sag mal, spinnst du?«

»Die reden schlecht über Cristiano Ronaldo.«

Sie beugte sich zu ihm vor: »Wir sind mitten in der Observierung!«

»Ja, ja, ich weiß – aber sie haben schlecht über Ronaldo geredet.«

Graciana seufzte und zog Carlos mit sich zur Seite. »Wo ist Duarte?«

»Er sichert die Straße nach hinten ab«, gab Esteves zur Antwort und riskierte einen Blick auf die beiden Männer, die nun Pais' Werkstatt erreicht hatten – und darin verschwanden.

»V1 und V2 sind zurück in der Werkstatt«, flüsterte Graciana über Funk an Duarte und Lost gerichtet. Gleichzeitig zog Carlos Esteves ein iPad aus der Innentasche seines Jacketts und rief ein Programm auf, das sich zunächst in drei Fenster gliederte. Ein großes, das den halben Bildschirm einnahm, darunter zwei, die sich den restlichen Platz hälftig teilten.

»Olá, du musst Vic sein, der Tausendsassa«, hörten sie, jetzt aber begleitet von einem leichten Funkrauschen.

»Vic reicht.«

In diesem Augenblick füllten sich die Fenster auf Esteves' Tablet mit Videoaufnahmen. Die ersten beiden zeigten die Werkstatt aus zwei Perspektiven, eine in Hüfthöhe (sie hatten die Überwachungskamera im Hohlraum einer Holzskulptur versteckt), die andere von oben (im Gehäuse des Deckenventilators). Und sie übertrugen auch den Ton. Die dritte Kamera steckte in einer Keksdose und lieferte durch das winzige Loch, das die Kriminaltechnikerin noch gestern Abend in den Behälter gebohrt hatte, eine Übersicht über die Wohnung im ersten Stock, in der sich momentan niemand befand.

Carlos und Graciana schauten auf das Bild mit den drei Männern in der Werkstatt. Während Bruno Melo an der Eingangstür stehen blieb, trat ein durchschnittlich großer Mann mit kahl geschorenem Schädel an Victor Pais heran und reichte ihm die Hand, die er schüttelte.

»Volltreffer: V3«, sagte Carlos mit gesenkter Stimme, als könne ihre Überwachung auffliegen, wenn er zu laut sprach.

»Ja«, bestätigte Graciana und fügte für Leander Lost und Miguel Duarte hinzu: »Es ist Diogo Serra.«

Bruno Melo hatte den ganzen Aufwand also nur getrieben, um mögliche Verfolger aus der Rua do Paiol zu locken, damit sein Chef, Diogo Serra, V3, unbehelligt die Werkstatt des Tausendsassas betreten konnte.

Des Tausendsassas Victor »Vic« Pais. Der die Kameras zu seiner eigenen Sicherheit wollte und der Bruno Melo absichtlich auf den Motorradfahrer aufmerksam gemacht hatte, um zu testen, ob das Sicherheitsnetz lückenlos funktionierte.

Das Sicherheitsnetz, das diese kleine, energische Sub-Inspektorin ihm vor rund 10 Tagen als seine Lebensversicherung versprochen und nun feinmaschig gespannt hatte.

2.

Ihm war eigentlich nur ein klitzekleiner Fehler unterlaufen. Nicht mal das, es war bei Licht betrachtet eher eine Unachtsamkeit. Ein Detail, das anderen verborgen geblieben wäre. Selbst versierten Hackern.

Aber die Polícia Judiciária in Faro verfügte wohl über eine Kriminaltechnikerin, die auf Zack war. Unerbittlich wie ein Hai, der auf mehrere Kilometer einen Tropfen Blut gewittert hatte, machte sie sich auf den Weg durch vernetzte Server und Cloudspeicher, klapperte IP-Adressen ab und sammelte im Darknet seine Spuren. Bits und Bytes, verschlüsselte digitale Rudimente. Nichts, was separat betrachtet auf ihn verwiesen hätte. Er war schließlich kein Einfaltspinsel.

Aber nun hatte sich gerächt, womit seine Mutter ihm bis zu dem Tag seines Auszugs in den Ohren gelegen hatte: dass er hinter sich nicht aufräumte. Bloß war das im Darknet ungleich gefährlicher.

Die Kriminaltechnikerin hatte ihre kleinen Fundstücke mit der unerbittlichen Akribie einer Maschine zu einer Spur zusammengesetzt, zu Eigenschaften, und die führten sie zu ihm. Aber sie schlug nicht voreilig zu, sondern wartete ab.

Wartete darauf, dass er es wieder tat.

Und Victor Pais, der Tausendsassa, der ganz ohne Drogen völlig high war von dem, was er da seit über 24 Stunden tat und dabei aus dem Grinsen nicht mehr herauskam und manchmal wie ein kleiner Junge kichern musste und sich ein anderes Mal vor Lachen am Boden krümmte, weil er kaum noch Luft bekam, tat es wieder.

Und dann griffen sie zu. Ganz routiniert.

Oben bei Alfandanga sprang die Ampel auf Rot. Er stoppte. Zwei Fahrzeuge schossen aus dem Nichts heran und versperrten ihm den Weg nach vorne und nach hinten, und bevor er den nächsten Atemzug tat, lag er schon bäuchlings auf dem warmen Asphalt der N 125. Um keine halbe Minute später in Handschellen auf der Rückbank eines der beiden Autos auf dem Weg nach Faro zu sitzen.

Dort sah der Tausendsassa sie bei seiner Vernehmung in den Räumen des Kommissariats zum ersten Mal von Angesicht zu Angesicht: eine Frau mit schweren Boots, einer Armeehose in Tarnfarben und kurz geschorenen Haaren. Sie erinnerte ihn an Sinéad O'Connor und sie musterte ihn mit unverhohlener Neugier. In ihren Augen lag dieselbe Belustigung, als hätte sie ihn als Kind mit der Hand im Marmeladenglas erwischt. Sie war in seinem Alter, Mitte dreißig. Ihr Name war Isadora Jordão. Die Kriminaltechnikerin der Polícia Judiciária von Faro.

»Wir wissen, dass Sie mit Kleinigkeiten hehlen«, hatte die Sub-Inspektorin Graciana Rosado gesagt. »Uma Bica?«

Er nickte.

»Noch jemand?«, fragte ihr Kollege Carlos Esteves.

Niemand meldete sich, also stand er erstaunlich leichtfüßig auf und ließ an der Kaffeemaschine zwei Bica raus – eine für sich selbst.

Das mit dem Hehlen stimmte. Aber in Pais' Ohren klang das wenig schmeichelhaft.

»Das klingt nicht sehr nett«, sagte er deshalb.

»Ist das der Grund, warum Sie sich Tausendsassa nennen?«

Das fragte der Mann im schwarzen Anzug, der keine Miene verzog und an der Seite des Tisches saß.

»Andere nennen mich so.«

»Warum?«

»Vermutlich, weil er alles besorgen kann, wonach man ihn fragt«, antwortete Graciana Rosado an seiner Stelle.

Victor Pais nickte und versuchte, sich den Stolz über diesen Beinamen nicht anmerken zu lassen. Hin und wieder verlor jemand etwas, ein Tourist ein Smartphone, eine Telefonkarte, eine Kette, einen Geldschein, solche Dinge, und ja, es gab sogar Leute, denen ein ganzes Auto abhandenkam. Und er, Vic, brachte wie ein Fundbüro Gegenstände und Leute zusammen, wobei die Leute nicht die Besitzer waren, sondern *Interessenten*.

»Es heißt, es gibt nichts, was Sie nicht besorgen können«, stellte Carlos Esteves fest und stellte die Bica samt Zuckertütchen und kleinem Löffel vor ihm ab.

»Obrigado.«

»De nada«, sagte der große Kerl und nahm wieder Platz.

Victor Pais maß einen gestrichenen Löffel ab und rührte ihn in der Bica um – der frische Duft von gemahlenen Kaffeebohnen stieg ihm in die Nase, und unwillkürlich weitete er die Nasenlöcher, um das Aroma zu genießen. Hervorragender Säuregrad.

»Ja, das sagt man«, bestätigte er und fühlte sich geschmeichelt, »aber ich besorge zum Beispiel keine Waffen. Keine Drogen.«

Er hatte schließlich seine Prinzipien.

Isadora Jordão, Esteves und die Sub-Inspektorin Rosado schauten daraufhin unisono zu Leander Lost.

»Ist das wahr?«, fragte Graciana ihn, da er nicht von sich aus auf ihre Blicke reagierte.

»Ja.«

Danach wandten sie sich wieder an den Tausendsassa. Der hatte den Eindruck, die drei nahmen die Aussage des Mannes für bare Münze. »Ist das Ihr Lügendetektor?«, fragte er und konnte sich ein kleines Grinsen wegen seines Scherzes nicht verkneifen.

»So ist es«, bestätigte Carlos Esteves ihm ungerührt, woraufhin sein Lächeln erst hölzern wurde und dann erstarb.

Victor Pais sah zu dem Mann im schwarzen Anzug, der ihn seinerseits aufmerksam musterte.

»Ich habe eine Ex-Freundin in Lagos.«

Das war gelogen. Aber es war eine Lüge mit Ankündigung, denn noch zweifelte Victor Pais an Losts Fähigkeit – zumindest an deren Unfehlbarkeit. Und es juckte ihn in den Fingern, den Mann zu täuschen. Aus sportlichem Ehrgeiz.

Bei jedem Menschen, der log, das wusste Leander Lost, spiegelte sich in dessen Mimik Angst, Schuld oder Freude. Die Angst, ertappt zu werden, die Schuld durch ein schlechtes Gewissen oder die Freude an der gelungenen Irreführung. Manchmal war es auch eine Kombination aus zwei oder allen drei Emotionen. Dann konnte die Deutung komplex werden.

Angst konnte Leander im Gesichtsausdruck von Victor Pais so wenig erkennen wie Schuld. Aber er registrierte die mimischen Merkmale unterdrückter Freude: die zusammengepressten Lippen und die leicht heruntergezogenen Mundwinkel, die ein verräterisches Grinsen unterdrücken sollten.

Dem Alemão war das beiläufige Lesen, die intuitive Deutung menschlicher Mimik fremd. Er musste sie in jedem Augenblick neu decodieren. Dabei half ihm die Auflistung aller emotionalen Gesichtsausdrücke, die der Psychologe Paul Ekman zusammengestellt hatte. Lost hatte sie alle in seinem Gedächtnis gespeichert. Und immerhin war in 46 Gesichtsmuskeln eine Bildung von rund 10.000 Ausdrücken möglich.

»Nein«, urteilte er in Bezug auf Pais' Aussage über seine angebliche Ex-Freundin in Lagos.

»Ich hab meinem Vater mit 10 Jahren 20 Euro aus der Brieftasche gestohlen.«

»Nein.«

Die Freude in Pais' Gesicht nahm nun langsam ab und wich

echter Überraschung: Kinnlade locker, Mund und Augen weit geöffnet. Echt war sie, weil sie nicht länger als eine Sekunde andauerte. Sonst wäre sie vorgetäuscht gewesen (Lost hatte diesen Gesichtsausdruck oft bei Menschen studieren können, wenn sie ein Geschenk auspackten).

»30 Euro mit 12.«

»Nein.«

»10 Euro mit 11.«

»Ja.«

Victor Pais hatte seine Reaktionen üblicherweise gut im Griff. Das betrachtete er nicht nur von Berufs wegen als Vorteil, sondern es erschien ihm ganz allgemein geboten, nicht mit offenen Karten durchs Leben zu laufen. Trotzdem war es ihm in diesem Augenblick unmöglich, seine Verblüffung zu verbergen. Dafür war das Potenzial der Gabe, über die dieser Mann mit dem Pokerface anscheinend verfügte, zu groß. Zu groß, um es sich nicht ebenfalls anzueignen.

»Wie machen Sie das?«

»Ich lese es in Ihrer Mimik«, bekam er zur Antwort.

»Aha. Und …«

»Und«, unterbrach Graciana Rosado ihn ruhig, beinahe sanft, »deshalb von unserer Seite folgendes Angebot: Wir haben in Ihrer Wohnung und Werkstatt diverses Diebesgut sichergestellt. Das reicht für eine Freiheitsstrafe, auch wenn Sie bis jetzt noch nie verurteilt worden sind. Ich möchte den hier.«

Sie legte drei Fotografien auf den Tisch.

Im 21. Jahrhundert bestanden die Observierungsfotos nicht mehr aus grobkörnigen, verwischten Schwarz-Weiß-Aufnahmen, sondern aus gestochen scharfen Farbfotos. Alle drei zeigten Diogo Serra. Einmal telefonierend an seinem Auto, einmal mit einem Begleiter in einer Fußgängerzone in Tavira und schließlich an Bord einer kleinen Jacht. Freier Oberkörper, Sonnenbrille – plus ein paar Freunde.

»Sie packen aus, wie Serras System funktioniert und warum

Sie ihn bestehlen, und dann stellen wir ihm eine Falle. Mit Ihnen.«

»Mit mir?«

»Sind Sie ein Echo?«

Pais seufzte: »Und was soll ich dabei machen?«

»Sie sind der Köder.«

»Und danach? Wenn alles gelaufen ist?«

»Dann kriegen Sie Bewährung. Ich habe mit der Staatsanwaltschaft gesprochen. Wenn Sie kooperieren, machen die den Deal.«

Victor Pais schluckte leer.

Esteves deutete mit einer Kopfbewegung auf Leander Lost: »Wenn Sie lügen, gibt es keine Bewährung.«

Die Kommissarin mit dem Pferdeschwanz nickte.

Pais suchte wieder den Blickkontakt mit dem Alemão, der immer noch mit unbewegter Miene dort saß.

»Schön«, lenkte er deshalb ein, »was wollen Sie wissen?«

»Wir wissen«, richtete Isadora Jordão das Wort an ihn, »dass Sie Diogo Serras Geschäfte torpediert haben. Wie?«

Ein letztes Zögern noch, dann atmete Victor Pais tief durch.

»Zufall«, antwortete er und war ab jetzt ein Informant der Polícia Judiciária.

Leander Lost nickte – die erste Antwort entsprach der Wahrheit. So wie alle folgenden auch.

Es war, wie er erzählte, einer Verwechslung zu verdanken. Als Victor Pais ein Päckchen mit im Internet bestellten Dingen aus einer Packstation in Faro abholen wollte, lag in seinem Fach ein Päckchen mit Crystal Meth, das nicht an ihn adressiert war – offenbar hatte der Paketdienst zwei Lieferungen miteinander vertauscht.

Über diese Lieferung stieß Pais im Darknet auf einen Shop, in dem man Drogen ordern und sie mit Bitcoins bezahlen konnte. Einmal im System drin, war es dem Tausendsassa ein Leichtes, nach und nach das ganze Netz aufzudecken: Diogo Serra betrieb einen Rauschgifthandel, dessen Reichweite und Umsatz sich nahezu alle zehn Tage verdoppelte. Dabei bediente er sich eines Verteilernetzes, das ihn ebenso unwissentlich wie diskret unterstützte: die portugiesische Post. Sie trug seine Lieferungen zuverlässig in die entlegensten Winkel.

Bis Victor Pais dazwischenfunkte.

»Bis dahin war Senhor Serra Sender und Empfänger«, erklärte er den Inspektoren, »er hat die Päckchen versendet und das Geld empfangen. Und dann habe ich ihn als Empfänger ersetzt. Das heißt, er hat weiterhin die bestellten Drogen versandt, aber ich habe die Bitcoins umgeleitet. Auf mein Konto im Darknet.«

»Und da ist das Geld jetzt?«, wollte Graciana Rosado wissen.

»Nein, ich hab's gespendet.«

Die Blicke gingen unisono zu Lost, der nickte.

»Sie haben das Geld gespendet?«, hakte Esteves erstaunt nach.

»Ja.«

»An wen?«

»Ärzte ohne Grenzen, UNICEF, Greenpeace, ein paar Hospize und noch ein paar andere, die's gebrauchen können. Kann ich alles belegen. Bis auf den Cent. Das stimmt, richtig, Senhor …«

»Lost«, half Isadora aus.

»Ja, das ist wahr«, bestätigte Leander Lost.

Das war es, was Victor Pais so zum Lachen gebracht hatte – Diogo Serra verschickte seine Drogen und Pais brachte ihn um seine Bezahlung. Innerhalb jener 24 Stunden, die ihm einen Heidenspaß bereitet hatten, erleichterte er Serra um knapp 80.000 Euro. Und die Kirsche auf der Torte: Serra konnte den Betrug an ihm nicht mal bei der Polizei melden.

An die abrupt einsetzende Unehrlichkeit seiner Kunden glaubte Diogo Serra nicht. Er hatte eine schillernde Reihe an Jobs durchlaufen: Türsteher, Inkasso-Eintreiber, Security-Mann und einiges mehr. Aber er war nicht dumm. Ganz im Gegenteil. Er verfügte über eine gute Menschenkenntnis.

Diogo hatte erfasst, dass eine neue Zeit angebrochen war, in der man nicht mehr mit einem Revolver in eine Bank ging, um zehntausend Euro zu erbeuten, sondern dass die lohnenden Raubzüge heute per Tastatur und Internetanschluss erledigt wurden.

Nach dem Verlust der 80.000 Euro war ihm schnell klar: Er war im Darknet gehackt worden. Jemand, dem er alle Knochen brechen würde (nicht alle auf einmal, sondern nach und nach, sie sollten ja beide was davon haben), hatte viel Geld mit ihm verdient. Geld, das ihm gehörte. Geld, das er zurückhaben wollte.

»Diogo Serra«, erläuterte Graciana Rosado dem Tausendsassa, »sucht schon nach jemandem, der diese Schwachstelle in seinem Verteilersystem schnellstmöglich flicken kann.«

»Woher wissen Sie das?«

»Wir haben Informationen aus der Szene«, hielt die Sub-Inspektorin sich bedeckt, »und wir werden den Hinweis streuen, dass es da jemanden gibt: Sie.«

»Sie lenken die Zahlungen wieder auf sein Konto um«, führte Isadora Jordão aus, »mir ist klar, dass Sie dazu nur eine Programmzeile ändern müssen, das kostet Sie keine halbe Minute. Aber Sie tun so, als würde das länger dauern. Bauschen Sie den Aufwand ruhig schön auf. Sie verdienen sich sein Vertrauen. Sie sagen ihm, dass Sie noch ein paar Informationen mehr benötigen, damit sein Geschäft im Darknet auch in Zukunft unangreifbar bleibt.«

»Und wenn er das nicht will?«

»Er will«, versicherte Carlos ihm, »weil er durch Ihren Eingriff sofort wieder Geld sieht.«

Pais nickte. An dem Plan war nichts auszusetzen. Es würde vermutlich haargenau so funktionieren, wie die Truppe hier sich das ausgedacht hatte.

Mit einem Haken: »Und dann nehmen Sie Serra hoch, und er weiß, dass ich für Sie gearbeitet habe.«

Graciana deutete ein Kopfschütteln an: »Wenn wir zugreifen, sind Sie schon lange aus dem Spiel. Uns geht es nicht um das System von Senhor Serra, zumindest nicht primär. Uns interessiert, von wem er die Drogen bekommt. Und wenn Sie ihm helfen, sein Vertriebsnetz abzusichern, erfahren Sie das früher oder später und erzählen es uns. Danach können Sie gehen.«

»Meine Polizeiakte ist dann ohne jeden Eintrag?«

»Genau«, bestätigte Carlos Esteves ihm.

Pais' Gesichtsausdruck war für Leander Lost nicht einfach zu entschlüsseln, denn der bestand in einer komplexen Kombination aus Anerkennung, Zustimmung, einer Prise Vergnügen, einem Hauch Sorge, etwas Genugtuung und nicht zuletzt aus einer Art … Lust am Risiko.

»Ich bin dabei«, sagte der Tausendsassa.

»Worin bestand Ihre ursprüngliche Motivation, das Verteilernetz von Senhor Serra zu hacken?«, fragte Leander und beobachtete, wie sich die Innenseiten der Augenbrauen anhoben und Victor Pais die Unterlippe nach oben schob (was ein Absenken der Mundwinkel zur Folge hatte). Es war ein trauriger Gesichtsausdruck, der überall auf der Welt derselbe war – die Mimik lag in den Genen.

Da Victor Pais nun auch langsamer und von der Tonlage her tiefer sprach, war Lost sich sicher, dass der Mann die leichte Form von Trauer empfand: Bedauern.

»Er hat mir mal meine Freundin ausgespannt.«

»Wann war das?«, fragte Graciana Rosado sofort, weil dieser Umstand für ihre Planung hinderlich sein konnte.

»Wir waren neun«, hatte der Tausendsassa geantwortet und in ihre irritierten Mienen gegrinst: »Ich bin eben nachtragend.«

3.

»Ich hab's nicht gerne, wenn sich hier jemand Zutritt verschafft«, sagte Pais mit einem freundlichen Lächeln, und Diogo Serra nickte, als unterschreibe er diese Aussage tagein, tagaus und als bekümmere es ihn ebenso sehr wie Pais, dass sich offenbar niemand darum scherte.

»Natürlich«, stimmte er ihm zu, »ich mag … das selbst nicht gerne. Aber ich musste sichergehen.«

Über ihre Intercoms und das Tablet hörten und sahen Graciana, Carlos und Leander Lost, was im Inneren des Gebäudes vor sich ging.

Sie hatten sich der Adresse zu dritt genähert und postierten sich in dem offenen Durchgang schräg gegenüber.

»Ich hab von Leuten gehört, du kannst mein Problem lösen.«

»Das hab ich schon.«

»Wie war das?«

»Es ist so, dass das Geld jetzt nicht mehr woanders landet.«

Während Victor Pais dem Mann erklärte, dass er dessen Leck notdürftig geflickt hatte und es allerdings noch einiger Bemühungen bedurfte, es auch gegen zukünftige, noch raffiniertere Attacken zu wappnen, stieß Miguel Duarte zu ihnen.

Er trug einen hellbraunen Anzug, ein braunes Hemd, braune italienische Slipper. Die Sonnenbrille baumelte am obersten Hemdknopf. Einhändig zog er sich mit einem kleinen Kamm den Scheitel nach.

»Und?«, erkundigte er sich.

»Läuft«, ließ Carlos ihn wissen.

Duarte brummte etwas, was in etwa die Bedeutung von »aha« hatte. Dann schaute er in den Sternenhimmel und fuhr mit seinem Daumen erst nach links über seinen schmalen Schnurrbart, dann nach rechts. Hüstelte. Zupfte einen Fussel von seinem Ärmel und unterdrückte dann halbwegs ein Gähnen.

Er verstand nicht, woher die drei die Leidenschaft nahmen, mit der sie auf dem Tablet verfolgten, wie sich drei kleine Fische miteinander unterhielten.

»Mit was hehlt dieser Pais so? Zigaretten? Smartphones?«

»Smartphones sind korrekt«, bestätigte Leander ihm.

»Wow. Da habt ihr ja einen dicken Fisch an der Angel.«

»Er ist der *Köder*. Der Fisch sitzt in Lissabon«, erwiderte Graciana ruhig und löste dabei nicht den Blick von dem iPad.

Natürlich: Lissabon.

Der, der die Drogen an diesen Diogo Serra und andere verteilte, saß nicht hier, kein Wunder, was hätte er hier auch tun sollen: Einsiedlerkrebse zählen? Oder sich das Seemannsgarn von ein paar Garnelenfischern anhören vielleicht? Was könnte er denn hier abends schon machen?

Duarte selbst hatte wenigstens ein Apartment in Faro (mit Blick auf die Marina und einen Tiefgaragenstellplatz für sein Jaguar-Cabrio, damit der Lack und die Lederbezüge nicht ständig der salzigen Meeresluft ausgesetzt waren). Mit einer Gourmet-Küchenzeile, so sündhaft teuer, dass er stattdessen auswärts aß oder sich was liefern ließ, um das gute Stück zu schonen. Alles eifrig angespart – von der Apanage, die seine Mutter ihm diskret an seinem Vater vorbei in unregelmäßigen Abständen zukommen ließ.

Aber seine Vorgesetzte Graciana Rosado und der Kollege Carlos Esteves wohnten hier in Fuseta, in diesem Dorf mit knapp über zweitausend Einwohnern. Ohne Theater, Kino oder Oper: kulturelles Brachland. Ohne ein Hotel, ohne ein erstklassiges

Restaurant, ja, man konnte wohl von Glück sagen, dass man nicht noch vergessen hatte, dieser Ansammlung von Häusern einen Namen zu geben.

Sie würden bis zu ihrer Rente hier wohnen und ihr Leben verpassen. Und danach beim Anblick von Wellen oder Möwen oder so über Jahre wegdämmern.

Für Miguel Duarte war das eine grauenhafte Vorstellung. Seine Bestimmung lag fraglos in der Hauptstadt.

»Er hat einen Koffer dabei«, stellte Carlos fest, als Diogo Serra einen kleinen Reisekoffer auf den Tisch legte und ihn öffnete.

»Das ist ja allerhand«, sagte Duarte, »ein Koffer.«

»Ich weiß«, meinte Graciana und kräuselte dabei die Stirn, »dir ist das alles zu klein-klein, Miguel. Aber ich möchte hören, was er sagt. Danke.«

Pais sah einige fein säuberlich portionierte Päckchen in dem Koffer.

»Kokain?«, fragte er und bemühte sich um einen gelassenen, mäßig interessierten Ton.

»Auch. Crack, Crystal Meth, Ecstacy«, antwortete Serra sachlich.

Der Tausendsassa nickte zwar, aber er tat es nur, um sein Stutzen zu überspielen.

In dem Plan der PJ kamen nämlich keine Drogen vor. Und es machte auch keinen Sinn (und verdoppelte seine Irritation), mit dem Crack hier aufzutauchen, wenn man sich damit eben gerade *nicht* erwischen lassen wollte und die Drogen deshalb über anonyme Packstationsfächer vertickte. Ihm kam es vor wie ein kleiner falscher Ton in einer ansonsten runden Melodie. Eine klitzekleine Anomalie.

Diogo Serra grinste kurz, als er bemerkte, dass Victor Pais sich keinen Reim auf den Kofferinhalt machen konnte.

Er klopfte sanft mit der flachen Hand auf die Päckchen.

»Ich bezahl dich nicht einmalig, sondern fortlaufend. Das

hier ist genug Zeug, um die Anfragen in den nächsten vier Wochen zu bedienen«, erklärte Serra und trat nun nah an Pais heran: »Du sorgst dafür, dass das Geld nicht irgendwo abgegriffen wird, und verschickst die Lieferungen. Dafür bekommst du zehn Prozent.«

»Für das Verschicken?«

»Genau.«

»Das … ist nicht wenig.«

»Ja«, stimmte Diogo Serra ihm zu, »zehn Prozent davon sind gut 15.000 Euro. Dafür darf dir aber nichts verloren gehen. Oder, anders gesagt: Wenn dein System auch gehackt wird, kommst du für die Ware auf. Wenn du also ein bombensicheres Programm geschrieben hast, wie du sagst, dann kannst du mit wenig Aufwand viel Kohle machen.«

»Das … muss ich mir kurz überlegen.«

»Klar. Mach ruhig. Aber nicht ewig, ich hab noch was vor: zwei Minuten.«

»Sieh an, unser Rentner«, sagte Carlos.

Graciana, Leander und Duarte folgten seinem Blick und sahen ihn nun auch: die kleine, korpulente Gestalt von Luís Dias, der die Straße hochkam.

Dias hatte bis vor Kurzem noch für die Guarda Nacional Republicana, kurz GNR, gearbeitet. Die Polizeieinheit war der Kriminalpolizei unterstellt und kümmerte sich um Naheliegendes: Ruhestörungen, Verkehrskontrollen, entlaufene Hunde, Ehestreitigkeiten und dergleichen mehr. Das Revier hier in der Gegend lag ein paar Kilometer nördlich von Fuseta in Moncarapacho.

Dort hatte Luís Dias in seiner Dienstzeit rekordverdächtige 72.451 Solitär-Spiele auf dem Computer absolviert. Viele körperliche Handicaps wie Magenverstimmung (264 Mal), plötzliches Unwohlsein (1.106 Mal) und grippaler Infekt (697 Mal) hatten ihn ans heimische Bett gefesselt. Dort hing zur Linderung seines Siechtums ein Breitbildfernseher, auf dem er – auf dem schmalen Grat zwischen Leben und Tod wandelnd – wenigstens ein paar Fußballspiele hatte verfolgen können.

Auf seinen Präsenzgängen durch den Ort schnitt er manchmal vor Touristinnen auf (bevorzugt vor blonden) und vermied jede Menge Papierkram, indem er angesichts von Verkehrs- und anderen kleineren Delikten beide Augen fest zudrückte. Und wenn daraufhin noch ein praktisch gefalteter Euroschein in seine Brusttasche wehte, empfand er tiefen Frieden.

Über Jahrzehnte bei der GNR hatte er sich auf sein Rentnerdasein akribisch vorbereitet, indem er jegliche Aufregung vermied.

Und genau dieser Luís Dias öffnete jetzt plötzlich die Tür zur Werkstatt des Tausendsassas.

Graciana, Carlos, Leander und Miguel Duarte waren im ersten Augenblick viel zu verblüfft über dieses Manöver, sodass sie nur weiter auf das iPad starrten.

»Merda.«

»Was soll das?«

Das Tablet präsentierte ihnen die Antwort auf diese Frage: Luís Dias riss eine Glock 25 aus dem Hosenbund, die von seiner Jacke verdeckt worden war, und richtete sie auf Victor Pais, der mit dem Rücken zum Eingang gestanden hatte und sich nun verblüfft zu ihm umwandte.

»GNR – keiner rührt sich!«

Dazu zückte Luís Dias mit der freien Hand einen kreditkartengroßen Dienstausweis.

»Das fass ich nicht«, stieß Graciana hervor.

»Das ist Amtsanmaßung«, wusste Leander Lost.

»Der Hintermann in Lissabon ist passé«, sagte Graciana mit angespannter Stimme, »an den kommen wir dieses Mal nicht ran.«

»Ja, und außerdem versaut Luís uns gerade den Zugriff«, sagte Carlos. »Wenn Serra glaubt, dass Victor Pais mit Luís unter einer Decke steckt, ist er praktisch tot.«

Kaum hatte er das ausgesprochen, sprintete Graciana schon los, ihre Rechte flog nach hinten, um den Knauf ihrer Dienstwaffe zu umfassen.

»Carlos, Hintereingang!«, rief sie noch.

Esteves reichte das Tablet an Lost und machte sich im Laufschritt auf den Weg.

»Du«, sagte Luís Dias gerade und zielte jetzt auf Bruno Melo, der neben dem Eingang stand, »mit dem Bauch auf den Boden und Hände hinter den Kopf.«

Melo kam dem Befehl sofort nach.

Ein winziger Moment der Unachtsamkeit, den Serra nutzte, um den Kofferdeckel zu schließen. Aber schon richtete sich die Mündung von Dias' Waffe auf ihn.

»Finger weg von dem Koffer.«

Serra schluckte – und warf Pais einen hasserfüllten Seitenblick zu: »So viel Zufall gibt es nicht.«

»Ich schwöre, ich hab nichts damit zu tun«, flüsterte der Tausendsassa, der gerade recht blass wurde.

»Du kannst dich verkriechen, wo du willst – ich finde dich«, sagte Serra heiser vor Wut.

Luís Dias ging auf die beiden zu, aber er verhakte sich mit dem rechten Fuß hinter etwas – Melos Hände.

Luís stürzte. Kaum war er zu Boden gegangen, sprang Serra vor, um die Glock, die Luìs entglitten war, aufzuheben. Bruno Melo war im Nu über ihm und verpasste ihm einen Schlag auf den Hinterkopf, so wuchtig, dass Luís der Blick verschwamm.

Der Tausendsassa wusste, was die Stunde geschlagen hatte.

Zwei Stufen auf einmal nehmend flitzte er die Treppe hinauf, knapp an der obigen Überwachungskamera vorbei. Aber auch Diogo Serra verlor keine Zeit – er wirbelte um seine Achse, ließ den Arm mit der Pistole hochschnellen und drückte zweimal schnell hintereinander ab, bevor die Bewegung endete.

Die beiden Projektile schlugen vor und über Pais in die Wand und die Decke ein und ließen den Putz herausschießen. Und obwohl er meinte, schon das Äußerste aus sich herauszuholen, mobilisierten die beiden Schüsse noch einmal ein Quäntchen mehr Kraft.

Lost, der auf dem Tablet sah, wohin Victor Pais flüchtete, blickte an der Fassade des Hauses gegenüber hinauf und registrierte aus den Augenwinkeln, wie Graciana die Tür zur Werkstatt des Tausendsassas erreichte.

Die aber gerade von innen von Bruno Melo abgeschlossen wurde.

»PJ, öffnen!«, rief Graciana und trat zur Seite, falls Serra auf die Idee kommen sollte, durch die Tür zu schießen. Aber wie sie erwartet hatte, kam keiner der beiden ihrer Aufforderung nach. Carlos hatte das Ende der Straße erreicht und lief weiter, um vielleicht durch ein Fenster auf der Rückseite in die Werkstatt einsteigen zu können.

»Nimm den Koffer«, rief Diogo Serra, der die Stufen ebenfalls hinauflief, Melo zu.

Leander Lost sah bei einem Nachbargebäude, wonach er suchte: eine Lücke in der Fassade. Ein Eingang mit verschlossener Tür – aber oberhalb davon keine abweisende Hauswand, sondern ein kleiner Innenhof, von dem eine Steintreppe auf die Dachterrasse führte.

Er sprang aus vollem Lauf an der Fassade hinauf, bekam den oberen Rand der Hausmauer zu fassen und zog sich hoch. Dann schwang er ein Bein hinüber und sah zu Miguel Duarte, der mit dem Tablet im Durchgang verharrte.

»Ich bleib hier, falls Sie zurück ins Erdgeschoss kommen«, rief er Lost zu, der daraufhin in den Innenhof sprang und die Treppe hinauflief.

»Was siehst du?«, rief Graciana Duarte zu.

»Pais haut aufs Dach ab – und die beiden hinterher.«

»Und Luís?«

»Liegt unten am Boden.«

Miguel löste sich von den Videobildern, weil er ihren Blick auf sich spürte. Ernst. Und ja, besorgt. Die Lippen aufeinandergepresst. Er wusste warum und erlöste sie: »Er rührt sich, er ist alleine.«

Sie atmete erleichtert durch und klopfte gegen die Tür.

»Luís, kannst du mich hören? Mach auf.«

Der Tausendsassa machte sich nicht die Mühe, die Fliegengittertür seines Schlafzimmers zu öffnen, sondern rannte einfach gegen sie, um keine Zehntelsekunde zu verlieren, sodass sie aufgeschleudert wurde und lautstark gegen die danebenliegende Wand schepperte.

Pais lief in Windeseile über die eigene Dachterrasse und schwang sich über die halbhohe Mauer seines Nachbarn.

Luft!

Keine Mauern. Keine Wände. Die Dachterrassen der Häuser bildeten, gegliedert durch halbhohe Mauern, eine durchgehende Fläche, aus der sich die rechteckigen, maurisch verzierten Rauchabzüge wie dünne Zeigefinger in die Nacht reckten. Letztlich handelte es sich um eine gut zweihundert Meter lange Veranda mit unterschiedlichen Bewohnern.

Am Ende dieser Ebene, auf der Terrasse des letzten Gebäudes, gab es eine Tür. Und ein Vorhängeschloss. Mariana selbst hatte es dort angebracht, und weil sie sich Dinge schlecht merken konnte – insbesondere Zahlen – lautete der Code 333. Bei Issos Keilerei. Mariana unterrichtete in Olhão Geschichte. 333.

Was die Hälfte von 666 war, die Zahl des Tiers, des Antichristen. In einer katholisch geprägten Gesellschaft nicht die schlechteste Eselsbrücke. Und Mariana hatte ihm die 333 mit auf den Weg gegeben. Für einsame Nächte. Sie fand die Vorstellung romantisch, dass er des nachts, von unstillbarer Sehnsucht getrieben, über die Dächer und in ihre Wohnung schlich, um sich an sie zu schmiegen und sie mit einem Kuss zu wecken.

Das erste Mal war sie zu betrunken und das zweite Mal ihr Mann wider Erwarten doch nicht mehr auf einer Bohrinsel.

Hinter sich hörte er ein Scheppern – eines von einer eindeutigen Charakteristik, nämlich der des Fliegengitters, das er selbst gerade hinter sich gelassen hatte. Beim Laufen blickte er über die Schulter: Serra.

Serra, der kurz verharrte, um sich zu orientieren und der dann auf ihn anlegte. Aber der nicht schoss, weil Pais' Vorsprung zu groß und der Schuss zu ungenau sein würde. Lieber setzte er dem Flüchtenden nach, denn auch ihm war klar, dass die Dachfläche all der Häuser endlich war und an ihrem Ende abrupt ins Nichts abfiel. Der Tausendsassa sprintete also exakt auf das Ende einer Sackgasse zu, das sich sechs, sieben Meter über dem Asphalt befand.

Victor Pais erreichte die Tür mit dem Vorhängeschloss und presste sich dabei seitlich gegen die Wand, um für Diogo Serra ein schwierigeres Ziel abzugeben. Seine Finger funktionierten trotz seiner aufkeimenden Panik wie eine frisch geölte Mechanik: 3–3–3. Zack.

Aber das Schloss öffnete sich nicht.

»Merda!«

Er zerrte und riss daran – nichts. Kette und Schloss zeigten sich unerbittlich. 2–2–2. Auch nicht.

4–4-

Der Schuss traf ihn mit einer Wucht, die er nicht vermutet hätte.

Die Kilojoule, die das Projektil mitbrachte, zwangen ihn zu drei Stützschritten nach hinten (3–3–3), wobei der dritte buchstäblich ins Nichts führte, nämlich über die Dachkante hinaus.

Der Tausendsassa stürzte hinab. Geistesgegenwärtig packte er mit beiden Händen nach der Dachkante, aber gleichzeitig jagte ein Schmerz wie ein Elektroschock von seiner linken Schulter hinauf und über seine Hand in den linken Hinterkopf, um da zu explodieren. Ein lähmender, kaum auszuhaltender Schmerz.

Er hing sechs Meter über dem Boden, und er würde sich beide Beine und vielleicht sogar das Rückgrat oder den Hals brechen, aber der Schmerz seiner Schusswunde zwang ihn, die linke Hand von der Dachkante zu lösen.

Wieder ein Scheppern. Ein anderes. Klappriger. Ein Schusswechsel, an dem zwei unterschiedlich klingende Waffen beteiligt waren.

Was passierte dort? Die Sub-Inspektorin vielleicht? Eilte sie ihm zu Hilfe – war sie schneller als Serra? Wenn er abstürzte und dabei nicht umkam, würde er mit gebrochenen Knochen hilflos auf der Straße liegen. Serra müsste nur noch abdrücken.

Ein unterdrückter Fluch.

Serra.

Ein Ächzen. Nicht von Serra – aber von wem?

Wieder zwei Schüsse.

Der erste ging ins Nichts. Der zweite prallte von etwas ab. Von Metall oder Blech. Das Jaulen des Querschlägers verriet es.

Dann näherten sich Schritte.

Er stöhnte auf. Seine Finger gerieten ins Rutschen und sein Rücken wurde jetzt am Schulterblatt sehr nass. Die Schweißperlen auf seiner Stirn waren eiskalt.

Mit einem Mal stand ein Schatten über ihm, umrahmt von einem dunklen Rechteck.

Aus dem Schatten erwuchs ein Arm, schwarz. Mit einem weißen Rand um die Hand – der Hemdsärmel.

Es war der Mann mit dem unbeweglichen Gesicht, der über ihm stand und ihm die Hand reichte. Die andere benutzte er dazu, seinen Rücken mit dem dunklen Rechteck zu decken.

Ein trockener Schuss ertönte und traf auf das Rechteck, mit dem Leander Lost sich schützte. Das Projektil surrte deformiert davon.

Pais griff zu und Lost zog ihn hinauf aufs Dach.

»Bleiben Sie unten«, wies Leander den Verletzten an, der jetzt wiederum sah, was es mit dem Rechteck auf sich hatte. Victor Pais war es ein Rätsel, wie er sie aus den Angeln gehoben und hinter sich her geschleift hatte, aber was der Mann mit dem regungslosen Gesicht als Kugelfang und Deckung benutzte, ohne die sie beide hier an der Dachkante ideale Zielscheiben für Serra abgegeben hätten, war eine komplette Brandschutztür. In deren Obhut gelangten sie hinter einen Aufbau aus Beton, der sie abschirmte.

Und den Leander Lost nun mit vorgehaltener Waffe und ohne Brandschutztür verließ. Serra, gute zehn Meter entfernt, feuerte auf ihn und etwas von dem Aufbau direkt neben Lost wurde abgerissen.

Bevor Leander Lost das Feuer erwidern konnte, ertönte ein trockenes Schussgeräusch – eine 26er Glock –, mit der Graciana Rosado, mittlerweile von Luís Dias ins Haus gelassen, Diogo Serra am Bein traf, der daraufhin mit einem unterdrückten Schmerzensschrei zu Boden ging.

Es war vorbei.

Nur 20 Minuten später waren Serra und seine rechte Hand Melo von GNR-Einheiten in den Krankentrakt der JVA von Faro abtransportiert worden.

Der Notarzt stoppte die Blutung aus Pais' Schulterwunde noch auf dem Dach. Nachdem man den Tausendsassa auf die Trage geschnallt hatte und die Sanitäter sie anhoben, gab er mit der Hand ein Zeichen und bat Leander Lost zu sich: »Sie haben einen gut bei mir, Senhor Lost.«

»Einen was? Was meinen Sie?«

»Einen Gefallen – egal, was Sie brauchen. Ich besorg's Ihnen.«

Und mit diesem Versprechen auf den Lippen transportierte man ihn ab.

Wie Victor Pais zwei Tage später erfuhr, als Mariana ihn zu Hause besuchte und ihm sehr fürsorglich dabei half, sich zu waschen, hatte sie die Kombination auf 9–9–9 geändert. Denn, so ihre Erklärung, wenn jemand bei 0–0–1 begann und sich systematisch nach vorne arbeitete, würde er für die 9–9–9 am längsten benötigen.

»Ist das nicht klug?«

»Sehr.«

Luís Dias klebte etwas Mull und ein dickes Pflaster am Hinterkopf. Ein paar Flecken von Blut und Jod lugten am unteren Rand des Verbands hervor. Mit sorgenvoller Miene wandte er sich an den Notarzt: »Vielleicht ist es eine Schädelfraktur?«

Der Mann, der für einen neuen Einsatz zurück zum Rettungswagen musste, strahlte Ruhe aus: »Nein, sorgen Sie sich nicht, dann hätten Sie ganz andere Symptome.«

»Aber müsste man es nicht röntgen?«

»Nein. Oder fühlen Sie eine Taubheit im Nacken und der Ohrmuschel?«

»Jetzt, wo Sie es sagen ... ja, da. Wie betäubt.«

Dabei deutete er mit dem Zeigefinger in den eigenen Nacken.

»Dann ist es unbedenklich.«

Der Arzt schenkte ihm ein mitfühlendes Lächeln, das Luís nicht darüber hinwegtäuschte, soeben hereingelegt worden zu sein.

In dem Moment klingelte bei Graciana Rosado das Handy, auf dem Display sah sie das Foto ihrer Mutter. Sie ging sofort ran.

»Ist jemand verletzt?«

»Ja, aber nicht schlimm – und keiner von uns.«

Sie hörte das erleichterte Ausatmen ihrer Mutter am anderen Ende, die sich an jemand anderen wandte, der bei ihr war: »Alle unversehrt.«

Daraufhin mehrstimmiges Gemurmel und Gesprächsfetzen.

Vermutlich hatte sich mal wieder die halbe Nachbarschaft bei ihren Eltern versammelt.

»Wir haben Schüsse gehört. Dein Vater sagt, es waren Glocks.«

»Er hat ein gutes Gehör.«

»Ihr seid bestimmt am Verhungern.«

Graciana musste schmunzeln. Die Worte ihrer Mutter wirkten wie eine Umarmung auf Distanz.

4.

Die Petiscos von Raquel Rosado waren köstlich.

Ein genussvolles Seufzen kam den Gästen über die Lippen. Manche schlossen kurz die Augen, um alle anderen Sinne auszusperren; andere nickten sich zu, als hätten sie eine uralte Weisheit entdeckt, derer sie sich gegenseitig versicherten.

»Du solltest ein kleines Lokal aufmachen«, beschwor die Nachbarin Dona Maria sie regelmäßig.

Dona Maria – ein blaues und ein braunes Auge. Mit dieser besonderen Eigenschaft hatte Leander Lost sie verknüpft. Braunes und blaues Auge. Er konnte die Besitzerin von einigen Olivenplantagen im Hinterland von Fuseta noch anhand anderer Details identifizieren, aber die unterschiedlichen Farben der Iris gab es in Fuseta nur einmal – vermutlich sogar an der gesamten Algarve.

So fand Leander auch alle weiteren spezifischen Merkmale, um sie der jeweiligen Person zuzuordnen und sie auf diese Weise zu erkennen: der alte Jorge, der sich auf seinen Stock stützte und der – immerhin war er ein Arbeitsleben lang Uhrmacher gewesen – immer alles sehr genau nahm. Und der Stockfisch, ein kulinarisches portugiesisches Heiligtum, in allen Varianten geradezu aufsog.

Senhor Rossi aus Italien, den es vor über 20 Jahren wegen einer Liebesgeschichte hierhin verschlagen hatte und der wegen einer anderen geblieben und wegen ein, zwei weiteren sesshaft geworden war und eine Weinhandlung eröffnet hatte. Chico, der eigentlich Francisco hieß und erst 35 Jahre alt war, aber wie 48 aussah, denn er rauchte Kette und fuhr rund um die Uhr Taxi. Tagsüber auf dem Wasser, abends auf vier Rädern.

Und schließlich Fátima de Figo (die Tochter der Nachbarin von gegenüber) mit ihrem typischen Leberfleck am Kinn und der braunen Mähne, die bald hierhin, bald dorthin schwang, wenn sie sich mit Leander Lost unterhielt. Und lachte, wenn sie meinte, er mache einen Scherz. Also lachte sie viel, aber er machte keinen.

Als Graciana mit Carlos, Leander und Luís Dias eintraf, hatte Raquel Rosado die Petiscos gerade in kleine Tonschalen gefüllt, die sich auch hervorragend eigneten, um die portugiesischen Tapas lauwarm zu halten. Und oben, auf der Dachterrasse, fuhr ihr Mann Antonio in ruhigen, routinierten Bahnen mit seinem Rollstuhl hin und her, und seine Hände, so groß, dass er eine Makrele darin verstecken konnte, verteilten Besteck, Servietten und Gläser. Den Vinho verde versenkte er gerade in die vorgewässerten Tonkrüge, da hörte er von unten das Klopfen von Holz auf Holz – Jorges Gehstock an ihrem Eingang.

Das Öffnen der Tür unten sorgte für einen Luftstrom, der durch das ganze Haus zog und hier oben die Fliegenfänger der Terrassentür zum Tanzen brachte.

»Habt ihr auch die Schüsse gehört?«, drang es von unten herauf.

»Ja, niemand ist ernsthaft verletzt. Die Kinder sind schon da und werden berichten.«

»Oh-uh … uuuhh … das riecht ja *appetitlich.*«

»Jorge, so ein … toller Zufall. Möchtest du nicht reinkommen?«

»Ich störe ungerne.«

»Ich habe ein paar Petiscos vorbereitet. Ganz frisch sind die Stockfischkroketten.«

»Du weißt, welche Knöpfe du drücken musst, Raquel – zum Glück.«

Gefolgt von einem amüsierten Glucksen.

Und dem Schließen der Tür.

Und nun saßen und standen sie auf der von ein paar Windlichtern illuminierten Dachterrasse der Rosados in der Virgílio Inglês, von wo aus man über die Dächer Fusetas blicken konnte. Bis hin zur Lagune und noch weiter – zum Meer. Nach Südosten über die Salinen, in denen tagsüber braun gebrannte Männer mit Gummistiefeln und nackten Oberkörpern in der Gluthitze Meersalz auf die Ladeflächen der Lkws schaufelten. Und nach Norden, zur Kirche, hinter der sich eine der wenigen Bahnstationen der Linho do Algarve befand, in der sich das eine Gleis zu Ausweichzwecken in zwei teilte. Denn ansonsten verkehrte die Bahn zwischen Lagos im Westen und der spanischen Grenze immer nur abwechselnd in eine Richtung – auf einem Gleis.

Wer Eile im Gepäck hatte, wurde hier in Fuseta gedrosselt. Das Leben vollzog sich in einem eigenen Takt, der einen früher oder später hierher auf die Dachterrasse führte. Wo es Cataplana mit Schweinefleisch und Venusmuscheln gab, ein Klassiker, dieses Mal mit Garnelen variiert. Die Cataplana bestand aus zwei konkaven Kupferschüsseln, die miteinander verriegelt einen Dampfkochtopf ergaben. Und deren Tradition historisch noch sehr jung war, denn sie ging zurück auf die Helme, die die jungen portugiesischen Soldaten im Ersten Weltkrieg getragen hatten. Und die sie zu flachen Töpfen umfunktionierten.

Wer es kühler mochte, griff zu den Stockfischkroketten, von denen Jorge sich zwei heimlich in eine Papierserviette wickelte und einsteckte.

Oder zu den lauwarmen Almôndegas, den Hackfleischbällchen in Tomatensoße, in der Thymian dominierte. Bei den Almôndegas verzichtete Raquel auf Pfeffer und würzte sie stattdessen mit fein gemörserten Kreuzkümmel- und Koriandersamen.

Es war Losts Lieblingsspeise.

Wenn er etwas mochte, behielt er es bei. Sein Leben lang.

In Hamburg etwa hatte er Grübchen und schwarze Anzüge gemocht. Und in Portugal waren Almôndegas und Espadrilles dazugekommen. Und Soraia, die Schwester von Graciana. Was nicht gänzlich dem Zufall entsprang, denn sie hatte Grübchen.

Die Nachbarn und andere Einwohner Fusetas legten auf ihren Einkaufstouren oder Spaziergängen nicht nur wegen Raquels Kochkünsten gerne einen Stopp ein und hielten einen Plausch. Sie suchten auch ein Ohr oder einen Rat. Oder sie kamen, wenn es um Neuigkeiten aus erster Quelle ging. Mit Graciana und Carlos hatten es schließlich zwei der ihren bis zur Kripo in Faro gebracht. Aber selbstverständlich gestattete man sich es nicht, deswegen vor Stolz zu platzen. Und wenn, dann jeder für sich und leise.

Wenn man also Sirenen hörte oder Schüsse – dann erfuhr man hier in der Virgílio Inglês, was sich ereignet hatte. »Statt morgen in einer Zeitung zu lesen, wie es gewesen sein *könnte*«, wie der alte Jorge gerne sagte.

Carlos fütterte sie mit ein paar Worten an, biss von einer Stockfischkrokette (mit einer Gewürzmischung aus Petersilie, Muskatnuss und Knoblauch) ab und spannte seine Zuhörerschaft mit zwei, drei Abschweifungen noch etwas auf die Folter, um dann, wenn das Interesse abzuflauen drohte, geschickt das Finale einzuleiten.

Für Augenblicke vergaßen alle die Leckereien in den Tonschalen. Die erzählerische Klasse, die Esteves mittlerweile in der Nacherzählung dieser Begebenheiten erreicht hatte, manifestierte sich in dem Grad der Reglosigkeit, zu der die Zuhörer während seines Vortrags erstarrten.

Ein wenig schmückte er dabei bereits dieses und jenes aus, Kleinigkeiten, versteht sich, aber natürlich würde mit jeder mündlichen Weitergabe gleich morgen früh dieses Rad noch ein wenig weitergedreht. Eine winzige Übertreibung käme hinzu, Schmälerndes würde vergessen, und so entstünden wie überall sonst auf der Welt auch hier die Legenden der nächsten Generation – *wisst ihr noch, damals, die Nacht des Tausendsassas? Und später die Petiscos?*

Sanft fuhr die Brise, die vom Meer kam, durch die Blätter der zwei Palmen, die in großen Töpfen standen.

Antonio und Raquel blickten gleichzeitig auf, denn die Brise war kühl und kam aus einer ungewohnten Richtung. Und tatsächlich flackerten in unregelmäßigem Abstand in den Wolken am Horizont ein paar Lichtblitze auf, als tobe in ihnen das Feuergefecht einiger alter Fregatten, die lautlose Breitseiten aufeinander abfeuerten.

Nur dann und wann schoss ein Blitz aus der Wolkenformation heraus und hinterließ eine gleißende Verästelung am Nachthimmel, die, blickte man genau hin, für ein paar Augenblicke auf der Netzhaut nachglühte.

»Kommt näher, hm?«, stellte Carlos Esteves fest.

»Ja«, bestätigte Raquel.

Und als wollten die hoch aufgetürmten Wolken, in denen das Unwetter tobte, dies bestätigen, erreichte sie das erste Mal das dumpfe Grollen, das einem Gewitter vorauseilte.

»Endlich Regen«, sagte Donia Maria.

Beifälliges Nicken der Traube um sie herum. Von Jahr zu Jahr wurde es trockener, die Wassermassen in den Stauseen schmolzen dahin und der Boden verdorrte.

Fátima de Figo verabschiedete sich als Erste (»Ich hatte schon als Kind Angst vor Gewitter«), dann folgte Senhor Rossi.

»Jorge«, sagte er, »mit dem Stock dauert es eine Weile bis zur Ponte pequena. Wir können zusammen gehen.«

Er meinte den kleinen Übergang für Fußgänger über die Bahnlinie, die der alte Jorge als Abkürzung nutzte.

Der setzte eine verächtliche Miene auf: »Das ist ein *Spazier-*

stock, verstehst du? Ich benötige ihn nicht als Stütze, ich bin immer noch gut unterwegs, man hat mich früher *den Windhund* genannt.«

Das stimmte – allerdings nur, weil er sich anfangs für seinen Uhrmacherladen bei dubiosen Leuten verschuldet hatte und sich in null Komma nichts aus dem Staub machen konnte, wenn sie in Fuseta aufkreuzten, um ihre Raten bei ihm einzutreiben.

»Wenn du noch kurz wartest, komme ich mit«, ließ Luís Dias ihn mit vollem Mund wissen. Er saß neben Antonio Rosado am Grill und ließ sich eine der Sardinen schmecken.

Die hatte Antonio Rosado noch am Nachmittag bei einem alten Freund besorgt, der jeden Sonntag nach der Art der Ahnen sein bescheidenes Netz auswarf. Antonio hatte den Fang durch seine Finger gleiten lassen, direkt am Anleger, wo das Salz in der Luft lag. Die Fische waren von einer Festigkeit, die sich auf Fingerdruck doch nachgiebig zeigte, elastisch. Beste Qualität.

Sein alter Freund Nivaldo, der ihn damals auf der N 125 gefunden hatte, direkt nach der Schießerei, die den ehemaligen Chef der GNR an den Rollstuhl fesseln sollte.

Ein paar alte Köche, die abends im Capri oder der Bar Fuzeta oder dem Ti Anica das Essen zubereiteten, kannten die besten Quellen – also schickten sie ihre Laufjungen auch zu Nivaldo oder kamen selbst vorbei, um ein oder zwei Kilo zu kaufen – und am Sonntagabend herrlich frische Sardinen anzubieten.

Und genau so eine verputzte Luís Dias gerade gut gelaunt, der frischgebackene Pensionär.

Die Standpauke, die Carlos ihm auf dem Weg hierher gehalten hatte, war wie weggeblasen.

»Zeig mir mal den Ausweis.«

»Welchen Ausweis?«

Sie hatten zu viert das abendliche Fuseta auf dem kürzesten Weg zur Virgílio Inglês durchstreift: Graciana, Carlos, Leander Lost und Luís Dias, den Graciana kurzerhand eingeladen hatte.

»Komm mir nicht so, Luís«, antwortete Carlos.

»Du meinst den hier?«, fragte er scheinheilig und zog ihn kurz aus seiner Gesäßtasche.

»Ja, genau«, erwiderte Carlos. Und mit einer pfeilschnellen Bewegung, die man in seinem gemütlichen Repertoire nicht vermutete, hatte er ihn Dias aus der Hand gelupft.

Wie von Esteves vermutet, handelte es sich um dessen alten Dienstausweis.

»Der ist abgelaufen. Du bist nämlich nicht mehr im Dienst.«

Luís deutete ein Achselzucken an: »Also, die Zeit vergeht immer schneller. Unfassbar, nicht? Geht euch das auch so? Wenn man älter …«

»Das ist Amtsanmaßung, Senhor Dias«, stellte Leander fest.

Dias setzte eine empörte Miene auf: »Ich habe Jahrzehnte für die GNR mein Leben riskiert …«

»Na, na«, merkte Carlos an, weil Luís Dias immer dann zu Übertreibungen und Superlativen neigte, sobald er in einem Disput an Boden verlor.

Doch Luís war schon in Fahrt: »Ja, ja, das ist nicht übertrieben, mein Leben hab ich riskiert, und da benutzt man aus Gewohnheit versehentlich seinen Dienstausweis statt seines eigenen, und schon wird einem ein Strick daraus gedreht.«

»Niemand dreht einen Strick«, besänftigte Graciana ihn.

»Sie sind verpflichtet, das zur Anzeige zu bringen«, sagte Lost zu ihr.

»Das fasse ich nicht«, brach es aus Luís heraus, »ich habe die Ausweise *verwechselt*. Das muss man doch nicht gleich aufbauschen.«

»Na schön«, sagte Graciana und nahm nun Carlos ihrerseits den Ausweis weg und steckte ihn ein. »Er ist hiermit konfisziert, Luís, ich verwarne dich.«

Sie warf ihm einen eindringlichen Blick zu, den Luís sofort

verstand. Wenn es um seinen Vorteil ging, war er nicht auf den Kopf gefallen.

»Gut«, erspielte er sich die Goldene Himbeere in der Kategorie Reue, »kommt nie wieder vor.«

»Dann lassen wir es dabei bewenden«, schloss Graciana und wandte sich in Behördensprache, aber nichtsdestoweniger zugewandt an den Alemão mit den kurzen Haaren: »Eine Anzeige in dieser Größenordnung liegt auch in meinem persönlichen Ermessen, Senhor Lost. In Anbetracht einer Verwechslung, die jedem Menschen im Eifer des Gefechts unterlaufen kann, entscheide ich mich zugunsten von Senhor Dias. Das auch unter der Berücksichtigung, dass es das erste Mal vorgekommen ist.«

Lost verzog keine Miene.

Denn was seine Vorgesetzte sagte, war gesetzeskonform.

Überall dort, wo Regeln herrschten (und eingehalten wurden), schufen sie für Leander ein Biotop, in dem er gedieh. Ein Reservat der Vorhersehbarkeit. Regeln garantierten planbare Abläufe, sie manifestierten eine Ordnung, in der Leander sich pudelwohl fühlte, denn sie schützte ihn vor Überraschungen. Nichts geschah, ohne dass er sich darauf einstellen konnte.

So wie Gesetze.

Amtsanmaßung war Amtsanmaßung. Wie bei Computern. Im Binärcode gab es eine 0 und eine 1. Ja und nein. Schwarz und Weiß. Yin und Yang. Zustände, die sich jeder Interpretation widersetzten, es könne sich bei ihnen vielleicht doch um Grau oder eine 1,5 handeln.

Regeln sorgten für Eindeutigkeit.

Die Entscheidung jedenfalls, die Graciana Rosado fällte, war im Gesetz so vorgesehen. Paragraf 249, Absatz III und IV. Leander Lost war es gegeben, jeden Blick und visuellen Eindruck in seinem Leben jederzeit abrufen zu können. So auch die zwei Stunden, in denen er die portugiesischen Gesetzestexte in sein Gedächtnis durch zügiges Vorblättern aufgenommen hatte.

»Senhor Dias?«

»Hm?«

»Sie haben gesagt, Sie hätten Senhor Pais im Auftrag einer Frau aufgesucht, die ihre gestohlene Vespa bei ihm vermutet hat.«

»Genau. Pais ist ja als Hehler bekannt.«

»Und als Sie das Gebäude betraten und sich mit den drei Senhores konfrontiert gesehen haben, Senhor Pais, Serra und Melo, da wollten Sie Ihren Ausweis zücken und haben versehentlich Ihren abgelaufenen Dienstausweis vorgezeigt?«

»Ich hätte es nicht besser zusammenfassen können«, ließ Dias seinen ehemaligen Kollegen Leander Lost mit einer Spur Jovialität wissen. Seine Schritte wurden auch ausladender und lockerer. Beschwingt.

»Und wozu wollten Sie denen Ihren Personalausweis zeigen?«

Carlos' Mundwinkel gingen auf fröhliche Reise.

Mit dieser logischen Nachfrage hatte Leander Lost das »Versehen« vom Tisch gefegt, das offensichtlich eine Lüge war, woraufhin Graciana Rosado auf Paragraf 227, Absatz III ausgewichen war, die die Amtsanmaßung in den Status einer Ordnungswidrigkeit erhob.

Während sich das Gewitter über das Meer in Richtung Fuseta schob und die Gäste auf der Dachterrasse aufbrachen (auch Jorge mit seinem Zierstock, auf den er sich häufig stützte), wandte Graciana sich noch einmal an den frischgebackenen Pensionär: »Wieso hat sich die Frau mit der Vespa überhaupt an dich gewandt, Luís?«

Dias' Gesichtsausdruck war für Leander schwer zu entschlüsseln, weil er eine echte Rarität darstellte: Stolz und Verzweiflung *gleichzeitig*.

»Weil ich jetzt eine Privatdetektei leite.«

Sagte es und zog eine Visitenkarte hervor, die er ihnen unter die Nase hielt. Dabei strahlte er wie ein Honigkuchenpferd.

Die Karte war lila.

ÁGUIA prangte in grüner Schrift darauf, gefolgt von dem Abbild eines Adlers in silberner Struktur.

Agência de detetives particular stand darunter. Dieses Mal in Schwarz.

Gefolgt von Luís' Namen und seinen Kontaktdaten. Kursiv.

»Adler mit abgelaufenem Ausweis«, sagte Carlos.

»Lass gut sein«, bat Graciana ihn, »warum in Lila?«

Sie erntete ein Achselzucken. »Damit es auffällt«, erklärte er seine Geschmacksverirrung.

»Das tut es«, bescheinigte Lost ihm.

»Du leitest die Agentur?«, fragte Esteves mit scheinheiliger Beiläufigkeit, und sein unterdrücktes Grinsen glomm umso heller in den Augen auf: »Wie viele Leute arbeiten denn für Águia?«

Das Honigkuchenpferd trabte davon.

»Im Augenblick bin ich noch alleine«, räumte Dias ein.

Der Donner dröhnte über das Meer. Sie blickten auf. Das Wolkengebilde, das am Horizont in überschaubarer Größe aufgetaucht war, hatte mittlerweile den ganzen Nachthimmel erobert. Eine breite Gewitterfront, die tobende Entladungen in sich trug.

»Ist es finanziell …«, begann Graciana und brach dann von alleine ab, um einen diskreteren Angang zu wählen, »… du hast dich so lange auf deine Pension mit Doroteia gefreut.«

Luís nickte. Der Stolz war verflogen. Doroteia hieß so, weil ihre Eltern eine wörtliche Entsprechung für das Glück gesucht hatten, das sie über ihre Geburt empfanden: *Geschenk Gottes*.

Eines Gottes, wie Luís Dias alsbald feststellte, der ebenso rachsüchtige wie missgünstige Formen annehmen konnte. Keinen Handschlag konnte er tun, ohne von ihr wortreich kritisiert zu werden.

So wurde Luís Dias in den eigenen vier Wänden zu einem Fleisch gewordenen Ärgernis.

Genau daher rührte sein Gesichtsausdruck der Verzweiflung, denn schließlich konnte er sich wohl kaum unsichtbar machen. Und wäre es ihm gelungen, hätte er sich alsbald mit dem Vorwurf konfrontiert gesehen, seine Unsichtbarkeit auszunutzen, um im Haushalt keinen Finger zu rühren.

Ganz davon abgesehen, dass man sich mit seiner Pension all die Reisen und Ausflüge nach Florenz und Paris und Maui nicht leisten konnte, auf die Doroteia sich so sehr gefreut hatte.

Sehr gefreut.

»Wohin reisen wir denn? Nach Tavira? Die Leute lachen ja schon.«

Also hatte er das heimische Feld geräumt, aus purer Not Àguia gegründet und suchte nun dort Zuflucht. Die Nummer mit der gestohlenen Vespa war sein erster Fall.

Carlos Esteves hatte es nicht weit, er wohnte in der Rua Miguel Bombarda, nur drei Gassen weiter. Er würde es vor der Ankunft des Gewitters ins Trockene schaffen. Dias nicht. Er wohnte an der N 125 bei Murtais, einer Vorortsiedlung Fusetas, die auf Losts Heimweg lag.

Also jagte der kleine korpulente Pensionär als Sozius hinter dem Deutschen auf dessen Ducati Scrambler hoch hinauf über die Gleise, dann in einer langen Rechtskurve nach Norden, die Nationalstraße 125 im Visier. Dabei schlackerte Losts Lederschlips links und rechts vorbei und verpasste ihm kleine Ohrfeigen.

Im Rückspiegel sah Leander nicht nur das Spektakel aus Blitzen, sondern auch etwas Dunkles, das ihm den Blick auf das verwehrte, was dahinter lag. Eine regelrechte Regenwand, die Fuseta erreichte und in einen sintflutartigen Platzregen tauchte.

Er setzte Luís an der N 125 ab, wo er aber nicht in die Straße ging, in der er wohnte, sondern – als er fälschlicherweise annahm, Lost sehe ihn nicht mehr – bei Kiko's einkehrte, einem kleinen Lokal direkt an der Straße.

Lost selbst bog auf einen Feldweg ab, der ihn an sehr einfachen Häusern vorbeiführte, die mit wachsendem Abstand zur N 125 immer vereinzelter auftauchten.

Zum Glück hatte Soraia das Tor offen gelassen, sodass er ohne abzustoppen direkt auf den kleinen Sandplatz zwischen der Villa Elias und dem Casinha, dem kleinen Besucherhaus, vorfahren konnte.

In dem Augenblick, in dem er die überdachte Terrasse erreichte, war auch die Regenwand da, deren Tropfen mit einem lauten Stakkato auf das Dach hämmerten, als entlade sich ihre Wut, ihn so knapp verpasst zu haben.

Die Terrasse der Villa Elias nahm den meisten Raum des Hauses ein. Sie erstreckte sich mit ihrem sandfarbenen Steinboden auf die gesamte Breite der Villa, umzogen von einer halbhohen, weiß getünchten Steinmauer, die sich nur an einer Stelle mit zwei Stufen für den Weg zum Pool öffnete. Geckos klebten kopfüber an der hölzernen Decke auf der Lauer und fingen Insekten, die sich im Lichtkegel der Wandlampen ausruhten.

Leander empfand dieses Bild stets aufs Neue ungemein passend für menschliche Pläne: Der Tod war immer nur einen Herzschlag entfernt.

Nach Südosten hin hatte Antonio Rosado – ihm und Raquel gehörte dieses kleine, traditionelle Haus – eine Eckbank gemauert. Und dort saßen Soraia Rosado bei einem Vinho verde und Zara mit einem Wasser und einem kühlen Tomatensaft.

Sie lächelten ihm zu, Soraia mit Grübchen, Zara ohne.

Und da war es, dieses Gefühl. Es war warm – und flüchtig. Er genoss es, er rührte sich nicht, in der albernen und irrationalen Hoffnung, die er auch empfand, wenn sich ein Schmetterling auf seine Hand setzte und ihm die Pracht seiner Farben und die Filigranität seines Körpers darbot: ihn durch eigene Reglosigkeit zum Bleiben zu verlocken.

Die Mienen der beiden Frauen verloren ihr Lächeln, Sorge

schlich wegen seiner Erstarrung in ihre Gesichter. Soraia erhob sich zuerst: »Hast du ein Problem, Leander? Ist es ein Anfall?«

Le-an-der. Sie sprach seinen Namen unbewusst immer noch so aus wie eine kleine Melodie. Wie die in ein Wort gegossene Verwunderung, dass er kein Trugbild war.

Der Schmetterling hob ab und flatterte davon. Leander Lost löste sich. Er schenkte ihr ein Lächeln, weil er wusste, dass es sie beruhigte. Das wirkte auf alle Menschen so.

Und sie, die nun seit einigen Monaten unter einem Dach mit ihm lebte, erkannte das Lächeln als eines, das er nicht empfand. Es war sein Beruhigungslächeln, denn es beanspruchte nur die Muskulatur für die Mundwinkel und in seinen Augen spiegelte sich keine Belustigung.

»Es ist schön, hier zu sein.«

5.

Es war, wie sie gesagt hatte.

Er steuerte den Wagen einfach über die Grenzbrücke, die sich über den Guadiana spannte, der nur wenig weiter südlich im Atlantik mündete. Keine Kontrolle. Nicht einmal ein ehemaliges Zollgebäude oder so etwas in der Art, das die Grenze zwischen Spanien und Portugal markierte. Die Länder wechselten einfach in der Mitte des Flusses.

Der erste Teil des Vorhabens war geglückt. Jack Brent versicherte sich mit einem Blick in den Innenspiegel nach einigen Minuten auf der Autobahn, dass sie immer noch niemand verfolgte.

Die Strecke war wie leer gefegt. »Hier fährt ja praktisch keiner«, bemerkte er.

»Das ist auch so ein Projekt, das über die Köpfe der Bevölkerung entschieden wurde«, erklärte Antonia Santos neben ihm: »Die Autobahn soll sich durch die Maut finanzieren, aber die meisten Portugiesen haben gar nicht genug Geld dafür. Und meiden sie deshalb.«

Der Fahrtwind spielte in ihren Haaren und ließ die Spitze ihrer Zigarette aufglimmen. Sie grinste kurz und schüttelte dann leicht den Kopf über diese immense Verschwendung von Ressourcen und Geld.

»Ich verstehe. Aber wir haben freie Fahrt. Kein Stau.«

Er grinste ihr spitzbübisch zu, und sie tat ihm den Gefallen und zauberte ein Lächeln auf ihr Gesicht, denn er war eigentlich ein charmanter Kerl mit einer Surfer-Figur, auf die er zu Recht stolz war. Langweilig wurde es einem mit Brent nie. Ständig hatte er neue Ideen, viele davon Flausen. Er war 32, aber manchmal schien er wie ein Teenager zu denken.

So wie jetzt – freie Fahrt. Sein Vorteil. Gut für ihn. Ende des Tellerrands.

Antonia Santos wechselte die Frequenz zu einem portugiesischen Sender. Der Anfang war ihr bekannt, ein uraltes Stück, das ihrem Vater sehr gefallen hatte. *Classical Gas* von Mason Williams. Darauf ließ sich gut durch die Nacht schweben.

In der Brent ihr mit einem Mal seine Hand auf eine Stelle oberhalb ihres Knies legte, halb selbstverständlich, aber mit einer Verlegenheit im Blick, die er mit seinem Jungs-Grinsen überspielen wollte.

Als er ihren Blick auffing, machte er ein Gesicht, als habe er sich die Handfläche verbrannt – und zog sie mit gesichtswahrender Langsamkeit zurück. Ganz so, als habe sie nur einen kurzen, unbeaufsichtigten Ausflug unternommen und legte sich nun aufs Lenkrad.

»Ich bin müde«, sagte er, »können wir tauschen?«

»Claro«, verfiel Antonia Santos in ihre Muttersprache.

Prompt erschien das Hinweisschild nach Moncarapacho.

»Fahr da ab.«

Eine Bundesstraße führte sie in Richtung Olhão, wo Antonia ihn an einem Kreisverkehr abbiegen ließ, um in einem Supermercado das Nötigste zu kaufen. Nachdem sie die Einkäufe in dem klapprigen Renault verstaut hatten, übernahm Antonia.

Sie steuerte das kleine Auto durch den Ort, die *Weiße Stadt*. Den Kosenamen verdankte Olhão dem maurischen Einfluss, der viele kubische Gebäude hervorgebracht hatte. Weiße Würfel, weiße Dächer. Und wenn es mehr Bedarf an Wohnraum gegeben hatte, war einfach ein neuer Würfel auf den unteren gesetzt worden.

Die Promenade flirrte regelrecht vor Leben. Einheimische und Touristen säumten den breiten Gehweg, Gaukler und Straßenmusikanten unterhielten sie und verdienten sich etwas nebenbei, wo sich ein Restaurant ans nächste reihte. Die Lichter und gedimmten Neonreklamen ergaben zusammen mit den Kerzen auf den Tischen eine bunte, farbenprächtige Illumination.

»Das mit der Hand vorhin«, sagte Brent.

»Ja?«

»Das war so eine Stimmung, ich dachte, das ist okay. War's aber wohl nicht.«

»Schon gut. Vergessen wir es.«

Ihr war nicht nach Streit. Der Tag war lang und anstrengend genug gewesen. Sie sehnte sich nach einer Kleinigkeit zu essen, einer Dusche und dem Bett in der Ecke, das nach Kindheit roch, ganz gleich, wie oft andere darin geschlafen hatten. Und wie das Laken und die Bettdecke klamm wurden, wenn die Seeluft im Winter durch alle Ritzen kroch. Ihre Mutter hatte ihr dann eine heiße Schokolade …

»Da kommt was angerauscht«, sagte Brent und deutete übers Meer.

Er übertrieb mit keiner Silbe. Ein Kaleidoskop an Gewitterblitzen steuerte direkt auf die Küste zu, schon rauschte der Wind durch die Palmen an der Promenade und versetzte die Wedel in Schwingung.

Sie bog nach Norden ab. Raus aus Olhão.

Die Kellner hievten die Sonnenschirme aus ihren Ständern und trugen sie zusammen mit den Stühlen nach drinnen. Gäste brachen eilig auf und gingen zügigen Schritts zu ihren Autos oder riefen ein Taxi.

Ein paar Jungs warfen einen Plastikball gegen den Wind und vergnügten sich an der unvorhersehbaren Richtung und Wucht, mit der der Wind ihn ihnen zurückspielte. Wie ein unsichtbarer Mitspieler mit Tricks und Bewegungen, die unvorhersehbar waren. In den Wohnungen oberhalb der Lokale schlossen die Bewohner die Läden und verriegelten sie gewissenhaft.

Die *Quinta Refúgio* lag nordnordwestlich von Olhão. In einem Vorortgebiet, durch das eine schmale Straße führte, in der man sich bei Gegenverkehr meist im Schritttempo mit eingeklapptem Außenspiegel aneinander vorbeitasten musste. Nur hin und wieder gab es Zufahrten aus Sand zu einstöckigen Häusern, die vereinzelt dort lagen und wohl darauf warteten, in den kommenden Jahrzehnten zu einem echten Vorort zusammenzuwachsen. Die Erde war braun und staubig. Wenn es hier Gewächse gab, die der Hitze trotzten, waren es Palmen, Agaven und Olivenbäume. Der Rest wurde bewässert.

Der Vorort nannte sich Paraiso. Und er war ideal für Menschen, die keinen gesteigerten Wert auf Nachbarn legten. Die Quinta Refúgio war ein altes Haus. Traditionelle Bauweise. Aber Antonia Santos hatte sie als Versteck vorgeschlagen, weil sie auf sechs Hektar Grund stand (und damit per se weit genug von allem entfernt, was einen beobachten wollte) und sie die Gegend von Kindesbeinen an wie ihre Westentasche kannte – denn sie war hier aufgewachsen.

Das Refúgio hatte ihren Eltern gehört. Jetzt hieß es *Girassol.*

Kaum hatten Brent und sie die Vorräte und ihre Reisetaschen ins Haus getragen, peitschte der Regen fast waagerecht gegen Wände und Fenster. Die Eingangstür nach Süden knarzte in ihren Scharnieren. Und das Donnern der Blitze detonierte und wütete eine gute halbe Stunde über ihnen, bis es weiter tosend ins Landesinnere zog.

Das vertrocknete Gelände rund um das Haus hatte sich in Matsch verwandelt.

Aber es war immer noch so warm, dass der Boden dampfte, als Antonia und Brent sich auf die überdachte Veranda setzten, um ihren Hunger mit ein paar Kleinigkeiten zu stillen, Brot und

Oliven und Queijo de Serra, ein kräftiger Schafskäse und Muxama de Atum.

Brent ließ es sich schmecken. Er schimpfte stets über seine heimische Küche, die in seinen Augen außer baked beans und fish'n'chips nichts zustande bekommen hatte. »2000 Jahre europäische Kochkunst und dann das«, kokettierte er gerne mit der Übersichtlichkeit heimischer Rezepte auf britischen Speisekarten, die seine Landsleute bevorzugt auf indische Restaurants ausweichen ließ.

»Das hier ist Muxama«, erklärte Antonia, »Thunfischfilet gesalzen und luftgetrocknet wie Schinken. Probier.«

Tatsächlich ähnelte Muxama am Stück wie auch geschnitten verblüffend einem Stück Schinken. Einerseits, um Brent einen Gefallen zu tun, aber auch, weil Antonia Santos wusste, wie Muxama zu verfeinern war, hatte sie die Scheiben auf die Schnelle in eine Marinade aus Olivenöl und Balsamico-Essig getaucht, angereichert mit Knoblauch, danach gepfeffert und frische Korianderblätter darauf verteilt. Sozusagen im Vorbeigehen.

Bei dem ersten Bissen ließ Brent einen tiefen Seufzer hören. Er saß neben ihr auf der Veranda und sie tranken Sagres aus der Flasche zu dem Snack und hörten dem Regen beim Trommeln zu. Beharrlich wie Wellen, die sich gegen die Felsküste warfen. Die unermüdlich zerrissen wurden, aber den Stein letztlich doch aushöhlten.

»Hmmm«, brummte er mit dem tiefen Bass in seiner Stimme, »lecker. Toller Platz, hier, cool.«

Er zwinkerte ihr konspirativ zu.

»Ich bin müde, ich geh ins Bett«, schob sie seinen Blicken, die mit zunehmendem Alkoholpegel ihren Körper abtasteten, einen Riegel vor: »Dein Zimmer ist das links. Meines das rechts. Bis morgen.«

Antonia stand auf und legte ihm im Vorbeigehen freundlich die Hand auf die Schulter und drückte Brent damit gleichzeitig im Sitz zurück, sodass er nicht sofort hochfedern konnte.

»Ja, bis morgen«, sagte er, »träum schön.«

Er drehte den Kopf, um ihr nachzuschauen. Wie der Wind die Bluse an den Oberkörper schmiegte und sich alles genau im Widerschein eines Windlichts abzeichnete.

Brent mochte Widerspenstige.

Morgen war ja auch noch ein Tag.

TAG ZWEI

6.

Ihre Kräfte ließen nach.

Es schien, als könne sie ihre Arme und Beine im Wasser nur noch in Zeitlupe bewegen. Und das Ufer bestand aus einer steil aufragenden Wand. Jedes Mal, wenn sie versuchte, sich daran emporzuhangeln oder zumindest etwas Halt zu gewinnen, stieß sie sich nur selbst wieder zurück in die Fluten.

Und plötzlich schwoll die Wasseroberfläche an – nach vorne, nach oben. Wie ein gewaltiges Seebeben, das sie emporhob. Hinter ihr rauschte etwas herab, was wie eine weiße Wand anmutete, umrahmt von einem gigantischen Metallgestell. Aber die Wand entpuppte sich als ein riesiges Netz, das auch sie erfasste, hochhob und sich so wendete, dass sie auf den staubigen Boden fiel, wo Leander Lost sie aus dem Kescher schüttelte.

Dort, in der Sonne, putzte die Wespe ihre Flügel, stakste etwas herum und hob dann ab, um mit einer Rechtskurve hinter dem weißen Oleander zu verschwinden, der den 12 Meter langen Pool umsäumte.

Er fischte die Insekten, die hier beim Trinken havariert waren, mehrmals am Tag aus dem Becken. Am frühen Morgen, wenn alles noch schlief, setzte er sich danach ruhig in eine der Sonnenliegen und wartete.

Keine fünf Minuten später fand sich eine Schwalbenfamilie ein und manövrierte so dicht über die Wasseroberfläche, dass sie im Vorbeiflug ihre Schnäbel eintauchen konnte.

»Was ist der Minkowski-Raum?«

Mit dieser Frage fuhr Leander fort, worin er Soraia und Zara gestern mit seiner Ankunft unterbrochen hatte: beim Vorbereiten auf Zaras mündliches Abitur, das heute anstand. Zara hatte aus Nervosität beim Frühstück keinen Bissen heruntergekriegt. Das Abi hatte sie schon jetzt gute zwei Kilo gekostet, und keiner wusste genau zu sagen, wo sie die hatte verlieren können.

Die junge Vollwaise saß auf der Sonnenliege und hatte die Augen zusammengekniffen, ihr Geist war fokussiert. »Minkowski-Raum«, echote sie, um die dazugehörige Erinnerung aus ihrem Gedächtnis abzurufen. Sie trug das braune Haar jetzt auf Kinnlänge, was ihren Nacken schön zur Geltung brachte. Sie hatte 89 Sommersprossen, wie Leander wusste (42 mehr als Soraia), und sieben kleine Narben dort, wo sie einst Piercings getragen hatte. »Du weißt haargenau, wer Minkowski ist«, vermutete sie.

»War.«

»War«, bestätigte sie.

»1864 in Aleksotas geboren.«

»Wo soll das sein?«

»Der Ortsname existiert heute nicht mehr – der Ort heißt jetzt Kaunas.«

»Ich bin überfragt, Leander – Karibik?«

»Litauen. Minkowski starb 1909 in Göttingen.«

Leander balancierte auf dem Poolrand aus Sandstein, der seine Fußsohlen wärmte. Sie hatten um halb zehn trotz des ergiebigen Gewitters der letzten Nacht schon wieder 24 °C im Schatten. Er trug das weiße Hemd etwas aufgeknöpft, die Ärmel fein säuberlich hochgekrempelt. Sie mussten exakt dreifach umgeschlagen sein, ansonsten konnte er das Oberhemd nicht tragen. Dessen unterer Rand hing derweil locker über dem Bund der schwarzen Anzughose.

Seit seiner Ankunft im September vor bald zwei Jahren lief Lost in einem schwarzen Anzug samt weißem Hemd durch die Gegend – weil ihm jemand bei einer Beerdigung zu Hause in

Hamburg aus Höflichkeit gesagt hatte, dass ihm das stehe. Da war er 14 und hatte noch nie ein Lob über sein Äußeres gehört. Leander liebte Verlässlichkeit, solange er sich erinnern konnte. Also merkte er sich das Lob und reiste 19 Jahre später mit zwölf identischen schwarzen Anzügen und Hemden von Hamburg nach Faro.

Als *Alemão com o terno preto*, als der Deutsche mit dem schwarzen Anzug, der auch bei über 30 °C das Jackett kaum ablegte, gehörte er bald zum öffentlichen Bild des Ortes. Und da er mit Graciana und Carlos arbeitete und Antonio Rosado ihm Almôndegas briet und auch sonst nichts auf ihn kommen ließ, was hier eine Menge zählte, galt der Alemão nicht als gemeingefährlich, sondern nur als etwas weich im Kopf.

Soraia und Zara hatten ihm helle Shorts schmackhaft zu machen versucht, damit er zumindest in seiner freien Zeit nicht unter der Hitze litt.

»Du wirst großartig darin aussehen, Leander.«

»Sim, wie ein Portugiese«, fügte Soraia hinzu.

Sie wusste, welche Knöpfe sie drücken musste. Denn nichts wünschte er sich sehnlicher als dazuzugehören. Teil der Gruppe zu sein. Im Waisenheim war ihm das ebenso wenig gelungen wie später in der Ausbildung zum Polizisten oder während seiner Zeit bei der Hamburger Kripo.

Also probierte Leander Lost die weißen Shorts an und erntete prompt Zustimmung.

Aber … sie kratzten.

Soraia wie Zara als auch Graciana (»Erzählt es niemandem.«) fuhren mit den Fingern und Händen über die Innenseite der Shorts. Und schüttelten die Köpfe: Nein, der Stoff war geschmeidig, keine Kante, keine Faser, nichts, was ihn kratzen konnte.

»Aber die Shorts kratzen«, beharrte Leander.

»Schade, sie stehen dir«, unternahm Zara einen letzten Anlauf.

»Danke, aber sie kratzen. Kleidung sollte nicht kratzen.«

Damit war das Thema für ihn erledigt. Er schlüpfte wieder in seine Anzughose und ging hinunter zum Pool.

Nach dem gestrigen Einsatz hatte Graciana ihnen allen nach Abstimmung mit der Chefin Cristina Sobral dienstfrei gegeben. Und wie es der Zufall wollte, bummelte Soraia heute einige ihrer Überstunden aus dem Kindergarten ab. Sie hatten sich vorgenommen, Zara vor der Schule abzusetzen, sich bei einem Spaziergang durch die Ria Formosa die Zeit zu vertreiben, vielleicht ein Eis zu essen und sie dann nach dem Ablegen ihrer mündlichen Prüfung zusammen mit Toninho, Zaras Freund, abzuholen. Und ihr das Geschenk zu überreichen.

Zara hieß mit Nachnamen Pinto, und der Ablauf der Prüfung erfolgte streng alphabetisch. »P« war am Nachmittag dran.

»Der Minkowski-Raum«, sagte sie, »ist ein vierdimensionaler Raum, in dem die drei Dimensionen des Raums zusammen mit der Zeit abgebildet werden.«

»Richtig.«

Ein kurzes Lächeln huschte über ihr Gesicht. Sie hob etwas den Blick und blinzelte der Sonne entgegen. »Und was ist, wenn ich es nicht schaffe?«

»Dann hast du nicht bestanden«, stellte Leander fest, »du wiederholst das Jahr und kannst es noch mal versuchen. Fällst du wieder durch, hast du kein Abitur. Damit bleiben dir die Türen zu den Universitäten verschlossen. Höhere Bildung auch. Du wirst einen Beruf ergreifen müssen, es sei denn, du möchtest von einem Mann finanziell abhängig sein. Allerdings ist die Wahrscheinlichkeit einer Schwangerschaft um rund zwei Drittel pro Jahr größer, wenn junge Frauen unter 20 mit mittlerem Schulabschluss heiraten. Viele junge Mütter finden nicht in ihren Beruf zurück. Meist müssen sie einen ergreifen, für den sie überqualifiziert sind und geringer bezahlt werden als ihre männlichen Kollegen. Bei immerhin 23 Prozent mündet das in einer

Depression. In der Folge werden sie von ihrem Partner verlassen und müssen Kind und Beruf meistern – was nicht selten in einer noch schlechter bezahlten Anstellung endet. Manchmal auch in Alkohol- oder Tablettensucht.«

Zara seufzte genervt. »Du verstehst es, einen zu motivieren.«

»Wirklich?«

»Nein. Ich habe Angst, dass ich es nicht schaffe, und da brauche ich Zuspruch. Und du erzählst mir von einer miesen Zukunft.«

Leander erfasste seinen Fauxpas. »Du wirst es schaffen«, sagte er und wollte das letzte Wort wirklich runterschlucken, aber es sprang ihm über die Zunge und die Lippen hinaus: »Vermutlich.«

»Weil?«, nahm sie ihn in die Zange.

»Du bist die klügste 18-Jährige, die ich kenne.«

»Du kennst doch gar keine andere.«

»Aber *statistisch* stimmt es. Es ist keine Lüge.«

Echte Belustigung blitzte in seinen Augen auf, der Anflug diebischer Freude.

Zara musste schmunzeln und dann breit grinsen. Er war so niedlich, wenn er sich freute. Wie ein kleiner Junge. Ihre Verstimmung verflog.

»Es ist keine Lüge«, wiederholte Leander und legte den Kescher beiseite. Er ging den Pool entlang und setzte sich neben sie auf einen Stuhl. »Eine Person mit deiner Disziplin und deinem Intellekt wird immer ihren Weg machen.«

Er sagte das mit jener unverwechselbaren ruhigen Gewissheit, die ihr in den letzten anderthalb Jahren bereits so manche Angst genommen hatte.

»Obrigada«, sagte Zara und legte ihm nur kurz die Hand auf den Unterarm.

»Es war nur eine Feststellung«, antwortete er.

»Trotzdem.«

Soraia erschien mit seinem Smartphone am Pool und stellte

Zara ganz beiläufig ein warmes, mit Schinken und Käse belegtes Toast auf den Mosaiktisch, an dem sie saß.

»Graciana«, sagte sie und reichte ihm mit bedauernder Miene das Handy, »sie haben in Paraiso eine tote Person gefunden.«

7.

Erstochen.

Das zumindest war Ana Gomes' Vermutung gewesen, weil der Tote eine tiefe Bauchverletzung aufwies und ein Messer neben ihm in der Dusche lag. So hatte sie ihn zusammen mit ihrem bildschönen Kollegen Rui Aviola vorgefunden.

Sie arbeiteten in jenem Polizeiposten der Guarda Nacional Republicana, kurz GNR, in der auch Luís Dias seinen Dienst versehen hatte. Ein anonymer Anrufer hatte sie angefordert.

Bei ihrer Ankunft hatten Ana und Rui die Terrassentür des kleinen Hauses offen vorgefunden und – da niemand auf ihr Klingeln hin öffnete – es über die Veranda betreten.

»Ich kann das nicht«, hatte Rui gesagt und seinen Würgereiz heruntergeschluckt.

»Was kannst du nicht?«, fragte Ana und lächelte ihn an.

»Tote Leichen«, brachte er noch hervor und hielt sich die Hand vor den Mund. Sie verstand.

»Geh raus, schnapp frische Luft, Rui«, sagte sie, »das hier ist ein großes Grundstück, glaub ich. Such alles ab, ob du vielleicht noch jemanden findest.«

»Wen soll ich denn finden?«

»Vielleicht jemanden, der Hilfe braucht.«

»Ach so«, sagte er und spazierte los. Ana konnte sich einen Blick auf seine Rückansicht nicht verkneifen, als er das Bad verließ. Immerhin teilten sie seit vier Tagen fast jede Minute miteinander. Ständig hing das Schild »Volto já – Bin gleich zurück« an der Eingangstür der Polizeistation, die sie – so viel Umsicht musste sein – vorher von innen abschlossen. Nach Dienstschluss verabredeten sie sich in seiner oder ihrer Wohnung, damit niemand Wind von der Sache bekam.

Denn Ana war davon überzeugt, ihrer kleinen Affäre sei nur eine kurze Dauer beschert, weil Rui bei den vielen Offerten, die sich ihm dank seiner Erscheinung boten, nicht lange standhaft bleiben würde. Ana schaute zwar Telenovelas, war deshalb aber nicht auf den Kopf gefallen. Und auch Rui war davon überzeugt, ihrer kleinen Affäre sei nur eine kurze Dauer beschert, weil er bei den vielen Offerten, die sich ihm dank seiner Erscheinung boten, nicht lange standhaft bleiben würde. Telenovelas schaute er nicht, weil er nicht mitkam.

Dass sie den Anruf aus Paraiso entgegengenommen hatten, war dem puren Zufall geschuldet – das Telefon rutschte ihnen im Eifer des Gefechts vom Tisch: Der Hörer löste sich und eine Stimme rief etwas. Einmal verbunden, konnten sie nicht einfach wieder auflegen. Der Server schnitt Notrufe automatisch mit, und sie hatten keinen Schimmer, wie sie die Dateien löschen konnten.

Also ging Rui – ganz der Kavalier – ran.

Es war einer dieser anonymen Anrufer, die sich über Lärm in der Nachbarschaft beschwerten. Aber es war nicht nur eine Beschwerde, der Mann am anderen Ende berichtete auch von Hilferufen einer Frau.

»Was für eine Frau?«, fragte Rui.

»Die in dem Haus«, sagte der Mann genervt.

»Ach so.«

Da nahm Ana ihm den Hörer aus der Hand: »Gomes, GNR. Schnappen Sie sich Ihren Nachbarn und gehen zu dem Haus und helfen …«

Der Anrufer hatte aufgelegt.

Und jetzt stand sie vor der Leiche des Rotschopfs. Auf seinen Schultern glänzte ein tiefroter Sonnenbrand. Brite, schätzte Ana Gomes. Cremten sich nie ein.

Und mit dem Fund der Leiche wechselte die Zuständigkeit – von der GNR zur PJ, der Kripo. Sie rief Graciana an, und die brauchte keine zwei Sekunden: »Keiner betritt den Fundort außer Doutora Oliveira und Senhora Jordão«, hatte sie Ana Gomes angewiesen, »und niemand rührt was an.«

»Verstanden.«

»Sperrt das Gelände ab, Ana.«

»Sim.«

Graciana hatte die beiden Frauen, ihre Kriminaltechnikerin Isadora und die Rechtsmedizinerin Oliveira, noch auf ihrem Weg zum Auto über den Leichenfund informiert. Um im Anschluss Carlos und Senhor Lost aufzusammeln und ohne Blaulicht – es gab schließlich niemanden mehr zu retten – in Richtung Paraiso zu fahren.

Carlos hatte eine Kleinigkeit seines Frühstücks mitgenommen – zwei Thunfischsandwiches mit Paprika und Ei, von denen er herzhaft abbiss – und Lost vertrieb sich die Zeit im Fond, indem er scheinbar aus dem Fenster starrte.

»Was überlegen Sie?«, wollte Carlos wissen und nippte an dem frischen Kaffee aus seinem Plastikbecher. Er fragte das in einer Mischung aus Höflichkeit und echtem Interesse.

»Ob Zara gut genug vorbereitet ist.«

Graciana warf ihm über den Innenspiegel einen Blick zu – Lost blinzelte in schnellem Takt, seine Pupillen schweiften umher, als könnten sie nirgends Halt finden, und wenn doch, fokussierten sie sich nur kurz auf etwas, um dann wieder aufzubrechen. Sie ahnte, dass er Ecken zählte – seine Methode, um aufkeimende Unruhe unter Kontrolle zu bekommen.

»Wenn sie durchfällt, macht sie eben nächstes Jahr ihr Abi«, meinte Carlos zwischen zwei Bissen, während Graciana Rosado ausscherte und drei Autos am Stück überholte.

»Oder sie und Toninho eröffnen eine Strandbar«, ergänzte Graciana, und da ihr niemand entgegenkam, nahm sie gleich noch einen holländischen Wohnwagen mit.

»Einen Stammgast hätten sie schon«, nahm Carlos Esteves den Faden auf.

»Sie hat auch eine prima Stimme, am Ende wird sie Sängerin.«

»Oder Reporterin«, meinte Esteves, »sie hat schon so einen großen Ernst, finde ich. Sie nimmt Anteil an den Dingen, den Menschen. Mann, ich wünschte, ich wäre mit 18 so weit wie sie gewesen.«

»Warst du. Du bist da bloß stehen geblieben«, sagte Graciana und warf ihm ein Grinsen zu.

Esteves musste schmunzeln. Die Thunfischsandwiches schmeckten umwerfend, das machte ihn nachgiebig.

Sie tauschten einen Blick, in dem Zuneigung und Wehmut sich die Waage hielten.

»Jedenfalls«, wandte Graciana sich an Lost, »steht Zara die Welt offen.«

85 Ecken. Leander konnte aufhören.

»Sie wird ihren Weg machen«, ergänzte Carlos.

»Das habe ich auch gesagt.«

»Und Sie machen sich trotzdem Sorgen?«

»Ich weiß ja nicht, welcher Weg es ist. Irgendeinen Weg macht man immer. Selbst, wenn man stehen bleibt.«

»Sie Schlauberger, Senhor Lost. Erinnern Sie sich, wen wir da vor gut anderthalb Jahren aus dem Waisenheim geholt haben, hm? Wie ihr Gesicht voller Piercings gesteckt hat und sie der ganzen Welt misstraute? Wie ein getretener Hund. Zara schafft ihr Abi, da bin ich mir sicher. Aber wenn nicht … die ist zäh. Und eines Tages verlässt sie die Villa Elias.«

»Verlässt die Villa?«

Die Art, wie der Alemão fragte, ließ Carlos und Graciana aufmerken.

»Ja. Kinder gehen irgendwann aus dem Haus«, antwortete Graciana, »das ist doch ganz natürlich.«

»Das wird sicher noch eine Weile dauern«, schob Carlos behutsam hinterher.

Auch der Tod kommt irgendwann, dachte Lost, aber die Spanne, die einem bis zur Auslöschung blieb, machte ihn einem nicht sympathischer.

»Da ist es, da rechts.«

Esteves deutete auf einen Feldweg, der hinter einer imposanten Palme von der Straße abzweigte.

Graciana nahm die letzte Kurve durch den aufgeweichten Feldweg, an dem eine Traube schaulustiger Nachbarn stand, und stoppte vor dem Haus ab. Beim Aussteigen warf sie einen Blick auf das einstöckige Gebäude, das sie nicht kannte, und das sich in die Umgebung zu ducken schien, als wolle es nicht auffallen.

Absperrbänder flatterten im warmen Wind.

Zu dritt gingen sie auf das Haus zu. Der Feldweg, der durch das nächtliche Gewitter getränkt worden war, endete exakt vor der Eingangstür. Die Fenster waren in jenem dunklen Rot umrandet, in dem auch die Fensterläden gehalten waren. Es wirkte einladend und gut in Schuss. Über dem Eingang war ein Stück Treibholz angebracht, in das jemand *Quinta Girassol* geschnitzt hatte. Entsprechend reckten ein paar Sonnenblumen in einem großen, tönernen Topf die schlanken Hälse, und ein erstes Gelb der Zungenblätter war zu sehen. Aber noch hatten die Blüten sich nicht geöffnet.

»Senhor Lost?«

»Sim?«

»Ich möchte, dass Sie durch alle Räume gehen und sich umsehen. Wenn Sie damit fertig sind, lassen Sie es mich bitte wissen.«

Leander war ihr kleiner Trumpf – mit seinem fotografischen Gedächtnis würde er Raum für Raum in seinem Gedächtnis hinterlegen. Und hätte diese Ist-Aufnahme während der weiteren Ermittlungen stets zugriffsbereit.

Ana Gomes saß auf den zwei Stufen, die zur Eingangstür führten, und schaute interessiert in ihr Smartphone.

»Olá, Ana.«

»Olá. Die Doutora ist bei der Leiche, ja, und Senhora Isadora ist auch schon im Haus.«

Dabei deutete sie mit dem Daumen hinter sich, wo die Autos der beiden Frauen standen. Der klapprige R4 mit seinem von der Sonne vielfach abgeschossenen Lack der Kriminaltechnikerin. Und ein weißer Tesla Model 3 – die Doutora. Immer auf der Höhe der Zeit.

Der Kofferraumdeckel des Renaults war offen und gab den Blick frei auf einen Hund, der dort saß und sie beobachtete.

»Sie hat ihn aus dem Tierheim«, ließ Ana sie wissen, als sie ihre Blicke bemerkte, »heißt Docko oder Dorc oder so. Retriever, glaub ich.«

Er hieß *Doc* und er war ein Dobermann.

»Wo ist Rui?«

»Hat das Grundstück abgesucht und holt uns jetzt was zu trinken.«

»Hat er was gefunden?«

»Nåo.«

Graciana nickte. Sie bemerkte anhand ihrer eigenen Handbewegung zur Tür hin, die sich im Smartphone von Ana spiegelte, dass diese ihr Handy als Spiegel benutzt hatte.

»Finde bitte raus, wem das Haus gehört. Wer hier wohnt. Geh direkt übers Einwohnermeldeamt. Und dann klapperst du mit Rui die Nachbarschaft ab und fragst, was sie uns über die Person oder Personen sagen können, die hier leben, por favor.«

Dann betrat sie in Begleitung von Carlos Esteves und Leander Lost das Haus.

Links vom Eingang entdeckte sie Oliveira in einem Nebenraum, dem Bad. Die Doutora hockte mit ihrer Arzttasche vor der Dusche. Weiße Hose, gelbe Bluse, die grauen Haare akkurat zum Dutt geformt. Sie sah entspannt aus.

Graciana wusste, dass die Rechtsmedizinerin sich mit Yoga und Joggen fit hielt. Sie schätzten sich aufrichtig, aber bis zu einer persönlichen Einladung nach Feierabend hatte es bisher nicht gereicht.

»Bom dia«, begrüßte sie die drei, »kommen Sie ruhig rein.«

Als sie ihrer Aufforderung folgten, sahen sie den jungen erstochenen Mann mit eigenen Augen. Der nackte Körper bleich, die Einstichstelle von einem bläulichen Hämatom umrandet, die Lippen ausgetrocknet und brüchig. Aufgeschürfte Haut an den Unterarmen, Striemen im Nackenbereich und am Bauch.

»Senhora Isadora hat seinen Personalausweis gefunden: Das ist Jack Brent. Britischer Staatsbürger«, sagte sie und deutete auf das Messer neben seiner Leiche: »Das hier könnte die Tatwaffe sein. Der Stich hat jedenfalls die Aorta getroffen«, der behandschuhte Zeigefinger schwebte über den Körper des Mannes bis zu der Stichverletzung, »hier.«

»Starker Blutverlust«, kommentierte Esteves.

Die Doutora nickte: »Lang hat es nicht gedauert. Ich kann Ihnen nach der Autopsie sagen, ob die Verletzung durch die Klinge hier verursacht worden ist oder nicht. Senhora Isadora hat es schon auf Spuren untersucht.«

Damit ließ sie das Messer in eine transparente Hülle gleiten, die sie verschloss, während Lost sich im Raum umsah. Das Waschbecken. Zwei Zahnputzgläser. Zwei Zahnbürsten. Zwei Handtücher. Oliveira, die seinem Blick folgte, fasste es in Worte: »Hier lebt noch eine Person.«

»Die sind im Urlaub«, sagte Graciana halblaut.

Lost sah sie interessiert an: »Woraus schließen Sie das?«

»Die Stühle, die Möbel, die Gegenstände – alles unverbindlich. Wie in einem Ferienhaus. Keine persönliche Note.«

Leander Lost trat interessiert zurück in den Flur und warf einen Blick ins Wohnzimmer. Ihm erschloss sich der Eindruck nicht.

»Denken Sie, das sind Abwehrverletzungen?«, hörte er Carlos Esteves aus dem Badezimmer und kehrte dorthin zurück.

»Sim«, antwortete die Ärztin, »an den Unterarmen bestimmt. Und die anderen Schürfwunden und kleinen Quetschungen ... es macht auf mich den Eindruck, als hätte er mit jemandem gerungen.« Oliveira federte hoch, als koste es sie keinerlei Mühe.

»Irgendwas zum Todeszeitpunkt, Doutora?«, setzte Carlos nach.

»Keine Stunde her. Die Körperkerntemperatur liegt immer noch bei 36 °C. Brauchen Sie mich hier noch oder kann ich Senhor Brent abholen lassen?«

Senhor Brent – Graciana schätzte die feine Klaviatur, die die Doutora beherrschte. Andere redeten von der Leiche oder dem Toten, wenn es in die Rechtsmedizin ging, aber Oliveira legte Wert auf die menschliche Würde. Die mit dem Tod eines Menschen nicht endete. Dieser Respekt, diese Haltung lag in der persönlichen Anrede, die sie benutzte.

»Nein, gehen Sie ruhig. Wenn mir noch was einfällt, rufe ich Sie an.«

Isadora Jordão pinselte akribisch die Terrassentür und deren Rahmen ab, als sie zu dritt das Wohnzimmer betraten.

Sie wechselten ein *Olá*.

Isadora steckte in einer Armeehose und einem weiten Männerhemd, die Haare sehr kurz geschnitten. Große, braune Augen und keinerlei Schmuck, nicht mal Ohrringe oder ein Armband. Ihre Füße steckten in schweren Boots, als fahre sie Motorrad. Sie wohnte alleine auf einem Boot an der Küste vor Olhão. Manchmal wechselte sie auch die Anlegestelle, und niemand wusste wann oder warum. Hin und wieder nahm sie etwas von dem Gras mit, das die GNR beschlagnahmte, und rauchte es auf dem Boot. Zu klassischer Musik. Graciana ließ es ihr durchgehen.

Mit Lost teilte sie das Interesse für Revolverhelden.

»Der Hund heißt Dorco, sagt Ana?«, wollte Carlos wissen.

»Doc«, korrigierte sie.

»Doc Holliday«, assoziierte Leander.

Sie schenkte ihm ein wertschätzendes Lächeln. Sie mochte den hageren Sonderling in seinem Anzug. Gleich vom ersten Augenblick an.

»Ganz genau, Senhor Lost.«

»Das ist komisch«, schob Leander nach.

Jetzt musste sie breit grinsen. Das waren Hollidays letzte Worte gewesen, und Leander Lost wusste das natürlich: 8. November 1887 in Glenwood Springs. Ein absurdes Leben und deswegen für Leander ein Faszinosum – wegen seiner Tuberkulose hatte John Henry Holliday sein Leben lang in Duellen die erlösende Kugel gesucht, um sie – dadurch? – alle zu überleben und doch im Bett zu sterben.

»Kann Senhor Lost sich im Haus umsehen?«

»Sicher. Ich bin fertig. Ich drehe nachher noch eine Runde mit Luminol, aber umsehen ist kein Problem. Ich ...«

Draußen hupte es, und sie sahen hinaus. Ein weißes Jaguar-Cabrio schob sich an den Schaulustigen vorbei, die jetzt zur Seite traten und so ein Spalier für Miguel Duarte bildeten, der sie mit einer herrischen Geste ungeduldig zur Seite winkte. Er fuhr an Aviola vorbei, der ein paar gekühlte Wasserflaschen zum Haus schleppte, und stoppte vor dem Eingang, wo Ana telefonierte.

»Ich muss kurz nach Doc schauen«, entschuldigte Isadora sich und trat ans Fenster des Wohnzimmers. Graciana, Carlos und Leander folgten ihr und wurden so Zeuge von Duartes Versuch, den Weg zwischen Auto und Haus zurückzulegen, ohne sich dabei die Schuhe schmutzig zu machen.

Er trug einen hellblauen Anzug und ein weißes Hemd, das

Haar war frisch gescheitelt (an der letzten Kreuzung). Als er den R4 passierte, knurrte ihn etwas an. Miguel Duarte erstarrte mitten in der Bewegung und schaute nach links. Und Doc blickte zurück.

»Wem gehört das Teil?«

»Senhora Isadora«, gab Ana Auskunft und steckte ihr Smartphone ein, »er heißt Dorco oder Docku. Und mich hat er nicht angeknurrt.«

»Doc«, korrigierte Isadora vom Fenster aus.

»Und warum knurrt er mich an?«, fragte Duarte sie.

»Gute Menschenkenntnis?«

»Sooo witzig, Esteves.«

Duarte schob sich die Sonnenbrille aus dem Haar auf den Nasenrücken. Dann hatte er mehr Ähnlichkeit mit Tom Cruise. Außer, dass er selbstverständlich größer war. Und jünger.

»Olá, Graciana … und alle anderen, was gibt's?«

Sie brachte ihn kurz auf den Stand, und vor ihren Augen erschlaffte sein ganzer Körper und verlor jegliche Spannung. Es war, als sei er ein aufblasbares Männchen, aus dem plötzlich die Luft entwich.

»Also ein Beziehungsfall?«, seufzte er.

»Es spricht einiges dafür«, bestätigte sie. Im Bad hatte sie ein paar weibliche Accessoires entdeckt. Ein Pärchen im Urlaub, wie es aussah.

»Die Eigentümerin heißt Lurdes Ventura«, meldete Ana Gomes sich zu Wort und deutete hinter eine kleine Ansammlung von Pinien, »sie wohnt nur eine Straße weiter. In der Rua 1° de Maio. Auf der Karte sieht es so aus, dass man nur an den Pinien vorbeigehen muss.«

In dem Moment erreichte Rui Aviola mit seinen Dutzend Flaschen das Haus und setzte sie mit einem erschöpften Ächzen ab. Er war schweißgebadet.

»Gute Idee, Aviola«, fand Duarte, schnappte sich eine der Flaschen und nahm ein paar Schlucke.

»Du Armer«, sagte Ana und tupfte Rui den Schweiß von der Stirn, »wir sollen die Nachbarn befragen.«

»Nach was?«

»Ich erklär's dir unterwegs. Komm, wir gehen.«

Ana nahm auch eine Flasche mit, dann spazierten die beiden los.

»Wie es aussieht«, wandte Duarte sich an Graciana, »habt ihr hier alles perfekt im Griff. Ich schaue im Büro, was ich über diesen Brent rausfinde, und ...«

»Das kannst du gerne machen, nachdem du Senhora Lurdes befragt hast. Wir müssen wissen, wer die Frau ist.«

»Die ist doch garantiert in seinen Kontakten auf dem Handy.«

»Wir haben das Smartphone von Senhor Brent noch nicht gefunden«, erklärte Isadora ihm, »und das Passwort für sein Tablet kann ich erst im Labor umgehen.«

Duarte nickte und deutete auf seine Schuhe, als er Graciana antwortete: »Das sind Schuhe von Pollini. Das sagt dir wahrscheinlich nichts, ich meine: wie auch? Aber mit denen kann ich unmöglich durch den Matsch. Das wäre ein Sakrileg.«

Sie holte den Schlüssel des Mustangs aus ihrer Hosentasche und reichte ihn Miguel Duarte: »Nimm den Bullitt, dann musst du nicht laufen.«

»Schon gut«, brachte er schmallippig hervor und hüpfte unter Docs wachsamem Blick von einer winzigen trockenen Insel aus Gras zur nächsten, bis er wieder an seinem Jaguar angelangt war.

In der Zwischenzeit hatten sie in Begleitung von Isadora die Schlafzimmer erreicht, die sich im Flur exakt gegenüber voneinander befanden – und beide benutzt worden waren.

»Das mit der Sporttasche auf dem Bett hat das Opfer benutzt, nehme ich an. Der Schrank ist voller Männerkleidung«, informierte Jordão sie.

Leander Lost betrat den Raum und sah sich um. Fenster, Bett, Schrank. Er erfasste langsam, aus welchen Indizien seine Vorgesetzte den Rückschluss auf ein Ferienhaus gezogen hatte.

Und da war noch der Nachttisch, dessen Platz sich eine leere Bierflasche und ein Buch teilten: *Smiley's People* von John le Carré.

Anschließend wechselte Leander mit den anderen in das gegenüberliegende Zimmer, das genauso eingerichtet war wie das vorige. Ein kleiner Hartschalenkoffer war fein säuberlich neben dem Schrank deponiert worden.

»Hier hat mit ziemlicher Sicherheit die Frau geschlafen«, stellte die Kriminaltechnikerin fest, »ich habe in jede Schublade geschaut, ich finde nichts Persönliches. Bis auf die Kleidung natürlich. Die liegt auch im Schrank. Der Koffer ist leer.«

»Wenn meine Vermutung stimmt und es sich hier um ein Ferienhaus handelt, haben wir in der nächsten Viertelstunde ihre Identität«, sagte Graciana.

»Sie mieten das Haus, aber schlafen in unterschiedlichen Zimmern«, stellte Carlos fest. »Also machen sie Urlaub, sind aber kein festes Paar. Oder sie haben sich gestern gestritten, wollten nicht in einem Bett schlafen, und heute Morgen ist der Streit eskaliert.«

»Oder ihre jeweiligen Partner sollten erst demnächst dazustoßen«, fügte Graciana hinzu, während Leanders Blick auf ein paar Damenturnschuhe vor dem Bett fiel. Er wandte sich an Isadora: »Senhora Ana hat uns darüber informiert, dass sie das Haus über die Terrassentür betreten haben. Haben Sie irgendwelche Spuren eines Einbruchs gefunden?«

Die Frau mit den kurzen Haaren und dem wachen Blick deutete ein Kopfschütteln an.

»Dann musste er seinen Mörder oder seine Mörderin nicht erst ins Haus lassen«, schloss Graciana.

Lost blickte hinaus: Das Gelände war von Fußspuren übersät. Isadora bemerkte seine Irritation.

»Rui hat mit ein paar Nachbarn den Garten nach anderen Opfern oder Toten abgesucht.«

»Mit Nachbarn?«, fragte Graciana und bemühte sich um Fassung.

Isadora musste trotzdem schmunzeln und nickte: »Alleine war es ihm zu viel Arbeit.«

Lurdes.

Vermutlich erwartete ihn etwas Verhutzeltes jenseits der 80. Am besten noch schwerhörig. Oder erfreut, ein paar Ohren zu sehen, die sie mit der unaufgeforderten Schilderung ihrer detaillierten Lebensgeschichte malträtieren konnte.

Wenn die Fälle hier unten an der Algarve sich weiterhin auf das Niveau von Hehlerei oder Beziehungstaten beschränkten, war es natürlich kein Wunder, wenn die Kriminaldirektion von Lissabon (oder wenigstens Porto) nicht auf ihn aufmerksam wurde. Und sein Leben sich weiterhin in der Bedeutungslosigkeit der Ostalgarve verlor. Nicht mal zu einer Fußnote der portugiesischen Kriminalgeschichte würde es ihm gereichen.

Miguel Duarte hörte seinen Vater gerade im Grab rotieren. Was etwas überhastet anmutete, da der ehemalige Torero in Sevilla noch immer ein strenges, unbarmherziges Regiment führte. Eines, in dessen Hierarchie Sub-Inspektoren bei der portugiesischen Kripo wie sein Sohn Miguel irgendwo zwischen Gebrauchtwagenhändlern und Straßenmusikanten rangierten.

Duarte stoppte an der angegebenen Adresse und stieg aus.

Immerhin war die Straße hier asphaltiert und der Gehweg gepflastert. Im Tal der Tränen freute man sich bekanntlich über jede Blume am Wegesrand. Hinter einer verwilderten, dichten Hecke verbarg sich ein kleines, gepflegtes Haus. Samt Pool und Bewässerungssystem. Direkt neben der Gartenpforte gedieh ein Zitronenbaum.

Duarte, der sich im Zuge des letzten Falles überlegt hatte, eine Autobiografie zu schreiben, war mittlerweile auch einer

Verfilmung nicht ganz abgeneigt. Aber natürlich war er nicht auf den Kopf gefallen – verfilmenswert würde es erst im Zusammenhang mit einem spektakulären Fall. Was – die Gedanken waren schließlich frei – ihn nicht daran hinderte, schon mal ein paar Gedanken über die Besetzung anzustellen. Brad Pitt vielleicht?

Duarte wiegte den Kopf vage hin und her. Nein, zu alt.

»Olá, kann ich Ihnen helfen?«, riss ihn eine Stimme aus seinen Gedanken, die er im ersten Moment niemandem zuordnen konnte, bis sich rechts von ihm eine junge Frau von der Gartenarbeit erhob. Offenbar war sie gerade dabei, ein paar Setzlinge einzupflanzen. Ihre Finger steckten in Handschuhen, an denen Muttererde klebte. Die dunklen Haare fielen ihr auf die Schultern und umrahmten ein nahezu perfektes symmetrisches Gesicht. Sie bedachte Duarte mit einem natürlichen und belustigten Lächeln – denn der ganze Mann war zur Salzsäule erstarrt.

Mit dem Unterarm wischte sie sich den Schweiß von der Stirn.

Gran Dios, dachte Duarte.

Es war alles, was er denken konnte. Wenn man das überhaupt sagen konnte, denn sein Kopf war mit einem Schlag frei.

Gran, gran Dios.

In aller Regel konnten portugiesische Frauen den spanischen nicht mal ansatzweise das Wasser reichen, weder in puncto Schönheit noch in der Art, sich zu bewegen. Die Portugiesinnen bewegten sich einfacher und plumper, wohingegen jedes spanische Mädchen die Anmut bereits mit der Muttermilch aufsaugte.

Die Anmut und die Leidenschaft. Oder gab es vielleicht den Flamenco in Portugal? Den Tango? Nein, stattdessen hörten sie mit feuchten Augen Fado und bliesen dazu Trübsal.

Aber die hier, die barfuß auf dem Rasen stand, war die Ausnahme. Und was für eine. Wie sie sich über die Stirn gestrichen hatte. Beiläufig, federleicht und doch vollendet.

Im Vergleich zu ihr wirkte Graciana Rosado wie ein Bauerntrampel.

Duarte schluckte dreimal, bevor er aus der Brusttasche seines Jacketts den Dienstausweis hervorzog und ihn ihr zeigte: »Miguel Duarte«, sagte er und entschied sich für eine kleine Beförderung. »*Inspektor* der Polícia Judiciária.«

Ihr Mund öffnete sich weiter. Perfekte Zähne. Auch das noch. Duarte war ein Zahnfetischist, er selbst bleachte sie regelmäßig.

Und sie zog besorgt die Augenbrauen zusammen: »Oh, ist was mit Paulo? Bitte nicht.«

Sicherlich ihr Sohn.

»Ihr Sohn?«

»Nein.«

Dann ihr Mann. Natürlich hatte sie einen, wie sollte es anders sein?

»Ihr Mann?«

»Nein.«

»Freund?«

»Nein, mein Bruder. Ist was mit ihm? Sind Sie deshalb hier?«

»Nein, ich habe nur eine Frage.«

Sie legte sich die Hand erleichtert aufs Herz: »Graças a Deus. Ich hab mir gerade solche Sorgen gemacht.«

»Oh, das war nicht meine Absicht, ich ermittle in einem … mysteriösen Fall. Sind Sie Lurdes Ventura?«

»Sim.«

»Wie schön, dass man Ihnen so einen … traditionellen Namen gegeben hat.«

»Obrigada.«

»Ihnen gehört das Haus«, er deutete mit dem Daumen lässig hinter sich und versenkte ihn in der Hecke, »äh, da hinten, das Girassol?«

Sie nickte.

»Und Sie haben es gerade vermietet – an wen? Ich kann Sie ins Haus begleiten, wenn Sie da nach der Buchung schauen wollen.«

»Nicht nötig, Inspektor. Das Haus hat Antonia Santos gemietet.«

Miguel blickte sie verblüfft an.

»Das wissen Sie einfach so?«

»Sim. Ihren Eltern hat das Haus früher gehört. Wollen wir nicht reingehen?«

Gran Dios.

Sie öffnete das Tor, er schritt hinein und dann … klingelte sein Handy: Graciana Rosado.

8.

Für Antonia Santos, geboren am 23.06.1992 in Olhão, waren auf Gracianas Veranlassung keine fünf Minuten später die Landesgrenzen dicht. Das Passfoto, das eine ernste junge Frau mit klarem Blick zeigte, steuerte die Meldebehörde bei und es ging als Bestandteil der Fahndung an alle Polizeidienststellen raus. Danach sofort an die Flughäfen in Faro und Lissabon.

Die Küstenwache wurde informiert, die ihrerseits das Personal der Fährlinien in Kenntnis setzte. Die örtlichen GNR-Reviere gaben die Fahndung auch an die Taxifahrer und Trucker weiter, falls es Santos einfallen sollte, sich als Fahrgast oder Tramperin zu tarnen. Die Polizei setzte in jedem Zug der Linha do Algarve einen Beamten ein. Auf der Strecke Faro–Lissabon wurden die schnellen Alfa-Pendular-Züge ebenso wie die Intercidades binnen der nächsten Stunde gestoppt und durchsucht.

»Jeden Reisebus anzuhalten und zu kontrollieren, dürfte aufwendig werden«, besprach Graciana sich mit ihrer Chefin Sobral am Telefon. Sie wirkte in ihrem Element: hellwach, entschlossen, konzentriert. Ihr Kopf arbeitete auf Hochtouren, klar wie ein Gebirgsbach. »Deshalb ist es besser, alle Fahrten auszusetzen.«

»Die Busunternehmen werden Sturm laufen wegen der entgangenen Umsätze und der verärgerten Kunden«, wandte Sobral ein. Sie befand sich im Büro der Polícia Judiciária in Faro.

Sie stammte aus dem Norden, aus Coimbra, und war modisch verlässlich am Puls der Zeit. Sobral war in einer begüterten Familie aufgewachsen und fühlte sich bei der Übernahme der Leitung der PJ in Faro zunächst wie bei etwas ärmlichen Verwandten. Sie delegierte die Dinge auch bevorzugt von ihrem Schreibtisch aus. Vielleicht konnte sie auch einfach kein Blut sehen, wer wusste das schon?

Aber Graciana ließ nichts auf sie kommen – die Chefin hielt die Hand über das Team, auch wenn es eng wurde. Gerade dann. Graciana schätzte solche Menschen. Im Leben noch mehr als im Job. Bei dem Gedanken warf sie einen kurzen Seitenblick zu Carlos, der sich ruhig um Wagentypus und Kennzeichen des Fluchtautos kümmerte, gleich nachdem Duarte ihnen telefonisch die Informationen hatte zukommen lassen, die er wiederum von Lurdes Ventura erhalten hatte.

Esteves stand dort, ein ganzer Kerl, und telefonierte mit geschlossenen Augen – weil er die Sonne genoss. Würde er im nächsten Leben ein Tier, dann ein Herdenschutzhund, dachte sie.

Lost stand starr, er blinzelte nicht, eine Brise forderte seine anachronistische Lederkrawatte kurz zu einem Tanz auf und war im nächsten Augenblick schon wieder verflogen. Er kümmerte sich um die GPS-Positionen von Antonia Santos' Smartphone. Ein weiteres Detail, mit dem Miguel Duarte sie hatte versorgen können.

Graciana schnappte nur kurz auf, wie Lost für jemanden am anderen Ende der Leitung aus den unerfindlichen Tiefen seines Gedächtnisses einen Paragrafen zitierte. Vermutlich ein überforderter Angestellter, der gerade mit den AGB seines Arbeitgebers konfrontiert wurde.

»Ich will nicht, dass sie uns entwischt«, bat sie Sobral inständig: »Wenn Antonia Santos bemerkt, dass die Linien allesamt nicht fahren, wird sie auch keinen Bus nehmen, wenn wir den Fahrbetrieb in drei oder vier Stunden wieder genehmigen.

Dann wird Senhora Antonia annehmen, dass die Routen von uns überwacht werden – und wird in der Nähe bleiben müssen. Drei, vier Stunden, mehr brauche ich nicht.«

»Die bekommen Sie.«

»Und … wie wollen Sie das ermöglichen?«

»Ich finde einen Weg.«

»Obrigada.«

Mit all diesen Maßnahmen hatte die Sub-Inspektorin Rosado ein enges Netz über das Land gelegt, das den Radius, innerhalb dessen sich die Flüchtige unerkannt bewegen konnte, in hohem Maß schrumpfen ließ.

Falls sie sich bewegte, wie Leander einwarf.

»Und?«, fragte Graciana in Carlos' Richtung.

»12-SH-07«, bekam sie zur Antwort, »ich habe ihn gerade noch mal separat zur Fahndung rausgegeben. Er ist auf sie zugelassen. Ein Fiat Bravo. Hellblau. Baujahr 2009.«

»Die Mautstellen sollen ihre Überwachungsbilder durchge…«

»Läuft«, ließ er sie wissen.

Leander Lost beendete sein Telefonat.

»In Australien heißt der Fiat Bravo Fiat Ritmo«, wusste er, »der Bravo war das erste Modell, das komplett am Rechner entwickelt worden ist.«

»Wo denn?«, fragte Esteves und schmunzelte in Gracianas Richtung.

»In Österreich.«

»Carlos …«, bat Graciana.

Aber er war nicht zu stoppen, er grinste: »Und die Maße?«

»1498 Millimeter hoch, 792 Millimeter breit und eine Länge von 4336 Millimetern.«

»Und Ritmo? Können die in Australien nicht Bravo sagen?«

»Es gab ein Modell von Mazda, das auch Bravo hieß. Und …«

»Senhor Lost, unterhalten Sie sich bitte später darüber«, unterbrach Graciana, »ich würde mir wünschen, dass Sie Ihre Gedanken auf unseren Fall konzentrieren.«

Leander sah an ihrem Gesicht, dass er etwas getan hatte, was ihren Unmut erregte. Vermutlich die Details über den Fahrzeugtyp.

»Ich verstehe«, sagte er deshalb, »ich wollte Sie beide bloß an meinen Informationen über das Automodell teilhaben lassen.«

»Das weiß ich zu schätzen. Aber die Maße des Wagens sind nicht fallrelevant.«

»In einem anderen Kontext als dem jetzigen könnten die Maße durchaus von Belang sein«, widersprach er ruhig.

»Das ist möglich, ja. Aber die Täterin ist auf der Flucht, Senhor Lost. Sie ist vermutlich in Bewegung. Das bedeutet, wir müssen schnell handeln. Also lassen Sie uns bitte auf das konzentrieren, was im Augenblick dabei hilft, sie zu fassen. Zum Beispiel ihr Smartphone: Was haben Sie herausgefunden?«

Leander zögerte.

»Was ist?«, fragte Carlos schuldbewusst, weil er ihn mit seinen Nachfragen auf die Schippe genommen hatte.

»Ist es im Augenblick wichtig«, fragte der Alemão vorsichtig, »ob ihr Provider MEO ist?«

Graciana seufzte und schloss kurz die Augen, um einen klaren Gedanken zu fassen. Nein, er wollte sie nicht auf die Palme bringen, es war eine echte Nachfrage. Aber es kostete sie Zeit!

Sie öffnete die Augen, weil sie eine Ahnung hatte, wie sie ihn wieder in die Spur bringen konnte: »Ich will sie über ihr Auto oder ihr Handy kriegen.«

»Über das Mobilfunkgerät ist das aussichtslos«, gab er prompt zurück und hielt ihnen sein eigenes Handy hin, auf dem sie einen Kartenausschnitt der Algarve sahen. Und darauf ein rot blinkendes Dreieck. Dieses Dreieck befand sich im Hafenbecken vor Olhão, direkt am Fährterminal.

»Das ist die Ortung, die MEO soeben durchgeführt hat«,

kommentierte Leander, »das ist die Position des Smartphones von Antonia Santos.«

Graciana und Carlos wechselten einen Blick – ihnen war umgehend klar, was das bedeutete: Antonia Santos würde sich vermutlich nicht freiwillig stellen. Sie hatte ihr Smartphone absichtlich ins Wasser geworfen, um die Verbindung zu ihr zu kappen.

»Und die Bewegungsdaten davor?«, hakte Graciana nach.

»Die habe ich soeben beantragt, aber das kann zwei oder drei Stunden dauern.«

In dem Augenblick fuhr ein gut gelaunter, regelrecht aufgeräumter Miguel Duarte mit einer bildhübschen Frau vor, der er galant die Tür offen hielt, und es kümmerte ihn auch nicht, dass er dabei einen halben Pollini-Schuh im Matsch versenkte.

Nachdem sie Lurdes Ventura mit allen zügig bekannt gemacht hatte, bot Graciana ihr einen Gartenstuhl auf der Terrasse an und begann mit der Befragung.

Ja, sie sei die Besitzerin des Girassol, des Ferienhauses, und ja, sie habe es für eine Woche an Antonia Santos vermietet.

»Ist ihr was passiert? Senhor Duarte durfte mir dazu ja nichts sagen.«

Sie wirkte besorgt, während Miguel einen Sonnenschirm aufspannte, damit ihre schöne Haut nicht so sehr der Sonne ausgesetzt war. Dass dessen Schatten die anderen aussparte, bemerkte er nicht.

»Wir wissen es nicht«, wich Carlos aus, ohne die Unwahrheit zu sagen.

Graciana nickte: »Wir haben in Ihrem Haus einen toten Mann gefunden. Sein Name ist Jack Brent. Kennen Sie ihn?«

Senhora Lurdes, die sehr aufmerksam bei der Sache war, blinzelte fassungslos. Und öffnete – das gehörte dazu, wie Leander wusste, um diese Miene eindeutig als Fassungslosigkeit zu klassifizieren – ihren Mund.

Duarte interpretierte das falsch und eilte ins Haus, um der armen Frau ein Glas Wasser zu organisieren.

»Tot?«

Sie hörte sich an wie ihr eigenes, klägliches Echo. Ihre Bestürzung war echt.

»Sim.«

Lurdes Ventura schluckte. Sie blickte zwischen Carlos Esteves und Leander Lost hindurch auf einen weit entfernten Punkt in der Landschaft, oder auf etwas, das nur sie sehen konnte.

»Kannten Sie ihn?«, wiederholte Graciana ihre Frage.

»Nein, ich…das heißt, ich kenne nur seinen Namen. Jack Brent. Als Vermieterin bin ich verpflichtet, den Namen und die Adresse jedes Feriengastes einzuholen. Und auch die Flugnummer oder das Nummernschild des Autos, mit dem sie kommen. Antonia hat das Girassol gebucht und auch mit ihrer Kreditkarte bezahlt. Und als zweiten Gast Senhor Brent angegeben.«

Graciana spitzte die Ohren: »*Antonia*. Das klingt, als würden Sie sie gut und seit Langem kennen.«

Carlos erkannte, dass sie damit aus der Hüfte ins Schwarze getroffen hatte, noch bevor der Senhora das erste Wort über die Lippen gekommen war – während es Leander wie eine völlig beliebige Annahme erschien. Von der gleichen Wahrscheinlichkeit, als kennten sie sich vom Einhornreiten.

»Ja, seit wir Kinder sind.«

Und jetzt wie Magie. Für Menschen existierten in der Kommunikation eine Reihe von Signalen, die der ausgesprochenen Information erst ihren *eigentlichen* Sinn verliehen.

Wie Graciana Rosado aus der Art der Aussprache des Namens *Antonia* einen – zutreffenden! – Rückschluss darauf ziehen konnte, Lurdes Ventura und Antonia Santos seien gut miteinander bekannt, erschien ihm wie ein faszinierender Zaubertrick. Leander hatte mithilfe von *What the face reveals*, einer Art Enzyklopädie menschlicher Mimik, jede mögliche Kombination in seinem Gedächtnis abgespeichert. Die Menschen konnten ihn, sofern ihm die Sicht darauf nicht verstellt war, mit ihren Gesichtsausdrücken nicht täuschen. Sein Gehör mit all ihren Wörtern aber schon.

»Hat sie Sie heute angerufen?«, wollte Carlos wissen und zündete sich eine Zigarette an.

»Nein«, antwortete die Vermieterin, und Lost sah, dass sie nicht log. Graciana zog sich zweimal wie in einer nervösen Geste am Ohrläppchen. Was wie eine unbewusste Geste anmutete, war das nonverbale Signal an Leander Lost, eine Aussage ebenso stumm zu bewerten. Er schloss einmal kurz die Augen – für *ja*. Ja, das stimmt. Schloss er sie zweimal kurz hintereinander, bedeutete das *Nein*.

»Wann hatten Sie das letzte Mal Kontakt zu ihr?«

»Gestern. Per WhatsApp. Die kam praktisch zeitgleich mit dem Gewitter. Sie hat geschrieben, dass sie gut angekommen sind, Augenblick«, sagte sie, holte ihr Handy hervor, entsperrte es und zeigte den Ermittlern den Gesprächsverlauf, der exakt mit dieser Nachricht endete. Mit dieser Nachricht und dem Satz *Melde mich nach dem Schinkencroissant.*

»Obrigada«, sagte Senhora Lurdes, als Miguel Duarte ihr ein Glas eiskaltes Wasser reichte.

»Was hat es mit dem Schinkencroissant auf sich?«

»Es gibt in Olhão eine alte Padaria. Padaria Lucinda.«

Carlos deutete ein Nicken an: »Pastelaria e Padaria Lucinda. Gegenüber vom Juwelier. Herrliche *Traveisseiros*.«

Er liebte das mit Mandelcreme gefüllte Gebäck, das wie ein kleines Kopfkissen aussah und deshalb seinen Namen trug. Kein Restaurant oder Café an der Ostalgarve, das Carlos Esteves nicht kannte, und keine Bar, an deren Theke er nicht gesessen hatte.

»Exatamente«, entfuhr es Lurdes Ventura, »die besten.«

Überrascht und erfreut über diese Gemeinsamkeit schaute sie zu ihm auf und schien ihn jetzt das erste Mal richtig wahrzunehmen. Die Ruhe, mit der er dort saß und die großen wie die kleinen Widrigkeiten des Alltags an ihm sanft abzuperlen schienen wie Nieselregen. Die Sonnenbrille im gelockten Haar, die großen Hände, die vielen Lachfältchen um seine Augen.

»Fabrico proprio«, fügte sie hinzu – *aus eigener Herstellung.*

»Seit 1942«, ergänzte Carlos das Gründungsjahr der Bäckerei Lucinda, das auf einer Steintafel links neben dem Eingang angebracht war.

Und sie tauschten ein Lächeln über diese Vertrautheit, die kurz zwischen ihnen aufkeimte.

»Sind wir uns da mal begegnet?«, fragte sie.

»Ich würde mich daran erinnern«, ließ Carlos sie galant wissen und seine Miene konnte kein Wässerchen trüben. Lurdes Ventura schlug die Augen nieder, fand sich aber unfähig, ihr Lächeln gänzlich zu unterdrücken.

Duarte räusperte sich sehr vernehmlich.

»Trink einen Schluck, Miguel«, riet Carlos ihm freundlich und Senhora Lurdes wandte sich wieder an die Sub-Inspektorin mit dem Pferdeschwanz, die sie aufmerksam beobachtete: »Antonia und ich sind hier aufgewachsen. Ich im Bairro Setembro, sie hier in Paraíso. In diesem Haus.«

»Im Girassol?«, vergewisserte Graciana sich. Lurdes Ventura nickte und nahm einen Schluck.

»Das Setembro ist ein schönes Viertel«, sagte Duarte mit Kennermiene und stützte sich dabei mit dem Ellbogen lässig gegen den Ständer des Sonnenschirms, der nachgab, sodass er sein Armgelenk schnell wieder zurückziehen musste.

»Früher war es ein armes Viertel«, fuhr sie unbeirrt in Richtung Graciana fort.

»Ich weiß.«

»Antonia und ich sind zur gleichen Schule gegangen, so haben wir uns kennengelernt. Unser Schulweg hat an der Padaria Lucinda vorbeigeführt. Und sie konnte einfach nicht an der Bäckerei vorbeigehen, ohne ein Schinkencroissant zu kaufen und«, sie lächelte ein wenig wehmütig bei der Erinnerung daran, »es noch im Gehen zu essen. Das hat sie über die Jahre so beibehalten. Immer, wenn sie hier in der Gegend war, musste es morgens als Erstes das Schinkencroissant aus der Padaria Lucinda sein.«

»Daraus folgt«, wandte sich der schmale Mann im Anzug das erste Mal an sie, »Senhora Antonia hatte vermutlich heute Morgen die Absicht, sich das Gebäck in Olhão zu holen und Sie danach aufzusuchen.«

»Davon bin ich ausgegangen, ja. Und dann ist Senhor Duarte bei mir aufgetaucht.«

»Wie kommt es, dass Senhora Antonia hier aufgewachsen ist, in Ihrem Ferienhaus?«

»Wir haben es erst später gekauft, das heißt: meine Eltern. Als die Familie Santos sich die Kredite für das Réfugio nicht mehr leisten konnte. Réfugio hieß es früher. Mein Vater hat ihrem Vater Unterstützung angeboten, aber Senhor Santos war zu stolz. Er ist mit seiner Frau ins Alentejo gezogen und hat dort für eine Firma Kork von den Bäumen geschnitten. Also hat mein Vater ihm einen sehr guten Preis gezahlt, und meine Mutter hat es zu einem Ferienhaus umgestaltet. Und es *Girassol* getauft.

Antonia arbeitet jedenfalls seit ein paar Jahren als Programmiererin mal hier, mal da, manchmal auch im Ausland. Wir haben uns ein wenig aus den Augen verloren. Aber immer, wenn sie in der Nähe zu tun hatte oder ein paar freie Tage hier verbringen wollte, hat sie das Girassol gebucht. Und dann haben wir uns gesehen.«

»Leben ihre Eltern noch?«, fragte Carlos.

»Nein«, antwortete Lurdes Ventura und sah von einem zum anderen, bis ihr Blick schließlich auf Graciana zur Ruhe kam: »Kann es sein, dass Sie Antonia verdächtigen?«

Graciana hielt den Blick: »Es gibt drei Möglichkeiten für das, was hier vorgefallen ist. Antonia Santos hat Jack Brent aus einem Motiv ermordet, das wir noch nicht kennen, oder sie hat ihn in Notwehr getötet. Oder er ist von jemand anderem ermordet worden.«

»Niemals«, sagte Senhora Lurdes und unterstrich ihre Entschiedenheit mit einem Kopfschütteln, »Antonia könnte niemanden umbringen.«

Graciana nahm das mit einem Nicken zur Kenntnis: »Umso besser. Dann ist vermutlich ein Mörder auf freiem Fuß. Und wenn Senhora Antonia die Zeugin dieses Mordes ist, dann schwebt sie jetzt vermutlich in Gefahr. Denn bis jetzt …«, sagte sie und unterbrach sich dabei selbst, um sich an Carlos zu wenden: »Irgendeine Polizeidienststelle, bei der sie sich inzwischen gemeldet hat?«

Esteves bewegte den Kopf nur einen Zentimeter nach rechts und dann wieder zurück, für mehr war es schon zu warm: Nein.

Womit er Gracianas Vermutung bestätigte.

»Denn bis jetzt«, fuhr sie nun an Lurdes Ventura gerichtet fort, »hat sie keinen Versuch unternommen, mit uns oder den Behörden in Kontakt zu treten.«

»Sie könnte verletzt sein«, brachte Duarte hervor und setzte eine wichtige Miene dabei auf, um dann einen tadelnden Ton anzuschlagen: »Schon mal jemand daran gedacht, hm?«

Graciana machte nun denselben gelassenen Eindruck, den Carlos Esteves schon die ganze Zeit über verströmte: »Haben wir Meldungen aus einer Klinik?«

»Não«, gab er zurück.

»Das muss selbstverständlich gar nichts heißen«, sprang Duarte über das Stöckchen. »Ich möchte nicht den Teufel an die Wand malen …«

»Natürlich nicht«, ließ Carlos fallen, und es war schwer zu bestimmen, ob er ihm wirklich zustimmte oder da eine subversive Note mitschwang.

Duarte zögerte kurz, entschloss sich dann aber, jetzt keinen Nebenkriegsschauplatz zu eröffnen. »Das möchte ich nicht, aber die Senhora Antonia könnte auch so schwer verletzt sein, dass sie gar nicht imstande ist, um nach Hilfe zu rufen.«

Lurdes Ventura warf ihm einen erschütterten Blick zu, der auch den anderen nicht entging.

»Ich kann dich beruhigen, Miguel«, antwortete Graciana ruhig, »sie hatte noch genug Kraft, ihr Handy ins Hafenbecken von Olhão zu werfen. Die Kollegen von der GNR bergen es gerade.«

Diese Information schlug sich mit einem Ausdruck der Sorge im Gesicht von Senhora Lurdes nieder.

»Sie könnte die Geisel des Täters sein«, zauberte Duarte ein neues Kaninchen aus dem Hut, »und um seine Spur zu verwischen, schmeißt er ihr Handy ins Wasser.«

Er ahmte salopp die Wurfbewegung nach.

Ventura versteinerte.

»Das macht noch am meisten Sinn«, stellte sie fest. Ihre Stimme klang flach. Ein Wunder, dass die nächste Brise sie nicht mit sich forttrug.

»Wissen Sie, aus welchem Grund Antonia Santos sich zusammen mit Jack Brent hier für eine Woche eingemietet hat?«, fragte Leander.

»Ist das wichtig?«, grätschte Duarte dazwischen. »Vielleicht wollten sie surfen. Oder Federball spielen. Was macht das schon für einen Unterschied?«

Leander sah ihn an wie jemanden von einem anderen Stern. »Es ist die alles entscheidende Frage. Jedes weitere Verhalten steht damit in logischer Verbindung.«

»Was ist denn Ihre Theorie, Lost?«, hakte der gebürtige Spanier nach.

»Ich habe zu wenige Fakten für eine belastbare Theorie. Zu viele Unbekannte in der Gleichung. Wie die Schuhe.«

»Die Schuhe?«, fragte Graciana.

Lost nickte: »Senhor Brent hat kein einziges Paar Schuhe im Haus.«

»Vielleicht läuft er gerne barfuß«, sagte Duarte genervt und verdrehte dabei die Augen.

»Es befinden sich fünf Paar Herrensocken in seinem Kleiderschrank«, wandte Leander Lost sachlich ein, »also hat er sich vermutlich bevorzugt in Schuhen fortbewegt. Und die fehlen.«

Eine angespannte Stille legte sich über die Terrasse. Für einige Augenblicke wusste niemand etwas zu sagen, und Graciana Rosado schluckte die Frage herunter, ob dieses Detail jetzt von Belang war.

»Vielleicht hat er die Schuhe im Auto vergessen«, bot Carlos Esteves an. Die anderen atmeten auf.

»Jedenfalls«, nahm Lurdes Ventura Losts Eingangsfrage auf, »wollte Antonia hier ein paar Tage ausspannen. In welchem Verhältnis sie und Senhor Brent zueinander stehen, weiß ich nicht. Sie hätte es mir sicher erzählt, aber …«

Der Fensterladen direkt neben ihnen wurde mit einem lauten Klappern geschlossen, sodass Lurdes Ventura kurz zusammenzuckte.

Da erschien Isadora Jordão am nächsten Fenster, um auch hier die Blenden einzuklappen. Aus Verärgerung über diesen Mangel an Rücksicht gegenüber der Zeugin zog Miguel Duarte die Brauen zusammen, sodass seine ohnehin schon eng beieinanderliegenden Augen sich noch ein wenig aufeinander zuzubewegen schienen. Carlos beobachtete gespannt, ob er sich in einen Zyklop verwandelte.

»Muss das jetzt sein?«, fuhr er die Kriminaltechnikerin an.

»Ich brauche Dunkelheit für das Luminol.«

In dem Augenblick erreichte Graciana der Anruf der Chefin: »Wir haben ihr Auto.«

9.

Er durfte es nur nicht vermasseln.

Er hatte Gibraltar vorgeschlagen. Gibraltar war per Auto binnen einer Tagesreise zu erreichen. Und noch dazu britisches Staatsgebiet.

»Du überquerst die Grenze bei Badajoz.«

Badajoz lag mitten in der verbrannten Steppe der spanischen Provinz Extremadura. Grenzstadt zu Portugal.

»Unter meinem richtigen Namen?«

Sie sah ihn an wie jemanden, den man bis eben noch für klug gehalten hatte.

»Ich meine: klar, natürlich«, ruderte er zurück, »was ich sagen wollte, war, dass ich natürlich auch als ein anderer reisen könnte.«

Das Manöver war nicht ganz glaubwürdig, er sah es an ihrem Blick: *La Profesora*, wie man sie hinter vorgehaltener Hand gerne titulierte. Und bei denen, die es taten, schwang dabei Respekt mit.

»Du reist als du selbst, Paco«, sagte sie freundlich und bestimmt, »mach es bitte so, wie wir es besprochen haben.«

Zur Bekräftigung nickte sie ihm zu und brachte dadurch ihren fein geflochtenen Zopf, der ihr bis zwischen die Schulterblätter reichte, zum Tanzen: »Du klingelst in der Avenida Dinis Miranda No. 17 – in Évora.«

Paco Casado zog das neueste Modell des iPhones aus seiner

Gesäßtasche. Doch noch bevor er es durch die Gesichtserkennung entsperren konnte, fuhr sie fort: »Notier es dir nicht. Merk es dir: Avenida Dinis Miranda No. 17.«

»Avenida Dinis Miranda No. 17«, wiederholte er leise, »in Évora.«

»Es ist ein kleines, unscheinbares Steinhaus.«

»Avenida Dinis Miranda No. 17«, prägte Paco sich ein. »Treffen wir uns da?«

»Das hängt davon ab, wann ich abtauchen muss. Aber wahrscheinlich ja. Du klingelst bei Rocha.«

»Mann? Frau?«

»Mélina. Sie arbeitet für die Público als Investigativjournalistin. Sei nett zu ihr.«

»Ich bin immer nett zu Frauen«, antwortete er ihr und schickte seinen Worten ein spitzbübisches Lächeln hinterher, von dem er glaubte, es wirke charmant.

Aber offenbar war La Profesora nicht in der richtigen Stimmung. Wenn er es sich recht überlegte, war sie eigentlich immer von einer unverbindlichen Aura umgeben. Man konnte sich eine Stunde lang mit ihr unterhalten und war trotzdem nicht imstande, etwas von ihrer wahren Persönlichkeit zu erfassen. Diese Unnahbarkeit reizte die Männer im Haus. Und Paco Casado hätte gelogen, wenn er diesen Umstand von sich gewiesen hätte.

Er hatte jetzt knapp 400 Kilometer abgerissen und sich eine halbe Autostunde nordöstlich von Sevilla eines dieser günstigen Hotels ausgesucht, die einer europäischen Kette gehörten und in der Handelsreisende unterkamen – und Leute, die nicht auf eine Pension angewiesen waren, aber sich ein Dreisternehotel nicht leisten konnten.

Das Zimmer war klein, das Mobiliar in die Jahre gekommen und die Matratze durchgelegen. Eine Bar gab es nicht, und die Rezeption schloss um sieben Uhr am Abend. Sein Fläschchen

Weißwein zog er sich ebenso wie ein paar Nüsse aus einem Automaten im Foyer, der die Münzstücke nur akzeptierte, nachdem man sie ausgiebig an seiner Oberfläche angekratzt hatte.

Casado schaute sich seit seiner Abfahrt am Morgen stets unauffällig um. Es war immerhin die erste geheime Mission seines Lebens. Und er fühlte sich ein wenig wie in einem Spionagefilm, wie eine kleine spanische Miniaturausgabe von James Bond. Dabei war er nur ein klassischer Kurier. Er transportierte etwas von A nach B. B war Évora. Avenida Dinis Miranda No. 17. Mélina Rocha.

Früh am nächsten Morgen machte er sich auf. Paco mischte sich unter die Kolonne der Pendler, die die Landesgrenze zwischen Portugal und Spanien bei Badajoz in beide Richtungen überquerte – in der Annahme, die Polizei habe keine Lust, um diese Zeit zu kontrollieren.

Als er den ersten Kilometer auf der portugiesischen Landstraße zurückgelegt hatte, reckte er kämpferisch die Faust: JA! Er hatte es geschafft, hatte sich mit eisernen Nerven durch die feindlichen Linien geschmuggelt. Nach außen ganz harmlos – aber an Bord nicht weniger als eine Bombe! Es fühlte sich großartig an.

Bis ihm eine Minute später dämmerte, dass es seit dem Schengenabkommen überhaupt keine Grenzkontrollen zwischen Spanien und Portugal mehr gab.

An der nächsten Tankstelle hielt er und trank eine doppelte Bica. Er grinste in den neuen Tag hinein, und aus Überschwang nahm er zwei hübsche Tramperinnen mit: Nora und Liz. Sie waren Schwestern und hatten zufällig dasselbe Ziel wie er: Évora.

Die eine warf ihm auch noch lange Blicke zu.

Das lief ja wie am Schnürchen!

Die andere musste an der übernächsten Raststätte zur Toilette.

Dort ließ er bei Liz durchblicken, dass er in brisanter Mission unterwegs war. Was sie sichtlich beeindruckte. Doch nach einer Weile wurde sie unaufmerksam – sie machte sich Sorgen um ihre Schwester, die schon eine ganze Weile auf der Damentoilette war.

Liz schaute kurz nach ihr, kam dann aber alleine zurück: »Da ist sie nicht. Könnten Sie vielleicht …«

»Ich heiße Paco.«

»Oh, ich … danke, Paco. Könntest du mal bei den Männern nachschauen? Wer weiß?«

»Bei … den Männern?«

»Na ja, ich … sie ist nirgendwo sonst. In der Tankstelle nicht, im Restaurant nicht. Ich wüsste nicht …« Sie schluckte schwer und wischte sich kurz über die Augen. »Hoffentlich ist ihr nichts passiert.«

Das arme Ding.

»Ich kümmer mich drum.«

»Oh, das ist sooo lieb von dir.«

Dynamisch schwang er sich aus dem Wagen und betrat die Toiletten.

Dort fand er Nora allerdings auch nicht.

Ebenso wenig wie Liz oder sein Auto, als er wieder vor die Tür trat.

Er hatte es vermasselt.

10.

Der Wagen von Antonia Santos befand sich in der Rua Mar e Guerra des Stadtteils Mar e Guerra.

Abgestellt vor einem der vielen Wohnhäuser, die ein vielfarbiges Spalier bildeten, in dem dann und wann eine rote oder grüne Markise hervorlugte und den Besuchern eines Straßencafés Schatten spendete. Hier und da fand sich noch ein kleines Geschäft, ein Mini-Supermercado oder ein Schreiner oder Gemüsehändler. Eine typische Vorortstraße nördlich von Faro.

Der Fiat Bravo war in einer Parklücke vor einer Wäscherei abgestellt worden.

»Meer und Krieg – ein ungewöhnlicher Name für ein Viertel«, stellte Leander fest, während er aus dem Mustang kletterte.

»Das ist ein Rang der Marine: Capitão de mar e guerra – Kapitän zur See«, erklärte Esteves beiläufig. Hinter ihnen stoppte Isadora und parkte ihren Wagen im Schatten einer ausladenden, dichten Esche. Da sie damit notgedrungen in zweiter Reihe stand, schaltete sie einfach die Warnblinkanlage ein und öffnete die Heckklappe, damit es Doc nicht zu warm wurde.

»Kann ich noch mal kurz telefonieren?«, fragte Leander seine Vorgesetzte.

»Sicher, Senhor Lost, Sie müssen mich nicht immer fragen.«

»Aber es ist nicht dienstlich.«

»Es interessiert uns alle.«

Dann rief er ungefähr zum vierten Mal binnen der letzten halben Stunde bei Soraia an.

»Zara ist noch nicht dran, Leander. Ich melde mich, wenn sie reingerufen wird.«

»Und wenn du es vergisst?«

»Ich vergess es nicht. Du kannst dich auf mich verlassen.«

Das stimmte.

Und er empfand ein langsames Ziehen in der Brust, eine Art schöner Schmerz. War das Saudade? Diese in Worten kaum zu fassende nationale Melancholie der Portugiesen?

Leander wusste es nicht. Er wusste nur, dass Soraia die Wahrheit sagte. Er konnte sich auf sie verlassen. In den Monaten ihrer Zweisamkeit in der Villa Elias hatte es keine einzige Situation gegeben, in der sie nicht fest und verlässlich an seiner Seite gestanden hätte.

Das gab ihm Selbstvertrauen und Sicherheit.

Aber die Physik ließ sich auch von Soraia nicht aushebeln.

»Und wenn dein Akku leer ist?«, erkundigte er sich deshalb besorgt.

»Er hat 85 Prozent.«

»Und wenn …«

»Ich hab hier überall Netz, Leander«, kam sie ihm zuvor, als könne sie seine Gedanken lesen.

Ana Gomes und Rui Aviola hatte Graciana damit beauftragt, das Girassol zu versiegeln und sich an der Fahndung zu beteiligen – insbesondere, alte Freunde von Antonia Santos in der Umgebung von Olhão aufzutreiben. Leute, die vielleicht eine Ahnung hatten, wo jemand wie sie jetzt Zuflucht suchen könnte. Denn ihre neuen Freunde befanden sich vermutlich in Spanien, in El Ejido, gute 600 Kilometer von hier entfernt. Laut Ausweiskopie war sie dort gemeldet.

Miguel Duarte hatte sich erboten, Lurdes Ventura ein wenig genauer auf den Zahn zu fühlen.

»Ist dir das nicht zu klein-klein?«, hatte Carlos ihn bei dieser Gelegenheit gefragt, als Duarte und er beim allgemeinen Aufbruch kurz etwas abseits standen.

»Ich glaube, Senhora Lurdes kann mir mehr über ihre Freundin erzählen, als deren Auto euch verrät«, erwiderte der spitz.

Und so kam es, dass Duarte sie zurück nach Hause brachte und sich noch eine Weile mit ihr auf deren Terrasse unterhielt.

»Hast du einen 0–5-Draht dabei?!«

Isadora Jordão öffnete ihre *Mala Magica*, ihre magische Tasche, die an jene schwarzen Koffer erinnerte, die die Ärzte in Western mit sich herumtrugen. Und magisch, weil sie wirkte, als verfüge sie über ein unerschöpfliches Fassungsvermögen.

Sie griff hinein und warf Carlos den erbetenen Draht zu, der um ein Stück Holz herumgewickelt war. Esteves fing ihn beiläufig mit der Linken im Gehen. Auf den letzten Schritten formte er mit seinen großen Händen eine filigrane Schlinge aus Draht. An der Beifahrertür angekommen, schob er das schützende Gummi der Seitenscheibe zurück und führte den Draht geübt in den so entstandenen Spalt. Er schloss kurz die Augen, um sich auf seinen Tastsinn zu konzentrieren.

Graciana warf bereits Blicke ins Wageninnere. Dann zog Carlos den Draht an, es ertönte ein leises Klacken der Mechanik und er konnte die Tür des Wagens von Antonia Santos öffnen.

»Woher können Sie das, Senhor Esteves?«, fragte Leander Lost, der ihn genau beobachtet hatte.

»Bewegte Kindheit«, gab der zurück, bevor er Isadora zunickte, die sich die Einweghandschuhe überzog und sich dann an die Spurensicherung machte.

»Mein Vater hat es mir beigebracht, als ich das erste Mal den Zündschlüssel im Auto vergessen hab«, fügte er an Lost gewandt hinzu. Und bemerkte dann Gracianas zusammengekniffene Augen, mit denen sie nach Westen blickte.

»Was ist?«

»Ich überlege, warum sie den Wagen hier abgestellt hat.«

»Vermutlich, weil ihr klar war, dass früher oder später nach dem Auto gefahndet wird«, sagte Leander.

»Ja. Aber trotzdem. Warum genau hier? Mitten in einem Wohnviertel?«

»Und wenn der Pfau tatsächlich mal richtig liegt und sie tatsächlich eine Geisel ist?«, fragte Carlos.

Graciana schüttelte den Kopf, ohne den Blick in seine Richtung zu wenden: »Es gibt keinen Täter, der sie als Geisel genommen hat, das glaube ich nicht. Spätestens jetzt, hier«, sie deutete mit beiden Handinnenflächen auf das Auto, die ganze Umgebung, »wie soll das gehen? Er lässt sie hier parken, sie beide steigen aus und gehen dann weg? Sie muss sich bloß losreißen. Was will er dann tun? Sie erschießen? Wenn es einen Geiselnehmer gibt, wäre dieser Parkplatz am helllichten Tag vor diesen Geschäften, dem Bistro, dem Supermercado da, den Leuten an den Fenstern – vor über einem Dutzend Zeugen jedenfalls – die so ziemlich schlechteste Wahl.«

Sie schürzte die Lippen und schüttelte entschieden den Kopf: »Sie ist alleine. Und ja, Senhor Lost, ihr war klar, dass der Wagen heiß ist. Sie musste ihn loswerden. Zu Fuß hat sie eine größere Chance, unerkannt zu bleiben. Aber damit ist auch ihr Bewegungsradius gegen null gegangen.«

»Denn sie kann sich ausmalen, dass wir die Ausfallstraßen kontrollieren lassen«, ergänzte Carlos.

»Sie hat Ortskenntnis«, hielt Leander dem entgegen, »sie ist hier aufgewachsen. Dann kennt sie mit hoher Wahrscheinlichkeit all die kleinen Feldwege und Abkürzungen.«

»Das stimmt«, bestätigte Graciana Rosado, »sie kann die Sperren auf den Hauptverkehrsrouten unterlaufen. Aber warum hier? Sie hätte das Auto doch mitten in einer Orangenplantage abstellen können. Ganz ohne Zeugen. Wir hätten Tage gebraucht, um es zu finden. Hat sie aber nicht.«

»Sie wollte so schnell wie möglich weg«, sagte Carlos, dem dezent der Magen knurrte.

Graciana nickte und deutete die Straße entlang, die sich keine zweihundert Meter weiter öffnete. Dort jagten Autos und Lkws mit großer Geschwindigkeit von links und rechts vorbei.

»Das da«, sagt sie, »das war ihr Ziel.«

Keine zweihundert Meter weiter trennten sich, beide aus Faro kommend, die zweispurige Schnellstraße IC 4 und die N 125. Die IC 4 führte weiter zur Autobahn und Richtung Norden – nach Lissabon.

Die N 125 dagegen, die parallel, aber in einigem Abstand zur Küste verlief, führte ab hier von der Sand- an die Felsalgarve im Westen. Vorbei an den noblen kleinen Orten mit Golfresorts und den Bausünden Albufeiras über Lagos bis an den westlichsten Punkt des Kontinents: Sagres. Dort endete die Alte Welt.

»Direkt um die Ecke«, sagte Carlos und deutete ebenfalls ans Ende der Straße, »liegt eine Tankstelle. Praktisch direkt am Zubringer.«

Sie wechselten einen Blick und wussten, dass sie denselben Gedanken hatten: Leute ansprechen, eine nette Geschichte erzählen, mitgenommen werden.

»Eine hohe Fluktuation an Autos«, schloss Leander, »eine hohe Anzahl an Mitfahrgelegenheiten, eine hohe Wahrscheinlichkeit, sich in den Norden oder nach Westen absetzen zu können. Meinen Sie das?«

»Sim«, bestätigte Carlos Esteves.

Leander atmete erleichtert auf. Er *genoss* diesen Augenblick. Er hatte etwas aus dem *Kontext* geschlossen – etwas, was niemand explizit gesagt hatte.

Subtexte waren ihm schon als Kind und Schüler wie scheue Fischschwärme erschienen – griff man nach ihnen, stoben sie davon.

»Das hier war ihr Sprungbrett in den Westen oder Norden«, sagte Graciana leise, als richte sie die Worte nur an sich selbst.

»Hmmm … damit hat sie es vielleicht erst mal geschafft, unser Kontrollnetz zu unterlaufen.«

»Früher oder später wird sie ein anderes Verkehrsmittel brauchen«, sagte Carlos ruhig, »sie muss sich ausweisen, wird erkannt, was auch immer. Wir können das Netz nicht enger ziehen.«

Graciana überlegte noch einen Augenblick, dann löste sie die Augen von dem Zubringer und sah erst zu Carlos, dann zu Lost – der aus einem unerfindlichen Grund vor sich hin schmunzelte.

Jetzt, nach den bald zwei Jahren, die er ihr Team und die Familie ergänzte, hatte Leander Lost sich trotz der vielen Schichten an UV-Blockern, mit denen er sich vor Hautkrebs schützte, eine Segelbräune eingefangen. Die machte sich im Kontrast zum weißen Hemd bemerkbar, ließ seine Zähne weißer erscheinen und ihn, ohne dass sie den exakten Grund dafür hätte benennen können, lässiger wirken. In etwa so wie die Espadrilles, die er zu Anzug und Krawatte trug und die sein steifes Auftreten abfederten.

Ihre Mutter hatte schon zwei junge Männer in Fuseta gesehen, die neuerdings Espadrilles zum Anzug trugen. Am Ende stieß Lost noch einen Trend los.

Und mit diesem Schmunzeln, das – er war nicht der Einzige im Team, der dazulernte – echte Belustigung ausdrückte, brachte er sie auch zum Lächeln.

»Was amüsiert Sie?«

»Sprungbrett«, antwortete er, »es ist so ein witziger Begriff.«

Graciana musste jetzt breiter lächeln, und Carlos schmunzelte ebenfalls. Für sie war *Sprungbrett* nicht komisch, aber es erheiterte sie, dass es den Alemão offensichtlich amüsierte.

»Wie Windhose«, fügte er hinzu und musste jetzt richtig lachen.

Wenn Lost herzlich lachte, wirkte das im ersten Augenblick unheimlich, denn es war unbändig und klang sonor. Aus dem Auto war ein Grunzen zu hören – Isadora, die die Luft angehalten hatte und aus der es nun herausbrach.

So standen sie in der Mittagshitze auf der Straße und schütteten sich aus, bis der Abschleppwagen vorfuhr, der Antonia Santos' Wagen für weitere kriminaltechnische Untersuchungen abholen sollte.

Sie genehmigten sich auf Carlos' Initiative hin – »Hier riecht's irgendwo nach Hähnchen« – Frango Piri-Piri vom Straßengrill, mit scharf gewürzter, knuspriger Haut also, und kehrten ohne Isadora nach Paraiso zurück.

Begleitet von Carlos Esteves und Leander Lost klapperte Graciana dort die Zeugen ab, die Senhora Lurdes gegenüber Duarte genannt hatte, oder die Rui Aviola und Ana Gomes aufgetrieben hatten.

Es handelte sich um eine Nachbarin, die noch Antonias Eltern gekannt hatte, einen guten Freund aus Olhão, mit dem sie sich zum Mittagessen verabredet hatte und der unversehens am Girassol auftauchte, sowie um eine frühere Arbeitskollegin, die sich nach der Radiodurchsage besorgt bei der Polizei nach Antonia Santos erkundigt hatte.

Jack Brent dagegen kannte hier offenbar niemand. Sobral erreichte seinen Bruder, der in Edinburgh lebte und der von der Nachricht seines Todes tief getroffen war. Nein, Jack befand sich nicht in festen Händen, er war mal hier, mal da liiert und jobbte sich quer durch Spanien. Der Name Antonia Santos sagte ihm nichts, auch von einer Lurdes Ventura hatte er noch nie gehört.

Zu diesem Zeitpunkt trudelte die Auswertung der Mautstellen in Cristina Sobrals Büro ein.

»Sie sind vor dem Gewitter gestern Nacht über die Grenze gekommen«, teilte sie Graciana Rosado am Telefon mit. Und da Portugal auf dem Landweg praktisch von Spanien umzingelt war, erübrigte sich, welche Grenze gemeint war. Nur der Ort des Übertritts war interessant.

Aber da die Chefin sagte, sie seien über die A 22 gekommen, wusste Graciana Bescheid: »Über Vila Real«, kürzte sie die Grenzstadt ab.

»Sim. Sie sind bei Moncarapacho von der Autobahn runter. Brent ist gefahren.«

Bei Moncarapacho runter. Ihre Wahl wäre genau auf dieselbe Route gefallen, dachte Graciana.

»Der Bruder von Senhor Brent kommt nach Faro und gibt ihm das letzte Geleit in seine Heimat, sobald der Leichnam freigegeben ist.«

»Obrigada. Und seine Wohnung? Er ist in«, sie musste überlegen und schloss kurz die Augen, um sich zu konzentrieren, »in Spanien gemeldet, in … El Ejido, richtig?«

»Richtig.«

»Wie Antonia Santos. Die kennen sich von da.«

»Bitte?«

»Nichts, nur eine Vermutung – wissen Sie, ob er da gearbeitet hat?«

»Ja. Er war dort angestellt, bei einem Unternehmen namens Beyond.«

»Sagt mir nichts.«

»Mir auch nicht«, bekannte die Chefin.

»Können Sie mir einen Gefallen tun?«

»Sicher.«

»Lassen Sie bitte die spanischen Kollegen Brents Wohnung versiegeln. Vielleicht müssen wir da jeden Stein umdrehen. Und …«

»Ja?«

»Nichts, danke.«

Statt ihre Chefin damit zu beauftragen, was sich für sie falsch anfühlte, bat sie die gute Seele der Kripo darum: Marisa.

»Der Tote hat für eine Firma namens Beyond im spanischen El Ejido gearbeitet. Ich tippe, Senhora Antonia ebenfalls.«

»Finde ich raus«, versprach Marisa.

Das war das Gute an Marisa, dachte Graciana, wenn man

sie mit etwas betraute, konnte man es gedanklich abhaken. Sie würde es erledigen, auch wenn die Antwort hinterm Mond lag.

Antonia Santos sei ein aufgewecktes Mädchen gewesen, zu ernst für sein Alter, sagten die, die sich an sie noch gut als Kind erinnern konnten. Eine Bohnenstange, die gerne Dinge hinterfragte, und deswegen als altklug galt, meinte ihr Bekannter.

Sie hatte ein Studium der Philosophie abgebrochen – niemand konnte sagen, wieso. Von einem auf den anderen Tag passte es ihr nicht mehr und sie begann herumzureisen, jobbte zwischendurch immer ein wenig, um sich die nächste Etappe leisten zu können, und war dann wieder auf Achse.

Man muss Lebenszeit in Arbeit investieren, um sich Lebenszeit leisten zu können, zitierte Lurdes Ventura ihre Freundin, die sie seit gut neun Monaten nicht mehr gesehen hatte.

»Typisch für Antonia«, vertraute sie Duarte mit einem wehmütigen Lächeln an, der sich fragte, ob es ihm im Zweifelsfall gelingen würde, ihr Kleid hinten einhändig aufzuknöpfen.

»Soso, aha, typisch also«, sagte er und nickte ihr freundlich zu, »gut zu wissen. Großartig, an wie viel Sie sich erinnern. Sie haben ja ein wahnsinniges Gedächtnis. Ganz unglaublich.«

Wie ein großes Mosaik setzte sich vor den Augen der Ermittler das Bild von Antonia Santos mit jedem weiteren Detail zusammen. Mit Leerstellen und auch Widersprüchen, und doch nahm die junge Frau vor ihrem inneren Auge Zug um Zug Gestalt an.

»Männer?«, wiederholte der alte Freund die an ihn gerichtete Frage.

»Ja«, sagte Carlos, »wir wissen, dass sie ledig ist – aber hat sie einen Freund?«

»Keine Ahnung.«

»Jack Brent – mal gehört?«

Der junge Mann schüttelte den lockigen Kopf. Er hieß Joaquim.

»Aber sie hatte Beziehungen zu Männern«, sagte Graciana. Doch es war mehr eine Frage.

Joaquim nickte: »Aber nie lange.«

»Warum nicht?«, fragte Leander.

Joaquim warf einen kurzen Blick auf die Espadrilles, auf die er sich keinen Reim machen konnte: »Ist das wichtig für die Ermittlungen?«

»Ja – möglicherweise für das Verhältnis zwischen Senhora Antonia und Senhor Brent«, gab Leander dem Mann sachlich Auskunft.

Der wiederum sah das ein und überlegte einen Moment, bevor er den Kopf schüttelte: »Ich weiß nicht. Ich … die meisten Männer haben es, glaube ich, nicht gerne, wenn ihre Freundin klüger ist als sie. Und die, die ich kennengelernt hab, waren definitiv nicht der klügere Part in der Beziehung.«

»Denken Sie«, ergriff Graciana wieder das Wort, »Antonia Santos könnte töten?«

Joaquim musterte sie kurz, in seinem Blick lag Wohlwollen: »Ich glaube, man kann für jeden Menschen exakt jene Umstände schaffen, die es dazu braucht.«

»Wen kennt sie an der Westalgarve? Wo könnte sie untertauchen?«

»Keine Ahnung, tut mir leid.«

»Und im Norden? Lissabon, Porto?«

Joaquim schüttelte den Kopf: »Kann ich Ihnen nicht mit helfen.«

Marisas Name erschien zeitgleich mit dem Klingeln auf Gracianas Display: »Ja?«

»Richtig vermutet. Antonia Santos arbeitet auch für Beyond in Spanien.«

»Und …«, setzte Graciana an, doch Marisa, die ihre Frage erahnte, unterbrach sie: »Sie haben nicht an der gleichen Adresse gewohnt.«

Graciana dankte Marisa, und dann entließen sie Joaquim, der

sich auf den Weg zurück zu dem Zweirad machte, mit dem er hergekommen war, als Antonia Santos nicht aufgetaucht war zum vereinbarten Treffen.

»Arbeitskollegen«, sagte sie zu Carlos und Lost: »Brent und Santos waren Arbeitskollegen.«

Und genau in diesem Umstand lag ein Teil der Lösung verborgen.

Es war halb vier am Nachmittag: Es gab niemanden mehr zu befragen, und alle Schlingen waren ausgelegt. Sie konnten nur noch auf neue Erkenntnisse durch die Obduktion oder die Spurensicherung warten.

Aber das konnte man ebenso gut in Fuseta.

Wobei Leander prompt Soraias Anruf erreichte: »Zara ist jetzt dran.«

11.

Ihre Wangen glühten. Sie ging wie in Trance, und sie wusste nicht wohin mit Händen und Armen, sie ruderte durch die Luft und auf die Straße vor der Schule zu. Ein knielanger Rock aus olivefarbenem Jeansstoff und ein gleichfarbiges, dünnes Kapuzenshirt. Die nackten Füße steckten in weißen Turnschuhen.

Und als Zara die anderen sah, schrie sie vor Freude auf und rannte auf sie zu.

»Ja! Ja!«

Sie flog zuerst Soraia in die Arme, so schwungvoll, dass Gracianas zierliche Schwester einen Stützschritt nach hinten vollführen musste und fast gegen den bemalten Transporter hinter sich gestolpert wäre.

Dann ließ Zara von ihr ab, ihr Blick ging zu Lost, der danebenstand und in den letzten zehn Minuten jede Menge Ecken gezählt hatte (3.204, um genau zu sein) und so lebendig wirkte wie frisch aus Marmor gehauen.

Zara tänzelte vor ihm auf und ab. Sie bewegte den ausgestreckten Zeigefinger immer wieder von oben nach vorne, deutete dabei nicht direkt auf ihn, aber doch in seine Richtung, wie irgendein aus der Kontrolle geratener Rap-Dance. Ihr Gesicht war ein einziges Strahlen, der Mund, die Augen, sie war viel zu aufgeregt, um still zu stehen. Sie musste weiter herumhopsen. Links-rechts, links-rechts, nach vorne, nach links, wie ein Flummi. Vor-zurück, links-rechts.

»Minkowski-Raum, Minkowski-Raum … du hast mich noch danach gefragt, heute morgen, am Pool! Du hast mich gefragt! Genau das!«

Ihre Gedanken sprudelten schneller, als ihr Mund sie wiedergeben konnte.

Vor-zurück, vor-zurück.

»Ich erinnere mich«, bestätigte Leander ruhig.

Und dann … Stillstand. Mitten im letzten Hüpfer ging ein Riss durch Zara und nagelte sie am Boden fest, wie eine Marionette, der man die Fäden gekappt hatte. Eine ganzheitliche Erschütterung durchlief ihren Körper, sie vibrierte von Kopf bis Fuß für ein paar Sekunden, dann fiel die Anspannung der letzten Wochen, Monate von ihr ab. Ihr Gesicht verzog sich, während ihr die Tränen über die Wangen liefen. Sie ließ sich einfach gegen Leander fallen und nahm ihn fest in die Arme, als sei er der letzte, einsame Halt vor dem Abgrund der Welt.

»*Obrigada*, Leander …«

Daraufhin schossen auch Soraia die Tränen in die Augen, Gracianas wurden feucht, und Carlos bemühte sich, den Frosch in seinem Hals wegzuräuspern.

»Für alles«, fügte Zara hinzu.

Lost stand einen Moment starr wie ein Marterpfahl. Er zwang sich, ihre Tränen an seinem Hals, die ihm unangenehm waren, als würden sie stechende Brandmale auf seiner Haut hinterlassen, auszuhalten, bis er sie später beiläufig wegwischen konnte. Dann nahm er sie so herzlich in die Arme wie eine Anakonda und klopfte ihr mechanisch mit einer Hand aufs Schulterblatt.

»Hast du alles richtig beantwortet?«

»Ja«, schniefte Zara und löste ihren Kopf und sah ihn aus glasigen Augen an: »Und freust du dich?«

»Ich freue mich sehr, das hast du sehr gut gemacht, du warst sehr diszipliniert«, sagte er mit sachlicher Stimme, während sie ihm in die Augen sah. Und dann lächeln musste, denn dieser

Satz markierte das Höchstmaß an empathischer Begeisterung, zu der er in der Lage war.

Unendlicher Dank lag in ihrem Blick, Zuneigung, fein und tief und unverbrüchlich. Zara wusste, dass sie ihm nichts und alles zugleich schuldete.

Und was für ihn im Besonderen galt, traf auch auf die anderen zu, die Rosados nicht zu vergessen. Was als Ersatz begonnen hatte, war zu ihrer neuen Familie gereift.

Graciana zauberte hinter ihrem Rücken einen kleinen, eingetopften Oleander hervor, Zaras Lieblingspflanze. Und da sie keine Schnittblumen mochte und Graciana und die anderen das offensichtlich berücksichtigt hatten, freute sie sich gleich doppelt.

»Von uns allen, Zara. Herzlichen Glückwunsch zum Abi.«

Zara ging zu ihr, sie waren mittlerweile gleich groß, und Zara Pinto hatte vermutlich noch ein paar Zentimeter in der Hinterhand. Sie legte den rechten Arm um Graciana und den linken um Carlos, jenen stoischen Bär, in dem der Puls Fusetas im unaufgeregten Gleichtakt schwang. Als könne das eine nicht ohne das andere sein.

»Ich danke euch, danke, danke.«

Kurz erwiderten Carlos und Graciana die Umarmung, um sich dann wieder von ihr zu lösen.

»Das gehört auch dazu«, sagte Carlos und reichte ihr einen Umschlag, den sie zögerlich entgegennahm und einen Blick hineinwarf. Sie war zu baff für Freudentränen: »Das ist doch viel zu viel.«

»Wir haben die nächsten zehn Geburtstage zusammengelegt«, erwiderte Carlos trocken, »musst nicht meinen, dass da noch was kommt.«

»Aber«, brachte sie hervor und bemühte sich, dass ihr nicht die Stimme brach, »was soll ich denn mit so viel?«

»Wer weiß«, meinte Graciana, »vielleicht könnte man davon verreisen oder so.«

»Ja«, sagte Zara, die immer noch etwas neben sich stand, »ich weiß gar nicht, was ich sagen soll. Ihr seid wahnsinnig, danke. Ich …«

Etwas unentschlossen trat sie von einem Fuß auf den anderen, blickte zur Seite und kurz hinter sich.

»Habt ihr vielleicht … Toninho gesehen?«

Sie wischte sich über die Augen und hoffte, dass er es nicht vergessen hatte. Dass ihr Freund aufgehalten worden war. Aber der Platz vor der Schule war leer, und das Auto, das herangeschossen kam, war ein Taxi, das zwei Touristen auslud. Weit und breit keine Spur von ihm.

»Ja«, sagte Leander, »ich hab ihn gesehen. Er ist direkt …«

Bevor er es verraten konnte, fuhr die Scheibe des bunt bemalten Transporters hinter ihnen herunter und Toninhos Kopf erschien. Er grinste breiter als breit, das sonnengebräunte Gesicht von seinem halblangen, lockigen Haar umrahmt. Die Haut sonnengebräunt.

Für Zara gab es keinen schöneren Mann auf der Welt. Seine warmen Augen, der sinnliche Schwung der Lippen, der dezente Bartschatten, der ihn wie einen jungen Abenteurer wirken ließ. Mit einem Schuss Verwegenheit.

Er öffnete die Tür, schwang sich heraus, nahm Zara in die Arme und gab ihr einen liebevollen Kuss: »Ich bin so stolz auf dich.«

Das Strahlen in ihrem Gesicht war zurück, und Toninho ging zu dem Transporter und öffnete die Seitentür. Die gab den Blick auf zwei Stufen frei, die ins Innere führten. Zara öffnete überrascht den Mund.

Toninho vollführte mit der offenen Hand eine einladende Bewegung von ihr zum Eingang hin. »Einmal vier Wochen Europa«, sagte er, »Abfahrt am Wochenende, Probefahrt: jetzt.«

Zara trat vor und linste hinein: ein kleiner Tisch samt Eckbank, eine Küchenzeile mit Gaskocher, eine Tür, die vermutlich zur Toilette führte, ein Doppelbett im Heck, jede Menge kleine

Staufächer und Schubladen. Nichts davon schien vorgefertigt, alles war … individuell eingepasst.

»Ein Wohnmobil«, brachte sie hervor.

Toninho nickte und vollführte eine Geste, die die anderen miteinbezog: »Ich hab den Sprinter in Sao Bras von einem Kurierfahrer gekauft, er war komplett leer. Wir haben die letzten 6 Wochen daran gezimmert. Ich hab ihn *Magellan* getauft.«

Zaras Beine trugen sie nicht mehr, sie setzte sich hin und lächelte. Und hielt diesen Moment für sich fest. Um dann ihre erste gemeinsame Spritztour zu unternehmen.

12.

Der Abend am Pool der Villa Elias fügte das eine zum anderen.

In der zunehmenden Dämmerung, in der Soraia und Leander das Haus erreichten, wurde das Streichkonzert der Grillen lauter. Und verstummte für einen Augenblick genau dort, wo sie die Sträucher passierten, in denen die Männchen unermüdlich für ihre Herzensdamen musizierten.

Leander barg noch ein paar havarierte Insekten mit dem Kescher, und Soraia, die kalten Vinho Verde in zwei Gläser schenkte, setzte sich auf die Liege und sah ihm dabei zu. Die Schrittstellung, der exakte Zug in den Armen, sein Profil, das sich vor dem Abendhimmel abhob. Und manchmal hob er den Blick und vergaß die Insekten, weil er im Anblick ihrer Grübchen versank.

Der Nachthimmel senkte sich über die Gegend, das geschah hier rasch. Und da der Mond nur eine schmale Sichel bildete, die wenig Licht verbreitete, traten die vielen Sterne umso deutlicher hervor.

Dann setzte Leander sich auf die Kante der Liege und schnappte sich sein Glas. Soraia beugte sich vor und gab ihm einen Kuss auf die Wange. Eigentlich wollte sie sich wieder zurücksinken lassen, aber dann erhaschte sie seinen Geruch. Sonne, UV-Blocker und … Leander.

Sie hätte die Bestandteile dieses charakteristischen Geruchs niemals benennen können. Manchmal, wenn seine Umarmung sich im Schlaf lockerte, presste sie ihre Nase sanft gegen seinen Hals und inhalierte ihn. Und wurde nicht satt davon.

Aber auch er beugte sich vor und sah ihr aus wenigen Zentimetern in die Augen. Unfähig, das rational zu erfassen, was ihn erfasste. Magie nämlich.

Leander wusste selbstverständlich, dass diesem Zauber das Spiel der Hormone zugrunde lag: eine biochemische Reaktion. Eine Reaktion immerhin, die ihn mit Wohlbefinden flutete und die ihn darüber lächeln ließ, dass alles war, wie es war. Und seinen Wert, das wusste er wie sonst keiner, aus seiner Vergänglichkeit bezog.

Soraia sackte zurück auf die Liege und zog ihn mit sich, um ihn zu küssen, die weichen Lippen und … ihre Zähne schlugen aufeinander.

Sie musste schmunzeln. Hatte sie ihn vor wenigen Augenblicken noch ausziehen wollen, erschien ihr der Moment dafür jetzt zu besonders. Also rückte sie zur Seite, damit Leander neben ihr auf der Liege Platz fand.

Für eine gute Minute lagen sie still und eng beieinander, und ihre Blicke wanderten über den Sternenhimmel.

»Der Abendstern«, sagte Soraia schließlich.

»Die Venus«, flüsterte er in ihr Ohr.

»Delfin«, fiel Soraia ein, denn das war das Tier, das der Göttin der Liebe zugeordnet wurde.

»Im Germanischen ist Venus Freya«, wusste Leander.

Woher sich, das sagte er nicht, der Freitag ableitete.

Soraia strich mit ihren Fingern in loser Folge über die Innenseite seiner linken Hand. Vertraut, warm, schön.

So hatten sie sich beide – fast – um den anderen ergänzt und blieben doch Inseln. Und mehr brauchte es nicht für ein Leben.

Während Soraia eine gute Stunde später vor dem Fernseher saß, schaute Lost im Schlafzimmer nach den Wächtern, die er dort gleich nach seiner Ankunft vor fast zwei Jahren platziert hatte.

Figuren aus Speckstein, die seinen Schlaf bewachten und die alles waren, was seine Mutter ihm hinterlassen hatte. Auch, weil sie mit 36 Jahren niemals auf den Gedanken gekommen wäre, ein Testament aufzusetzen.

Er erinnerte nichts weiter als Schneeflocken. Es war wohl das erste Mal, dass er als dick verpacktes Etwas im Kindersitz die Zunge rausstreckte und spürte, wie eine Flocke auf ihr landete und schmolz. Während nichts mehr vor ihm war, keine Sitze, keine Windschutzscheibe, kein Motor. Seine Füße baumelten im Freien, über den zerrissenen Metallfetzen des Unterbodens.

Alles, was eben noch vor ihm gewesen war (die schöne, große, warme Frau und auch die Musik), war mit dem Krachen von Metall wie weggewischt und gegangen.

Es war das Klingeln des Telefons, das ihn aus seinen Gedanken um die Wächter riss.

Mit drei Schritten war er am Apparat – und hatte Graciana in der Leitung.

»Ah, Senhor Lost – kann ich Soraia sprechen?«

»Bedaure, sie schaut gerade *Titanic.*«

Graciana gab sich geschlagen. Wenn Lost Soraia abschirmte, gab es kein Durchkommen.

»Zum Beispiel Blumen.«

»Sie meinen Schnittblumen vom Floristen?«

»Genau. Oder schneiden Sie was aus dem Garten zusammen – kommt auch immer gut. Hat so einen Mühepluspunkt.«

Sie hatten auf der Dachterrasse von Carlos Esteves' Wohnung mit dem Blick aufs Meer gesessen. Entspannt. Esteves hatte eine ziemlich breite Zigarette geraucht.

»Ist das Gras? Es hat diesen typischen Geruch.«

Esteves schüttelte den Kopf: »Nein, das ist der Geruch von Seetang. Weht manchmal hier rüber bei Ostwind.«

»Ach so.«

Lost erkannte die Lüge nicht, weil Carlos sein Gesicht im richtigen Moment leicht abwandte.

»Ja.«

»Aber das Werben ist abgeschlossen.«

»Das Werben?«

»Sim«, bestätigte Leander, »der Sinn des Werbens war den Beginn der Beziehung herbeizuführen. Das Werben ist also abgeschlossen, die Blumen daher überflüssig.«

»Nein, nein, nein«, sagte Carlos ruhig und setzte sich jetzt in seiner Liege auf, um sich Leander zuzuwenden, der im Anzug auf der benachbarten Liege lag und barfuß war. Der Seewind umstrich warm seine Zehen. Manchmal kitzelte das und er musste lächeln.

Carlos hielt ihm seine Flasche Sagres hin, und Leander verstand, was von ihm erwartet wurde: eigene Flasche anheben, beide Flaschen gegeneinanderführen und dann einen Schluck trinken. Auch, wenn man gar keinen Durst verspürte.

Das diente, er hatte es kürzlich in einem Fachartikel gelesen, der sozialen Bindung. Deswegen stieß er doppelt an. Dann tranken sie, Carlos seufzte aus Lust am Sein, sie knabberten von den Oliven und reckten sich. Die Sichel des Mondes war hauchdünn und spiegelte sich im Meer.

Leander mochte an Carlos, dass er nicht ständig redete. Sie nippten an dem Bier und seufzten. Und dann wieder eine Olive. Das Leben konnte so überschaubar sein.

»Das Werben«, sagte Carlos Esteves in diese perfekte Stille hinein, »ist niemals zu Ende.«

»Aber wir sind ein Paar. Wir führen eine Beziehung.«

»Das ist wie mit der Freiheit«, entgegnete Esteves, »die ist nie umsonst. Wer sich nicht ständig für sie einsetzt, verliert sie.«

»Was würden Sie geben für die Freiheit, Senhor Esteves?«

»Alles«, antwortete er ohne zu zögern.

»Ihr Leben?«

»Mein Leben.«

Die Aufrichtigkeit erschütterte Leander. Esteves war ein gut aufgestellter Kriminalist (abzüglich Pünktlich- und Gewissenhaftigkeit), mit dem er manchmal scherzte, was natürlich etwas kompliziert war, da ihre Humorschnittmenge gegen null tendierte und daher logischerweise mal nur der eine, mal nur der andere lachte, aber im Schnitt kamen sie wohl beide auf ihre Kosten.

»Das Werben«, fuhr Carlos Esteves fort, »ist nie vorbei. Sie sollten, wenn ich Ihnen den Rat geben darf, Soraia hin und wieder noch einen weiteren Strauß mitbringen. Neben dem ersten. Es zeigt Soraia ihr ständiges Bemühen.«

»Aha«, sagte Leander.

Aha war immer gut. Er hatte es aus dem *Kompendium der sinnlosen Sätze* vom Dan B. Tucker, Kapitel 3: *Defensive Worthülsen*. Das Buch war ein bombensicherer Ladenhüter. Aber für Leander in puncto Kommunikation ein echter Bestseller.

Ein *Hülsensynonym* zu *Aha* bildete etwa *Soso*. Eines, bei dem man am Ende die Stimme nicht anhob (was Zweifel transportierte), sondern tonlos daherkam, was wiederum Einsicht und Erkenntnis spiegelte.

»Und Sie lieben sie doch, hm?«

»Ja.«

»Es kann auch nicht schaden, ihr das hin und wieder zu sagen.«

»Aber sie weiß es schon«, entgegnete Leander ruhig.

Frauen hören das aber gerne, hätte Carlos früher geantwortet. Aber Leanders Blick auf die Dinge des Lebens hatten auch seinen eigenen verändert – beginnend bei dem Umgang mit dem Alemão.

Also zäumte er die Nummer anders auf: »Sehen Sie es nicht als Information, sondern dass Sie es ihr versichern.«

Leander verstand.

Und so waren die ersten gemeinsamen Monate in der Villa Elias auch von Soraias und Leanders gegenseitigem Bemühen geprägt, der andere möge sich in dieser neuen Zweisamkeit möglichst wohlfühlen.

Obwohl die portugiesische Küche stark von dem Gewürz geprägt war, stand Soraia mit Koriander auf dem Kriegsfuß, also verzichtete Leander beim Kochen auf diese Beigabe. Und obwohl sie nie genau darauf geachtet hatte, wie ihre Schuhe neben der Tür standen, richtete Soraia sie neuerdings an der Fuge der Fliesen aus. So standen sie wie mit dem Lineal gezogen, weil Leander sich sonst daran störte.

Er saugte öfter als sie im Haus (außer, sie sah eine Telenovela) und bügelte seine Hemden am liebsten selbst, da er in diesem Leben noch niemanden getroffen hatte, der es nach seinen Maßstäben akkurat genug tat. Worauf Soraia ihm kurzerhand all ihre Blusen anvertraute.

Leander hatte Mobiliar und Gebrauchsgegenstände in der Villa Elias möglichst zweckmäßig angeordnet. Was keinem Zweck diente, hatte er schubkarrenweise in dem kleinen Haus neben dem Pool untergebracht, in dem sich die Pumpe und einige Reinigungsgeräte befanden. In dem kleinen Raum stapelten sich die Dinge nun bis hoch zur Decke.

Da Soraia bereits über ihre Tätigkeit im örtlichen Kindergarten Kontakt zu Asperger-Autisten gehabt hatte, lange bevor Leander und sie einander begegnet waren, war sie vertraut mit vielen Eigenheiten dieser besonderen Menschen.

Sie hatte aus ihrer vorherigen Wohnung eine Paradiesvogelblume und eine Goldfruchtpalme zur Dekoration und Auflockerung mitgebracht. Dekoration war durch einen rationalen oder logischen Filter betrachtet überflüssig. Also bemühte Soraia sich um vernünftige Argumente, um so ihre kleinen Lieblinge in die Villa Elias zu schmuggeln, ohne dass Leander sich ständig an deren Anwesenheit stieß.

Die Paradiesvogelblume und die Goldfruchtpalme wurden so

zu Spendern von frischer Luft. Und eine große, bunt bemalte Tonschale, die sie auf dem Flohmarkt in Moncarapacho für kleines Geld erstanden hatte, wurde zu einem Gefäß für Obst. Auf diese Art stattete sie alle Gegenstände, die eigentlich keine Daseinsberechtigung hatten, gegenüber Leander mit einem rationalen Zweck für ihre Existenz aus.

Leander wiederum erklärte den Teil des Kleiderschranks, den er Soraia überlassen hatte, für sich als Tabu. Denn während er sich am besten fühlte, wenn seine Kleider ordentlich gefaltet und fein säuberlich nebeneinander aufgehängt waren, hatte Soraia ihre Kleidungsstücke nach dem Chaosprinzip geordnet.

Und seit ihres ersten gemeinsamen Fernsehabends – sie hatten *Titanic* geschaut –, zu dem sie sich auf der Couch an ihn gekuschelt hatte und sie Pistazien knabberten, machten sie abends lieber etwas anderes zusammen.

»Verstehst du, warum es in einem Film über ein Schiffsunglück diese Liebesgeschichte gibt?«

Ja, Soraia verstand es, obwohl sie den Streifen zum x-ten Mal sah, sie verstand es nur zu gut, denn gerade appellierte sie stumm an Rose alias Kate Winslet, sie möge sich gegen den Mann entscheiden, den sie heiraten sollte: *Tu es nicht.*

Tu es nicht und geh mit Jack.

Jack wurde von Leonardo di Caprio verkörpert.

Gerade war Rose drauf und dran, von Bord zu springen und ihrem Leben ein Ende zu setzen. Soraia bibberte.

»Hoffentlich tut sie es nicht.«

»Jemand, der mehrere Minuten auf dem Rand steht, springt nicht mehr«, beruhigte Leander sie, »außerdem dauert der Film noch gute anderthalb Stunden. Deshalb wird sie jetzt nicht springen. Denn dann wäre der Film zu Ende. Vermutlich taucht gleich der arme Junge aus der dritten Klasse auf und ist unter über 1000 Passagieren der Einzige, der sie bemerkt und dann auch noch rettet. Obwohl sie nie gesprungen wäre.«

Es kam genauso, wie Leander beschrieben hatte. Eine wunderschöne Szene zwischen Rose und Jack, die nun allerdings ein wenig daran krankte, dass sie nach Leanders Ausführung tatsächlich gewollt und artifiziell wirkte.

»Gut, sie ist nicht gesprungen. Aber sie muss sich immerhin noch entscheiden, ob sie Cal heiraten soll oder nicht.«

»Natürlich nicht.«

»Das finde ich auch«, pflichtete sie ihm bei.

»Nein, ich meine, dass die Hauptfigur diesen Konflikt überhaupt nicht hat. Deswegen ist *Titanic* auch ein Film mit einem behaupteten Konflikt, der weit hinter seinen dramaturgischen Möglichkeiten bleibt.«

»Aber sie *hat* diesen Konflikt«, widersprach Soraia.

»Ja, und es beschädigt die Intelligenz ihrer Figur. Der Konflikt ist für die Zuschauer schon seit Beginn des Filmes entschieden: Soll Rose den reichen Bösen heiraten oder lieber den armen Guten? Die Moral in einem Hollywoodfilm lässt nur eine Lösung zu: den armen Guten. Das Publikum würde Kate Winslet niemals verzeihen, wenn sie Leonardo DiCaprio ausschlagen und sich für den begüterten, aber schlechten Charakter entscheiden würde. Und deshalb«, schloss er, »gibt es für Rose überhaupt keinen Konflikt.«

Soraia schluckte. Seine Analyse raubte ihr zunehmend den Filmgenuss. Und das ärgerte sie umso mehr, je weniger sie seiner Analyse etwas entgegenzusetzen hatte.

»Wie würde denn ein richtiger Konflikt aussehen?«

»Ein richtiger Konflikt würde aus zwei echten Wahlmöglichkeiten bestehen, aus zwei Männern, die einander charakterlich ebenbürtig sind.«

Und so ging es in lockerer Frequenz weiter. Bis das Schiff schließlich sank und Rose sich auf eine Holztür kauerte und Jack im Wasser blieb.

»Passen nicht zwei Menschen nebeneinander auf eine Tür?«

»Ich weiß nicht«, gab Soraia knapp zurück, weil sie wenigstens den Schluss genießen wollte.

Dann war es still. Sicherlich eine Minute lang, an deren Ende sie frohlockte – zu früh.

»Warum lässt sie ihn erfrieren, wenn sie sich auf der Tür doch wenigstens abwechseln könnten?«

»*Ich … weiß … es … nicht.*«

Und da auch die Telenovelas, die Soraia liebte, ähnlich gestrickt waren, ließ Leander sie heute Abend vor dem Fernseher in Ruhe und widmete sich erst den Wächtern und im Anschluss daran … blieb sein Blick an seinen Schuhen hängen.

Die fehlenden Schuhe.

Brents fünf Paar Socken.

Er schnappte sich sein Handy und rief bei Isadora an: »Entschuldigen Sie, dass ich Sie nach Dienstschluss störe.«

»Kein Problem. Ich bin sowieso noch dienstlich unterwegs«, ließ sie ihn wissen, »ich bin im Girassol.«

»Sie haben doch den Fiat Bravo heute untersucht?«

»Ja.«

»Haben Sie da Schuhe gefunden?«

»Nein.«

13.

Dinge, die einem keine Ruhe lassen, lassen einem keine Ruhe.

Das hatte Herr Winterberg gesagt, der Leiter des Waisenheims, in dem Leander sein Leben bis zu seiner Volljährigkeit verbracht hatte.

Leander Lost hatte lange darüber nachgedacht über den Satz, und er konnte bis heute schwerlich sagen, ob es sich bei Winterbergs Äußerung um eine Erkenntnis von philosophischer Tiefe handelte oder um eine Binsenweisheit.

Wie auch immer: Das Ferienhaus bei Olhão, in der sie heute Morgen die Leiche von Jack Brent gefunden hatten, lag friedlich in der anbrechenden Nacht, nur ein sanfter Wind strich durch die Wedel der Palmen und die Blätter der vier Johannisbrotbäume. Der Lichtstrahl einer Taschenlampe, der den Weg aus einem Raum und durch die Holzlamellen hinausfand, wies ihm das letzte Stück des Weges.

Ein paar Meter weiter entdeckte Leander den Wagen der Kriminaltechnikerin. Und an der Tür, an der das Polizeisiegel gebrochen war, saß Doc, der Dobermann, und knurrte ihn an.

Caniden, wusste Leander, taten sich schwer, jemanden zu attackieren, der sie nicht beachtete. Also ignorierte er ihn und betrat den Flur. Prompt wurde das Knurren zu einem verlegenen Schmatzen und erstarb dann ganz.

Er kam noch zwei Schritte weit, dann richtete sich ein gleißend heller Lichtstrahl auf ihn, der ihn blendete. Und der genauso schnell wieder zur Seite geschwenkt wurde.

»Senhor Lost«, sagte Isadora Jordão angenehm überrascht: »Was treibt Sie hierher?«

»Die Schuhe von Senhor Brent«, gab Leander zurück. »Oder, präziser formuliert: die Nichtexistenz seines Schuhwerks.«

»Verstehe.«

Sie schaltete die Taschenlampe aus und wartete einige Augenblicke, bis ihre Augen sich wieder an die Dunkelheit gewöhnt hatten. Dann besprühte sie großzügig den Boden und die Wände des Wohnzimmers mit einer Flüssigkeit aus der Flasche in ihrer Hand.

»Luminol?«, fragte Lost.

»Ja.«

Es war ein zufälliges Tête-à-Tête, aber Isadora gefiel es, sich mit ihm auszutauschen. Oder auch einfach nur neben Leander Lost zu sitzen. Und auf die Brandung oder den Deckenventilator oder was auch immer zu schauen und nichts zu sagen. Irgendwas an ihm verlieh diesen Momenten immer einen Sinn. Für andere nicht, aber für sie. Isadora fragte sich, ob es nicht ein Glück war, dass sie den Grund dafür nicht wusste.

»Welches Oxidationsmittel verwenden Sie?«

»Wasserstoffperoxid.«

Das war die Antwort, die Leander erwartet hatte. Das Hämoglobin im Blut reagierte auf Zugabe von Luminol und Wasserstoffperoxid mit einem bläulichen Leuchten. Das geschah nur sehr kurz, weshalb Isadora eine Digitalkamera mit einer hohen ISO-Einstellung bereithielt, um das Ergebnis festzuhalten. Denn diese chemische Mischung war in der Lage, selbst kleinste Blutspuren für eine kurze Zeit sichtbar zu machen. Und da Jack Brent wegen des Stichs in die Aorta innerhalb kürzester Zeit sehr viel Blut verloren hatte, konnte er ohne Blutverlust das Wohnzimmer nicht durchquert haben. Unmöglich.

»Er war nach seiner Verletzung nicht im Wohnzimmer und

auch nicht im Flur oder an der Haustür, da ist ebenfalls kein Blut«, erklärte sie ihm.

»Und im Bad konnten sie nicht mehr viel sicherstellen, weil das meiste davon vermutlich im Ablauf verschwunden ist«, vermutete Lost.

»So ist es«, bestätigte sie.

Isadora war nach der Inspektion des Fluchtwagens am späten Nachmittag nicht mehr dazu gekommen, den Tatort mit Luminol zu behandeln. Und da Doc am Abend ohnehin noch mal vor die Tür musste, war sie mit ihrem kleinen Boot im Schutz der Ria Formosa ein wenig an der Küste entlanggeschippert und hatte gegenüber von der Ilha da Armona am Festland angelegt. Dort hatte sie ihren Wagen geparkt und war mit Doc hierhergefahren.

»Könnte ich mir wohl für etwa zwei Minuten Ihre Taschenlampe borgen?«

Das war eine dieser Fragen, für die sie ihn mochte. Und manchmal, in ganz wenigen Sekunden, in klitzekleinen Ausnahmen, auch ein wenig mehr. Sie reichte ihm die gewünschte Lampe, mit der er loszog. Kurz berührten sich ihre Finger.

Sie hörte seine Schritte und sah hier und da den Widerschein des Lichtkegels aufblitzen, den er systematisch durch die Räume schickte.

Aber dann kehrte er zurück und reichte ihr die Lampe, die sie entgegennahm.

»Tatsächlich kein Blut?«, erkundigte er sich.

»Nein. Und Schuhe?«

»Nein.«

»Das bedeutet wohl«, resümierte Isadora Jordão, als sie zu dritt und achtbeinig das Girassol verließen, »dass Senhor Brent tatsächlich im Bad verletzt worden ist.«

»Ja«, bestätigte er.

Kurz stoppte sie mitten im Gehen ab, er erkannte nicht, weshalb, aber dann ging sie schon weiter. An seiner Scrambler angekommen, beugte sie sich zu ihm vor, weit vor. *Sehr* weit. Ihr Geruch drang ihm in die Nase.

»Wir treffen uns an der zweiten Kreuzung. Keine Frage jetzt. Wünschen Sie mir einen schönen Abend.«

Damit wandte sie sich von ihm ab und ging weiter zu ihrem Renault. Auf die Schnelle hatte Leander nicht erfassen können, woraus sich zusammensetzte, was er gerochen hatte. Nur, dass es angenehm war.

»Schönen Abend«, sagte er.

»Ihnen auch!«, rief Isadora Jordão, während sie schon ihren Wagen erreicht hatte und die Heckklappe für den Vierbeiner öffnete.

Lost fiel die Lautstärke auf, mit der sie sich von ihm verabschiedete.

An der zweiten Kreuzung erhielt er die Erklärung.

Die Kriminaltechnikerin wartete schon neben ihrem Auto auf ihn. Ihre Mimik verriet Ungeduld. »Da war jemand. Gegenüber, hinter der Palme«, kam sie auf den Punkt, kaum dass er den Motorradhelm abgenommen hatte.

»Wer?«

»Eine Gestalt. Ein Umriss. Jemand, der da gewartet hat.«

»Worauf?«

Trotz der Eile, die Jordão empfand, musste sie über so viel Naivität lächeln: »Dass wir da weggehen. Lassen Sie uns zurückgehen – aber zu Fuß. Leise. Ich *wette*, diese Person ist jetzt im Haus.«

»Warum sollte sie das tun?«

»Ich weiß es nicht. Aber wenn ich mich nicht geirrt habe, können wir sie ja fragen, hm?«

Lost benötigte einen Sekundenbruchteil, um zu verifizieren, dass dies der sinnvollste Vorschlag aus der Anzahl der Optionen war, die ihnen offenstanden.

Nachdem sie sich auf zwanzig Meter an das Haus herangeschlichen hatten, verharrten sie ein paar Augenblicke. Mit einer Kopfbewegung deutete Isadora stumm auf die Palme gegenüber des Eingangs, von der sie gesprochen hatte. Leander konnte sich vergewissern, dass dort niemand mehr stand.

»Entweder«, flüsterte sie am Rande der Hörbarkeit, »sie ist jetzt weg oder sie ist drinnen.«

Sie selbst, Isadora und er, hatten sich im Schutz einiger Sträucher angeschlichen. Die Zikaden kamen ihnen dabei zu Hilfe, weil sie gerade jetzt zirpten, als ginge es um alles. Und wer wusste das schon, dachte Leander, vielleicht ging es das ja. Jemand hatte die Bretter eines Schuppens vor nicht allzu langer Zeit ausgiebig mit Öl behandelt. Der Geruch hing noch angenehm satt in der Luft.

Isadora und er spitzten die Ohren, und Leander schloss die Augen, um einen seiner Sinne zugunsten des Gehörs abzuschalten.

Nichts.

Nur das Rauschen der Palmwedel, wenn eine Brise sie streifte.

»Nichts«, flüsterte er und öffnete die Augen, um Isadora unverändert neben sich zu finden. Aber auch sie schüttelte den Kopf: nichts.

»Schauen«, begann sie und wollte sagen: *Schauen wir nach.*

Aber mitten im ersten Wort ertönte ein kurzes Schleifgeräusch. Gefolgt von einem warmen, tänzelnden Lichtschein im Haus. Keine Sekunde lang, dann war es wieder dunkel und still.

»Ein Streichholz«, analysierte Leander mit einem Wispern.

Isadora deutete ihr Nicken nur an, als könne eine deutlichere Geste ein verräterisches Geräusch verursachen. Dann wandte sie sich an ihn, sie kam immer näher, ihre Lippen an seinem Ohr. Er konnte sie riechen. Die Creme, eine Spur Zigarettenrauch, und etwas Salziges – Seeluft. Sie roch immer noch gut.

»Sie über die Terrasse, ich über die Eingangstür?«

Leander ergänzte das fehlende Verb, das sich aus dem Kontext ergab, und nickte.

Nachdem sie wieder die Köpfe gereckt und angestrengt gelauscht hatten, verließen sie ihre Deckung, die der Schuppen ihnen bot, in unterschiedlichen Richtungen. Und schlichen durch ein Meer an Fußspuren, die Rui Aviola mit den Nachbarn hier hinterlassen hatte.

Während Isadora über einen Carport, der sie vor Blicken schützte, schon die Hausecke der Vorderfront erreichte, hatte Leander es durch den angrenzenden Garten schwerer. Dem physikalischen Gesetz der Optik folgend, demzufolge Eintrittswinkel gleich Austrittswinkel ist, arbeitete er sich langsam an die Terrasse heran und sparte dabei nach Möglichkeit jene Stellen aus, die für einen Betrachter aus dem Inneren des Hauses sichtbar waren.

Das war nicht durchgängig möglich, aber wer immer sich in dem Ferienhaus befand, sah sich ohnehin nach etwas anderem um – zum Hinausschauen benötigte man schließlich keine Streichhölzer. Damit wusste Leander für seine Annäherung ans Haus die Wahrscheinlichkeit auf seiner Seite.

Schließlich erreichte er jetzt auch eine Hausecke – diejenige neben der Terrasse. Geduckt schlich er bis zum ersten Fenster und riskierte mit sehr langsamen Bewegungen einen Blick hinein. Im ersten Moment erschien ihm das Haus verlassen. Doch dann bemerkte er eine Bewegung in der Küche.

Leander kniff die Augen zusammen, obwohl ihm klar war, dass er dadurch nicht besser sah.

Eine Gestalt war über eine Art Kasten gebeugt, aus dem sie in ziemlich schneller Folge Dinge entnahm und auf der Anrichte ablegte.

Die Gestalt, die sich nur durch wenige Konturen vor dem schwarzen Hintergrund abzeichnete, erstarrte genauso wie er bei dem Quietschen, das jetzt von vorne erklang: die Haustür.

Isadora Jordão war drinnen!

Damit war die Aufmerksamkeit der Gestalt jetzt mit allen Sinnen nach vorne gerichtet. Leander nutzte die Möglichkeit, zur Terrassentür zu laufen. Und genau in diesem Augenblick schnappte sich die Gestalt einen Kerzenleuchter, rannte los, jagte durchs Wohnzimmer und erreichte ebenfalls die Terrassentür, die sie von innen aufriss, um noch in der Bewegung zu erstarren. Sie schaute in die Mündung von Losts P99 mit dem Knauf für Linkshänder.

Lost erkannte sie auf Anhieb. Es war Antonia Santos. Ihr Blick war gehetzt – und von einer tödlichen Entschlossenheit.

»Polícia Judiciária, Sub-Inspektor Lost, ich …«

»Achtung, hinter Ihnen«, warnte sie ihn.

Er konnte ihre Mikroexpression wegen der Lichtverhältnisse nicht korrekt dechiffrieren und wirbelte herum. Aber da war nichts, jedenfalls im ersten Moment nicht.

Eine Finte!

Lost ahnte den Schlag, der seinem Hinterkopf galt. Er ließ sich instinktiv einfach fallen, sodass der Kerzenleuchter ihn knapp verfehlte und über ihm durch die Luft sauste, während er sich auf der Terrasse mit den Händen und Unterarmen abfing. Schnell rollte er um seine eigene Körperachse zur Seite. Erstens, um einem zweiten Schlag zu entgehen, zweitens, um Santos wieder ins Sichtfeld zu bekommen.

Die taumelte nach vorne, mitgerissen vom Schwung ihres eigenen Schlages, der ins Leere ging.

Lost legte die linke Fußspitze hinter ihren Fußknöchel und stemmte seine Schuhsohle gegen ihre Kniescheibe.

Ein Schmerzenslaut kam über ihre Lippen, aber die Hebelmechanik zwang sie unerbittlich nach hinten, sodass Antonia Santos der Länge nach rücklings auf der Terrasse aufschlug.

Wie eine Katze schwang sie sofort herum, um wieder aufzustehen, und Lost griff nach der P99. Aber dann war Isadora Jordão da und legte die Mündung ihrer Glock hinter das Ohr von Senhora Antonia, die sofort erstarrte.

»Nicht rühren.«

Obwohl die Tatverdächtige dem Befehl nachkam, war doch zu spüren – an der Haltung, der Körperspannung, der Atmung –, dass sie für einen letzten Sekundenbruchteil zögerte. Dass sie noch einmal erwog, auch die allerkleinste Chance zur Flucht zu nutzen. Noch einmal alles in die Waagschale zu werfen.

Und erst dann resignierte und ausatmete.

TAG DREI

14.

Es gab welche, die um Gnade bettelten. Und solche, die ihnen mit dem Stuhl den Schädel zertrümmern wollten. Wieder andere blieben höflich sitzen, baten um ein Glas Wasser und orderten ein halbes Dutzend Anwälte in Designeranzügen.

Duarte, der den lieben langen Abend tatsächlich bei Lurdes Ventura zugebracht hatte, konnte von einem erzählen, der sich beinahe dabei überschlagen hatte, seine Komplizen zu verraten: Ohne dass der Verdächtige dazu aufgefordert worden war, beschuldigte er sie sofort, um einen Deal mit der Staatsanwaltschaft einzufädeln. Er war sogar dazu bereit, ihnen Dinge anzudichten, die sie gar nicht begangen hatten, wenn man ihm im Gegenzug ein wenig Straferlass bewilligte.

Nicht wenige versuchten, sich herauszureden und dabei nur das Wenige zuzugeben, was ohnehin längst bewiesen und daher nicht mehr zu leugnen war. Aber sie alle strauchelten früher oder später über das, was sie erfunden hatten. Keiner verfügte über ein so bravouröses Gedächtnis, sich alle frisch erfundenen Lügen – *und* ihre Wechselwirkung zueinander – haarklein merken zu können. Sie scheiterten, wie Carlos es einmal formuliert hatte, an ihren unausgegorenen Ideen.

Für Graciana Rosado waren diese Verhöre immer auch die Stunde der Wahrheit. Hier zeigten die Tatverdächtigen, aus welchem Stoff sie wirklich gemacht waren. Brutal auftretende Mitglieder einer Straßengang wurden ohne ihr schützendes Rudel plötzlich unsicher, und ein unscheinbarer, nett wirkender Familienvater offenbarte eine unfassbare Gefühlskälte.

Alles war möglich, und jede Vorhersage, aus welchem Kern der Mensch bestand, den sie gleich in die Mangel nehmen würden, zerstob für gewöhnlich, sobald das Verhör begann.

Was Antonia Santos betraf, so war sie gefasst, das zumindest drückte ihre Köperhaltung aus. Die Hände hatte sie offen ineinandergelegt, ihr Blick war aufmerksam. Nicht mehr von jener fast animalischen Wachheit wie bei ihrem Fluchtversuch vor einer Stunde, aber doch aufmerksam. Das dunkle Haar war mal zu einem Pagenkopf geschnitten gewesen, mittlerweile setzten die Haarspitzen fast auf den Schultern auf. Sie hatte hohe Wangenknochen und ein leicht vorstehendes Kinn, was Entschlossenheit auch dann signalisierte, wenn sie sie gar nicht empfand.

Sie saß im Besprechungsraum gleich links neben dem Labor von Isadora. Das Zimmer mit den traditionellen rötlichen Catarina-Fliesen am Boden, den weißen Wänden und der Decke aus schweren, hellen Holzbalken diente für Verhöre ebenso wie für offizielle Besuche. Gäste oder Täter setzten normalerweise keinen Fuß in den ersten Stock der Polícia Judiciária mit seinen Büros, sondern wurden hierher gelotst.

Graciana bat Leander Lost, sich an den Kopf des Tisches zu setzen, hinter dem Antonia Santos auf sie wartete. Auf diese Weise hatte sie seine Signale – Lüge/keine Lüge – im Blick, ohne diesen von der Frau wenden zu müssen.

Carlos lehnte sich gegen den Fenstersims neben dem Kühlschrank, den er nebenbei durchforstete, also einer kleinen, kulinarischen Inventur unterzog, während Miguel Duarte im Zimmer mit finsterer Miene auf und ab ging.

Für solche Anlässe hatte der Spanier, der von seinen Kollegen hinter seinem Rücken den Spitznamen *O Pavao,* der Pfau, verpasst bekommen hatte, extra einen sündhaft teuren Anzug in Navyblau von Kiton im Kofferraum deponiert – in einem elastisch schwingenden Netz, das ihn vor Falten schützte. In Erwartung eines Blitzlichtgewitters wartender Reporter hatte er ihn in aller Eile im Schutze zweier Pinien gegen den getauscht, den er tagsüber und noch bei Senhora Lurdes getragen hatte.

Jene Senhora, aus der er, ganz spanischer Kavalier, den Namen der Verdächtigen entlockt hatte. Sein Anteil an dem Fahndungserfolg war der entscheidende, maßgebliche, größte. Das lag auf der Hand, es war so unübersehbar wie der Kilimandscharo.

Aber in der schmalen gepflasterten Gasse vor der Kripo wartete … niemand. Niemand, denn Graciana hatte beschlossen, die Fahndung vorerst weiterlaufen zu lassen. Es konnte daher niemand von der Presse von dem Fang wissen, der ihnen gerade (seinetwegen!) gelungen war. Duarte trieb der Verdacht um, sie habe das absichtlich getan, weil sie ihm den Erfolg nicht gönnte.

»Warum hebst du die Fahndung nicht auf?«, hatte er sie gleich unten vor der Tür zur Rede gestellt.

»Weil ihre Schuld noch nicht feststeht.«

»Nicht feststeht? Hast du die Handydaten gesehen?«

Der Provider hatte sie nur wenige Minuten nach Santos' Festnahme zur Verfügung gestellt. Sie waren an Eindeutigkeit schwer zu übertreffen.

»Ja, aber es gilt die Unschuldsvermutung – auch für sie.«

»Und weil sie ihre Unschuld beweisen wollte, ist sie vor Isadora und dem Alemão abgehauen.«

»Der Alemão hat einen Namen«, entgegnete sie unwirsch, obwohl sie in Gedanken einräumen musste, dass Carlos und sie ihn manchmal *Senhor Léxico* nannten. Aber darunter lag ein anderer Ton als jener, der gerade bei Duarte mitgeschwungen war.

»Es ist klar, dass sie es ist. Man hätte wie üblich die Presse informieren können«, insistierte er und hätte sich im gleichen Moment – als er ihren Gesichtsausdruck sah – am liebsten auf die Zunge gebissen.

Zuerst war ihr Gesicht verblüfft, dann fror es in harte, scharfe Konturen ein und wurde ernst. Und abschließend verzog sich ihr Mund zu einem kleinen Lächeln, weil sie ihn gerade durchschaut hatte. »Die Presse«, sagte sie nur und wandte sich dann von ihm ab, um das Kommissariat zu betreten und mit der Anhörung von Antonia Santos zu beginnen.

Wie schaffte Graciana Rosado es nur immer, dass er sich fühlte, als hätte er einen Hund getreten oder einem Kleinkind den Lolli weggenommen? Er fühlte sich schuldig, obwohl sie sich eigentlich bei ihm hätte entschuldigen müssen. Weil die Presse nicht da war. Und weil er völlig überflüssigerweise den Kiton angezogen hatte.

Hoffentlich geriet er jetzt nicht völlig außer Form.

»Mein Name ist Graciana Rosado, ich bin Sub-Inspektorin und möchte Sie ein paar Dinge fragen. Sie sind Antonia Santos, geboren am 23. Juni 1992 in Olhão.«

»Sim«, antwortete Antonia ruhig.

»Sie sind vorläufig wegen des Verdachts des Totschlags oder Mordes an Senhor Jack Brent festgenommen.«

Santos beließ es bei einem Nicken.

»Geben Sie die Tat zu?«

Statt einer Antwort schenkte die junge Frau ihr ein spöttisches Lächeln, das Graciana irritierte.

»Man hat Ihnen erklärt, dass Sie Anspruch auf einen rechtlichen Beistand haben?«

»Hat man. Aber ich verzichte darauf.«

Auch Carlos und Miguel Duarte merkten auf.

Der gebürtige Spanier stakste schon die ganze Zeit durch den Raum und war dabei bemüht, die Knie und Ellbogen so wenig wie möglich zu beugen, damit der Stoff seines Maßanzugs nicht unnötig ausbeulte. Nun hielt er kurz inne. »Und wieso?«, fragte er.

»Weil es für diese Angelegenheit keinen Anwalt braucht«, gab Antonia Santos eine Spur feindselig zurück. Duarte seufzte. Die Welt war einfach voller Spinner und außerdem piekste etwas in seinem rechten Schuh, wenn er sich nicht täuschte. Er ging behutsam weiter auf und ab.

»Wir haben die Bewegungsdaten der Smartphones von Ihnen und von Senhor Brent miteinander abgeglichen«, ergriff Leander Lost das Wort, »von 9:19 Uhr bis 9:23 Uhr haben Sie sich beide im Badezimmer des Ferienhauses aufgehalten. Danach haben Sie, Senhora, das Grundstück mit Ihrem Fahrzeug verlassen. Der rechtsmedizinische Bericht legt den Todeszeitpunkt auf ungefähr 9:30 Uhr fest.«

»Da haben Sie ja sehr interessante Daten, Senhor … Last?«

»Lost.«

»Und wir haben noch interessantere«, legte Graciana nach, »seit Ihrer Ankunft vorgestern Abend hat sich kein anderes Mobilgerät in den Signalbereich des Girassol eingeloggt. Bis auf diejenigen von Ihnen und Jack Brent.«

Wenn Graciana sich nicht täuschte, war Antonia Santos davon so beeindruckt wie von einer Wetterdurchsage.

Duarte atmete genervt so laut aus, dass er kurzzeitig das Surren des Deckenventilators übertönte.

»Man wird Sie wegen Mordes anklagen, Senhora.«

Die Senhora quittierte das mit einem Nicken.

Währenddessen warf Duarte dem Kollegen Esteves einen tadelnden Blick zu, weil der sich gerade über zwei Queijadas de Leite hermachte, die er im Kühlschrank aufgestöbert hatte – kleine Puddingtörtchen aus Vanillecreme, abgerundet mit Zimt und Puderzucker. Natürlich von Marisa beigesteuert, deren Vater im Sommer immer noch ein wenig Zitronenabrieb einarbeitete, was einen angenehmen, aber unaufdringlichen Zitrusgeschmack im Mund hinterließ.

»Die Queijadas sind für Besuchter«, wies Duarte ihn leise zurecht, als er Carlos passierte.

»Mach nicht so einen Wind, sonst kleckere ich auf deinen Anzug,«

Duarte blieb stehen und sah ihm in die Augen.

Ein Räuspern hinter ihnen.

Die beiden Männer sahen zu Graciana, die ihnen einen angespannten Blick zuwarf: »Könnt ihr das später regeln?«

Carlos kannte sie gut genug, um herauszuhören, wie sie mit Mühe ihren aufkeimenden Zorn darüber unterdrückte, dass Miguel und er es fertigbrachten, über Vanilletörtchen zu diskutieren, während sie eine Mordverdächtige in die Zange nahm – obendrein, weil ihr das nicht so recht gelingen wollte.

»Claro«, sagte er.

»Bom«, antwortete Graciana und wandte sich dann wieder an Senhora Antonia, aber Lost kam ihr zuvor: »Senhor Brent, hatte der Schuhe dabei?«

»Das ist doch nun wirklich nicht wichtig«, maulte Duarte.

Seit Beginn des Verhörs war dieses der erste Moment, in dem Antonia Santos ihre Reserviertheit ablegte. »Ja«, gab sie zur Antwort.

»Was für welche?«

»Ich weiß nicht, Turnschuhe. Ich meine, von Nike.«

»Die Größe?«

»Was soll das? 46 oder so was. Jedenfalls riesig. Ist das wichtig?«

»Das weiß ich nicht«, bekannte Lost. »Aber wissen Sie, wo die sind?«

»Äh … nein.«

»Haben Sie die vorhin im Haus gesucht?«

»Nein, wieso?«

»Weil ich gesehen habe, dass Sie etwas gesucht haben. Was war das?«

Der schmale Mann in dem schwarzen Anzug starrte ihr dabei unverwandt in die Augen – dachte sie. Aber Lost war der direkte Blickkontakt selbst unangenehm. Da er gelernt hatte, dass das ständige Nicht-in-die-Augen-Schauen von Menschen als unhöflich bewertet wurde (was er nicht wollte, denn Unhöflichkeit fiel auf Dauer auf, und das Auffallen wollte er unbedingt vermeiden), fokussierte er einfach deren Nasenwurzel. Das war für sie von einem Blick in die Augen nicht zu unterscheiden. So wie jetzt bei der Tatverdächtigen.

»Ich habe nichts gesucht.«

Graciana nahm aus den Augenwinkeln wahr, wie Leander Lost diese Antwort als Lüge klassifizierte. »Ich …«, begann sie, doch dieses Mal wurde sie von Antonia Santos unterbrochen: »Ich werde keine weiteren Fragen beantworten, Senhora Graciana. Sie können sie ruhig stellen, natürlich. Aber ich werde zu allem schweigen. Damit ist unser Gespräch sinnlos. Am besten, Sie klagen mich an und stellen mich vor ein Gericht.«

Alle stutzten, selbst Lost schien, obwohl voll konzentriert, noch einmal besonders aufzumerken, als Antonia Santos sich für einen Prozess gegen sie selbst aussprach. Und auch Duarte, der sich endlich hingesetzt hatte und nun ein paar Piniennadeln aus seinem rechten Schuh schüttelte, empfand diese Bemerkung als besonders.

Es gab solche und solche Täter. Aber bis jetzt war ihnen noch niemand untergekommen, der ein Verhör seinerseits für beendet erklärt hatte. Und auch nicht mit diesen Worten.

»Brents Schuhe«, sprach Graciana den deutschen Kollegen auf dem Flur an, nachdem Antonia Santos von der GNR in die Untersuchungshaft überführt worden war, »warum beschäftigt Sie das so?«

Mittlerweile war es halb vier Uhr morgens und sie traten alle in die Stille der Gasse, in der kein Fenster mehr erleuchtet war. Nur die Laternen spendeten gelbliches Licht.

»Boa noite«, verabschiedete Duarte sich von ihnen. Ihn interessierte nicht die Bohne, was für einen Narren Lost an den Schuhen des Opfers gefressen hatte. Denn jemand, der irgendwelche Figuren um sich scharte, um besser schlafen zu können, seinen Mitmenschen mit minutenlangen Monologen über die Besiedlung des Mars die Nerven raubte und in der Sommerhitze einen schwarzen Anzug trug, war mindestens plemplem. Oder wie man in Sevilla freundlich sagte: Er hatte einen an der Klatsche.

Deshalb überließ er die drei ihrer eintönigen Zukunft und machte sich auf den Heimweg.

»Die von Senhor Brent?«

»Ja.«

Sie schlenderten zu dritt zum Largo da Sé, wo Graciana ihren Mustang neben der gelben Ducati Scrambler von Leander abgestellt hatte. Der Platz umgab die Kathedrale von Faro, deren Turm noch aus der Zeit nach der Reconquista stammte und auf den Mauern einer Moschee errichtet worden war.

»Weil sie fehlen.«

»Und weiter?«, hakte Carlos nach und gähnte herzhaft. Natürlich, es war nur ein Detail. Aber in den knapp zwei Jahren, in denen sie nun mit Senhor Léxico arbeiteten, hatte er langsam feine Antennen für dessen Verhalten entwickelt. Erstens, weil es sich häufig als Gewinn für ihre Arbeit herausgestellt hatte, wenn man sich Losts Gedankengängen öffnete. Zweitens, weil es von einem guten Miteinander zeugte, wie sein Vater gesagt hatte, wenn man gerade jenen zuhörte, die nicht der eigenen Meinung waren oder einen anderen Blick auf die Dinge hatten. Denn das erweiterte stets den eigenen Horizont.

Und drittens, Carlos mochte sich das kaum eingestehen, weil er sich manchmal um Leander sorgte. Zweimal schon hatte Soraia Zeitschriften-Abos abbestellen müssen, die Leander von irgendwelchen zwielichtigen Gestalten aufgeschwatzt worden waren. Der im guten Glauben daran, mit diesem Geld in einem Fall ein Kinderhospiz, in dem anderen ein Tierheim zu unterstützen, die jeweiligen Formulare unterschrieben hatte.

Wenn Leander also die Schuhe von Jack Brent vermisste, konnte das Interesse für das Schuhwerk des Ermordeten einer seiner Eigenarten geschuldet oder auch von wirklicher Bedeutung sein.

»Sie befinden sich nicht im Haus, sie befinden sich nicht in dem Auto von Senhora Antonia«, stellte Leander fest, »und ich halte es für unwahrscheinlich, dass Senhor Brent diese Reise ohne Schuhwerk angetreten ist.«

»Und das macht Sie stutzig«, vermutete Graciana.

»Nein. Es ist eine unbeantwortete Frage.«

»Das heißt«, sagte Carlos, »Senhor Brent könnte sie auch am Strand liegen gelassen haben.«

»Das wäre denkbar«, antwortete Leander, »aber die GPS-Daten legen offen, dass er das Girassol von der Ankunft bis zu seinem Tod nicht verlassen hat.«

»Vielleicht«, fiel Graciana ein, »hat er sie tatsächlich in El Ejido vergessen. In seiner Wohnung.«

Aber Carlos schüttelte bereits den Kopf: »Senhora Antonia hat ausgesagt, dass er Schuhe dabei hatte.«

»Turnschuhe von Nike«, präzisierte Leander.

»Stimmt«, räumte Graciana ein.

»Ich weiß, es ist unwahrscheinlich«, meldete Carlos sich wieder zu Wort, »aber vielleicht hat er sie auch vor die Tür gestellt. Es kommt vor, dass Füchse oder streunende Hunde sie mitnehmen. Zum Beispiel für ihren Wurf, damit die Kleinen was zu spielen haben.«

»Das ist nicht auszuschließen«, sagte Leander, aber es hörte sich nicht so an, als maß er dieser Option eine hohe Wahrscheinlichkeit bei.

»Jedenfalls sind sie verschwunden, so viel lässt sich wohl festhalten«, schloss Graciana und atmete einmal tief durch: »Ich frage mich die ganze Zeit, warum Antonia Santos kein Geständnis abgelegt hat.«

»Vielleicht hofft sie, sie kommt noch aus der Nummer raus,

weil es keinen Zeugen für den Mord gibt. Vielleicht hofft sie auf einen guten Anwalt«, sagte Carlos ins Blaue.

»Ich weiß es nicht«, gab Graciana zu, »aber eins ist wohl sicher: Zum Zeitpunkt des Todes von Jack Brent waren nur zwei Personen im Haus. Er und sie. Und sie ist danach geflohen.«

15.

Alles passte. Die GPS-Daten: Brent und Santos waren die einzigen Personen, die sich im Haus befanden, als er starb. Aber die Schuhe, mit deren Erwähnung Leander Lost mehrfach unangenehm im Team aufgefallen war, ließen ihm keine Ruhe.

Also schwenkte er auf seinem Motorrad im zweiten Kreisverkehr nach links ab und ließ den Mustang mit Graciana Rosado und Carlos Esteves ziehen, um zum Girassol zurückzukehren.

Das Haus lag so da, wie Leander es liebte: einsam und verlassen. Die Sterne büßten im Osten bereits an Strahlkraft ein. Die Schwärze der Nacht wich. Der Sonnenaufgang in anderthalb Stunden kroch unermüdlich heran.

Leander brach das Polizeisiegel und ging schnurstracks ins Bad. Das Waschbecken. Die Zahnbürsten. Die Dusche. Der Ablauf. Hier war das Leben aus Senhor Brent herausgeflossen.

Leander schloss die Augen, und ihm kam zugute, dass die Zikaden noch Nachtruhe hielten und es – bis auf ein weit entferntes Hundebellen – still war.

Ihm erschien der nackte Tote am Boden. Das Messer. Und dann die Turnschuhe, die er nie gesehen hatte. Die Turnschuhe, deren Existenz Antonia Santos ihm im Verhör bestätigt hatte. Und die verschwunden waren.

Alles passte, ja, aber in diesem ganzen, gut geölten Getriebe gab es dieses unerklärliche Sandkorn – Brents Schuhe.

Losts Denken beruhte auf Vernunft und Logik. Es ging ihm im Moment gar nicht darum, etwas Wesentliches zum Fall beizutragen, er wollte schlicht dieses Loch in der Logik flicken, er wollte wissen, was mit Brents Schuhen passiert war.

Um einen Haken hinter diese Frage zu machen und sie abzuschließen.

Aber es kam anders.

Und der Grund dafür war der Geräteschuppen, hinter dem Isadora Jordão und er vorhin Deckung gesucht hatten. Wenn Brents Turnschuhe sich weder im Haus noch im Fluchtwagen oder auf der Terrasse befanden, dann vielleicht dort – im Schuppen! Denn irgendwo *mussten* sie sich ja befinden – wenigstens hatte er dort noch nicht nachgesehen.

Also machte er sich mithilfe seiner kleinen Stabtaschenlampe auf den Weg und fand den Schuppen unverschlossen. Der Innenraum war schnell überblickt: Gartengeräte, eine imposante Vielfalt an Spinnennetzen und ein Generator.

All das auf einem Boden aus festgetretener roter Erde.

Also schloss Lost die Tür des Schuppens unverrichteter Dinge und wollte zu seinem Motorrad zurückkehren, als der Lichtkegel seiner Taschenlampe eine Fußspur erfasste, die – Schwenk nach links – direkt am Ende eines gepflasterten Wegs begann.

Den hatte er schon früher am Abend bei der Festnahme von Antonia Santos zusammen mit Senhora Isadora überquert. Er war keinen halben Meter breit und führte von der Terrasse des Hauses schnurstracks in den Garten. Vielleicht zehn Meter, vielleicht ein paar Meter mehr. Dann senkte sich das Grundstück auf eine tiefer gelegene Ebene – und der Weg endete. Dahinter begann urwüchsiges Gelände.

Er ging in die Hocke und aus seiner Vermutung wurde Gewissheit: N – Leerstelle -k-e. *Nike*, ergänzte Lost. Auf der Leerstelle im Abdruck war etwas abgebröckelt. Vielleicht war es ein

»i« gewesen, vielleicht nicht. Der nächste Abdruck war dafür deutlicher: *Nike.*

Nike-Turnschuhe.

Es hatte ein Gewitter gegeben, rief er die Wetterverhältnisse jener Nacht aus seinem Gedächtnis ab. Der Boden war aufgeweicht und matschig gewesen. Und dann, am nächsten Tag, hatte die Sonne ihn ausgetrocknet und jeden Abdruck festgehalten. Fast so gut wie ein Gipsabdruck.

Das Gelände war voller Abdrücke, denn Rui Aviola hatte mit einigen Helfern quasi auf jedem Quadratmeter Spuren vernichtet. Aber eben nicht alle. Er hatte lediglich unbewusst dafür gesorgt, dass ihnen diese hier nicht sofort ins Auge gefallen war.

Lost aktivierte auf seinem Smartphone das Maßband und überprüfte die Abmessungen des Abdrucks. Natürlich gestaltete sich ein Abdruck immer größer als die tatsächliche Größe. Aber Schuhgröße 45 oder 46 waren wahrscheinlich.

Lost verfolgte die Fußabdrücke bis zum angelegten Weg zurück und hielt dabei, während er sie im Lichtkegel der Taschenlampe fixierte, gebührenden Abstand, um keine weiteren Spuren zunichtezumachen.

Der erste Abdruck war tief – der Sprung von dem gepflasterten Weg hinab in den Garten. Brent hatte gut und gerne über 90 Kilo gewogen.

Jedenfalls riesig, so hatte es Antonia Santos ausgedrückt.

Brent hatte vermutlich – Leander ging vorsichtig zurück und maß akribisch nach – einen Sprung in den ungepflasterten Teil des Gartens von immerhin 3,20 Meter zurückgelegt. Aus einem sehr schnellen Lauf also, schloss Lost. Vielleicht aus einem Sprint. Höchstwahrscheinlich auf der Flucht – vor wem?

Antonia Santos?

Links und dann rechts – aber wesentlich früher aufgesetzt als Brent, nämlich bei etwa 2,60 Meter – entdeckte er zwei weitere Spuren, die sich wie die Brents von allen anderen unterschieden:

sie verliefen über das Gelände in einer geraden Linie, nahezu quer zu den Abdrücken der anderen.

Leander ging erneut in die Hocke: flache Sohlen, zwischen Schuhgröße 41 und 43 etwa.

Flache Sohlen deuteten auf Straßenschuhe. Deuteten auf Männer (der Größe wegen), die für die Stadt präpariert waren, nicht für den Matsch und das Gelände. In einer der beiden Spuren entdeckte er auch einen spezifischen Abdruck: einen Stern mit sechs Zacken.

Zwei Männer, die Brent verfolgt hatten. Oder zwei Männer, die Brent verfolgt hatte. Über die Chronologie der Ereignisse hier draußen gaben die Spuren noch keine Auskunft.

Leander folgte ihnen seitlich weiter, als eskortiere er die drei Laufenden zeitversetzt.

An einer Stelle zwischen ein paar Agaven blieben die Spuren der flachen Schuhe unverändert. Aber die in der Mitte drehten sich einmal in alle Richtungen. Gute zwanzig Meter weiter vermischten sich all diese Spuren und wurden zu einem aufgeregten Knäuel, in dem die einzelnen Sohlen nicht mehr voneinander zu unterscheiden waren. In dessen Mitte fand sich ein aufgehellter Fleck. Nur ein paar weißliche Partikel in der roten Erde.

Von dem Knäuel führten nur zwei Spuren weiter – die mit den flachen Sohlen, die jetzt tiefere Abdrücke hinterließen. Sie haben Brent getragen, kombinierte Leander Lost.

Und noch während er den Fußspuren weiter folgte, die in einem weiten Bogen zunächst auf einen gepflasterten Weg und dann zurück zum Haus führten, rief er bei Isadora Jordão an, die er beim Genuss des zweiten Joints auf ihrem Boot erreichte. Sie hatte ihre nackten Füße auf der Reling abgelegt und schaute den Sternen beim Verblassen zu. Mit der freien Hand streichelte sie Docs Ohren, der neben ihr lag und döste. Sie ließen sich beide vom sanften Gang der Wellen wiegen.

»Ich brauche Sie jetzt hier.«

»Es ist kurz vor fünf Uhr morgens.«

»Danke, aber ich habe eine Uhr.«

»Ich wollte sagen: Das ist etwas früh, hm?«

»Sie haben Bereitschaft, Sie sind im Dienst. Und ich habe vermutlich einen Hinweis auf Brents Schuhe.«

Isadora nahm langsam die Füße von der Reling, sie war auf einen Schlag wach bis in die Haarspitzen. »Und weiter?«

»Könnten Sie bitte einen vollständigen Satz bilden?«

Ein Lächeln huschte über das Gesicht der Kriminaltechnikerin. »Natürlich. Ist das alles, was Sie gefunden haben?«

»Nein. Die Fußspuren zweier Männer, wie ich annehme. Und weiße Partikel an einer Stelle im Sand, an der ich davon ausgehe, dass dort ein Kampf stattgefunden hat. Sie haben doch eine Blutprobe von Senhor Brent im Labor?«

»Ja.«

»Wie lange benötigen Sie für eine Vergleichsprobe?«

»Sie denken, ich finde da Blut – bei den weißen Partikeln?«

»Möglicherweise, ja.«

»Dann muss ich es aus dem Sand extrahieren, aber die Feinarbeit erledigt die Maschine im Labor. Wenn der Vergleich direkt auf Brent abzielt und ich deswegen also keine Datenbankabfrage starten muss, geht es schneller, ich kann ein RDP laufen lassen, sicher haben Sie schon davon gehört.«

»Rapid-DNA-Profiling.«

»Exakt. In spätestens drei Stunden haben Sie das Ergebnis. Besorgen Sie bitte eine saubere Schüssel aus der Küche und schaufeln Sie den betreffenden Sand da rein. Eine Handvoll wird locker reichen. Das spart uns Zeit.«

»Erledige ich.«

»Was zum Teufel macht er da?«, fragte Carlos Esteves, als Graciana und er erneut am Girassol eintrafen – mit nur einer Stunde Schlaf im Nacken. Wenn überhaupt. »Soll das ein Regentanz sein?«, fügte er hinzu.

Carlos grinste, und was Graciana zu ihm hinzog in diesem Moment, war das Fehlen jeglicher Kälte.

Leander ging tatsächlich gerade wie in einer Art Zeitlupe durch den Garten und drehte sich dabei einmal um seine eigene Achse. Langsam. Und das in den zwei grellen Lichtschächten, die zwei massige Strahler in die Reste der Nacht trieben. Keine zehn Meter weiter bewegte Isadora Jordão sich auf allen vieren in die entgegengesetzte Richtung, die Nase knapp über dem Boden. Es hatte etwas von einem surrealen Theaterstück.

Wenige Meter weiter hievten Ana Gomes und Rui Aviola einen dritten schweren Scheinwerfer auf ein Stativ.

»Senhor Lost, guten Morgen.«

»Guten Morgen«, gab Leander zurück und vollführte wieder diese verlangsamte Pirouette auf dem ausgetrockneten Grund.

Da trat Isadora an sie heran, begleitet von Doc, der ihr nicht von der Seite wich. Carlos schnippte ein Stück Croissant (mit Schinken-Käse-Füllung, noch backwarm) in seine Richtung, die der Dobermann aus der Luft schnappte. Er wedelte.

»Die fehlenden Schuhe von Senhor Brent haben Senhor Lost drauf gebracht«, eröffnete sie ihnen und deutete auf das mit Plastikband abgeschirmte Knäuel der Fußabdrücke am Boden: »Hier hatte er sie noch an. Nike-Turnschuhe und Fußspuren von zwei weiteren Personen, nach der Größe zu beurteilen ebenfalls männlich. Ich habe Blut sichern können, das wahrscheinlich von Senhor Brent stammt, so zumindest das Ergebnis eines Schnelltests. Die genauere Überprüfung läuft gerade. Der Schnelltest liefert aber immerhin eine Übereinstimmung von 92,4 Prozent.«

Graciana und Carlos stutzten.

»Er ist hier verletzt worden?«

»Nein, vorher«, erklärte Lost, »die Fußabdrücke legen nahe, dass er aus dem Haus gelaufen ist. Die Abdrücke weisen einen weiten Abstand zueinander auf. Ein Mensch, der sprintet.«

»Um sein Leben«, schob Carlos intuitiv ein.

»Wenn das so war, hat er das Rennen nicht gewonnen«, gab Lost trocken zurück. Er trat beiseite und wies zur gepflasterten Geraden, die an der Terrasse ihren Anfang nahm, und die Blicke der Kollegen folgten seiner Geste.

»Er hat sich selbstständig von der Terrasse bis hierher bewegt.«

»Und dabei Blut verloren«, ergänzte Isadora, »ich habe noch ein paar Stellen gefunden, von der Terrasse bis hier.«

»Wie viel?«, fragte Graciana.

Isadora Jordão wiegte den Kopf leicht hin und her: »Schwer zu sagen. Wahrscheinlich anderthalb oder zwei Liter.«

Esteves zog die Augenbrauen hoch – das war nicht nur ein hoher Blutverlust, es brachte auch ein paar Annahmen durcheinander, von denen sie bisher ausgegangen waren. »Er kann aber nicht zurück ins Bad geschwebt sein«, stellte er fest.

»Zwei Personen haben ihn verfolgt, vermutlich Männer«, führte Graciana seine Gedanken fort, »und da wir ihn nicht hier draußen gefunden haben, sondern im Bad …«

»Wurde er zurückgetragen«, vollendete Isadora den Gedankengang.

»Aber seine Blutspuren im Haus beschränken sich auf das Badezimmer?«, hakte Graciana Rosado nach.

Isadora nickte. Und räusperte sich dabei: »Da ist was Merkwürdiges.«

»Nämlich?«, fragte Carlos.

»Auf die Stellen mit dem Blut hier draußen ist Chlorbleiche geschüttet worden.«

»Jemand wollte die Blutspuren beseitigen«, wusste Carlos.

Als Bleichmittel griff Chlor Farben an, wusste Leander. Es entzog der jeweiligen Substanz den Farbstoff. Zum Beispiel Hämoglobin.

Die Kriminaltechnikerin nickte: »Bei losem Untergrund wie hier ist das schwierig. An der betreffenden Stelle ist auch noch umgegraben worden. Aber ein paar Partikel von der Bleiche waren noch da. Und etwas tiefer habe ich das Blut extrahieren können.«

Carlos Esteves setzte sich auf einen Findling und warf Doc noch etwas von dem Croissant zu. Graciana stützte die Hände in die Hüften. Ihr Blick galt dem Knäuel von Fußspuren und wanderte dann hinauf zu Leander Lost. Genau in diesem Moment kletterte der erste Sonnenstrahl in sattem Gold über den Horizont und traf ihn am Haaransatz in der Stirn.

»Dann sind auch drinnen Blutspuren manipuliert worden?«, fragte Graciana Rosado.

»Davon dürfte auszugehen sein«, bestätigte Leander.

»Ich muss überprüfen, wo genau«, sagte Isadora.

»Dann ist er hier draußen gestorben und zurück ins Bad gebracht worden«, fasste Graciana zusammen.

»Er starb gestern Morgen um etwa 9:30 Uhr«, sagte Carlos nachdenklich. »Und es sollen zwei Männer hier gewesen sein. Aber ihre Handys waren hier zu dem Zeitpunkt nicht eingeloggt.«

»Nein«, gab Graciana zurück, »wahrscheinlich waren sie aus. Oder sie hatten keine dabei?«

»Und Antonia Santos war hier«, steuerte Isadora bei. »Sie muss sie also gesehen haben. Was ist, wenn die Brent tödlich verletzt haben?«

»Dann wäre Antonia Santos unschuldig an dem Mord an Senhor Brent«, antwortete Lost. »Daraus ergibt sich allerdings die Frage, warum sie die Männer dann nicht in der Vernehmung erwähnt hat – denn das würde sie entlasten.«

»Das ist in der Tat merkwürdig«, fand Carlos. Er schnippte zwei Croissantstücke gleichzeitig jeweils nach links und nach rechts und fragte sich, zu welchem Teil Isadoras Dobermann zuerst laufen würde.

»Außer, sie gehört zu ihnen«, folgerte Isadora.

»Und dann?«, fragte Carlos, der sich mit der Hand über den Nacken strich. »Dann ziehen die ihn aus? Wieso?«

»Weil es ihr Bedürfnis war«, antwortete Leander, »den Tathergang zu verwischen. Das würde erklären, warum seine Schuhe fehlen. Meine These ist: Die Täter haben sowohl seine Schuhe als auch die Kleidung, die er getragen hat, entsorgt.«

Graciana nickte anerkennend, weil sich damit der Kreis der Schuhe schloss – und Leanders Irritation bezüglich deren Fehlen doch noch zu etwas geführt hatte.

»Möglicherweise ist Antonia Santos mit Brent hierhergefahren in dem Wissen, dass man ihn hier umbringen wird. Vielleicht war sie Teil eines Plans. Möglicherweise sogar ihres eigenen.«

»Möglich«, meinte Graciana. »So oder so: Wir müssen rauskriegen, was zwischen den beiden los war. Ihr Verhältnis zueinander.«

»El Ejido?«, fragte Carlos.

»Sollten wir uns offenhalten, ja«, sagte sie und schaute zu Leander: »Senhor Lost, was haben Sie hier draußen gerade getan, als Senhor Esteves und ich angekommen sind? Sie sind durch den Garten gegangen und haben sich gedreht und …«

»Genau!«, unterbrach Lost sie aufgeregt und deutete auf Brents Fußspuren, die die Trockenheit in den Untergrund gebrannt hatte.

»Sehen Sie das?«

»Seine Spuren?«

»Ja, aber ich meine die Bewegung, die daraus resultiert. Die Fußabdrücke zeigen einen Mann auf der Flucht, der sich im Laufen.« Lost vollführte die Bewegungen nach, indem er die Spuren von Brents Turnschuhen haargenau ein paar Meter weiter kopierte. Aus dem Lauf, den er verlangsamt darstellte, begann er sich um sich selbst zu drehen. »360°«, stellte er fest, »mitten im Lauf dreht Senhor Brent sich einmal um seine eigene Achse. Warum? Das habe ich mich gefragt.«

»Na ja«, meinte Carlos, »vermutlich, um sich nach seinen Verfolgern umzusehen. Wie dicht sie ihm auf den Fersen sind. Ob der Vorsprung reicht.«

»Das ist richtig. Ich nehme sogar an, dass das zutrifft. Aber für das, was Sie meinen, genügt ein Schulterblick«, entgegnete Leander ruhig.

»Er hat recht«, stimmte Isadora ihm zu, »er hatte offenbar einen Vorsprung. Sich mitten im Lauf einmal komplett um sich selbst zu drehen ... kann den Vorsprung zunichtemachen.«

»Haben Sie eine Idee, warum er das getan haben könnte?«, fragte Graciana an Lost gerichtet.

»Ja. Ich habe auch eine These, warum er es hier getan hat. Sehen Sie den Schuppen? Er hatte ihn gerade passiert. Wenn Sie von hier zum Haus schauen – oder vom Haus hierher –, versperrt Ihnen der Schuppen die Sicht. Vom Haus aus betrachtet wäre einem Beobachter diese Bewegungsabfolge verborgen geblieben. Wenn der Schulterblick reicht, um die Distanz zu den Verfolgern zu bemessen, warum hat er sich dann bemüht, diese Bewegung vor ihnen zu verheimlichen? Das habe ich mich gefragt.«

»Und haben Sie auch eine Antwort darauf?«, wollte Carlos wissen. Er ahnte, spürte, dass Senhor Léxico goldrichtig lag.

»Im Augenblick macht nur eine Deutung für mich Sinn: Weil er etwas weggeworfen hat. Etwas, von dem er wollte, dass man es nicht bei ihm findet.«

»Drogen?« fragte Isadora Jordão, »meinen Sie das?

»Ich weiß nicht, was es ist. Aber die Kreisbewegung in vollem Lauf macht nur Sinn, wenn man weit Schwung holen will, dabei überprüft, ob die Verfolger sehen, wohin man es wirft – und es zu werfen.«

»*Smiley's Leute*«, sagte Graciana und stand auf. Plötzlich war sie gespannt. Es war, als verflüchtige sich ihre Müdigkeit wie der Morgennebel bei den ersten Sonnenstrahlen.

Leanders Mund öffnete sich vor Überraschung. Ein Anblick, den Carlos und sie noch nicht oft zu Gesicht bekommen hatten, und so genossen sie ihn im stillen Einvernehmen ein paar Augenblicke lang, bevor Graciana antwortete: »Es fällt mir ein, weil es auf Senhor Brents Nachttisch lag: ›Smiley's Leute‹ von

John le Carré. Ist ein paar Jahre her, dass ich es gelesen habe, aber ich liebe alle seine Romane. Und wenn ich mich nicht sehr irre, wirft in ›Smiley's Leute‹ jemand auch etwas in vollem Lauf weg. Und Smiley rekapituliert das aus den Spuren.«

»Genau«, bestätigte Leander, »die Fußspuren haben für mich keinen Sinn ergeben. Aber nach einem Blick in Jack Brents Lektüre war es nachvollziehbar. Es ist genau die Stelle in dem Roman, die Sie erwähnen, Senhora Graciana. Genau die hatte er offenbar gerade gelesen.«

»Also muss sich hier im näheren Umkreis etwas Wichtiges befinden«, schlussfolgerte Graciana.

»Falls die beiden Männer es nicht vor uns entdeckt haben«, präzisierte Isadora, »die beiden oder Antonia Santos.«

Also inspizierten sie das Gelände von Brents Kreisbewegung aus in alle Himmelsrichtungen.

»Wie weit wird er geworfen haben, hm?«

»Kommt drauf an, *was* er geworfen hat.«

Es dauerte keine fünf Minuten, bis Graciana Rosado in die Hocke ging, einen Einweghandschuh überstreifte und zwischen getrocknetem Matsch und halb von einem verdorrten Grasbüschel verdeckt einen USB-Stick aufhob.

»Ich glaube, ich habe es.«

Sofort kamen Isadora, Lost und Carlos Esteves zu ihr, und sie federte hoch und zeigte ihnen den Fund.

»Schauen wir doch mal rein«, schlug Isadora vor.

16.

Was für eine Schmach!

Gang nach Canossa, das sagte sich so leicht dahin, aber wenn man dessen Dornen an den Füßen spürte, war es mit der Leichtigkeit schnell dahin: Ein dünner Schweißfilm legte sich bereits auf seine Stirn, während Paco Casado nur den Telefonhörer in die Hand nahm. Der Hörer wirkte gleichermaßen anachronistisch in einer Welt, in der die Leute mit ihren Smartphones kommunizierten, und doch vertraut. In seiner Kindheit hatte es noch große Boxen mit Wahltasten gegeben – und der öffentliche Fernsprecher, an dem er in Évora stand, erinnerte ihn daran.

Er befand sich auf dem lang gestreckten, prächtigen Platz Praça do Giraldo, auf dem sich aus einem Brunnen aus Marmor das Wasser in hohem Bogen in das Becken ergoss. Der Platz war umgeben von Geschäften und Wohnhäusern, Arkadengängen, in denen gerade Kunststudenten ihre Werke ausstellten. Und an seinem Kopf befand sich natürlich eine Kirche.

Évora war eine Kleinstadt, die noch die Überreste eines römischen Tempels beherbergte und deren historische Altstadt noch immer von einer Stadtmauer umgeben war. In den ruhmreicheren Tagen der Stadt hatten die portugiesischen Könige sich hier krönen lassen, freilich erst, seitdem Geraldo sem pavor, *Geraldo der Furchtlose,* sie den Mauren entrissen hatte und man ihm den Platz widmete, an dessen einzigem Fernsprecher Paco nun stand. Paco *com* pavor.

»Ich bin's.«

»Ich hatte gesagt, du sollst mich nicht anrufen.«

»Der Stick ist weg.«

Eine ganz kurze Pause. »Leg auf und bleib da. Ich rufe dich gleich zurück«, befahl ihm die Profesora.

Das tat er und wartete, bis es keine Minute später bei ihm klingelte. Paco schluckte und ging ran: »Ja?«

»Wie ist es passiert?«

Die Stimme der Profesora klang gefasst.

Er erzählte ihr von den beiden Anhalterinnen und kehrte dabei ein wenig unter den Teppich, wie schöne Augen die eine ihm gemacht hatte, unterstrich dafür aber seine Hilfsbereitschaft, sich nach der anderen Anhalterin auf der Herrentoilette umzuschauen. Eine Hilfsbereitschaft, die schamlos ausgenutzt worden war. So kenntnisreich und perfide, dass es in Pacos Augen kein Zufall sein konnte.

»Das war kein Zufall«, sagte er deshalb. Und es klang mehr nach einer Verteidigung als nach einer Feststellung.

»Warum?«

»Weil es so viel Zufall wohl kaum gibt. Das war eine genau geplante Aktion. Eine Verschwörung. Das sind die Leute, mit denen du dich angelegt hast. Die haben Verbindungen nach ganz oben. Wenn du mich fragst, solltest du sofort abbrechen und abtauchen.«

Ein Seufzen am anderen Ende der Leitung.

»Die Leute, mit denen ich mich angelegt habe, hätten dich weggesperrt und tagelang am Stück verhört. Du hattest es nicht mit Profis zu tun, das waren Trickbetrügerinnen, Paco. Du bist auf Trickbetrügerinnen reingefallen.«

Er stand an dem Platz in Évora und lief bei ihren Worten knallrot an.

»Was soll ich machen? Wir … ich könnte zurückkommen. Ich könnte einen zweiten Stick …«

»Nein«, unterbrach La Profesora ihn ruhig, »rühr dich nicht

von der Stelle. Bleib in Évora. Kontaktiere niemanden. Telefonier nicht.«

»Und … wohin soll ich gehen?«

»In das Hotel Pousada Convento de Évora. Wenn alles vorbei ist, hole ich dich da ab. Oder es kommt jemand und holt dich, wenn ich nicht kann.«

Er horchte auf. »Wenn du nicht kannst?«

»Wenn mir was zustößt, Paco.«

17.

Es handelte sich um ein Foto. Und es zeigte einen Flughafen.

»Oha, ein Flughafen. Das ist ja allerhand«, lästerte Duarte, der frisch zu ihnen gestoßen war. Er roch auf angenehme Art nach Rasierwasser.

Isadora Jordão hatte den Laptop auf den Tisch ihres Labors im Erdgeschoss der Kripo in Faro gestellt, wo sie sich zusammengefunden hatten und um den Bildschirm scharten, um ihren Fund genauer zu inspizieren. Graciana ließ Lost den Vortritt, bevor Carlos und sie links und rechts von ihm Platz nahmen. Miguel Duarte blieb mit verschränkten Armen hinter ihnen stehen.

Während die Kriminaltechnikerin zwei Virenscanner und diverse Analyseprogramme über den Stick hatte laufen lassen, war Carlos nicht untätig gewesen und servierte ihnen jetzt allen eine frisch gebrühte Bica. Der schwere, intensive Duft des Kaffees waberte über den Tisch und drang in ihre Nasen.

»Okay«, erklärte Jordão und zündete sich eine Selbstgedrehte an, »es ist ein handelsüblicher USB-Stick mit 64 GB Speicherplatz. Keine Viren. Der Stick enthält nur eine Bilddatei, diese hier. Es ist ein JPEG-Foto mit 12,5 Megabyte Größe. Das und die Qualität lassen auf eine Spiegelreflexkamera schließen. Es befinden sich keine weiteren Dateien auf dem Stick, auch keine versteckten.«

»Und frühere?«, fragte Leander.

Isadora schüttelte den Kopf: »Nein, bisher wurde noch nichts gelöscht. Der Stick ist brandneu. Dieses Foto ist die erste Datei, die darauf gespeichert worden ist.«

»Weißt du, welcher Flughafen das ist?«, fragte Graciana ruhig.

»Almería«, ließ Duarte sich vernehmen. Seit er erfasst hatte, wo das Foto geschossen worden war, hatte sich seine Aufmerksamkeit umgehend gesteigert. »Eine außerordentlich schöne spanische Stadt.«

Natürlich sind alle spanischen Städte schön, dachte Carlos.

»Natürlich sind alle spanischen Städte schön«, sagte Duarte.

Aber diese ganz besonders.

»Aber diese ganz besonders – was gibt's zu grinsen, Esteves?«

»Nichts.«

»955 von den Mauren gegründet«, wusste Leander.

»Es ist eine schöne *spanische* Stadt«, beharrte Duarte und bekam eine Gänsehaut, die sich von seinen Handrücken über die Unterarme bis in den Nacken erstreckte. Bei dem Gedanken an das Toben, einem Dröhnen aus Rufen, Anfeuerung und Bewunderung und, ja, Ehrerbietung, das ihm in den Ohren aufbrauste.

Über 9.000 Menschen, aus deren Kehlen dieses gewaltige Grollen stammte, das ihn erfasste und durchdrang, ihn, den Teenager, der neben seiner Mutter stand und bald ihre Körpergröße erreichen würde.

Wie sie dastand, in einem knallroten Flamencokleid, die schwarzen Haare kunstvoll zu einem Dutt verwoben, geschmückt mit ebenso roten Blumen, das Kinn stolz vorgereckt – man hätte sie so malen können. Welch Anmut, welch Stolz.

Und alle Blicke, alle Rufe, galten ihm, seinem Vater: Don Pablo Esteban Duarte, dem Matador in der Arena. Wie er sich bewegte – als tanze er einen Tango um den Stier.

Almería, 1996. Ein Ausruf des Entsetzens im Rund der Arena, als es dem Stier gelang, Miguels Vater am Arm zu verletzen –

man sah die offene Wunde bis zu ihren Plätzen –, und ihn damit der *Muleta* beraubte, des roten Tuchs, mit dem er das Tier reizte. Wie er nun erhobenen Hauptes und in einem formvollendeten Gang auf den Stier zuging und mit Todesverachtung die Attacke auf sich selbst provozierte. Jeder Schritt ein wahrer Matador.

Viele Auftritte hatten Miguels Vater bekannt gemacht, doch dieser machte ihn unsterblich.

Ironischerweise, weil er tatsächlich zu sterben bereit war.

Am Abend, zurück in Sevilla, saß die Familie Duarte auf der heimischen Terrasse und blickte auf den Guadalquivir, der Fluss, der sich durch die Stadt zog und auf dem Ausflugsboote vorbeifuhren. Vaters Lieblingskoch hatte es sich nicht nehmen lassen, ein paar Tapas zu servieren, und der Bürgermeister kam auf ein Glas Champagner vorbei, den er selbst kredenzte.

Später bei einem Glas Wein – das erste, das Pablo Esteban seinem Sohn gestattete –, nachdem alle ihre Aufwartung gemacht hatten und sie wieder unter sich waren, wagte Miguel seine Frage zu stellen: »Hattest du denn keine Angst, Papa?«

Der Blick des Patrons richtete sich auf ihn. Wohlwollen und Strenge rangen in diesem Blick kurz um die Oberhand, aber die Strenge bot wie stets eine erdrückende Übermacht auf.

»Selbstverständlich. Bis in die Fingerspitzen. Angst hat auch sein Gutes, Miguel. Sie schärft die Sinne.«

»Aber du bist trotzdem auf den Stier zugegangen.«

»Aber ja«, antwortete sein Vater ruhig, »Feigheit ist keine Option. Nicht in der Arena von Almería, und schon gar nicht im Leben.«

»Aber … du hast es doch eben gesagt: Du hattest selbst Angst.«

Don Pablo Esteban Duarte beugte sich vor und sah dem ältesten Sohn geradewegs in die Augen: »Natürlich. Aber der Feigling lässt sich von der Angst beherrschen. Der mutige Mann überwindet seine Angst. Das ist der Unterschied. Ich gebe dir ein paar Worte mit«, sagte er und hob den Zeigefinger, um sich der ungeteilten Aufmerksamkeit seines Sohnes zu vergewissern, »ein paar Worte, die nicht von mir stammen. Und die du so beherzigen solltest wie ich: *Greife niemals in ein Wespennest. Aber wenn du musst, dann greife fest.*«

Diese Worte flößten Miguel die Furcht ein, er könne vielleicht zu jener Sorte Mann reifen, die sein Vater verachtete. Denn in ihm sträubte sich alles, in ein Wespennest zu greifen. Und wenn, dann ganz bestimmt nicht fest.

Seitdem hing das überlebensgroße Bildnis seines Vaters über ihm und erschwerte ihm das Atmen. Insbesondere, seit jener erleben musste, dass aus seinem Erstgeborenen nicht ein berühmter Arzt, Fußballstar oder wenigstens Nobelpreisträger geworden war.

»Ja, das ist das Flughafengebäude von Almería«, bestätigte Isadora und riss Duarte damit aus seiner Erinnerung, »die GPS-Position findet sich auch in den Bilddaten.«

Was Carlos Esteves und Graciana ein Begriff war, kannte Leander aus dem Netz: »Almería liegt östlich von Málaga«, fügte er daher an Isadora gewandt zu.

»Und ist«, ergänzte Graciana nachdenklich, »der nächste Flughafen – von El Ejido aus gesehen. Warum fotografieren die den Flughafen?«

»Wir wissen nicht, ob sie ihn selbst fotografiert haben«, sagte Leander.

Graciana nickte: »Das stimmt. Jedenfalls tragen sie einen neuen USB-Stick mit sich herum, auf dem nichts außer einem Foto vom Flughafen in Almería gespeichert ist. Und von dem sie nicht wollen – zumindest Senhor Brent nicht –, dass er in fremde Hände fällt. Wieso?«

Ein Unbehagen legte sich wie ein Schatten auf ihre Gedanken. Die Ahnung nämlich, dass sie mit dem Foto auf den kleinen Teil eines großen Plans gestoßen waren.

Und Isadora gab ihrer einsetzenden Beklemmung noch weiteres Futter: »Das Handy, das Antonia Santos ins Hafenbecken geworfen hat, war auch brandneu. Keine Woche alt.«

»Was ist mit Brents Handy?«

»Der Provider sagt, er hatte ebenfalls ein brandneues. Noch kein einziges Telefonat, das er darüber geführt hat.«

Carlos legte die Stirn in Falten. Graciana las darin jene Besorgnis, die auch sie selbst umtrieb.

»Das klingt alles nach einer terroristischen Zelle, die Vorbereitungen trifft«, sagte Duarte leise. »Die alte Spuren verwischt und sich mit neuen Geräten ausstattet.«

»Und die vielleicht den Flughafen ins Visier genommen hat«, fügte Carlos hinzu.

»Was meinen Sie mit ›ins Visier genommen‹«, fragte Leander: »Wozu?«

»Kann ich Ihnen nicht sagen, Senhor Lost. Aber wir haben hier einen Mann, der tödlich verletzt worden ist. Der weiß, dass er kein Krankenhaus mehr erreicht. Der weiß, dass ihm sowieso keiner mehr helfen kann. Und der trotzdem wegrennt und diesen Stick in Sicherheit bringt – jedenfalls versucht er das. Ich würde sagen, dann ist das, was sich darauf befindet, ziemlich wichtig. Anders gesagt: Das Foto hier zeigt nicht nur den Flughafen in Almería. Das zeigt mehr. Für den, der es in den letzten Sekunden seines Lebens retten wollte, zeigt es mehr. Er sieht da etwas, was wir nicht sehen – oder dem wir nicht die Bedeutung beimessen, die es in seinen Augen hat.

Wer weiß, vielleicht hatten die den Coup ihres Lebens vor und wollten hochwertige Güter abgreifen. Oder eine Maschine entführen? Oder vielleicht landet da nächste Woche ein Staatsgast, und die planen gerade das Attentat auf ihn. Ein Flughafen ist jedenfalls ein ziemlich verletzliches Ziel. Das macht mir Sorgen.«

»Mir auch«, bekannte Graciana.

Duarte nickte unmerklich.

»Wir haben hier mehrere Unbekannte«, resümierte die Kriminaltechnikerin und nahm einen tiefen Zug, der die Zigarettenspitze aufglühen ließ. »Wer sind die Männer, die Senhor Brent verfolgt haben? Kennt Antonia Santos die? Arbeiten sie vielleicht sogar zusammen? Das können die beiden Verfolger beantworten, aber wir wissen im Augenblick nichts über sie. Und was hat es mit dem Stick auf sich? Vermutlich wird sie dazu etwas sagen können.«

»Wir konfrontieren Antonia Santos mit dem Foto«, schlug Carlos vor.

Graciana nickte: »Ja. Im Augenblick ist sie die Einzige, die eine Erklärung für all das haben könnte. Ich ruf die Chefin an, damit sie die Kollegen in Almería warnen kann. Wenn Brent und Santos eine Zelle gebildet haben, dann gibt es vielleicht noch weitere.«

»Was wollen die dann *hier*«, fragte Duarte, »wenn sie was in Almería vorhaben? Das ist gut 600 Kilometer von hier entfernt.«

Graciana Rosado nickte mechanisch. Ihre Gesichtszüge wurden angespannt. »Ich weiß es nicht«, bekannte sie, »ich weiß es nicht, Miguel. Sie … sie könnten hier sein, um einen Fluchtpunkt einzurichten für die, die in Almería zuschlagen. Ein Rückzugshaus. Oder sie besorgen hier technisches Equipment. Oder Waffen. Keine Ahnung. Ich weiß nur: Dieses Foto vom Flughafen ist nicht ohne.

Irgendwas läuft hier, sagen wir es so. Das Foto, der Stick, Leute, die Leichen hin und her tragen und vorher ihre Smartphones abschalten … Chlorbleiche verwenden … dass Senhor Brent im Wohnzimmer kein Blut verloren hat …«

»Ich überprüf das mit der Blutspur noch mal«, versprach Isadora.

Kein Paar im Urlaub, fasste Graciana für sich in Gedanken zusammen. Ein Paar mit einer Mission. Mit einem Flughafen, der 600 Kilometer entfernt war. Und mit einem Toten.

Und Graciana, die im Zweifelsfall ganz ihrem Bauch gehorchte, wusste: »Es ist schiefgelaufen.«

Sie sagte es mit einer Erschöpfung in der Stimme, als habe sie einen Dauerlauf hinter sich.

Und Carlos wusste, sie hatte.

»Warum sind die hier?«, fragte er.

»Senhora Antonia kennt das Haus seit ihrer Kindheit«, antwortete Leander Lost, »also hat sie vermutlich etwas gesucht, das ihr sehr vertraut ist. Wem etwas bis ins Detail vertraut ist, erkennt auch sofort jede Veränderung, ganz gleich, wie minimal sie ist.«

Duarte seufzte – wieder so eine Binse.

»Denken Sie, das ist der Grund, weswegen die hier waren?«, hakte Isadora nach.

»Die waren hier«, antwortete Leander Lost, »weil das Foto hier sein musste.«

Stille. Die Blicke gingen zu ihm.

»Wie?«, fragte Miguel Duarte. »Sie waren hier, weil das Foto hier war? Aber ... das Foto konnte nur hier sein, weil sie es hergebracht haben, hm?«

Für Leander war das klar. In Fällen wie diesen dachte er in Ablaufdiagrammen, wie sie in der Programmierung Anwendung fanden. Überall dort, wo es zu einer Frage kam, die mit Ja oder Nein beantwortet werden konnte, verzweigte sich das Diagramm. Und innerhalb eines Algorithmus führte das Diagramm deshalb am Ende zwingend zu der einen Lösung.

So sah das Leben nicht aus, das war Leander bewusst. Zwischen *Ja* und *Nein* gab es für Menschen Entscheidungsvarianten, die gegen unendlich gingen. Eine riesige Grauzone, die ein Ablaufdiagramm nicht berücksichtigte.

»Wenn das Foto auf dem Stick so wichtig ist, wie Sie annehmen – und das Verhalten von Senhor Brent legt das nahe –, dann waren Senhora Antonia und Senhor Brent hier wegen des Fotos.«

»Vielleicht, um es jemandem zu übergeben«, warf Carlos Esteves in die Runde, »meinen Sie das?«

Ihm knurrte der Magen.

»Das wäre mit einer Mail komfortabler und schneller erledigt gewesen«, merkte Leander an.

Trotz ihrer Müdigkeit musste Isadora Jordão schmunzeln. Dass Leander Lost nicht um den trockenen Humor seiner Bemerkungen wusste, verdoppelte dabei ihr Vergnügen. Und die Mundwinkel von Sub-Inspektorin Graciana Rosado waren auch nach oben gerutscht. Sie war erst 37 Jahre alt, aber das Leben hatte ihr um die Augen herum schon feine Lachfältchen in die Haut getrieben, die gerade deutlich hervortraten.

Carlos nahm die Erwiderung indessen mit links, wie Isadora aus den Augenwinkeln beobachtete. Wie er nahezu alles mit links nahm – bis auf die Dinge, die zählten.

Und manchmal überraschte er einen auch, manchmal ließ er aufblitzen, warum man ihn bei der Polícia Judiciária genommen hatte: »Sie haben recht, Senhor Lost. Es dreht sich alles um das Foto. Ich bin mir ziemlich sicher, dass Antonia Santos heute Nacht ins Haus eingebrochen ist, weil sie den Stick gesucht hat. Sie ist eine landesweit gesuchte Mörderin. Und trotzdem kommt sie hierher zurück. Ins Haus. An den Tatort – und sucht was. Ich schätze, den Stick.«

Graciana und Isadora legten ihr Schmunzeln ab.

»Ich glaube, das stimmt. Sie hat das Risiko wegen des Fotos auf sich genommen. Wenn man davon – Senhor Lost sagt es ja indirekt – eine unbegrenzte Anzahl von Kopien machen kann«, nahm Graciana den Faden auf und erhob sich, um auf und ab zu gehen, »es gilt, was wir vorhin angenommen haben – für Leute wie Senhor Brent oder Senhora Antonia ist auf dem Foto etwas zu sehen, was wir noch nicht entdeckt haben.«

»Meinen Sie, wir haben es möglicherweise mit einem steganografischen Träger zu tun?«, fragte Leander und erntete drei ratlose Blicke.

»Ich hab mal darüber gelesen«, meinte Graciana und schloss kurz die Augen, um sich besser konzentrieren zu können, »hat was mit Kryptografie zu tun, richtig?«

»Ja«, bestätigte Lost, »Krypto- und Steganografie unterscheiden sich darin, dass wir in der Kryptografie von der geheimen Nachricht wissen, aber wir kennen den Schlüssel nicht, um die Botschaft zu decodieren. Stellen Sie sich Kinder vor, die einen Satz rückwärts schreiben. Es ist ein simpler Schlüssel, dem man sofort ansieht, dass er eine andere Nachricht in sich trägt. Die Steganografie bewegt sich bezüglich der Geheimhaltung eleganter: Man sieht ihr nicht an, dass sie eine Botschaft in sich trägt. Ein Foto, zum Beispiel. Dieses Foto hier«, er deutete mit einer knappen Kopfbewegung auf das Foto des Flughafens auf dem Monitor, »könnte Picassos *Guernica* enthalten, und wir könnten es nicht sehen.«

»Weil?«, fragte Duarte, dem anzusehen war, dass er diesen Unsinn, den der Alemão da in die Welt plapperte, nicht ohne Weiteres zu glauben geneigt war.

»Weil man die Pixel, aus denen das Foto besteht«, sagte Isadora, »so manipulieren kann, dass die Änderungen, die daraus im Bild resultieren, mit dem menschlichen Auge nicht wahrnehmbar sind.«

»Das Foto kann Text enthalten oder eine Formel oder …?«, fragte Carlos und ließ den Rest des Satzes unvollendet.

»Oder ein anderes Foto oder eine Zeichnung, ja«, antwortete Isadora.

»Und man kann es nicht sehen?«, vergewisserte Graciana sich.

Miguel Duarte fand, es war an der Zeit, rechtzeitig auf den Zug aufzuspringen. Denn gerade entsann er sich eines Fernsehberichts, den er neulich gesehen hatte.

»Das ist ja der Witz, nicht wahr, hm, Senhor Lost?«, sagte er daher, »das war es doch, was Sie etwas umständlich zu erklären versucht haben.«

»Ja, das ist richtig. Nur ohne Witz, Senhor Duarte.«

Die Kriminaltechnikerin nickte und zauberte aus ihrer Beintasche einen abgewetzten Stick hervor, den sie mit dem Laptop verband. Neben einer Unzahl wissenschaftlicher Dokumente befand sich darauf ein Foto, das sie ihnen zeigte – eigentlich bestand es aus zweien. Auf beiden war der identische Sonnenuntergang über dem Meer zu sehen.

»Das Foto links ist das Original. Das rechts enthält die ersten zehn Kapitel von Moby Dick.«

Graciana, Miguel und Carlos beugten sich vor und verglichen bestimmte Bereiche der Fotos miteinander. Keinerlei Unterschied.

»Ich erinner mich gerade«, sagte Duarte mit Kennermiene, »da gab's einen Fachartikel in einem internationalen Fachblatt darüber.«

»Über was?«, fragte Carlos.

»Steganofie.«

»Steganografie«, verbesserte Carlos.

»Ich hab's schnell gesprochen«, erwiderte Duarte, »zu schnell für dich – ich weiß, wie man das schreibt.«

»Und welches Fachblatt war das? Welches internationale Fachblatt? Für Kosmopoliten?«, bohrte Carlos mit Unschuldsmiene weiter.

»Das kennst du nicht, Esteves.«

»Welches denn?«

»Kennst du nicht.«

»Und wenn …«, begann Carlos, wurde aber von Graciana unterbrochen, die sich mit ihrer Frage an Isadora wandte: »Kannst du rausfinden, ob unser Foto hier was anderes in sich trägt?«

Isadora nickte.

»Hier? Jetzt?«

Sie schüttelte den Kopf: »Não. Das sind komplexe Analyseprogramme, die da rübergehen müssen. Dazu brauche ich das große Besteck. Rechenpower.«

»Und dein neuer Laptop hier«, fragte Carlos und deutete mit dem Kopf auf das Gerät auf dem Tisch, »wie lange würde der brauchen?«

Die Kriminaltechnikerin wiegte den Kopf hin und her. »Tage. Besser, ich lasse Mãe drüber laufen.«

Mãe war ihr Rechner im Labor, den sie mit privaten Mitteln zu einem Monster aufgerüstet hatte: bis an die Zähne bewaffnet mit Arbeitsspeicher und Mehrkern-Prozessoren.

In diesem Augenblick fuhren zwei Wagen vor, wie sie aus dem Fenster des Labors sehen konnten. Der cremefarbene Mini Cooper der Chefin und ein unscheinbarer Kombi. Aus dem Mini Cooper stieg Cristina Sobral. Das blonde Haar offen, flache Schuhe, die mit der Farbe des Mini Coopers harmonierten, und einem schlichten, knielangen Kleid in Dunkelbraun.

Aus dem Kombi stieg ein Mann in einem Anzug in Anthrazit und einer dazu passenden Krawatte. Graues Haar, dem man noch das Schwarz ansehen konnte, das es mehr und mehr verdrängte, und in dem eine Sonnenbrille steckte. Er sah sich um und schien sich zu wundern, welche Laune des Schicksals ihn ausgerechnet hierher gespült hatte. Gleichzeitig nahm er keinen Anstoß daran, sondern begegnete dem, auf was er hier stieß, mit einer grundlosen Fröhlichkeit. Sie alle hätten eine Weile nachdenken müssen, wann sie zuletzt einen zufriedeneren Menschen gesehen hatten.

Keine Minute später trat die Chefin mit ihrem Begleiter ins Labor. »Bom dia, das ist Senhor Vasco. Daniel Vasco.«

»Olá«, schob der Mann hinterher und lächelte leutselig in die Runde.

Der Anzug war das Modell *Brunico*, wie Duarte erfasste. Von Brioni. Leicht variiert, denn es kaschierte den Bauch des Mannes auf eine Weise, die nach einem virtuosen Schneider verlangte. Seine Schuhe, schwarz und flach, waren Derby Brogues. Handgefertigt und handgegerbt in Italien.

Miguel merkte auf. War das eine Art *Zeichen*? Dass mitten in der trostlosesten Einöde ein Mann aus dem Wagen stieg und dieses Labor betrat, der Geschmack hatte *und* Stil? Ein Bruder im Geiste?

»Von der Polícia Judiciária in Lissabon«, fügte Cristina Sobral hinzu.

Duarte war, als hätten seine ins nächtliche Kissen gebrüllten Hilfeschreie Gehör bei einer gnädigen Gottheit gefunden, die ihm Vasco sandte. Der Kommissar aus der Hauptstadt war sein personifiziertes Ticket für den Wechsel aus dieser Tristesse nach Lissabon.

Cristina Sobral stellte sie alle einander vor. Und die Dauer, die das in Anspruch nahm, ließ Graciana aufmerksam werden. Als schöbe die Chefin etwas hinaus.

»Senhora Cristina hat mir gesagt, Sie haben bisher einen super Job gemacht«, sagte Vasco.

»Wir hören das ständig«, erwiderte Carlos trocken.

Vasco musste kurz grinsen, und er vermittelte dabei den Eindruck, als amüsiere er sich wirklich. »Vielleicht«, sagte er dann, »sogar einen besseren als Sie bis jetzt angenommen haben.«

Duarte nickte unwillkürlich.

»Es geht um Antonia Santos«, fuhr Vasco ebenso gelassen wie fokussiert fort, »Sie haben da möglicherweise eine Serienmörderin festgenommen. Die britische NCA, die National Crime Agency, hat sie wegen eines Mordes in Cardiff zur internationalen Fahndung ausgeschrieben. Da gibt es einen schwer kranken Zeugen, der die Täterin identifizieren kann. Aber dazu muss er sie live sehen.«

»Senhora Antonia muss für eine Gegenüberstellung nach England«, bestätigte Sobral.

»Noch heute Nachmittag«, fügte Vasco hinzu und warf einen kurzen Blick auf seine Armbanduhr, »die Kollegen aus Großbritannien nehmen sie um 15:30 Uhr im Flughafen von Faro entgegen.«

»Ich, ähm, ich kann sie überführen, ich habe einen Kurs in Personenschutz absolviert.«

Vascos Augen richteten sich auf Duarte, er schien erfreut.

»Das ist gut – Sie sind Sub-Inspektor Duarte?«

»Ganz genau.«

»Gut, gut. Die Kollegen aus Großbritannien holen die Senhora auch gerne selbst. Um keine unnötigen Umstände zu machen.«

»Nach Paragraf 194, Absatz d und e, obliegt die Sorgfalts- und Schutzpflicht den Beamten des Landes, in dem die verdächtige Person gefasst wurde. Diese Pflicht endet bei der Übergabe an befreundete Dienste«, wusste Lost.

Daniel Vasco schenkte ihm ein kurzes Lächeln: »Vorbildlich repetiert.« Um sich dann an Sobral zu wenden: »Dann übergeben Ihre Leute die Dame heute Nachmittag.«

Sobral nickte.

»Einen Moment noch, bitte«, meldete Graciana Rosado sich zu Wort, und Daniel Vasco nickte ihr freundlich zu. »Der Fall hier ist heiß. Die Verdächtige redet nicht, wir sammeln Beweise, um sie in die Ecke zu treiben. Das, was wir haben, ist erdrückend.«

»Oh ja«, wusste Duarte, »wir sind quasi kurz vor dem Durchbruch.«

»Insofern stellt sich für uns die Frage: Kommt sie wieder?«, wollte Graciana wissen.

»Davon gehe ich aus. Es handelt sich ja nur um eine Gegenüberstellung.«

»Und wenn sie als Täterin identifiziert wird?«, hakte Carlos nach. »Dann auch?«

»Dann, ähm, wird man ihr vermutlich in Großbritannien den Prozess machen.«

»Und unser Fall?«, fragte Graciana.

»Den können Sie nach dem Verbüßen von Antonia Santos' Freiheitsstrafe fortführen, aber … ich sehe Ihren Punkt. Verstehe ich.«

Daniel Vasco rückte von Sobral ab und kam auf Graciana zu. Musterte sie kurz. Und wusste dann, womit er es zu tun hatte. Mit hübschem Granit.

»Sehen Sie, wir sind gerade mitten in den Austrittsverhandlungen Großbritanniens aus der EU. Es sieht gut aus – wir stehen kurz vor einer Einigung zu einem Abkommen.«

»Und wenn Antonia Santos nicht an die NCA Yard ausgeliehen wird, platzt der Brexit?«, fragte Carlos Esteves und grinste mehr als breit.

Vasco konnte ein Schmunzeln nicht unterdrücken, hatte sich aber binnen eines Atemzugs wieder im Griff. »Natürlich nicht. Brüssel hat nur die Bitte an alle Institutionen der EU-Mitgliedsländer gerichtet, es den Briten in diesen Tagen nicht schwerer zu machen als nötig. Wir könnten hier natürlich auch aus Ärger über das Brexit-Referendum die Klappe dichtmachen und niemanden ausliefern. Aber«, er deutete mit einem Kopfnicken dorthin, wo er den Ärmelkanal vermutete (in diesem Fall südöstlich des Äquators), »da ist ein Zeuge in Großbritannien, der beim Anblick von Senhora Antonia Santos Ja oder Nein sagt. Das war's. Ich denke, wir sollten den britischen Kollegen Antonia Santos heute ausleihen. Damit vergeben wir uns nichts.«

Graciana blickte automatisch zu Carlos. Einem jahrelangen Muster folgend, suchte sie durch ihn ihre Rückversicherung. Ihr kleiner Quarterback, der ihr jetzt zunickte.

Sobral war die Erleichterung darüber, dass ihr Team sich nicht querstellte, deutlich anzusehen.

»Unbedingt«, pflichtete Miguel Duarte dem Kollegen aus Lissabon zu, »*ganz* unbedingt.«

Denn hier war sie, so unübersehbar wie eine Sonnenfinsternis: seine große Chance. Der Mann in diesem feinen Anzug. Sozusagen ein Seelenverwandter. Was denn weniger als eine göttliche Fügung konnte Daniel Vascos Schritte hierher gelenkt haben?

Gran Dios, dachte Duarte und bekreuzigte sich in Gedanken.

»Welche Stelle bei der PJ Lisboa bekleiden Sie?«

Lost natürlich. Ohne den Hauch eines Fingerspitzengefühls.

»Er ist nicht von hier«, beeilte Duarte sich zu sagen und schenkte Vasco ein entschuldigendes Lächeln, »er ist Alemão, aus einem Austauschprogramm. Er wurde uns *zugeteilt*.«

Was ungesagt bedeutete: Wir *mussten* ihn nehmen (auch, wenn er so erfreulich ist wie ein Stromschlag am Morgen).

Vasco nickte. Er hatte verstanden. Seelenverwandt eben.

»Ich bin stellvertretender Leiter der Kripo in Lissabon«, antwortete er sachlich.

Duarte klingelten die Ohren.

»Und zuständig für Personalfragen«, fügte Vasco hinzu.

Duartes Kehle war von einer Sekunde auf die nächste staubtrocken. Er musste quasi nur noch die Hand ausstrecken, dann war ihm eine Beförderung nach Lissabon sicher. In die Metropole. Weil er den Fall einer Serienmörderin gelöst hatte. Einer international tätigen Serienmörderin. Einer Frau, die nicht mal die Nationale Crime Agency zur Strecke gebracht hatte – sondern er. Miguel Duarte. Vielleicht würde er die Rechte zuerst Netflix anbieten.

Aber zunächst galt es, das zu tun, was sein Vater ihm immer gepredigt hatte: Initiative ergreifen. »Auf jeden Fall sollten wir die verbleibende Zeit nutzen«, preschte er vor, »ich denke, ich könnte sie mit dem Foto konfrontieren.«

»Foto?«, fragte der Mann aus Lissabon.

»Sie hat den Flughafen von Almería fotografiert – ich habe ihn gleich erkannt.«

»Und wozu?«

»Das versuche ich herauszufinden«, sagte Duarte.

»Gut, machen Sie das«, segnete Vasco den Vorschlag ab und hob, als sein Blick auf Sobral fiel, entschuldigend die Hände: »Entschuldigen Sie, hier haben Sie natürlich das Sagen, Senhora Cristina.«

»Ja, gut, denke ich. Warum nicht?«

Ihr Blick wanderte dabei zu Graciana. Sobral war gut darin, Dinge politisch und strategisch durchzusetzen. Komplexe

Probleme verunsicherten sie nicht, sondern weckten ihren Ehrgeiz. Aber den Geruch der Straße kannte die kleine Sub-Inspektorin aus Fuseta besser.

»Wir müssen das Verhältnis von Brent und Santos zueinander klären«, hielt Graciana ruhig fest, »dazu sollten wir nach El Ejido fahren. Dort haben beide in derselben Firma gearbeitet. Und da du gebürtiger Spanier bist, Miguel …«

Aber der winkte bereits ab: »In Almería hab ich mal zwei korrupte Kollegen hochgehen lassen. Ich bin in der Gegend wirklich nicht sehr beliebt. Wenn du und Carlos rübergehen und … ähm … Senhor Lost, dann ist uns vermutlich mehr geholfen.«

Was für ein kluger Schachzug! Duarte klopfte sich in Gedanken dafür auf die Schulter. Erstens hatte er sich höchst elegant als unbestechlich empfohlen und zweitens noch die Kollegen aus dem Weg geräumt, damit er sich Antonia Santos allein vorknöpfen konnte.

Graciana glaubte ihm kein Wort, aber letztlich war es unerheblich, wer Antonia Santos das Foto zeigen würde. Also nickte sie: »Schön. Aber Senhor Lost begleitet dich. Und Isadora …«

Die Kriminaltechnikerin nickte: »Ich füttere Mãe.«

»Ich könnte auch mit nach El Ejido kommen«, bot Leander an.

»Nein, Sie rocken den Laden hier«, widersprach Carlos Esteves ihm.

»Rocken?«

»Das heißt: Sie machen hier Ihren Job, Sie halten alles am Laufen.«

»Am besten, ihr nehmt gleich die nächste Maschine«, schlug Sobral vor.

Carlos deutete ein Kopfschütteln an: »Es gehen keine Direktflüge von Faro nach Almería. Wir müssen über Lissabon, denke ich.«

»Wir fahren«, flankierte Graciana ihn.

Und Daniel Vasco, der im Kopf überschlug, dass das eine Strecke von gut und gerne 600 Kilometern war, fragte sich, warum die Frau, die ihn an die junge Holly Hunter erinnerte, lächelte.

18.

Das Lächeln war tief in Gracianas Gesicht gemeißelt. Der V8 des Mustangs röhrte, während sie mit aufgesetztem Blaulicht und 210 Sachen hinter Vila Real die Grenze zu Spanien überquerte. Carlos hatte die Rückenlehne weit nach hinten gestellt, sodass er es beim Knabbern an dem Hähnchenschenkel schön bequem hatte. Die Landschaft zog zügig an ihnen vorbei. Der Grenzfluss Guadiana wurde zu einem schmalen Strich, der – kaum gesichtet – schon wieder hinter ihnen lag. Die Fahrzeuge vor ihnen machten verlässlich Platz und wechselten auf die rechte Spur.

Carlos fühlte sich neben Graciana wie in Abrahams Schoß. Und mit Mühe und Not – und großer Selbstdisziplin – gelang es ihm, erst nach dem letzten Bissen einzunicken.

Graciana nahm ihm die offene Coladose sanft aus der Hand und stellte sie im Getränkehalter ab, bevor sie in eine lang gezogene Kurve ging. Das Vibrieren des Fahrzeugs übertrug sich auf sie und vermittelte ihr den Eindruck, eins mit der Maschine zu sein. Wenn sie dieses Tempo hielt – knapp vor dem roten Drehzahlbereich – würden sie El Ejido noch am späten Mittag erreichen.

Nachdem sie zwei Sicherheitsschleusen innerhalb der JVA von Faro passiert hatten, führte ein uniformierter Schließer Miguel Duarte und Leander Lost in den Besucherraum. Ein Holztisch, vier Stühle, deren flache, harte Sitzflächen nicht zum langen Verweilen einluden, und eine Neonröhre an der Decke, die den unbequemen Eindruck der Stühle mit ihrem Licht unterstrich.

Antonia Santos befand sich bereits in diesem kleinen Zimmer, das eine Art Schleuse zwischen dem Gefangenentrakt und den Besuchern und Wärtern bildete. Deshalb verfügte er auch auf jeder Seite über eine Tür mit einem Sichtschlitz aus Panzerglas. Durch die gegenüberliegende war sie hereingeführt worden. Und dort stand auch noch der Schließer, der sie später zurück in ihre Zelle begleiten würde.

»Bom dia«, begrüßte Duarte sie und nahm auf der anderen Seite des Tisches Platz. Er hatte eine überlegene Miene aufgesetzt.

Antonia Santos nickte. Dann wanderte ihr Blick zu Lost, der sich an die Stirnseite setzte, sodass sie ein gleichschenkliges Dreieck bildeten.

»Bom dia«, sagte der Mann, über dessen Espadrilles der Schließer an der Tür gerade grübelte.

»Ich haben Ihnen nichts zu sagen«, setzte sie die beiden Männer in Kenntnis.

Daraufhin legte Duarte ohne Umschweife den Ausdruck des Fotos auf die Tischplatte.

Obwohl sie gerade angekündigt hatte, sich nicht zu äußern, konnte sie die Überraschung doch nicht verbergen, die sie beim Anblick des Fotos empfand.

»Warum hatten Sie und Senhor Brent dieses Foto des Flughafens von Almería dabei?«

Jetzt hob die Frau den Blick und musterte Duarte, und im Anschluss daran Leander, der höflich ihre Nasenwurzel fixierte. Antonia Santos studierte sie kurz, als wolle sie sich ihre Gesichter bis ins Detail einprägen.

»Warum fragen Sie das?«

»Warum …ich, ähm, wie war das? Wir fragen das, weil wir das Foto auf einem Speicherstick im Garten des Girassols gefunden haben. Wie es aussieht, wollte Ihr Begleiter Senhor Brent den Stick in Sicherheit bringen. Deshalb frage ich: Warum? Was hatten Sie vor? Warum musste Brent sterben?«

»Das wissen Sie doch viel besser als ich.«

Duarte hatte mit einer Menge gerechnet – damit nicht. Im ersten Moment der Verblüffung zog er sich mit einem Plastikkamm den Scheitel nach, um Zeit zu gewinnen.

»Das wissen Sie doch viel besser«, wiederholte Santos.

Leander decodierte Wut und Empörung aus ihrer Miene: hinabgezogene Augenbrauen, hochgezogene Lider und zusammengepresste Lippen. Ihre Entrüstung war echt.

»Warum sollten wir das wissen?«, fragte er sie. »Wir waren nicht dabei. Aber Sie. Zu dem Zeitpunkt seines Todes waren Sie im Ferienhaus.«

»Nein.«

Lost stutzte. Aber ihre Mikroexpression war zu klein gewesen. Zu unbestimmt.

»Hören Sie auf damit!«, fuhr Duarte sie plötzlich an. Er schlug mit der flachen Hand heftig auf den Tisch, und sie zuckte kurz zusammen. Dann beugte er sich wütend zu ihr vor: »Wir haben die GPS-Daten Ihres Handys, das Sie in Olhão beseitigen wollten! Sie waren in dem Raum, in dem Brent tödlich verletzt worden ist! Und zwar genau zu dem Zeitpunkt, an dem er tödlich verletzt worden ist! Machen Sie endlich Ihre Aussage, wir kriegen es sowieso raus. Wenn Sie jetzt ein Geständnis ablegen, dann zahlt sich das beim Prozess für Sie aus. Überlegen Sie mal.«

Antonia Santos hielt den Blick und schüttelte leicht den Kopf.

Duarte seufzte mit Inbrunst. Das hier könnte sein Ticket in die Kripo nach Lissabon sein – wenn diese verstockte Frau nur endlich reden würde!

»Sie waren also nicht im Haus, als Senhor Brent ermordet wurde?«, fragte Lost.

»Richtig.«

Wieder war es recht kurz, aber wie es aussah, log sie nicht.

»Aber Ihr Handy war dort.«

»Nein.«

»Die Abfrage beim Provider ergibt aber genau das.«

»Dann irrt sich der Provider.«

»Aber natürlich, die technischen Fakten sind falsch, wollen Sie das sagen?«, ging Duarte wütend dazwischen.

»Ich war nicht im Haus, als Jack ermordet worden ist.«

Jetzt war Leander sich sicher: *Das war keine Lüge.*

»Okay, danke, mir reicht's«, bekannte Duarte und stand auf, »kommen Sie, Lost, wir vergeuden hier unsere Zeit.«

Damit bewegte er sich in Richtung Tür. Aber Leander Lost blieb sitzen. »Einen Augenblick noch«, ließ er Duarte wissen.

»Sie lügt doch die ganze Zeit«, entgegnete der.

»Senhora«, wandte Leander sich ihr zu, »wo waren Sie, als Senhor Brent ums Leben gekommen ist?«

»In Olhão. In der Padaria Lucinda.«

»Und Ihr Handy war dann noch im Girassol?«

»Nein, ich hatte es dabei.«

»Da hören Sie's«, polterte Miguel Duarte, »sie hatte ihr Handy dabei, in der Stadt, aber die Auswertung ergibt, dass es im Ferienhaus war. Wie macht Ihr Handy das bloß, Senhora Antonia? Kann es teleportieren?«

»Weiß ich nicht. Ich weiß nur: Ich war in der Padaria.«

Und wie schon zuvor im nächtlichen Verhör im Gebäude der Polícia Judiciária war aus ihr kein weiteres Wort rauszukriegen gewesen. Auf dem Weg zurück zum Parkplatz kam Duarte aus dem Kopfschütteln gar nicht mehr heraus. Draußen ging kein Windhauch, die Sonne legte sich sanft, aber unerbittlich auf ihre Haut.

»Also, für Sie ist der Tag vorbei, Senhor Lost«, ließ der Kollege ihn mit jovialer Stimme wissen. »Die Überführung kann ich übernehmen. Gönnen Sie sich eine kleine Auszeit.«

»Aber …«

»Nein, nein, Sie müssen sich nicht bedanken.«

»Das Polizeigesetz sieht vor, dass bei Überführungen mindestens zwei Polizeibeamte beteiligt sein müssen. Vier-Augen-Prinzip. Paragraf 134, Absatz e.«

»Ah, verstehe, ja.«

Sie erreichten das weiße Jaguar-Cabrio von Duarte und die gelbe Ducati Scrambler, die Lost daneben abgestellt hatte.

»Senhora Antonia hat nicht gelogen«, hielt Leander sachlich fest.

»Aber ihr Handy war im Girassol. Zu dem Zeitpunkt als Brent ermordet worden ist – und sie sagt, sie hatte es dabei. Das ist unmöglich. Es ist physikalisch unmöglich. *Im-pos-sí-vel*. Das ist doch eine ganz sparsame Art sich rauszureden. Erbärmlich.«

»Aber sie hat nicht gelogen.«

»Ja, ja, ich hab's gehört, die Mikroexzesse«, sagte er verächtlich. Duarte fand es ohnehin übertrieben, was für ein Bohei um die angebliche Fähigkeit des Alemão gemacht wurde, Lügen zu enttarnen.

»Mikroexpressionen«, verbesserte Lost.

Natürlich. Wie alle Deutschen empfand auch ihr Austauschkommissar eine krankhafte Lust am Korrigieren. Es gab hier deutsche Touristen, die taten den lieben langen Tag nichts anderes, als sich gegenseitig zu verbessern.

»Ja, oder so. Mikrodingens. Vielleicht irren Sie sich dieses Mal? Könnte doch sein, hm?«

»Nein.«

Duarte war bisher in selbstkritischen Momenten zu der Auffassung gelangt, über ein recht robustes Selbstbewusstsein zu verfügen. Der Apfel fällt nicht weit und so weiter. Jetzt gerade schien es, als müsse er den Pokal dafür an den Alemão weiterreichen.

»Sie glauben, Sie können eine Lüge immer erkennen? Ausnahmslos?«

»Ja. Die Mikroexpression ist ans vegetative Nervensystem gekoppelt. Sie findet statt, bevor das Bewusstsein eingreifen kann. Deswegen spiegelt sie die wahre Emotion. Und sie spiegelt, ob es sich um eine Lüge handelt oder nicht. Bei Antonia Santos hat es sich nicht um eine Lüge gehandelt.«

»Sie könnte eine gespaltene Persönlichkeit sein«, fiel Duarte ein, und er musste grinsen, diebisch grinsen, weil er so verdammt schlagfertig war und Lost damit komplett ausbremste. Herrlich.

»Sie meinen, der eine Teil denkt, er sagt die Wahrheit.«

»Gaaanz genau. Jetzt haben Sie's. Até já.«

»Ja, bis nachher«, gab Leander nur zur Antwort. Er wusste, was zu tun war.

In dem Augenblick gingen zwei junge Frauen vorbei, die sich gut gelaunt miteinander unterhielten. Duarte nutzte die Gelegenheit und öffnete nicht die Fahrertür, sondern schwang sich sportlich über die geschlossene Tür auf den Fahrersitz, verhakte sich dabei aber ungelenk mit dem Fuß am Außenspiegel und knallte mit der Stirn gegen den Schaltknüppel.

Danach richtete er sich auf, tat so, als sei nichts geschehen und fuhr mit pochender Stirn davon.

»Oh je.«

Es kam ganz leise aus dem Nirgendwo. Aus der Dunkelheit.

Oh je.

Das verlässliche Dröhnen des V8.

Carlos blinzelte und schickte ein herzhaftes Gähnen in die Welt. Und blickte zur Seite.

Graciana, die ihm einen warmherzigen Blick schenkte, in dem alles Wichtige lag: alles gut, wir sind beide noch am Stück, ich behüte dich, ich habe gerade einen Rekord gefahren, wir sind das Beste, was uns in diesem Leben passieren konnte, hast du auch so einen Hunger?

Carlos richtete sich auf. Links und rechts der Autobahn war

die spanische Landschaft inzwischen von weißen Plastikplanen verdeckt, die sich in etwa drei Metern Höhe über etwas am Boden spannten. Lange, lange Streifen aus Plastik. Neuerdings gab es die jetzt auch an der Ostalgarve. Bei Olhão. Und Luz de Tavira. Und auch schon weiter im Westen, bei Faro.

Aber das hier war anders. Er rieb sich die Augen.

Die Plastikplanen erstreckten sich nicht nur rechts und links bis zum Horizont, sondern auch in der Richtung, in der sie fuhren. Und zwar ohne Unterbrechung. Bis auf ein paar Baracken oder Verschläge, die hin und wieder verwischt zwischen ihnen auftauchten. Keine Gebäude, keine Bäume. Es gab bis auf die Autobahn einfach nichts, das diese Plastikfläche unterbrach. Außer im Norden, wo sich irgendwann in weiter Ferne die Berge erhoben.

»Ich kann das nicht glauben«, sagte er.

Graciana nickte. Und er bemerkte wieder die feine Linie ihres Nasenrückens, obwohl er ihr Profil im Schlaf hätte malen können. Er betrachtete sie von der Seite.

»Hab ich … hab ich was im Gesicht?«

Er schüttelte den Kopf: »Ich seh dich nur an.«

»Und weiter?«

»Nichts und weiter.«

»Aber was denkst du?«

»Dass alles gut ist, wie es ist.«

Sobral hatte ihre Kollegen in El Ejido angekündigt. Erst bei der Polizei, dann bei Beyond, dem Unternehmen, für das der Tote und die Verdächtige gearbeitet hatten.

Der Besuch bei den Kollegen hatte sich als fruchtlos herausgestellt. Weder Brent noch Santos waren hier polizeibekannt. Beide hatten sich nichts zuschulden kommen lassen, vor dem Gesetz waren sie unbeschriebene Blätter.

Bei Beyond, einem weitgefächerten, weißen und hochmodernen Bau neben einem ebenfalls mit Planen abgedeckten Gelände, hatte man sie höflich in Empfang genommen. Das Dach des Gebäudes war übersät mit Sonnenkollektoren.

Hier arbeiteten knapp 120 Angestellte, während die Muttergesellschaft ihren Sitz in London hatte, wie ein Mittvierziger ihnen eingangs erklärte, während er sie im Inneren herumführte. Sein Name war Lino Ortega, und er war der stellvertretende Filialchef von *Beyond EE*, wie sie hier Beyond El Ejido abkürzten. Er trug einen weißen Kittel, weil er direkt aus einem Labor ins Foyer gekommen war, um die portugiesischen Sub-Inspektoren zu einer kleinen Tour abzuholen.

Zunächst lotste er sie nur wenige Meter weiter zu einem riesigen Foto, das an der Stirnseite der Empfangshalle angebracht worden war. Es zeigte die Plastiklandschaft von oben.

»Es sieht aus wie Schnee«, sagte Carlos nachdenklich bei dessen Anblick.

Ortega nickte mit einem Lächeln: »Das denken viele, wenn sie das Foto das erste Mal sehen, ging mir genauso. Aber es ist Plastik. *Mar de plastico*, so nennen wir das in Spanien: Plastikmeer. Sehen Sie die dunkle Aussparung dort in der Mitte?«

Graciana und Carlos traten unwillkürlich näher.

Tatsächlich schien sich das Plastikmeer in seiner Mitte zu öffnen, und man konnte mit etwas Fantasie bebaute Gebiete und Straßen erahnen.

»Ist das El Ejido?«, fragte Graciana.

»Exakt. Einst eine bitterarme Gegend. Heute zählt die Stadt zu einer der reichsten Spaniens. Die Region ist die weltweit größte Anbaufläche für Gemüse. 360 Quadratkilometer groß, das sind über 50.000 Fußballfelder. Millionen Tonnen an Plastik. Was Sie hier vor sich haben, ist ein Satellitenfoto. Man sieht diesen weißen Fleck aus Plastik mittlerweile aus dem All.«

Ortega führte sie über einen breiten Gang, der linksseitig verglast war und ihnen den Blick auf die Fläche unter den Plastikplanen gewährte. An schmalen Drähten rankten sich die Pflanzen empor und wurden mit feinen Tröpfchen bewässert.

»Auf mich wirkt das monströs«, sagte Carlos.

Ortega nickte: »Essen Sie im Winter gerne Paprika? Tomaten? In einem Salat?«

»Kommt vor.«

»Sehen Sie – das hier ist der Wintergarten Europas. Pro Jahr über drei Millionen Tonnen Gemüse.«

»Das reicht für Europa?«, hakte Graciana nach.

Ortega schüttelte den Kopf: »Das nicht. Aber die Konkurrenz ist trotzdem hart. Unser größter Konkurrent auf dem Gemüsemarkt sind die Niederlande. Aber wir unterbieten sie preislich.«

»Das heißt?«, wollte Carlos Esteves wissen.

»Das heißt zum Beispiel 18 Cent für das Pfund Gurken.«

»Das sind die Unkosten für den Anbau und die Bewässerung?«

»Für die Anpflanzung, Düngung, die Ernte und die Frachtkosten, wenn sie mit Lkws in den Norden gebracht werden.«

Sie hatten einen Eckpunkt von Beyond EE erreicht, an dem eine Straße verlief, auf deren anderen Seite sich das Plastikmeer fortsetzte.

»Das dort drüben ist im Preis enthalten.«

Sie sahen ein paar Gestalten, die aus einem der Holzverschläge kamen und ihre Arbeit aufnahmen. Dunkelhäutige Männer, vermutlich Nordafrikaner.

»Illegale?«, fragte Carlos.

Ortega nickte: »Wenn sie hier ankommen, ja. Wir helfen ihnen mit den Behörden. Kommen Sie bitte.«

Carlos und Graciana folgten.

Die Padaria Lucinda war in einem jener weißen, kubischen Gebäude untergebracht, für die Olhão weit über die Algarve hinaus bekannt war. Drinnen schlug Leander der betörende Duft frisch gebackenen Brotes entgegen. Er vermischte sich mit dem der zuckerhaltigen Eierspeisen der Konditorei, denn das Geschäft der altehrwürdigen Lucinda, die neben der Kasse stand (noch eine echte Registrierkasse mit mechanischem Innenleben!), war auch die Pastelaria.

Nachdem Leander sich ausgewiesen hatte und freundlich, aber sehr aufmerksam vom Personal beäugt worden war, stellte er sich vor und anschließend seine Fragen. Nur ein paar Minuten später verließ er das Geschäft mit fünf Pasteis de Nata, die man ihm aufgedrängt hatte – und den Aussagen von fünf Angestellten: Zwei davon hatten Antonia Santos gestern nicht gesehen, drei andere dagegen schon. Eine um zehn nach neun, eine um Viertel vor zehn und die dritte in der Mittagspause.

Kurz: Die Aussagen waren nicht verwertbar. Außer für die Chaostheorie.

Leander, der neben einer Vorliebe für die portugiesischen Albôndegas langsam eine zusätzliche für die kleinen portugiesischen Teigtörtchen entwickelte, naschte eine davon im Stehen – und entdeckte plötzlich eine Überwachungskamera.

Sie befand sich im gegenüberliegenden Schaufenster. Der Besitzer hatte sich nicht die Mühe gemacht, sie zu verstecken, und Leander erfasste auch sofort, warum: Es handelte sich um ein Juweliergeschäft. In maurisch anmutenden Lettern stand *Jóia* darüber. Juwel.

Die Kamera diente der Abschreckung – aber glücklicherweise nicht nur, wie Lost beim Betreten des Ladens herausfand.

Die Mitarbeiter in ihren sterilen Anzügen waren durch jene Sichtscheibe von ihnen getrennt, zu der Lino Ortega sie geführt hatte. Das Labor von Beyond EE hatte beeindruckende Ausmaße und war in sich abermals in diverse Bereiche unterteilt, die Laien wie Graciana und Carlos am besten dadurch unterscheiden konnten, wo welche Kleidung getragen wurde. Mit Mundschutz und Handschuhen oder ohne? Ein geschlossenes Anzugsystem oder einfache Freizeitkleidung?

»Die Büchse der Pandora ist geöffnet«, stellte Ortega fest.

»Wir machen uns hier keine Illusion darüber, dass die Bürger der EU, die eine grünere Umwelt einfordern, im gleichen Atemzug nicht bereit sind, durch persönlichen Verzicht dazu beizutragen. Anders gesagt: Solange niemand zurückstecken muss, sind alle für den Umweltschutz. Aber wenn es ein halbes Jahr lang keine Tomaten gibt, ist es mit der Überzeugung vorbei. Und hier kommt Beyond ins Spiel.«

Mit diesen Worten führte er sie ein paar Meter weiter zu einer Art Durchreiche, die das Labor und den Besucherbereich, in dem sie sich befanden, verband. Drinnen stand ein Kübel mit hellgrauen Körnern.

Ortega tauchte seine Hand hinein und ließ die Körner zwischen den Fingern in den Behälter zurückfallen.

»Fassen Sie es ruhig an«, forderte er sie freundlich auf.

Graciana, die dem ebenso wie Carlos nachkam, spürte, dass die Körner viel weicher und nachgiebiger waren, als sie erwartet hatte. Sehr fein und trocken.

»Der weltweite Fleischkonsum führt zu einer Massentierhaltung, die unseren ethischen Prinzipien widerspricht. Und überdies auch klimaschädlich ist. Wir werden wegen der Überbevölkerung früher oder später an einen Punkt kommen, global gesehen, an dem wir uns werden fragen müssen, wie viele Menschen dieser Planet ernähren kann. Und das wird mit der Problematik kollidieren, dass wir den Fleischkonsum nicht beliebig steigern können.

Die Zukunft liegt also in einer überwiegend veganen Ernährung. Wenn Sie sich das Bevölkerungswachstum vor Augen führen, werden wir sehr bald sehr viele El Ejidos auf der Welt benötigen. Können Sie folgen?«

In seiner Frage lag keine Herablassung – und Graciana und Carlos konnten.

»Deswegen benötigen wir ein kleines Wunder. Mehr Menschen bedeutet, wir benötigen mehr Anbaufläche. Mehr Dünger. Mehr Wasser. Und wollen gleichzeitig von allem nicht mehr verbrauchen. Weltweit wird nach einer Lösung dafür geforscht, es ist ein wenig wie die Suche nach dem Heiligen Gral.« Ortega legte eine Pause ein und deutete auf die unscheinbaren Körner: »Und das ist er.«

Mittels eines kurzen Blicks verständigten Carlos und Graciana sich stumm – ja, sie hatten richtig verstanden. Aber waren sich unsicher, ob das aufgrund dieser unscheinbaren Körner tatsächlich stimmen konnte.

Ortega lächelte angesichts ihrer Reaktion. »Das ist *Fairy*, und es steht kurz vor seiner Markteinführung.«

Carlos und Graciana nickten – sie hatten am Eingang zwei entsprechende Erklärungen über ihr Stillschweigen unterzeichnen müssen.

»Ist das Dünger?«, fragte Carlos.

Ortega wiegte den Kopf hin und her: »Es ist etwas, was das Wachstum der Pflanzen anregt. Stark anregt. Wir reden momentan von einem fünffachen Ertrag. Statt 50.000 Fußballfeldern bräuchte man mit Fairy nur noch 10.000. Außerdem, und das macht das Präparat so überlegen, benötigen die Pflanzen auch nur rund ein Viertel ihres sonstigen Wasserbedarfs.«

»Wie lange dauert es noch zur Marktreife?«

»Die EU prüft noch die Zulassung. Wir erwarten sie eher in Tagen als in Wochen.«

»Wo wird das Mittel hergestellt: Fairy?«, wollte Graciana wissen.

»Hier und in London – wir testen aber überwiegend hier und nicht in London«, antwortete Ortega mit einem Lächeln. »Fairy kommt ja mit wenig Feuchtigkeit aus.«

Graciana Rosado schenkte ihm ein Nicken zum Zeichen dafür, dass sie seinen Scherz verstanden hatte.

Ortega warf einen dezenten Blick auf seine Armbanduhr. »Sonst noch etwas, was ich für Sie tun kann?«

Carlos Esteves nickte: »Antonia Santos und Jack Brent – als was arbeiten die hier? Sind Sie deren Vorgesetzter?«

Ortega nickte: »Ja, im weitesten Sinne. Ich wollte Sie erst etwas herumführen – jetzt zeige ich Ihnen Antonias und Jacks Arbeitsplatz, wenn Sie möchten.«

»Möchten wir.«

Wie von Leander vermutet, zeichnete die Überwachungskamera des Juweliers auch den Eingangsbereich der Padaria gegenüber auf. Quasi als visuellen Beifang am oberen rechten Rand.

Der Besitzer befand sich in fortgeschrittenem Rentenalter, und Leander registrierte nach einigen Sätzen, dass er bei 65 Dezibel aufwärts noch ganz gut hörte. Sein Name war José Costa. Und obwohl es hier drinnen brütend heiß war, trug er einen grauen Pullunder über seinem beigen Hemd, das er bis ins letzte Knopfloch am Hals versiegelt hatte.

»Die Aufzeichnungen gehen in die Cloud. Wie auch immer dieses Zeug dahin kommt. Von da«, er deutete auf die Kamera, »nach da.« Sein dürrer Finger stach durch die Luft nach oben – und deutete an einen undefinierbaren Punkt.

»Die Cloud ist ein internetbasierter Speicherplatz. Die Filme der Kamera werden über das LAN – das local area network – an die Server Ihres Dienstleisters übertragen«, erklärte Lost ihm.

»Das klingt so schrecklich kompliziert«, fand Senhor Costa, »tja, früher hatten wir noch Disketten. Eine von denen konnte man biegen.«

»Das war die 5¼-Zoll-Floppy-Disk.«

»Sie sagen es«, bestätigte Costa angenehm überrascht. »Man konnte das noch anfassen. Und jetzt?« Er sah Leander erwartungsvoll an.

Dem war nicht klar, was José Costa von ihm erwartete – ein Nicken, einen Stepptanz, Erheiterung? Bei Menschen musste man auf alles gefasst sein. Also behalf Leander sich mit einer Antwort aus seinem Standardwerk, aus Dan B. Tuckers *Kompendium der sinnlosen Sätze* – dem verbalen Echo.

»Und jetzt?«

Costa nickte eifrig: »Und jetzt fliegt das Bild irgendwie durch die Luft und wird irgendwo gespeichert. Man kann nichts mehr anfassen.«

»Es sind Bytes«, sagte Leander, »es ist ja auch nicht nötig, sie anzufassen.«

»Ach.«

»Ja, ja: ach«, sagte Leander und ging auf Nummer sicher: »*Ach, ach.*«

Kurz stutzte José Costa, weil er den Eindruck hatte, der Mann in Schwarz betätigte sich als lokales Echo.

Der erklärte ihm aber nun, dass er einen Mitschnitt der Daten von gestern benötigte. Und nach einigem Hin und Her konnten sie den Provider mit vereinten Kräften davon überzeugen, umgehend die Daten an das Kommissariat in Faro zu schicken – an Isadora Jordão.

Lost dankte. Und bevor er sich verabschiedete, fiel sein Blick auf eine kleine Perlenkette.

»Desculpe, was kostet diese Kette, Senhor Costa – por favor?«

»Sie ist unverkäuflich.«

»Und … warum?«

»Weil ich nichts verkaufe. Nichts von dem, was Sie hier sehen, ist verkäuflich.«

Leander sah sich in dem Juwelierladen um – Ketten, Uhren, Brillanten, andere Edelsteine, Ringe, alles war vertreten. Akribisch angeordnet und – tatsächlich – allesamt ohne Preisschilder.

»Warum verkaufen Sie nicht?«

»Ich kann mich schlecht von Dingen trennen«, bekannte Senhor Costa.

»Aber woraus besteht dann Ihr Geschäftsmodell?«

»Ich habe keines. Ich hatte das Geschäft schon vor drei Jahren geschlossen. Ich wollte mit meiner Frau um die Welt reisen. Aber sie ist krank geworden und gestorben. Und dann ist es zu Hause sehr still geworden. Da habe ich das Geschäft wieder geöffnet – Leute kommen herein und reden mit mir. Wie Sie.«

»Was für ein Trottel«, fand Duarte, »mit dieser rührseligen Geschichte könnte er steinreich werden. Die Leute würden den Schmuck selbst zu völlig überteuerten Preisen kaufen.«

»Sie denken, er hat gelogen?«

»Nein, sonst hätte er Ihnen ja was von seinen tollen Sachen angedreht.«

Dass sich das Gespräch der beiden Kriminalbeamten um das Geschäft gegenüber der Padaria drehte, war Antonia Santos nicht klar. Sie saß auf der Rückbank neben Lost, die Hände auf den Oberschenkeln abgelegt – mit einer Handschelle um die Gelenke. Sie trug die Kleidung von ihrer Festnahme und starrte angespannt ins Nichts.

Duarte lenkte den Wagen – er hatte darauf bestanden, die Frau in seinem Jaguar-Cabrio zum Flughafen zu bringen. Er wusste nicht, ob Senhor Vasco von der PJ Lissabon auch dort sein würde – falls ja, sollte der sehen, dass er hier auf einen Mann von Welt getroffen war.

Duarte parkte den Wagen, den er extra noch durch die Waschanlage gejagt hatte, direkt vor dem Eingang des Flughafens im absoluten Halteverbot. Dann stieg er aus, umrundete den Jaguar und hielt dabei nach Vasco Ausschau, bis er die Beifahrertür erreichte und sie öffnete, um Antonia Santos beim Aussteigen behilflich zu sein. Leander, der den Wagen selbstständig verlassen hatte, gesellte sich zu ihnen.

Ein Zwei-Meter-Hüne vom Sicherheitspersonal trat an Duarte heran. Der Schädel kahl geschoren. »Sie fahren Ihren Wagen da zügig weg.«

Duarte schenkte ihm ein Nicken, zückte seinen Dienstausweis und hielt ihn dem Mann kurz unter die Nase. »Sie kommen wie gerufen. PJ. Sonderauftrag. Sie bleiben hier stehen und passen auf das Cabrio auf.« Damit ließ er den Mann stehen und nickte Antonia und Leander zu. »Gehen wir«, sagte er, und zu dritt – Antonia Santos zwischen ihnen – betraten sie das Flughafengebäude von Faro.

Dessen Außenfassade war vollständig verglast. Innen wirkte alles sehr modern, die hohen Decken waren harmonisch verkleidet. Ein Bistro, ein Zeitungsladen, Anzeigetafeln, Durchsagen. Das Gewusel der Reisenden, Gesprächsfetzen aus diversen Nationen.

»Man hat mir gesagt, dass Sie mich an Kollegen übergeben«, wandte Antonia sich an Lost.

»Das ist korrekt«, antwortete Leander ihr.

»Eigentlich leihen wir Sie nur aus«, präzisierte Duarte. »Da sind sie.«

Er deutete nach vorne, wo zwei Männer in lässiger Alltagskleidung am Meeting Point standen. Der eine groß und kräftig mit kurzen Haaren, der andere klein, schmal, blass. Britisch eben, dachte Duarte.

»Wer sind die?«, fragte Antonia Santos.

»Die sind von der NCA. Sie machen einen Ausflug mit denen – zu Schafen und Regen.«

Sie blieb stehen. »NCA?«

»National Crime Agency.«

»Das sind Engländer?«

»Genau.«

Sie blinzelte nervös. In ihrer Miene spiegelte sich unübersehbar die pure Angst. »Die bringen mich um.«

»Oh, aber ja«, nickte Duarte, »das machen die natürlich nicht, die brauchen Sie für eine Gegenüberstellung. Und dann kommen Sie zurück. Los jetzt, machen Sie keine Zicken.«

»Aber ich war noch nie in Großbritannien.«

»Das können Sie denen ja erzählen.«

Sie sah an ihm vorbei. Die beiden Männer hatten sie erkannt und kamen nun – da es aussah, als gebe es Komplikationen mit der Tatverdächtigen – ihrerseits auf sie zu.

Antonia Santos erstarrte zur Salzsäule. Genau in dem Moment, in dem sich Isadora Jordão auf Losts Handy meldete.

»Estou«, meldete Lost sich, »kann ich Sie gleich zurückrufen? Fünf Minuten.«

»Kein Problem. Aber es gibt ein paar Neuigkeiten. Eine, über die Sie schon mal nachdenken können, ist die: Ich habe im Girassol auf dem Boden vor dem Bad und im Wohnzimmer in Laufrichtung zur Terrasse wieder Chlorbleiche gefunden.«

Vor Losts geistigem Auge erschien das Periodensystem. Chlor. Cl, Ordnungszahl 17.

»Bom dia«, sagte der kleinere Mann, der seinen Begleiter als Smith vorstellte und sich selbst als Grady, und der ihnen seinen britischen Dienstausweis zeigte. Er nickte Antonia Santos lediglich zu.

»Duarte«, sagte Miguel schnell und schüttelte beiden Kollegen die Hände, »und das ist ein Kollege von mir. Ja, das ist ja ein Glück für Sie, dass ich die Identität der Verdächtigen enttarnen konnte.«

Dass Graciana ihn zur Befragung von Senhora Lurdes, der Vermieterin, geschickt hatte und ihm dabei sozusagen in den Schoß fiel, nach wem sie zu suchen hatten, überging er dabei geflissentlich.

»Ich habe einen angeborenen Spürsinn«, ließ Duarte den Kollegen von der Insel inzwischen wissen. »Ich sage das, falls Sie noch mal mit Senhor Vasco von der PJ in Lissabon sprechen sollten.«

»Ja, merk ich mir«, sagte Grady, und es schien, als würde er genau das nicht tun.

Der Weg von Brents Flucht durchs Haus wäre durch das Blut, das er verloren hatte, dokumentiert, wie Leander aus seinem Gedächtnis abrief. Jemand hatte diese Spur mit Chlorbleiche offenbar vernichtet – sodass für das Team um Graciana Rosado der Eindruck entstanden war, Brent sei im Bad tödlich verletzt worden und auch dort gestorben. War er aber nicht. Jemand hatte seine Flucht nach draußen vertuschen wollen. Den Tathergang.

»Also, ich hab sie gefunden – ich dachte, da sind Sie vielleicht erleichtert, weil Sie sie ja schon so lange suchen.«

»Das stimmt nicht«, wandte Antonia Santos ein.

Duarte würde einen Haufen Kreuze machen, wenn er diese Nervensäge endlich los war.

»Wir haben Miss Santos nicht gesucht. Wir überführen sie nur für eine Gegenüberstellung.«

»Gegenüberstellung mit wem?«, wollte Antonia Santos wissen. Sie wirkte aufgebracht.

»Keine Ahnung«, brummte der Mann, der Smith hieß.

Grady bestätigte das mit einem Nicken: »Wir sind nur für die Begleitung nach London zuständig. Dann übernehmen Kollegen. Hat Miss Santos ihre Papiere dabei?«

Duarte nickte und reichte sie ihm in einem Umschlag.

»Danke.«

Leander zückte zwei Formulare aus der Innentasche seines Jacketts und reichte sie ebenfalls an Grady, der ihn fragend ansah.

»Das ist das Übergabeprotokoll, das Sie bitte gegenzeichnen, und außerdem das Formblatt IX – 5 für den internationalen Austausch von Tätern und Tatverdächtigen mit Großbritannien.«

Grady warf einen Blick auf die beiden Schriftstücke, deren Existenz Duarte zu überraschen schien. »Wie, hatten Sie gesagt, ist Ihr Name?«

»Ich hatte ihn noch gar nicht genannt: Sub-Inspektor Lost. Ich rocke den Laden hier.« Leander schenkte ihm ein Lächeln.

Der kleine Brite schnappte sich einen Kugelschreiber aus seiner Brusttasche und unterschrieb das erste Formular, das er Leander zurückreichte. »Hier.«

»Danke, Mister Grady.«

»Sie können jetzt«, hob Grady an und deutete mit einem

Kopfnicken in Duartes Richtung, »Miss Santos die Handschellen abnehmen. Wir transportieren sie ohne.«

»Verstehe«, antwortete Duarte und zückte den entsprechenden Schlüssel, den er Leander reichte, damit der die Handfesseln löste. Ein Assistentenjob.

»Wir benötigen von Ihnen noch das komplementäre Dokument«, wandte Leander sich an Grady, »das Formblatt IX – 5 für den internationalen Austausch von Tätern und Tatverdächtigen mit Portugal.«

Grady verlor ein wenig von seiner Selbstsicherheit und warf einen Blick über die Schulter, hoch zu Smith, der ein Kopfschütteln andeutete. »Das müssen wir nachliefern, wie es scheint. Mein Kollege dachte wohl, ich nehme es mit, und ich dachte, er tut es. Sie wissen ja, wie das ist.« Er schenkte Leander ein verbindliches Lächeln.

»Nein«, sagte der ruhig, »ich weiß nicht, wie das ist. Wie ist es denn?«

Der schmale Brite stutzte jetzt, denn obwohl ihm die Frage wie eine Provokation erschien, sah der Mann im schwarzen Anzug ihn ehrlich interessiert an.

Grady blickte hilfesuchend zu Duarte, der beschämt und entschuldigend lächelte.

»Senhor Lost, sicher können die geschätzten Kollegen dieses Formblatt nachreichen, hm?«

»Nein.«

Smith seufzte unüberhörbar.

Erneut meldete sich Losts Handy. Er warf einen kurzen Blick auf das Display: Isadora Jordão.

Er hatte ihr gerade gesagt, er würde sich melden – und nun rief sie erneut an. Also, schloss er, gab es dafür einen guten Grund.

»Estou?«

»Ist Senhora Antonia noch bei Ihnen?«

»Ja.«

»Ich habe Mãe über das Material der Überwachungskamera von Senhor Costa laufen lassen, dem Juwelier. Wir haben sie eindeutig gestern Morgen, wie sie die Bäckerei betritt. Und kurz darauf wieder verlässt.«

»Aber die GPS-Daten ihres Handys sagen etwas anderes«, rief er der Kriminaltechnikerin in Erinnerung.

»Ich weiß – aber dann sind die Daten falsch. Ich sehe sie hier eindeutig vor mir. Ich habe sie hier auf dem Schirm. *Und* sie telefoniert mit ihrem Handy. Es kann nicht gleichzeitig im Ferienhaus gewesen sein.«

»Ich verstehe«, antwortete Lost, »ich melde mich bei Ihnen. Obrigado.«

»De Nada.«

Lost beendete das Telefonat und steckte das Smartphone wieder ein.

»Entschuldigen Sie«, wandte er sich an die britischen Kollegen, »das war wichtig.«

»Senhor Lost, das mit diesem Formular ist etwas, nun ja, ungewöhnlich«, sagte Grady und bemühte sich zu lächeln, »das ging bisher auch ohne.«

»Wenn es bisher ohne ging«, stellte Leander Lost ruhig fest, »dann macht es keinen Sinn, dass Sie und Mister Smith das Formblatt vergessen haben, wie Sie eben erklärt haben. Denn dann hätten Sie es ja mitnehmen wollen. Was unnötig wäre, wenn es bisher nicht für das Prozedere nötig war.«

Gradys Augen wurden schmal: »Was wollen Sie jetzt? Wollen Sie uns Miss Santos nicht übergeben?«

»Nicht ohne das Formblatt«, bestätigte Lost.

Duarte sah tiefdunkle Gewitterwolken aufziehen – wie stünde er vor Daniel Vasco da, wenn Leander Lost jetzt alles vermasselte? »Ich übernehme die Verantwortung«, bot er daher schnell an. »Wir übergeben jetzt Senhora Antonia, und falls es von irgendeiner Seite Beschwerden geben sollte, dass das Formular nachgereicht worden ist, dann nehme ich das auf meine Kappe.«

»Prima«, fand Grady, »so machen wir das – danke, Mister Duarte.«

»Das kann ich nicht machen«, widersprach Leander, »es verstößt gegen die Regularien. Ich verbringe Antonia Santos zurück in die JVA von Faro. Mit den vollständigen Unterlagen können Sie sie dann später jederzeit nach Großbritannien überführen.«

»Hey«, fand Smith das erste Mal seine Sprache, »unser Flug geht in 20 Minuten. Wie soll das gehen?«

»Die Flüge nach London gehen dreimal täglich. Die Zahl Ihrer Alternativen geht – Ihre Lebenszeit nicht berücksichtigt – gegen unendlich.«

»Sind Sie wahnsinnig?«, mischte Duarte sich ein. »Hören Sie doch auf, die ganze Aktion wegen so eines bürokratischen Blödsinns zu blockieren.«

Leander richtete den Blick auf den Kollegen, genauer gesagt auf seine Nasenwurzel – was bei Miguel Duarte ein wenig der Feinjustierung bedurfte, weil seine Augen ohnehin eng beieinanderlagen. Sie waren geweitet, die Kinnlade spannte nach unten, daher war der Mund geöffnet. Ein Paradebeispiel für alle Bestandteile der mimischen Entsprechung für Entrüstung.

»Santos und Brent arbeiten in der IT von Beyond EE«, antwortete Lucia Romero, eine dynamisch wirkende Person. Sie war – für eine Spanierin ungewöhnlich – dunkelblond und trug einen langen Zopf, der auf ihrem Rücken hin und her schwang.

Sie vollführte eine Geste, die den Raum hinter ihr betraf: eine Ansammlung von Schreibtischen, auf denen riesige Computermonitore standen. Und Fensterreihen, die den Blick über die riesige, weiße Plastikfläche erlaubten. Ein Blick, an dem sich bis zum Horizont nichts mehr rieb.

»Das heißt was?«, fragte Carlos.

»Programmierung im weitesten Sinne«, antwortete Lucia Romero, »Anpassung bestehender digitaler Abläufe. Entwicklung neuer Programmumgebungen, etwa die Automatisierung einer Bewässerungsanlage mit Messfühlern. So was.«

»Komplexe Aufgaben«, hielt Graciana fest. »Haben die beiden sich hier kennengelernt?«

»Ja«, antwortete Ortega. Er stützte die Hände in die Hüften. Und dann, unsicher geworden, zu Lucia: »Oder?«

»Doch, doch«, versicherte sie.

»Sind sie ein Paar?«, fragte Carlos.

Romero merkte auf. Ihre Mimik offenbarte etwas Feinnerviges. »Oh, ich weiß nicht. Vielleicht, vielleicht nicht. Warum fragen Sie? Ist etwas passiert?«

»Wir hatten eine ... Festnahme«, pokerte Graciana. »Erzählen Sie uns bitte etwas über die beiden.«

Lucia Romero betrachtete kurz die Gegend um ihre Schuhspitzen herum, bevor sie nachfragte: »Was für eine Festnahme?«

»Das ist jetzt nicht so wichtig – was wissen Sie über die beiden?«

»Sie, nun ja, sie arbeiten wie gesagt hier in der Programmierung. Sie gestalten Abläufe. Wie kann man sie optimieren? Zum Beispiel die Ernte? Solche Muster müssen in einer Programmiersprache abgebildet werden. Und immer wieder an neue Ergebnisse angepasst werden. Was ist denn mit ihnen?« Lucia Romero sah zwischen ihnen hin und her.

»Jack Brent ist tot«, offenbarte Graciana schließlich.

Sowohl Lucia Romeros als auch Senhor Ortegas Mienen erschlafften.

»Nein.«

»Er ist Mitte dreißig.«

»Ja«, sagte Carlos, »aber er ist tot.«

»Wie?«, fragte Lucia Romero.

»Deshalb sind wir hier«, sagte Graciana.

»Bitte«, brachte die kleine Spanierin hervor, und Carlos sah, dass es ihr ein ernstes Anliegen war: »Warum? Wie?«

»Herzstillstand«, antwortete Graciana wahrheitsgemäß. Denn

jedes Leben weltweit endete mit einem. Irgendwann blieb jedem das Herz stehen. Sie hatte sich diese Art, die Wahrheit auszusprechen, ohne die Wahrheit zu sagen, von Leander Lost abgeschaut.

Lucia Romero setzte sich, ihr Oberkörper verkrampfte, und dann schüttelte es sie.

Graciana trat zu ihr und legte einen Arm um ihre Schultern. Eine Berührung, die die Spanierin zuließ.

»Noch … so jung«, schluchzte sie. Ein wahrer Sturzbach schoss ihr aus den Augen, sie konnte gar nicht aufhören.

»Ja, er war jung«, sagte Carlos etwas hilflos.

Was den Sturzbach aus Senhora Lucias Augen nicht minderte – eher im Gegenteil.

»Das … kann nicht sein …«, brachte Lucia Romero hervor, das Gesicht zwischen den Handinnenflächen verborgen. »Bitte, nein … ich, bitte … er ist nicht tot. Jack ist nicht tot.«

Carlos und Graciana wechselten einen Blick, in dem Mitgefühl und Hilflosigkeit lagen. Carlos wandte sich an Romeros Vorgesetzten: »Können Sie uns was über die beiden sagen – deren Verhältnis zueinander?«

Ortega deutete ein Achselzucken an – auch an ihm ging die Nachricht offenbar nicht spurlos vorüber. »Ähm … beides sehr motivierte junge Leute. Die waren auch bei Kollegen beliebt. Also sind – oder ist Senhora Antonia auch was … zugestoßen?«

»Nein.«

Der Mann wirkte erleichtert.

»Und weiter?«, hakte Carlos nach.

»Nun ja, sie … das sind sehr engagierte Mitarbeiter. Auch von der Sache hier bei Beyond überzeugt – dass sie was Gutes tun, dass sie mithelfen, die globale Ernährungskrise, die auf uns zukommt, zu lösen. Und sie sind wohl gute Programmierer, aber dazu kann Senhora Lucia Ihnen mehr sagen.«

»Haben Sie eine Ahnung, was die beiden an der Algarve wollten?«

»Nein, tut mir leid. Ich weiß nur, dass beide Urlaub genommen haben.«

Lucia Romero seufzte und wischte sich über die feuchten Augen. »Tut mir leid«, sagte sie leise.

»Schon gut«, antwortete Graciana und löste ihren Arm von der Spanierin, die in etwa so groß war wie sie selbst. »Jack Brent«, sagte sie, »glauben Sie, er mochte Antonia Santos?«

Romero überlegte kurz, dann hob sie den Kopf, sah Graciana an und nickte.

»Und denken Sie, er könnte übergriffig geworden sein?«

»Das … trau ich ihm nicht zu, aber … man kann ja nicht reinschauen in die Leute.«

Nun trat Carlos näher an die beiden Frauen. »Senhor Brent hatte einen USB-Stick dabei, auf dem sich ein Foto vom Flughafen Almería befindet. Haben Sie irgendeine Idee, wieso?«

Sie schüttelte den Kopf.

Carlos blickte über die Schulter und wandte sich an Ortega: »Und Sie?«

»Keine Ahnung.«

Duarte war außer sich. Bis zur ersten Ampel redete er ohne Punkt und Komma und gestikulierte mit der rechten Hand in einer Geschwindigkeit, die Leander faszinierte. Es dauerte ein paar Ampeln, bis er darin ein Muster erkannte (sieben Figuren, die er in die Luft zeichnete, wobei er gerne drei davon kombinierte). In dieser Zeit versuchte Miguel Duarte die Chefin zu erreichen. Sie sollte ein Machtwort sprechen. Sie sollte Lost zum Einlenken bewegen. Schließlich gab es noch ein klitzekleines Zeitfenster, innerhalb dessen er den Kollegen aus London Antonia Santos übergeben könnte, bevor die mit leeren Händen in ihre Maschine stiegen.

Aber bei Cristina Sobral war besetzt.

»Wissen Sie, Senhor Lost, im Süden Europas regelt man das anders. Man gibt ein wenig, man bekommt ein wenig. Niemand hält sich sklavisch an die Vorschriften, das ist hier Auslegungssache. Am Ende nämlich, am Ende kommen die mit dem Formblatt, und dann nehmen sie Senhora Antonia sowieso mit. Es läuft also auf dasselbe hinaus. Mit dem Unterschied, *dass wir alles doppelt machen müssen*! Die Kollegen müssen noch mal fliegen, wir müssen wieder zum Flughafen fahren und all das. Kein Wunder, dass Deutschland in Bürokratie versinkt.«

Antonia Santos saß in Handschellen neben Leander Lost, sie teilten sich wie zuvor die Rückbank des Cabrios. Sie schaute auf ihre Füße und schien intensiv nachzudenken.

»Man kann nicht alles regeln – Deutschland erstickt an seinen Vorschriften.«

»Ich glaube auch, dass es in Deutschland zu viele Vorschriften gibt«, räumte Leander ein, »aber sie wirken sich noch nicht sehr negativ auf die Wirtschaft aus. Sonst würden ja keine Transferleistungen an ärmere Länder wie Portugal oder Spanien geleistet werden können.«

Duarte schluckte.

»Spanien ist nicht arm«, erwiderte er aus Reflex. Die Wut über diese Beleidigung schoss in ihm hoch wie eine Hitzewelle, die durch seinen Körper raste und das nahezu unstillbare Verlangen in ihm weckte, den Alemão zu ohrfeigen.

»Der Anteil der von Armut bedrohten Spanier liegt dieses Jahr bei 25,3 Prozent«, wusste Leander.

Duarte kam hinter einem dunklen Transporter mit abgedunkelten Scheiben zum Stehen. Seine Halsschlagader schwoll unter der Haut deutlich an. Sie pochte wild. »Sie sollten sehr genau aufpassen, was Sie über Spanien sagen, ich … warum fährst du Idiot nicht? Es ist grün!«

Wütend drückte er gute drei Sekunden auf die Hupe. Und als sei dieses Hupen das Kommando, öffnete sich die Seitentür des Transporters und zwei Männer stiegen aus und gingen auf ihn zu. Der vordere Mann war ein Südeuropäer, er wirkte kräftig und dynamisch. Sein kompaktes Erscheinungsbild wurde von seiner geringen Körpergröße von knapp über 1,70 Meter unterstrichen. Er trug eine Sonnenbrille, deren Gläser aus schmalen Streifen bestanden. Der andere, der vor der Motorhaube von Duartes Jaguar in Richtung Beifahrerseite abbog, war größer und drahtig. Wie ein Marathonläufer. Die Haare halblang, der Blick verriet Klugheit.

Beide trugen trotz der Hitze Jacken.

Antonia Santos erstarrte. »Das«, flüsterte sie entsetzt, »sind die Männer, die wahrscheinlich Jack ermordet haben.«

In diesem Moment zogen die beiden unter ihren Jacken schallgedämpfte Pistolen und richteten deren Mündungen mit routinierten Bewegungen auf Duarte und Leander Lost.

19.

Der hagere Mann mit einem bleichen, eher nordeuropäischen Hautton hielt die Waffe auf Leander gerichtet, während er Antonia Santos ansprach: »Sie steigen bitte aus, Senhora.«

Seine höfliche Aufforderung war frei von Nachgiebigkeit.

»Deine Waffe«, forderte der kleinere Mann Duarte auf. Sein Name war Navarro.

Miguel Duarte zögerte.

Und das lenkte die Aufmerksamkeit des Hageren, er hieß Cooper, auf Duarte – und die Frage, ob es hier gleich ein Problem geben würde.

Leander zog sofort logische Konsequenzen: Wenn die Männer hätten schießen wollen, hätten sie es bereits getan – also ging es ihnen nicht darum, Zeugen wie Duarte oder ihn auszuschalten. Sie wollten Antonia Santos. Und zwar lebend.

Daher nutzte Leander den Augenblick, in dem Cooper sich kurz an Duarte wandte, indem er Antonia Santos' Handschelle öffnete, sich den einen Teil der Fessel um sein rechtes Handgelenk legte und einrasten ließ. Jetzt waren sie miteinander fixiert.

»Ich«, brachte Duarte hervor, aber da hatte der Kleinere des Duos ihm schon den Knauf seiner Pistole auf den Kopf krachen lassen. Mit der freien Hand öffnete er gleichzeitig die Fahrertür und zog den überraschten Duarte wenig zimperlich aus dem Fahrersitz auf die Straße. Dort stellte er sich mit dem linken Fuß auf dessen Rücken und erleichterte ihn um seine Waffe.

Der Spanier blutete aus einer Platzwunde am Kopf.

»Liegen bleiben«, befahl Navarro.

»Ich bin Inspektor der Polícia Judiciária«, warnte Duarte ihn.

»Ach, tatsächlich?«

Auf der anderen Fahrzeugseite hatte Cooper die Beifahrertür geöffnet und Antonia Santos brutal an den Haaren gepackt, an denen er sie aus dem Cabrio zog – um dann zu bemerken, dass sie an Lost gefesselt war. Prompt richtete er die Waffe auf Leander und setzte die Mündung fast auf dessen Stirn auf. »Schlüssel.«

Das stufte Leander als eine äußerst ökonomische Kommunikation und folgerichtige Forderung ein – die er vorausgesehen hatte. Weshalb er Cooper den Schlüssel zeigte, den er soeben in die Sitzschiene am Boden gesteckt und dort verbogen hatte. Jetzt war er unbrauchbar.

Der blasse Mann nahm das einfach zur Kenntnis. Nichts in seinem Gesicht deutete auf Verärgerung. »Beide raus. Zügig.«

Scouse. Lost konnte den Dialekt eindeutig zuordnen: Cooper war ein Mann, der in Liverpool und Umgebung aufgewachsen sein musste. Der nasale Dialekt dieser Gegend war äußerst schwer nachzuahmen.

Da Cooper zum Nachdruck an Santos' Haaren zerrte, stand Leander aus Rücksicht auf sie zusammen mit Senhora Antonia auf und stieg aus dem Cabrio.

Mit einem geübten Griff nahm der Mann Leander dessen Dienstwaffe ab und steckte sie ein.

Schräg hinter ihnen hielt ein Auto mit zwei jungen Männern. Der Fahrer schnappte sich sein Smartphone, um sie zu filmen.

Cooper richtete die Waffe auf den Wagen und drückte zweimal ab. Die Projektile hinterließen zwei Geschosskränze in der Windschutzscheibe. Die jungen Männer gaben Vollgas und jagten davon.

»In den Transporter«, befahl Cooper.

Antonia Santos und Leander Lost kamen dem Befehl nach

und entdeckten im Fond des Fahrzeugs einen dritten Mann, der wie Navarro südländisch aussah. Er trug einen Vollbart und einen kurzen Zopf. Sein linker Arm war bandagiert, und unter dem Verband lugte ein Stück einer Tätowierung hervor.

»Los, da hinten hinsetzen«, sagte er und deutete auf die Sitzbank hinter ihm.

Er sprach ein wenig wie Miguel Duarte, der seine spanische Herkunft in der Kommunikation auch nie verleugnen konnte. Dieser Mann mit dem Zopf verschluckte darüber hinaus noch gerne das »s«. Er sprach – ebenso wie sein Kollege am Steuer – *Andaluz*. Sie stammten also aus dem Süden Spaniens, kombinierte Leander.

Nachdem Antonia Santos und er auf der hintersten Bank Platz genommen hatten, stieg Cooper ebenfalls hinten ein und zog die Seitentür zu.

Navarro hatte den Zündschlüssel von Duartes Wagen abgezogen und eingesteckt. Er lief zum Transporter, schwang sich hinter das Steuer und fuhr los.

Der bärtige Mann tastete erst Leander und dann Antonia Santos sehr geübt ab. Er war weder an Bargeld oder Kreditkarten oder Schlüsseln interessiert, sondern nahm lediglich Losts Handy an sich, um es Cooper zu reichen. Der das Seitenfenster öffnete und das Smartphone mit einer beiläufigen Geste hinauswarf.

All das, Leander registrierte es genau, geschah wortlos und eingespielt. Darüber hinaus fehlte etwas: Gefühl. Alles erfolgte leidenschaftslos – aber effektiv. Planvolles, routiniertes Vorgehen. Die waren, folgerte er, nicht angetrieben von persönlichen Motiven, das hier war ein *Auftrag*.

Ein dreiköpfiges Team, das so eine Kommandoaktion wie diese nicht das erste Mal umsetzte, analysierte Leander weiter. Dass dieses Trio am helllichten Tag mitten in Faro bei dieser Entführung auf eine Maskierung verzichtete, konnte eine Menge Gründe haben. Zwei davon besaßen eine hohe Wahrscheinlichkeit: Sie waren Mitglieder einer staatlichen Sondereinheit und hatten daher in letzter Konsequenz nichts zu befürchten. Oder sie arbeiteten auf dem freien Markt wie Söldner bei Blackwater und waren für jedermann buchbar, der sie sich leisten konnte. Aber auch dann – das ließ sich für Leander aus ihrem Verhalten ableiten – standen sie unter dem Schutz einer Hand, die über sie wachte.

Und noch etwas fiel ihm auf: Als Cooper das Bein anwinkelte und auf das andere stützte, gab er den Blick auf seine Schuhsohle frei. Ein Stern. Fünf Zacken. Der Abdruck aus dem Garten des Girassol. Eine der beiden Spuren, die neben jener von Jack Brent verlaufen waren.

»Mein Name ist Dale Cooper«, stellte Cooper sich vor und richtete das Wort an Antonia Santos: »Wo ist die Studie?«

»Auf einem USB-Stick.«

»Im Haus?«

»Nein.«

»Sondern?«

»In Olhão.«

Lost sah, dass sie nicht log. Der Stick von Brent befand sich im Labor von Isadora Jordão in Faro. Wenn es also einen Stick in Olhão gab – und den gab es, denn die Frau log nicht – musste ein *zweiter* Stick existieren!

Cooper nickte wie jemand, dem auch Katmandu recht gewesen wäre – Hauptsache, sie rückte mit dem Ort raus. »Ich verstehe, Senhora. Gut. Das hier ist ein Dumdumgeschoss.«

Er hielt ihr eine Patrone unter die Nase, die er zwischen Daumen und Zeigefinger eingeklemmt hatte, und die an der Spitze an vier Stellen symmetrisch angesägt worden war.

»Ich weiß nicht, was das ist«, bekannte Santos.

Cooper wollte zu einer Antwort ansetzen, aber Leander half ja von Natur aus gerne aus: »Dumdum ist der Name der indischen Munitionsfabrik, in der diese Teilmantelgeschosse zuerst hergestellt worden sind. Dumdumprojektile sind an der Spitze abgefeilt, sodass sie sich beim Auftreffen auf ihr Ziel aufspalten, dadurch deformieren und zu schweren Verletzungen führen. Sie sind international geächtet.«

Cooper öffnete Losts Brieftasche und zog den Dienstausweis hervor, auf den er einen kurzen Blick warf, bevor er ihn wieder zurückschob.

Er wandte sich an Santos: »Da hat Sub-Inspektor Lost recht. Sie müssen eigentlich nur Folgendes verstehen: Es zerfetzt, auf was es trifft. Lotsen Sie uns zu einem falschen Ort, haben Sie und der Kollege hier keine Hände mehr.«

Leander fragte sich, was er am meisten vermissen würde: mit den Fingerspitzen über Soraias Grübchen zu fahren und über die Grashalme im Garten zu streichen. Beides Dinge, die ein tief verkapseltes Glücksgefühl in ihm weckten. Und die sich jedem rationalen Erklärungsversuch erfolgreich widersetzten.

»Der Stick ist in Tavira.«

»Wo da?«

»Gegenüber der Brücke am Fluss. Ich weiß die genaue Hausnummer nicht, aber ich kann sagen, welches Haus es ist, wenn ich es sehe.«

Cooper nickte und wandte sich nach vorne, zu Navarro. »Fahrzeugwechsel. Dann Tavira.«

Navarro bog an der nächsten Kreuzung in nördlicher Richtung ab.

Und Antonia Santos warf einen Blick auf ihre Armbanduhr.

»Das Kennzeichen des Transporters ist 23–24–ICH, die Fahndung ist draußen«, erklärte Sobral. Sie befand sich in ihrem Büro im ersten Stock der Polícia Judiciária in Faro, das mit hellem Parkett ausgelegt war und an dessen Decke sich das drehte, was Lost einen Whoosher nannte, der Ventilator.

Sie war aufgeregt, konzentrierte sich aber auf das Telefonat mit Graciana, denn Aufregung änderte eine Situation nicht.

»Losts Handy?«, fragte Graciana, die an Carlos' Seite bereits eilig über das Gelände von Beyond Richtung Parkplatz schritt, auf den Mustang zu. Sobral hörte die Sorge, die in der Frage der Sub-Inspektorin mitschwang sowie deren Bemühen, sie zu unterdrücken.

»Senhora Isadora lässt es diesen Augenblick orten.«

»Und Miguel Duarte? Was ist mit der Verletzung?«

»Es ist nur eine Platzwunde am Kopf. Er sieht sich gerade die Datenbank an, ob er vielleicht einen der Täter identifizieren kann.«

»Das ist gut. Doutora Oliveira sollte auf jeden Fall nach ihm schauen – vielleicht hat er eine Gehirnerschütterung.«

Cristina Sobral wusste um die Differenzen zwischen Miguel Duarte und seiner inoffiziellen Vorgesetzten Graciana Rosado, und stets aufs Neue imponierte ihr, wie die Sub-Inspektorin diese im Falle eines Falles beiseiteschob und ihrer Sorgfaltspflicht nachkam. Und das nicht, sie hörte es heraus, weil es Vorschrift war, sondern weil man im Hause Rosado generell auf jeden achtgab.

»Wir machen uns jetzt auf den Rückweg und sind weiter mobil erreichbar«, sagte Graciana.

Während Graciana ihnen mit Blaulicht freie Fahrt zum Autobahnzubringer verschaffte, setzte sie Carlos kurz in Kenntnis. Ihre Stimme war dabei leicht gepresst, was sein ungutes Gefühl seit dem Telefonat mit der Chefin verstärkte.

Die missglückte Übergabe von Santos an die britischen Kollegen wegen Losts Prinzipienreiterei. Der Überfall auf offener Straße. Der Umstand, dass er sich – anders war es ja nicht zu erklären – in einem unbeobachteten Moment an die Gefangene gekettet hatte.

Und dann diese Entführung, die drei unmaskierte Männer verübt hatten, denen es offenbar egal war, ob sie dabei erkannt wurden oder nicht.

Sie sagte es nicht, mit keiner Silbe, und doch hing es so überdeutlich in der Luft, als stünde es mitten auf der Windschutzscheibe: Leute, die so radikal ihr Ziel verfolgten, hätten vermutlich auch wenig Skrupel, einen Polizisten zu töten.

»Soraia?«, fragte Carlos sanft, während er Isadoras Nummer wählte.

Graciana deutete ein Kopfschütteln an: »Noch nicht, glaube ich.«

»Estou«, meldete Isadora sich.

»Wir sind auf dem Rückweg«, informierte Carlos sie. »Was gibt es über Senhor Lost?«

»Wir haben sein Handy rund zweihundert Meter von der Kreuzung entfernt gefunden, an der Antonia Santos und er entführt worden sind. Die GNR von Faro sucht den Bereich weiter ab. Es gibt aber zwei interessante Neuigkeiten: Antonia Santos war zur Tatzeit nicht im Girassol, sondern nachweislich in der Padaria in Olhão. Sie kann unmöglich Jack Brent ermordet haben. Auch wenn die GPS-Daten ihres Handys anderes suggerieren. Sie hat nämlich vor der Padaria telefoniert.«

Graciana zirkelte den Wagen auf der Zubringerkurve passgenau zwischen einem Laster und der Leitplanke hindurch, während sie mit der Kriminaltechnikerin sprach: »Was sagt der Provider?«

»Die überprüfen, ob ein technischer Fehler vorliegt. Das und das Resultat aus der Analyse des Fotos vom Flughafen habe ich Lean … Senhor Lost kurz vor seinem Treffen mit den britischen Kollegen mitgeteilt.«

Sie nennt ihn in Gedanken beim Vornamen, merkte Graciana sich. Und ertappte sich dann dabei, dass sie selbst es nicht anders hielt.

»Und was hat Mãe rausgefunden?«, wollte Carlos wissen.

»Was wir vermutet haben: Es ist ein steganografisch bearbeitetes Foto.«

Sie stellt ihr Licht unter den Scheffel, dachte Carlos Esteves, denn es hatte niemand vermutet, nur Isadora selbst.

»Es funktioniert«, fuhr diese fort, »nach dem Prinzip des zerrissenen Geldscheins. Den Pixeln wurde ein anderer Wert zugewiesen. Aber dieser ergibt jetzt in seiner Gesamtheit noch keinen Sinn. Es ist, als müsse noch jeweils ein anderer Wert hinzugefügt oder abgezogen werden. Vielleicht auch eine Modifikation oder eine andere mathematische Operation. Jedenfalls fehlt diesem Foto sein Gegenstück.«

»Denkst du, Antonia Santos hat das auf einem zweiten Stick?«

»Ich weiß es nicht.«

»Die Fahndung läuft nach was?«, erkundigte Graciana sich.

»Nach dem Fluchtwagen, den drei Männern und Antonia Santos.«

Carlos spürte, was jetzt kommen würde, und bemaß die Überwindung, die es Graciana kostete.

»Nehmt Senhor Lost dazu, por favor.«

Schweigen in der Leitung.

»Gut«, sagte Isadora Jordão dann, »até já.«

»Ja, bis später«, gab Carlos zurück und beendete das Gespräch.

Sie hatten die Autobahn erreicht.

Graciana setzte den Mustang Bullitt auf die linke Spur und zögerte keinen Augenblick, das Gaspedal bis zum Bodenblech durchzudrücken. Das Biest machte einen Satz und beschleunigte zügig auf 263 Stundenkilometer. Aber nur für ein paar Momente, denn dann nutzte Graciana Rosado einen speziellen Schalter, der in Einsatzwagen genutzt werden konnte und die elektronische Geschwindigkeitsbegrenzung aufhob.

Carlos war sicher, sie würde einen Rekord für die Strecke Almería–Faro hinlegen. Trotz ihrer Müdigkeit. Schließlich hatten sie letzte Nacht kaum ein Auge zugetan.

Er zog aus den Untiefen seines zerknitterten Jacketts eine zylindrische Dose heraus und entnahm ihr zwei Pillen, von denen er eine einwarf und ihr die andere stumm anbot.

»Was ist das?«

»Ein Minzbonbon.«

Sie warf ihm einen dieser Blicke zu.

»Ein Minzbonbon spezial – hält wach.«

»Na schön.«

Sie nahm zwei und warf sie ein. Mit einem Lächeln versorgte Carlos Esteves sich ebenfalls mit einer weiteren Pille.

Nach vier Minuten auf der Überholspur war Graciana wach bis ins Ohrläppchen. Ihr war, als würde sie hören, wenn in Bilbao eine Katze über die Nebenstraße lief.

»Ephedrin?«

»Die einen sagen so, die anderen so.«

20.

»Welches ist es?«, fragte Cooper.

Sie blieben auf der *Ponte das Forças Armadas* stehen – Leander und Antonia Santos hatte man angehalten, Händchen zu halten, damit die Handschellen nicht so auffielen. Außerdem behielten sie fast die Formation aus dem Transporter bei: Navarro ging voran, es folgten die Geiseln und die Schlusslichter bildeten Cooper und Ruiz. Dadurch blieb den meisten Passanten der Blick auf die Handschellen ohnehin verwehrt.

Unter den Pärchen, die eng an eng am Geländer der Brücke lehnten, oder den Touristen, die hier flanierend den Fluss überquerten, fielen sie nicht weiter auf. Auf der benachbarten Brücke in Sichtweite spielte ein Quartett aus alten Männern auf, und nur wenige Meter weiter gelang es einem Pantomimen, der von Kopf bis Fuß mit goldener Farbe besprüht war, Passanten zu erschrecken, die ihn für eine Statue hielten.

Rund um diese beiden Brücken, die über 2000 Jahre alte Ponte Romana und diejenige, über die sie sich gerade bewegten, spielte sich das Leben in Tavira ab, denn hier ergoss sich der Gilão ins Meer. Ein buntes Sammelsurium aus Restaurants und Bistros tummelte sich beidseits des Flusses. Einige blickten auf eine lange Tradition zurück, andere wirkten sehr modern und aufgeräumt und lockten betuchte Touristen an.

Antonia Santos blickte erst auf ihre Armbanduhr und dann den Flusslauf entlang, wo einige kleine Segel- und Motorboote in der sanften Strömung dümpelten. Und eine Möwe gerade einen unvorsichtigen Krebs gepackt hatte und mit sehr routinierten Bewegungen an einem der Ufersteine seinen Panzer knackte.

»Hm?«

»Welches Haus es ist?«

Sie hatten beinahe die Mitte der Brücke erreicht und stoppten nun ab. Santos deutete mit dem Kopf nach vorne, zum gegenüberliegenden Ufer.

»Das Eckhaus gleich links, der Eingang in der Mitte.«

Es war ein zweigeschossiges Haus mit sandfarbenen Fliesen, die von hier aussahen, als hätten sie Poren. Dabei waren sie übersät von kleinen, pyramidenförmigen Spitzen. Die Holztür in der Mitte machte einen verwitterten Eindruck.

Cooper besah sich das Haus von seiner Position aus, als könne er so das Risiko abwägen. Dabei blieb seine Miene unbewegt. Er hatte, wie Antonia bemerkte, ähnlich wenige Falten wie Leander Lost in seinem schwarzen Anzug.

Der konnte noch keinen Fehler feststellen – aufseiten ihrer Entführer.

Sie hatten nur gute zwei Kilometer von der Kreuzung, an der sie sie überfallen hatten, an einem einsamen Feldweg einen alten Kombi abgestellt, dessen Weiß hier und da wegen des Rosts abblätterte. Das Modell war über zehn Jahre alt, ein paar Schrammen erzählten davon. Was in Monaco förmlich ins Auge gestochen wäre, war hier, an der Ostalgarve, so unauffällig wie ein herrenloser Hund.

Nachdem Ruiz mit ihnen in den Kombi umgestiegen war, hatten Cooper und Navarro das Innere des Transporters mit dem Schaum aus zwei Feuerlöschern vollgesprüht. Womit sie, wie Lost wusste, sämtliche ihrer Spuren mit einem Höchstmaß an Zeitersparnis vernichtet hatten.

»Und dann?«, fragte Cooper und riss Leander aus seinen Gedanken.

»Er heißt Samuel Garrido. Sagen Sie ihm einen Gruß von Antonia, dann weiß er Bescheid und gibt Ihnen den Stick.«

Leander irritierte diese Aussage, denn sie war gelogen. Bloß konnte er nicht spezifizieren, ob das auf ihre Gesamtheit zutraf oder nur auf einen Teil.

»Du bleibst hier bei den beiden«, ließ der Mann aus Liverpool Ruiz wissen und wandte sich schon zum Gehen, bevor der Angesprochene antworten konnte. Für Cooper war es offenbar beschlossene Sache, und Navarro, der verstanden hatte, dass er ihn begleiten sollte, folgte. Die beiden überquerten zielgerichtet, aber ohne auffällige Eile die Brücke.

»Schönes Wetter, nicht?«, wandte Leander sich an ihren Bewacher, um einen menschlichen Small Talk zu beginnen, und legte noch aus dem Kapitel *Kommunikationsmüll* von Tuckers Kompendium nach, »so ein Tag aber auch.«

Der Spanier mit dem andalusischen Dialekt warf ihm einen prüfenden Blick zu. »Was willst du – mit deinem bescheuerten Anzug?«

»Mich anziehen. Das ist der Sinn von Kleidungsstücken. Und da diese über kein Bewusstsein verfügen, können sie nicht bescheuert sein.«

»Was willst du eigentlich?«, fragte Ruiz genervt.

Ein knallgelbes Schnellboot tuckerte gemächlich unter der Ponte Romana hindurch und fuhr weiter in Richtung Meer. Am Steuer stand ein braun gebrannter Mann mit nacktem Oberkörper und einer Sonnenbrille.

»Mich interessiert, für wen Sie arbeiten.«

»Für den Papst.«

»Ich sehe an Ihrer Mikroexpression, dass das nicht der Wahrheit entspricht.«

Antonia Santos ging hinunter auf ihr rechtes Knie – und Leander wegen der Handschellen zwangsläufig auch. Santos band sich den rechten Schnürsenkel.

»Die töten uns, wenn wir jetzt nicht abhauen«, flüsterte sie, während Ismail Ruiz zu seinen Kollegen blickte, die gerade an der Haustür des Gebäudes klingelten.

Antonia Santos wandte den Kopf zur Seite und legte ihm fast die Lippen aufs Ohr.

»Vertrauen Sie mir«, schickte sie ihre Worte über den schmalen Grat zwischen Hör- und Unhörbarkeit. »Wir springen in drei Sekunden rechts übers Geländer. Sie müssen mitmachen.«

Da ihre Worte an Cooper – wie von Lost erfasst – eine Lüge waren, die in den nächsten zehn Sekunden auffliegen würde, und es diesen Stick entweder überhaupt nicht gab oder sie entschlossen war, dessen Aufenthaltsort nicht preiszugeben, stand ihrer beider Leben aus Coopers Sicht sehr bald zur Disposition.

»Eins – zwei – ...«

Sie schnellten hoch und schwangen sich nahezu zeitgleich übers Geländer – stürzten aber nicht in den Gilão, wie Leander vermutet hatte – sondern auf das knallgelbe Schnellboot. Der braun gebrannte Fahrer sah sich überrascht um.

»Dreh voll auf, Samuel!«, brüllte Antonia.

Samuel, der ihre nackte Verzweiflung sah, drückte geistesgegenwärtig den Gashebel komplett nach vorne. Der Motor drehte hell heulend auf, der Bug hob an, sie jagten davon. Lost und Antonia Santos, die sich gerade von ihrem Sprung aufrappeln wollten, stürzten zu Boden. Und das war vermutlich ihr Glück.

Denn Ruiz' Griff nach seiner Pistole und das Anlegen waren Teil einer einzigen, fließenden Bewegung – an deren Ende er Antonia Santos anvisiert hatte und sein sieben Kugeln umfassendes Magazin entleerte.

Aber zum einen bewegten sie sich bereits mit fünf Metern pro Sekunde davon, und zum anderen lag Santos neben Lost am Boden des Schnellboots und Ruiz konnte nur einen Arm, den Haaransatz und die Beine sehen.

Die Kugeln landeten im Wasser, in Samuels Kompass, dessen Glas splitterte, und die letzte endete als Querschläger, der jaulend vom Außenbordmotor abprallte.

Leander linste vorsichtig über die Reling. Weit hinten tauschte Ruiz das leere Magazin gegen ein neues. Er tat das sehr routiniert und ließ sich offensichtlich auch nicht durch die weglaufenden Passanten dabei stören.

Von rechts liefen Cooper und Navarro wieder zurück auf die Brücke.

Ruiz legte erneut an.

Antonia Santos hob nun auch den Kopf, aber Lost drückte ihn sanft hinab. »Bleiben Sie zu Ihrer Sicherheit noch unten.«

Ruiz hielt die Waffe – so sah es auf die stetig zunehmende Distanz zumindest aus – immer noch auf sie gerichtet. Aber es fiel kein Schuss. Die Projektile hätten sie jetzt ohnehin nicht mehr erreicht, vermutete Leander.

Mit jeder weiteren Sekunde verschmolzen erst die Köpfe, gefolgt von den Armen und schließlich den Beinen mit dem Körper der Männer. Sie wurden zu Punkten, die sich jetzt nach links über die Brücke bewegten – zurück zu dem Wagen, mit dem sie nach Tavira gekommen waren.

»Wer sind die?«, rief Samuel gegen den Fahrtwind an. Links umrahmte ihn die frische Gischt, die durch die Luft flog.

»Ich weiß es nicht!«, rief Antonia, die immer noch neben Lost auf dem Deck lag, zurück.

»Sie können das Tempo jetzt drosseln«, ließ Leander den Mann am Steuer wissen.

Leander zog seinen rechten Espadrille aus und entnahm ihm einen Ersatzschlüssel, mit dem er die Handschelle öffnete und abstreifte.

Antonia sah ihn überrascht an und fuhr sich intuitiv mit den Fingern über das Handgelenk, während Samuel die Drehzahl senkte und das Schnellboot jetzt die Lagune erreichte, die auch hier zwischen dem Festland und der vorgelagerten Ilha de Tavira lag.

»Sie lassen mich gehen?«

»Nein, aber ich habe Ihnen gegenüber eine Sorgfaltspflicht.

Ich bin für Ihre Sicherheit verantwortlich. Und wenn wir über Bord gehen oder in eine andere Gefahrensituation geraten, ist es für Sie besser, Sie können sich eigenständig bewegen. Und für mich auch.«

Damit stand er auf und reichte ihr die Hand, um ihr auf die Beine zu helfen.

Antonia Santos zögerte kurz, dann nahm sie die Hilfe des Deutschen an und ließ sich hochziehen.

»Sollten wir nicht die Polizei rufen?«, mischte Samuel sich ein. »Was waren das für Leute?«

»Wissen wir nicht«, gab Antonia zurück. »Aber die Polizei musst du nicht rufen – mein Begleiter hier ist Polizist. Sub-Inspektor Lost.«

Samuel sah den Mann im Anzug überrascht an, dann nickte er.

Antonia stellte die beiden kurz einander vor. Samuel war ein Freund aus Schulzeiten und betrieb seit einigen Jahren ein Wassertaxiunternehmen. Jeden Tag gegen fünf vor sechs am Abend unterquerte er die Brücken in Tavira, weil er fünf Minuten später seinen Vater von der Ilha da Tavira abholte. Der arbeitete dort als Koch im O Ferreiro.

»Deshalb haben Sie uns auf die Brücke geführt«, kombinierte Leander.

Antonia nickte.

Leander wandte sich an Samuel: »Bringen Sie uns bitte an den nächsten Pier westwärts – ist das Santa Luzia?«

»Sim.«

Das kleine Fischerdorf, einen Katzensprung von Tavira entfernt, mit seinem weiten, weißen Strand war bei Einheimischen wie Touristen sehr beliebt. Bei günstigen Windrichtungen jagten dort die Kite-Surfer durchs Wasser und ließen sich meterhoch in die Luft katapultieren.

»Und ich benötige Ihr Handy für einen Anruf. Die Polícia Judiciária von Faro kommt für die Unkosten auf.«

Samuel sah an ihm vorbei zu Antonia Santos, die dort mit verschränkten Armen stand und in deren Haaren der Meereswind spielte. Offensichtlich überließ er ihr die Entscheidung darüber.

»Unter einer Bedingung«, sagte sie.

»Welcher?«

»Sie fahren mit mir nach Olhão. Sie und ich alleine. Sie müssen mich doch schützen, richtig?«

»Ja.«

»Sie fahren mit mir zu einer Adresse und geben mir zehn Minuten. Danach können wir zur Polizei nach Faro.«

»Wir könnten zuerst zur Polícia Judiciária fahren und dann …«

»Nein«, unterbrach sie ihn, »ich muss eine Studie ins Netz stellen. Wenn ich das getan habe, ist es vorbei. Die Männer werden nicht mehr auftauchen, und ich muss nicht mehr um mein Leben fürchten. Im Gefängnis müsste ich das.«

Das, was sie sagte, las Lost in ihrem Gesicht, entsprach der Wahrheit. Oder besser: Sie selbst glaubte das, was sie sagte. Ob das, was sie prognostizierte, auch so eintreffen würde, stand auf einem anderen Blatt.

Die drei Entführer, erinnerte Lost sich, hatten von Santos wissen wollen, wo sich die Studie befand – auf einem Stick, war ihre Antwort gewesen.

»Der Stick mit der Studie befindet sich in Olhão?«, kombinierte er.

Sie wirkte kurz verdutzt, dann schob sie ihre Überraschung beiseite und nickte: »Ja und nein.«

»Ja *und* nein?«, hakte er interessiert nach.

»Jack Brent und ich haben jeweils einen USB-Stick verwahrt, der jeder für sich gesehen nur ein Foto enthält. Die Studie wird erst sichtbar, wenn man die Fotos der beiden Sticks zusammenführt.«

»Nach dem Prinzip des zerrissenen Geldscheins.«

»Genau.«

»Brents befindet sich bei der Kripo in Faro – und Ihrer in Olhão.«

»Ja.«

Lost überlegte kurz. Dann sagte er: »Wenn die Veröffentlichung der Studie im Netz Sie aus der Schusslinie nimmt, dann ist die Studie für jemanden eine Bedrohung – aber Sie sind es nicht explizit.«

Die Zügigkeit seiner Schlüsse ließ sie nicht unbeeindruckt. »Ja.«

»Ich verstehe.«

Leander schloss für einen Moment die Augen, er schaltete die Umweltreize so gut wie möglich aus und sank gedanklich in sich hinab. Als tauche er in den Pool der Villa Elias und setze sich auf dessen Grund, abgeschottet von der Welt, zurückgeworfen auf sich selbst und den Organismus, der ihm Schutz und Gefängnis zugleich war. Er rief die Bilder und die Informationen der letzten Tage aus seinem Gedächtnis zusammen. Sie eilten wie einzelne Bestandteile auf ihn zu und umringten ihn, sodass er von allen nötigen Details umgeben war, die er beliebig verschieben und in rasender Geschwindigkeit durchblättern konnte.

Inzwischen war Samuel, der Wassertaxifahrer, an den merkwürdigen Polizisten herangetreten, der mit geschlossenen Augen dort stand, und hob eine Augenbraue. Antonia deutete ein Achselzucken an. Gerade als sie ansetzte, etwas zu sagen, holte der Alemão vor ihr tief Luft – wie jemand, der nach einem langen Tauchgang wieder die rettende Wasseroberfläche durchbrach.

Er öffnete die Augen, die sofort den Kontakt mit der Nasenwurzel der Portugiesin fanden.

»Sie und ich gehen nach Olhão und holen den Stick. Wir checken den Inhalt und entscheiden *dann*, was wir tun.«

»Ich brauche eine Garantie, Senhor Lost.«

»Wir müssen erst überprüfen, ob eine Publikation legitim ist. Das kann ich garantieren, mehr nicht. Sie haben daher exakt zwei Möglichkeiten: Sie kommen erneut in Faro in Untersuchungshaft oder Sie helfen mir, den zweiten Stick zu besorgen.«

Antonia Santos wollte ebenso wie Lost zuvor alles abwägen, aber letztlich gab es für sie nicht viel gegeneinander abzuwägen – im Gefängnis wäre sie ihren Verfolgern praktisch hilflos ausgeliefert.

Also nickte sie – erst in Losts Richtung, dann in Samuels.

Der wusste mit dieser Geste nichts anzufangen. Aber Leander, der sich ihm mit ausgestreckter Hand zuwandte: »Ihr Handy, por favor – und dann müssen wir möglichst schnell nach Olhão.«

21.

Das Schnellboot war *Pigafetta* getauft worden, auf den Namen des Seefahrers, der die Nachricht von Magellans Tod überbracht hatte. Es bewegte sich durch die Lagune, die einem gemächlichen Fluss gleich zwischen dem Festland und der Ria Formosa kilometerweit westwärts mäanderte, wie auf einer Touristentour im Zeitraffer.

Sie passierten erste Fischerboote, die ihre Reusen für das Auslaufen an Bord trugen und präparierten. Muschelsammler, die aus dem Watt stiefelten, während die Flut kam, und die ihren Fang zu den Restaurants fahren würden. Touristen, die sich mit Campingstühlen und Sonnenschirmen an den Anlegestellen versammelten, um die letzten kleinen Fähren zum Festland zu erwischen. Und schließlich einen Schwarm Flamingos, die sich einen Priel für die Nacht suchten, um dort einbeinig zu träumen.

Über all dem die milde Abendsonne, die alles, was ihr Licht erfasste, mit einem sanften Orange bestrich, das von Minute zu Minute unmerklich satter wurde.

In seinem Telefonat mit der Chefin hatte Leander die Fahndung nach den drei Entführern beantragt, die von der GNR in Tavira allerdings schon wegen diverser Notrufe panischer Passanten eingeleitet worden war. Für Senhora Antonia und sich selbst gab er Sobral Entwarnung – sie und er befänden sich vorläufig in Sicherheit und auf dem Wasserweg nach Olhão.

Zuletzt zeigte er ihr noch vorschriftsmäßig den Verlust seiner Dienstwaffe an.

Kaum war das Telefonat beendet, informierte Cristina Sobral erst ihr Team über den glücklichen Ausgang der Entführung und im Anschluss daran Daniel Vasco von der Lissabonner PJ, der ihr seine Mobilnummer dagelassen hatte. Schließlich war dieses hier offiziell sein Fall, und er hatte dafür Sorge zu tragen, dass Antonia Santos den britischen Kollegen übergeben wurde.

Graciana und Carlos erreichte die Nachricht eine gute Stunde nachdem sie bei Beyond vom Parkplatz gefahren waren. Graciana nahm erleichtert den Fuß vom Gas, und Carlos atmete tief durch. Er warf einen Blick hinaus – Sevilla. Über 200 Kilometer von El Ejido entfernt. Rekord.

Die Lagune, durch die Samuel das Schnellboot mit dem 150 PS starken Außenbordmotor jagte, erstreckte sich zwischen dem Festland und den vorgelagerten Inseln von Cacela Velha im Osten bis hinter Faro im Westen. Auf einer Länge von rund 60 Kilometern war ihre Wasseroberfläche nahezu spiegelglatt – denn sie öffnete sich nur fünf Mal zum Atlantik hin. Dort ging bei Ebbe und Flut eine starke Strömung, mit der Samuel bestens vertraut war. Er kannte jeden Priel und jede Sandbank.

»Fairy heißt das Zauberwort«, antwortete Antonia Santos auf Losts Frage, worin es in dieser Studie, die sie öffentlich machen wollte, ging. »Es ist ein neuartiger Dünger, der von Beyond entwickelt wurde und der zwei Komponenten des Pflanzenwachstums optimiert. Fairy steigert den Ertrag und minimiert gleichzeitig den Wasserbedarf.«

»Das klingt nach einem kleinen Wunder«, erwiderte Lost.

»Daher der Name – Fairy«, fuhr sie fort. »Es ist ein Mineraldünger mit neuen Inhaltsstoffen, die unter anderem dafür sorgen, dass das Wurzelvolumen sich stark vergrößert.«

»Womit die Pflanze mehr Dünger aufnehmen kann«, schloss Lost.

»Sie denken mit.«

»Das ist bei Gesprächen generell sinnvoll.«

Kurz stutzte sie, ob er gerade jetzt eine scherzhafte Bemerkung machen wollte, aber nichts in seinem nahezu faltenfreien Gesicht deutete darauf hin, weswegen Antonia Santos sie einfach überging: »Fairy sorgt für einen rund fünffach größeren Ertrag der meisten Pflanzen bei nur 25 Prozent Wasserverbrauch. Wir werden in nicht mal dreißig Jahren noch mal zwei Milliarden mehr Menschen auf diesem Planeten haben. Fairy wäre eine der innovativen Lösungen, die es braucht, um dann eine Weltbevölkerung noch ernähren zu können.«

»Das ist beeindruckend«, stellte Leander fest. »Mich würde die Zusammensetzung des Düngers interessieren.«

Samuel wich einem Wassertaxi aus, das eine Schar Touristen vom Strand zurück zum Festland beförderte.

»Ich bin Programmiererin, ich kenne ihn nicht. Aber ich weiß zumindest, dass er eine spezielle Abfolge chemischer Prozesse auslöst und gewissermaßen … jede Pflanze individuell bedienen kann. Aber Beyond hält natürlich ohnehin die Hand über die exakte Zusammensetzung von Fairy. Das Patent ist selbstverständlich von einem unglaublichen Wert.«

»Natürlich, ich verstehe. Da es offenbar im Vergleich Wasser spart und weniger Ackerfläche benötigt, wäre es sehr begehrt und würde dem Unternehmen sehr hohe Gewinne bescheren.«

»So ist es.«

»Sind das die Ergebnisse der Studie?«

Santos senkte kurz den Blick, sammelte sich und schaute dann wieder auf. Sie schüttelte den Kopf: »Der Einsatz hat zu einer signifikanten Erhöhung von Missbildungen im Mutterleib geführt. Das sind die Ergebnisse der Studie.«

»Woher ist die Studie? Wer hat sie durchgeführt?«

»Beyond selbst. Und Beyond verheimlicht sie.«

»Warum?«

»Das haben Sie doch gerade selbst beantwortet. Weil es um Milliarden geht und Beyond hofft, die Fehler nach dem 15. Juni noch in Ruhe beheben zu können.«

»Was passiert dann?«

»Dann lässt die EFSA, die Europäische Behörde für Lebensmittelsicherheit, Fairy für den europäischen Binnenmarkt in einem Eilverfahren zu. Die Zulassung von Fairy ist nämlich einer von vielen Faktoren bei den Brexit-Verhandlungen. Im Augenblick kann Großbritannien noch als Mitglied der Union verhandeln. Nach dem Austritt würde es ungleich schwieriger werden. Und sich länger ziehen. Konkurrenten in den USA und aus China stehen in den Startlöchern. Beyond hat aber noch die Nase vorn. Man will jetzt den zeitlichen Vorteil nutzen und Fakten schaffen. Dazu ist man in London bereit, für die Zulassung von Fairy woanders nachzugeben – zum Beispiel bei den Fischereirechten. Oder bei den Zahlungen, die Großbritannien nach seinem Austritt der EU noch zu leisten hat.«

»Ich bin mir sicher, dass die Europäische Behörde für Lebensmittelsicherheit diese gefährlichen Nebenwirkungen eigenständig herausfinden und eine Eilzulassung verhindern wird.«

Sie warf ihm einen langen Blick zu: »Sie sind doch bitte nicht wirklich so naiv, oder? Oder … oder doch?«

»Das ist nicht naiv. Die Behörde hat den Auftrag, gesundheitliche Schäden durch Lebensmittel von der europäischen Bevölkerung fernzuhalten und …«

»Fairy ist zwar nur ein kleiner Baustein in dem riesigen Gefüge der Austrittsverhandlungen, Senhor Lost, aber kein unwichtiger. Und ganz egal, wie integer die Behörde ist: Sie kann in den nächsten zwei Wochen ganz sicher keine Versuchsgruppe auf die Beine stellen, wie Beyond es getan hat. Denn EFSA würde Fairy nicht sofort an Menschen testen. Aber ab Mitte Juni hat sie 450 Millionen unfreiwillige Versuchspersonen.«

»Das wäre eine sehr kurzfristige Strategie.«

»Ja. Sie hoffen, sie können mit dem Auto losfahren und unterwegs die Bremsen dafür entwickeln. Oder die Effekte von Fairy mit anderen Umwelteinflüssen begründen.«

Der Inspektor im schwarzen Anzug lächelte plötzlich: »Das war eine Metapher, das mit den Bremsen, richtig?«

»Ja. Warum?«

»Ich sammle Metaphern. Es ist wie das Konjugieren unregelmäßiger Verben – nur mit ganzen Sätzen. Worauf stützt sich die Studie?«

»Auf die Ergebnisse aus drei Versuchsgruppen, die Gemüse von mit Fairy gedüngten Pflanzen über einen längeren Zeitraum zu sich genommen haben.«

»Und bei weiblichen Mitgliedern der Gruppen sind Missbildungen bei Embryos aufgetreten?«

Antonia Santos nickte. In ihrem Blick lag eine Entschlossenheit, die der ähnelte, die ihm manchmal bei Graciana Rosado begegnete: »Zwei identische Anomalien bei zwei Schwangeren aus zwei verschiedenen Gruppen.«

Ein Schwarm von einem Dutzend Kormoranen überholte sie. Die Formation flog mit spielerisch wirkender Leichtigkeit nur ganz knapp über der Wasseroberfläche, fast tauchten ihre Flügelspitzen in die Lagune.

»Was waren das für Versuchspersonen?«

»Illegale Erntehelfer. Man hat ihnen angeboten, dass sie ihren Gemüsebedarf aus der Ernte von Pflanzen decken, die mit Fairy behandelt worden sind. Kostenlos. Das war natürlich als Fürsorge getarntes Kalkül – und schon hatte Beyond seine Versuchsgruppe gebildet. Die Vergleichsgruppe bekam unbehandeltes Gemüse. Im zweiten Schritt hat man beiden Gruppen gesundheitliche Untersuchungen beim Betriebsarzt angeboten – damit hatte Beyond die Ergebnisse. Und diese Ergebnisse wurden ins System eingepflegt. Und damit lagen sie auch uns mehr oder minder vor.«

»*Uns* heißt?«

Santos zögerte.

»Jack und mir.«

»Jack Brent«, vergewisserte Leander sich. Für ein paar Momente wich die Spannung aus ihrer Körperhaltung, die Kraft, sie wirkte weich und verletzlich und schluckte.

»Ja«, antwortete sie, und Leander Lost las die Bejahung eher von ihren Lippen, als sie zu hören.

»Wissen Sie, wer ihn ermordet hat?«

»Nein, aber ich bin noch rechtzeitig zurückgekommen, um zu sehen, wie zwei Männer aus dem Girassol gekommen sind: zwei der Männer von heute. Der lange Mann mit dem englischen Akzent. Und der Spanier mit der Tätowierung.«

Der Mann aus Liverpool und der Papstmitarbeiter. Auch Senhora Antonia, hielt Leander fest, war in der Lage, die Dialekte den Nationalitäten zuzuordnen. Von der Größe der beiden Männer her konnte das den Schuhgrößen entsprechen, auf die er im Garten des Girassol gestoßen war.

»Und das würden Sie in einem Prozess auch bezeugen?«

»Das würde ich«, bestätigte sie, und damit war auch ihre Entschlossenheit zurückgekehrt. Jetzt hatte sie – ohne dass es ihr im Augenblick bewusst war – binnen kürzester Zeit die Metamorphose von einer Tatverdächtigen zu einer Kronzeugin durchlaufen.

»Sagen Sie, die … betroffenen schwangeren Frauen in El Ejido, die Erntehelferinnen: Wissen die von den Missbildungen ihrer Kinder?«

Antonia Santos deutete ein Kopfschütteln an: »Nein. Damit erschwert man ja später die Suche nach der Ursache. Und man kann die Mütter zurück nach Nordafrika bringen oder ihnen Geld geben. Daher auch die große Eile, die Beyond an den Tag legt, damit Fairy zugelassen wird: Noch sind die Kinder nicht geboren. Noch ist für Beyond die Büchse der Pandora nicht geöffnet.«

»Wir sind gleich da«, informierte Samuel sie.

Leander wie Antonia Santos reckten die Köpfe und sahen, wie Olhão und dessen Hafen ihnen entgegenjagten. Samuel drosselte das Tempo.

»Sie haben die Sticks von Spanien hier nach Portugal gebracht, korrekt?«

»Ja.«

»Und wozu? Warum haben Sie deren Inhalt nicht einfach von Spanien aus im Internet verbreitet?«

Antonia Santos wich seinem Bick aus und sah hinaus aufs Meer.

»Weil es jemanden gibt, in dessen Auftrag wir unterwegs sind. Erst wenn diese Person uns das Zeichen gibt, hätten wir die Sticks kombiniert und den Inhalt ins Netz gestellt. Aber darauf kann ich jetzt nicht mehr warten.«

Die E-Mail kam aus einem Internetcafé in Olhão, wie Isadora durch ein Trackingprogramm feststellte. Aber das interessierte sie nicht primär, das war lediglich der automatisierte Ablauf für alle eingehenden Mails.

Stattdessen interessierte sie der Anhang. Sie öffnete ihn und entdeckte wie erwartet erneut das Foto des Flughafens von Almería. Einen kurzen Check später wusste sie, dass es dem anderen – von Brents Stick – aufs Haar glich. Auf den ersten Blick jedenfalls.

»Ich bin ja so froh«, sagte Marisa, die gute Seele der Polícia Judiciária von Faro. Sie hatte sich auf den Barhocker gesetzt, der statt einiger Besucherstühle direkt neben dem Eingang von Isadoras Reich stand. Für mehr war hier nämlich kein Platz, denn in der Mischung aus Büro, Labor und Lagerraum herrschte ein Tohuwabohu, durch das geheime Pfade zu führen schienen, von deren Verlauf und Abzweigungen nur Isadora vollständige Kenntnis hatte.

Sie überließ Mãe die Arbeit, die Fotos abzugleichen und sie anschließend nach dem Prinzip des zerrissenen Geldscheins zusammenzufügen, damit sie die geheime Information offenbarten, die sie in sich trugen. Eine Aufgabe, die für den Computer mit seinen hohen Rechenkapazitäten wie gemacht war.

»Obrigada«, sagte die Kriminaltechnikerin, fuhr sich mit der offenen Hand über die stoppelkurzen Haare und biss von der Pastel de Belém ab, die Marisa ihr wortlos auf den Schreibtisch gestellt hatte.

»Ich hab mir wirklich Sorgen gemacht um Senhor Lost.«

Marisa machte sich grundsätzlich Sorgen um alles, was atmete. Sie trug auch jede Spinne und Fliege, die sich in ihr Empfangszimmer verirrte, mithilfe eines Wasserglases hinaus. Und als ihr vor ein paar Monaten zu Ohren kam, der Alemão habe die Marotte, Insekten aus dem Pool der Villa Elias zu retten, war es um sie geschehen.

Früher noch als bei Soraia wurden ihre Lippen seitdem zu einem schmalen Strich und ihr Blick streng, wenn jemand sagte, Leander Lost *leide* am Asperger-Syndrom.

»Er leidet so sehr daran, wie jemand an seiner Hautfarbe«, hatte Soraia einmal erwidert. »Beide leiden nur, wenn andere sie deswegen leiden lassen.«

Da blitzte sie wieder unübersehbar auf, ihre Herkunft, die Tochter von Raquel und Antonio Rosado. Ein Satz, wie Marisa fand, der ebenso gut aus Gracianas Mund hätte stammen können.

Nach einigen Anfangsschwierigkeiten – Leander hatte sich ehrlich über die Nachteile von Übergewicht bei ihr informiert – war aus einem kollegialen Verhältnis eines geworden, in dem Leander Leander blieb und Marisa stets einen Blick auf seine speziellen Bedürfnisse hatte. Und ein Verständnis, das von hier zum Mond und zurück reichte.

Denn: »Er ist in seiner unbedarften Art ja manchmal so hilflos«, fand sie.

Hoffentlich, dachte Isadora, kommt sie jetzt nicht mit dem Vogeljungen.

»Wie ein Vogeljunges, das aus dem Nest gefallen ist.«

»Marisa, du übertreibst.«

Das würde sie natürlich weit von sich weisen.

»Aber kein bisschen.«

Mãe meldete sich mit einem dezenten Signalton. Aber noch nicht mit dem Ergebnis des Bildvergleichs, sondern mit dem Analysetool, das die ankommende Mail gecheckt hatte. Es zeigte hexadezimale Zahlenreihen. Für Isadora waren sie problemlos lesbar, während Marisa gerne anmerkte, dass es für sie Fachchinesisch war.

»Wie du das machst, Isadora – für mich ist das Fachchinesisch.«

Wobei Isadora Jordão sich sicher war, dass Marisas Liebling sie umgehend gefragt hätte, was der Unterschied zwischen Chinesisch und Fachchinesisch ist.

Antonia Santos und Lurdes Ventura fielen sich erleichtert in die Arme und hielten sich für ein paar Augenblicke fest.

Alle Wege führen nach Rom, dachte Leander erfreut. Hier passte die Redewendung gleich in mehrfacher Hinsicht, stellte er fest, als Lurdes Ventura sie hereinließ.

Das Girassol lag keine hundert Meter entfernt. Senhora Lurdes und Antonia kannten sich von Kindesbeinen an. Und jetzt, nachdem endgültig klar war, dass Antonia Santos nicht Brents Mörderin war, welche Zuflucht lag da näher als das Haus einer guten Freundin, während in ganz Portugal immer noch nach ihr gefahndet wurde?

Lurdes war nicht verwundert, Leander Lost zu sehen. Antonia hatte ihn bereits mit Samuels Handy angekündigt und Lurdes gebeten, den Inhalt des Sticks an die Kripo in Faro zu mailen. Das hatte sie aus einem Internetcafé in Olhão, keine fünf Autominuten entfernt, erledigt.

»Sie haben hier mit ihrem eigenen Stick Unterschlupf gesucht und die Nacht abgewartet, um ins Girassol einzudringen und den Stick zu suchen, den Senhor Brent bei sich hatte.«

»Ja. Und wenn ich ihn gefunden hätte, hätte ich das alles schon gestern Nacht ins Netz gesetzt – aber dann sind Sie dazwischengekommen.«

Lurdes Ventura entnahm ihrer Handtasche den USB-Stick und gab ihn Antonia zurück.

»Könnten Sie uns ein Taxi rufen?«, fragte Leander sie.

»Natürlich.«

Senhora Lurdes zückte ihr Handy.

»Augenblick«, bat Antonia Santos und wandte sich an ihn: »Wer aus dem Polizeiapparat wusste davon, dass man mich an die britischen Behörden übergibt?«

»Ich kann es Ihnen nicht exakt sagen. Meine engsten Kollegen natürlich. Senhora Cristina, die Chefin. Vom organisatorischen Ablauf her die Kripo in Lissabon. Und Mitarbeiter des Innenministeriums. Plus die britischen Behörden. Warum?«

Sie straffte sich.

»Die drei Männer, die uns entführt haben: Woher wussten die, dass ich nicht im Flugzeug nach England sitze?«

»Vermutlich war mindestens einer von ihnen am Flughafen in Faro und hat gesehen, dass wir das Gebäude wieder mit Ihnen verlassen haben.«

»Möglich. Dazu müsste er aber von der Überführung gewusst haben. Das heißt, irgendjemand aus dem ganzen Personenkreis in Portugal oder England, den Sie da eben aufgezählt haben, hat sein Wissen mit dem Auftraggeber dieser drei Männer geteilt.«

Die mathematische Schönheit einer zwingenden Kausalkette bestand für Leander darin, dass sie am Ende in nur einem möglichen Ergebnis mündete. So wie in diesem Fall. 0 oder 1, es gab nichts dazwischen, keinen Nanometer Interpretationsspielraum.

»Offensichtlich«, antwortete er, »hat Beyond entdeckt, dass die Studie auf ein externes Speichermedium kopiert worden ist, und hat das an einflussreiche Stellen gemeldet, die im Sinne Beyonds aktiv geworden sind.«

Antonia Santos nickte nachdrücklich: »Genau das meine ich. Wenn sich bei den beteiligten Behörden jetzt schon wieder herumgesprochen hat, dass Sie und ich in der nächsten halben Stunde auf dem Kommissariat in Faro auftauchen und diese Information wieder durchsickert, kann das gefährlich für uns werden.«

»Gibt es Kollegen in der Dienststelle, denen Sie absolut vertrauen, Senhor Lost?«, fragte Lurdes Ventura.

»Ja, allen.«

Trotz der angespannten Situation musste Antonia sich ein Schmunzeln verkneifen. »Sie haben vorhin mit einer Frau gesprochen …«

»Inspetora Sobral. Meine Vorgesetzte.«

»Und vertrauen Sie der auch?«

»Absolut.«

»Dann soll sie uns doch abholen und an einen sicheren Ort bringen lassen, bis das Material veröffentlicht worden ist«, schlug Antonia Santos vor.

»Haben Sie Kontakt zu Ihrem Sub-Inspektor?«, fragte Daniel Vasco. Er fuhr sich angespannt mit dem Handrücken über den Mund.

»Nicht direkt«, räumte Sobral ein und schenkte Vasco ein beruhigendes Lächeln. Jedenfalls erhoffte sie sich, dass es Zuversicht ausstrahlen würde. Der Mann aus Lissabon war auf ihren Anruf hin hier in der Rua do Municipio eingetroffen und von Marisa sofort in ihr Büro geleitet worden.

»Geben Sie ihm doch einen von Ihren Pasteis«, hatte sie die Assistentin gebeten, die – als sie Vasco in Sobrals Zimmer geleitete – den Kopf schüttelte und mit dem Finger der linken Hand auf das nicht angerührte Gebäck in der rechten gedeutet hatte.

»Das heißt?«

»Er meldet sich aus Olhão wieder.«

»Und er und Antonia Santos sind unverletzt?«

»Ja.«

Er atmete erleichtert aus: »Das ist das Wichtigste.«

»Wasser?«

Er schüttelte den Kopf: »Danke. Sagen Sie … wie ist noch mal sein Name?«

»Leander Lost.«

»Der kommt nicht von hier, hm? Lost – Brite?«

»Alemão.«

»Oh … je. Verstehe. Deshalb.«

»Was meinen Sie?«

»Die, ähm … Kollegen aus London haben gesagt, er hätte die Übergabe wegen eines Formblattes verweigert. Formblatt Römisch neun und so weiter – ich wusste nicht mal, dass das existiert.«

»Ich auch nicht. Haben Sie mit den Kollegen aus England telefoniert?«

»Was? Nein – nein, nein, die haben in London angerufen, London in Lissabon beim Innenministerium, das Innenministerium bei der PJ und jetzt … ist es bei mir.«

Er schenkte ihr ein tapferes, aber schmerzliches Lächeln.

»Nun ja«, entgegnete Sobral wie bei einem Unglück, für das niemand verantwortlich war, »er ist eben sehr korrekt und … präzise.«

»Deutsch eben.«

»Ja. Was soll man da sagen?«

»Er hat die Kollegen aus England verbessert und belehrt.«

»Hat er das?«, fragte Sobral mit hoher, fast brüchiger Stimme. Sie lächelte hölzern. »Ich meine bei aller vielleicht ein wenig … *zu sehr* ausgelebten Korrektheit möchte ich aber in Erinnerung rufen, dass es ihm trotz dreier bewaffneter Entführer gelungen ist, die Senhora zu befreien.«

»Großartig … jaja«, sagte Vasco, weil er irgendetwas dazu sagen musste und man es in der Tat nicht einfach übergehen konnte. Er kratzte sich kurz am Ohr, obwohl es ihn dort nicht juckte: »Hören Sie, Senhora Inspektorin, der Fall liegt jetzt sowieso in Lissabon. Sobald Antonia Santos hier ist, nehme ich sie in meine Obhut und begleite sie persönlich nach Großbritannien. Das glättet die Wogen hoffentlich.«

»Das nehme ich doch an«, bestätigte Cristina Sobral.

Vasco machte den Eindruck eines Mannes, der froh war, etwas von seinem Gepäck losgeworden zu sein. »Da ist noch was … dieser Lost«, sagte er und ging im Geist die Leute durch, mit denen er im Beisein von Sobral heute Morgen gesprochen hatte, »… ist das der kräftige Mann mit den Espadrilles oder der Hagere im schwarzen Anzug mit den Espadrilles?«

Ohne es auszusprechen, schwang dabei eine unüberhörbare Kritik an der laxen Außendarstellung der Kriminalpolizei von Faro mit.

»Letzterer«, sagte Sobral daher schnell, bevor der Gast aus Lissabon seiner Kritik Nachdruck verleihen konnte.

Daniel Vasco nickte wie jemand, dessen Ahnung bestätigt wurde. Er wiegte den Kopf hin und her, stützte die Hände in die Hüften, sah aus dem Fenster, dann wieder zu Sobral. Dabei hatte er eine Miene aufgesetzt, als sei ihm gerade ein unerhörter Gedanke gekommen: »Senhor Lost hat mit Verweis auf dieses Formblatt die Übergabe abgebrochen, richtig? Und danach gab es diese Entführung.«

»So stellt sich das im Augenblick dar.«

»Und da frage ich mich, was denn wohl passiert wäre, wenn Senhor Lost die Übergabe wie angeordnet durchgeführt hätte, hm? Dann wäre Senhora Antonia mittlerweile in London. Was ich sagen will: Die Entführung konnte nur unter der Prämisse stattfinden, dass es keine Übergabe am Flughafen gab.«

Dieser Gedanke erwischte die Chefin kalt. Intuitiv schüttelte sie den Kopf. »Nicht Senhor Lost. Ich versichere Ihnen, er hätte weder ein Motiv noch … ich …«

»Ja?«

»Das würde er niemals tun.«

»Es ehrt Sie, dass Sie den Mann in Schutz nehmen, aber sobald die beiden hier eintreffen, würde ich gerne mal unter vier Augen mit ihm sprechen.«

Kurz trat die Stille ihres Schweigens unangenehm zwischen sie. Deshalb waren beide froh über das Klingeln des Telefons. Es war eine Nummer aus Olhão.

»Sobral, Polícia Judiciária de Faro?«

Es war Leander Lost.

Holen Sie uns bitte rein. Sie persönlich.

22.

»Wie sieht sie aus, Ihre Chefin?«

»Sie ist blond, hat eine anderthalb Zentimeter lange Narbe in der linken Augenbraue, angewachsene Ohrläppchen und die vier Leberflecke am Hals befinden sich in einer Konstellation zueinander wie die vier östlichsten Sterne des Sternbildes Kassiopeia. Also ohne Caph.«

»Ich wette, ich erkenne sie sofort«, gab Antonia Santos lapidar zurück.

Sie standen vor dem *Hades*. Santos' Jugend- und späteres Stammlokal, nur wenige Straßen vom Girassol entfernt. Ein echter Geheimtipp in der Rua do Segredo. Das Hades war schon alles gewesen: Kickersaal, Dorfkneipe, Hippietreff, Bistro, Treffpunkt der Rechten, Treffpunkt der Linken, Treffpunkt einsamer Herzen, Gruftiebar, Teeladen, Karibiklounge und verfallen. Im Augenblick war es eine Cocktailbar.

Als Teenager hatte Antonia hier viel Zeit mit ihrer Clique verbracht. Und manchmal auch nebenan, da wohnte der Pächter, und seine Enkelin war Lurdes Ventura, die den Jungs reihenweise die Köpfe verdrehte. Hier hatte Antonia ihre erste Zigarette geraucht und ihr erstes Glas Wein getrunken.

Und jetzt warteten sie vor dem Hades auf Inspetora Sobral.

Leander Lost war wichtig gewesen, Lurdes Ventura aus der Sache rauszuhalten, weshalb er der Chefin auf Anraten von Antonia Santos diesen Ort genannt hatte. Rua do Segredo, No. 8.

Ein schwarzer Transporter bog um die Ecke und näherte sich langsam. Santos kniff die Augen zusammen und beobachtete ihn aufmerksam. Am Steuer saß eine Frau, die direkt gegenüber stoppte, ein Klemmbrett hervorholte und dann mit jemandem telefonierte. Nach wenigen Augenblicken fuhr sie weiter, und Antonia entspannte sich.

Dann folgten zwei Jugendliche auf laut knatternden Mopeds, die eine blaugraue Rauchfahne hinter sich herzogen.

Stille.

Wieder erschien der Transporter und hielt gegenüber. Dieses Mal stieg die Frau allerdings aus und ging mit ihrem Klemmbrett auf sie zu, nickte und betrat das Hades.

Kaum war sie verschwunden, bog links eine Gestalt aus einer Gasse in die Straße ein. Sie war hager und trug eine Baseballkappe und eine Sonnenbrille. Sie hatte eine Ledertasche lässig über die Schulter gehängt.

Antonia beobachtete sie aufmerksam.

Gleichzeitig ging Losts Blick nach rechts. Denn dort stieg jemand aus einem frisch eingeparkten Auto. Auch dieser Mann war wegen seiner Sonnenbrille und dem Baseballcap nicht eindeutig zu erkennen. Er drehte sich und ging auf das Hades zu, den Kopf gesenkt, sodass man nur seine Kopfbedeckung sah.

Aber Leander erkannte etwas wieder – die Art zu gehen.

Und im gleichen Augenblick erfasste er, dass es sich um eine Zangenbewegung handelte, in deren Mitte sich Antonia Santos und er befanden. Er sah nach links. Der hagere Mann war Cooper, der Kopf des Trios.

Im selben Moment erkannte es auch Santos. »Das ist eine Falle. Ihre Chefin hat uns verraten. Schnell, rein.«

Noch während sie beide ins Hades rannten, griff Cooper in seine Ledertasche und ging der andere – Navarro – ansatzlos in den Sprint über.

Im Hades, das sich vom Eingang her weit nach rechts erstreckte, stand die Frau mit dem Klemmbrett, hinter dem sie eine Pistole zog und auf Santos und Lost zielte: »Stehen bleiben, Polizei.«

Während der Bluff bei Santos zu einer kurzen Verzögerung in der Bewegung führte, las Leander die Lüge in der Mikroexpression der Frau. Er ließ sich nach vorne fallen, was im ersten Moment so wirkte, als sei er von einem Schuss in den Rücken getroffen worden – dessen Knall aber nicht ertönte –, bevor er eine Vorwärtsrolle ausführte.

Dieses Manöver irritierte die falsche Polizistin und brachte Leander auf Schlagdistanz. Im Ausrollen platzierte er seinen *Mawashi Hiza Geri* zum Niederknien vollendet mit dem rechten Fuß seitlich gegen das Knie der Angreiferin, was zu einem dumpfen Knacken führte und sie – da sie sich auf dem attackierten Bein nicht mehr halten konnte – zu Boden brachte. Ihre plötzliche Nähe zu seinem Ellbogen war ideal für einen beherzten *Empi-Uchi*, weshalb er ihr den angewinkelten Ellbogen auf die Ohrmuschel krachen ließ.

Der Schmerz im Kniegelenk und der harte Stoß gegen den Kopf machten sie für jenen Augenblick kampfunfähig, den Lost dazu nutzte, um aufzuspringen.

»Hier längs!« Santos rannte das Lokal entlang zur Treppe.

Lost wollte noch nach der Waffe der Frau greifen, aber zum einen näherten sich die Laufschritte Coopers, und zum anderen brachte die Frau es fertig, die Pistole mit ihrem unverletzten Bein wegzukicken, sodass sie Richtung Eingang schlitterte.

Also sprintete er hinter Antonia Santos her. Und während sie die Treppe in den Keller hinabrannten, war Cooper im Raum, legte ohne Umschweife an und feuerte dreimal.

Die Kugeln krachten hinter Losts Kopf in die Wand und ließen das Holz splittern.

Zusammen mit Navarro nahm Cooper die Verfolgung auf.

Der Keller war verwinkelt, und nach zwei Abbiegungen liefen sie durch den Gewölbekeller, in dem ein gut gefülltes Sortiment an Weinen lagerte. Neben einem Regal befand sich eine betagte Holztür, die sich mit einem an der Seite hinterlegten Schlüssel öffnen ließ. Schnell schlüpften die beiden hindurch, bevor Antonia hinter ihnen wieder abschloss. Damit blockierte sie ihren Verfolgern zumindest vorübergehend den Weg.

Wie Leander auf dem weiteren Weg erfasste, befanden sie sich jetzt in dem Nachbargebäude. Ursprünglich hatte es sich offenbar um ein größeres Haus gehandelt, das irgendwann in zwei Einheiten aufgeteilt worden war. Und aus dem einen war das Hades entstanden, das Antonia Santos offenbar als Treffpunkt ausgesucht hatte, weil sie diesen Fluchtweg kannte.

Er folgte ihr, bis sie ihn nach diversen Fluren und Ecken durch eine Tür in einen weitläufigen Garten führte. An den grenzte eine Olivenbaumplantage, in der sie verschwanden.

Daniel Vasco hatte darauf bestanden, sie bei der Fahrt ins Hades zu begleiten. Es war jetzt offiziell sein Fall, und es war seine unbedingte Absicht, so erklärte er Cristina Sobral, dass Antonia Santos ihnen unter seiner Führung nicht erneut von der Leine ging. Und wenn, wollte er wenigstens bei seinem eigenen Versagen dabei sein.

Auf dem Weg vom Kommissariat zum Auto fiel ihm Miguel Duarte ein. »War der Kollege nicht bei der Übergabe und dem anschließenden Überfall dabei?«

Sobral bestätigte ihm das.

»Nehmen wir ihn mit«, schlug der Mann aus Lissabon daraufhin vor.

Obwohl: Ob es sich um einen Vorschlag handelte oder um eine dienstliche Anweisung, blieb im Unklaren. Aber Sobral sah keinen nützlichen Sinn darin, Vascos Vorschlag abzulehnen. Also hatte sie kurz bei Duarte durchgeklingelt, der noch die Untiefen der Datenbank durchwatete.

Und so kam es, dass der gebürtige Spanier sie von Faro nach Olhão chauffierte.

Vasco hatte Sobral den Beifahrerplatz überlassen. Hin und wieder schaute er hinaus, und sie folgte seinem Blick. Eine enge, vielfach geflickte Straße. Äcker, von der Sonne versengte Wiesen, ab und zu eine kleine Ansammlung von Häusern, abgelöst durch ein paar Pinien, in deren Schatten Ziegen dösten, oder durch eine Orangen- oder Zitronenplantage. Wie sehr er sich wohl in sein Lissabon zurücksehnte?

»Wohnen Sie auch in Lissabon?«

Vasco deutete ein Nicken an: »In Chiado.«

Natürlich – im besten Viertel.

»Warum möchte Senhor Lost eigentlich, dass wir Antonia Santos und ihn nicht ins Kommissariat fahren?«, wollte Miguel Duarte wissen.

»Sie hat offensichtlich Sorge, dass es ein Leck bei der Polizei gibt«, antwortete die Chefin.

»Ha! Ist das nicht absurd?«, fragte Duarte kopfschüttelnd in Richtung Vasco, der nachdenklich nach vorne blickte und den Kopf vage von rechts nach links wiegte: »Ich finde das einen interessanten Gedanken.«

Duartes Grinsen erstarb.

»Ja, interessant Absurdes oder absurd Interessantes«, korrigierte er sich umgehend, »auf jeden Fall einen Gedanken wert, nicht?«

»Hmm«, brummte Vasco, »wann, schätzen Sie, sind wir da, Senhor Duarte?«

»Weil ich eine Abkürzung genommen habe, höchstens noch eine Minute etwa … dahinten, an der Kreuzung rechts. Da müsste es dann schon sein.«

»Müsste?«

»Ist es. Ist es«, korrigierte er sich.

Er bog ab und stoppte das Auto schräg gegenüber vom Hades.

»Da ist niemand«, sagte Daniel Vasco halblaut.

Er stieg mit einem Seufzer aus. Duarte und Sobral folgten ihm über die Straße. Vasco hatte die andere Seite bereits erreicht und sah sich um. Dann öffnete er die Eingangstür – oder wollte es, denn sie war verschlossen.

»Vielleicht sind sie noch nicht hier«, sagte Cristina Sobral, und das leichte Zittern in ihrer Stimme verriet, dass sie daran selbst nicht glaubte.

Daniel Vasco nickte: »Na schön. Warten wir. Daran soll's ja nicht scheitern.«

Es gab, wie Leander gerade realisierte, immer weniger öffentliche Telefonzellen.

In Portugal waren es ohnehin keine Zellen, sondern überdachte Stelen mit einem Display, einem Hörer und einer Tastatur. Er hatte zwar den Stadtplan von Olhão mit einem einzigen Blick für den Rest seines Lebens in den Niederungen seines Gedächtnisses hinterlegt – aber es handelte sich um einen Plan ohne öffentliche Telefone.

Santos' Ortskenntnis zahlte sich erneut aus. Seit ihrer Kindheit hatte sie sich hier bewegt, sie kannte jeden Gully und jeden Strauch – und all jene Abkürzungen, die auf keinem Stadtplan verzeichnet waren.

»Wir benötigen ein öffentliches Telefon – schnell.«

Das waren die letzten Worte, die Leander an sie gerichtet hatte, während sie im Zickzack durch die Olivenbäume rannten. Und statt mit Rückfragen kostbare Zeit zu verschwenden, hatte sie umgehend die Richtung geändert.

Jetzt hatten sie eines in einer wenig frequentierten Seitenstraße erreicht, in der sich der Abendverkehr ebenso gemächlich vorbeischob wie die wenigen Passanten. Antonia Santos, voller Adrenalin, wechselte von einem Fuß auf den anderen und sah sich permanent nach allen Seiten um.

Leander warf Kleingeld in den Schlitz und wählte. Es dauerte keinen zweiten Signalton, bis Isadora abnahm.

»Jordão, Polícia Judiciária Faro?«

»Sub-Inspektor Lost.«

»Lean … Senhor Lost – wo stecken Sie? Ich dachte, Sie sind auf dem Weg hierher?«

Er konnte nicht lügen, aber es gab Strategien, nicht die Wahrheit zu sagen und trotzdem ehrlich zu sein.

»Ich stehe an einem öffentlichen Fernsprecher.«

»Das sehe ich an der Nummer im Display.«

»Es gab hier einen Zwischenfall – wir kommen nicht nach Faro. Ich bringe die Zeugin jetzt in Sicherheit. Was ist mit den beiden Fotos? Hat Mãe den geheimen Inhalt der Fotos decodiert?«

»Ja.«

»Gut. Setzen Sie das bitte ins Netz.«

»*Das* gibt es schon hundertfach.«

»Was? Hundertfach?«

»Ja. Es ist Micky Maus.«

»Das … das kann nicht sein. Es ist eine Studie.«

»Nein, die Pixel ergeben ein Bild. Das Bild ist Micky Maus.«

»Nach dem Prinzip des zerrissenen Geldscheins?«

»Ja. Vorher ist es Datenmüll. Jetzt ist es auch Datenmüll – aber mit Micky Maus obendrauf.«

Leanders Puls schoss in die Höhe, er nahm ihn in seinem Gehörgang als eine dröhnende Trommel wahr, die gerade beachtlich ihren Rhythmus beschleunigte.

»Ist das … absolut sicher?«

»Ja. Ich habe Mãe sieben Mal drübergejagt. Es ist datentechnisch betrachtet zweifellos Schrott. Jemand hat in den beiden Fotos des Flughafens Micky Maus als geheime Botschaft hinterlegt.«

»Das ist … erstaunlich«, stellte Leander fest, »Senhor Brent ist dafür gestorben. Senhora Antonia und mich hat man entführt – für diese Information.«

»Ich würde Ihnen gerne etwas anderes sagen, Senhor Lost –

aber das hier ist … bestenfalls eine Täuschung. Eine absichtliche Fehlspur.«

»Sie meinen, ein Köder?«

»Ja.«

Es war, als spüre er die Kälte eines Metalls, das schwingt. Sie schoss ihm punktgenau das Rückgrat hinauf, in der unvorhersehbaren Bahn eines Blitzes. Und genauso schnell. Als vereise ihm in einem Sekundenbruchteil die Wirbelsäule.

Lost ließ den Hörer los und hob die Unterarme schützend vor den Kopf, denn sofort implodierte die Welt um ihn. Von allen Seiten schoss die Umgebung auf ihn zu und zermalmte dabei Autos, Häuser, Menschen. Als falte sich die dritte Dimension zurück in die zweite und walze dabei alles nieder, was ihr dabei in den Weg geriet. Und zum Schluss ihn.

Tatsächlich ging er vor Antonia Santos auf dem Bürgersteig zu Boden.

Die hatte so etwas noch nie erlebt und war auf der Stelle überfordert. Aber nach einer Schrecksekunde ging sie neben ihm auf die Knie und griff sanft seine schmerzhaft nach innen verdrehte Hand.

»Bitte, was kann ich tun?«

Seine Augen waren geschlossen.

Aber seine Lippen erzitterten, sie formten etwas, ein Wort.

Santos beugte sich weit vor, die rechte Ohrmuschel direkt vor seinem Mund.

»Los-lassen.«

»Oh.«

Sie zog ihre Hand zurück. Flugs hatten sich Schweißperlen auf der Stirn des Alemão angesammelt und seine Verkrampfung hielt weiter an.

Erste Passanten blieben stehen. »Brauchen Sie Hilfe?«

»Nein, wir … das geht schon. Der Wein.«

Sie schenkte dem Paar ein entschuldigendes Lächeln, das seinen Weg fortsetzte. Der Mann schüttelte missbilligend den Kopf.

»Ich bring Sie in eine Klinik.«

Wieder bewegten sich Losts Lippen: »Nein.«

Antonia Santos nickte zwar, aber den Mann im schwarzen Anzug so leiden zu sehen, bereitete ihr Stress. »Was kann ich tun – bitte? Soll ich Ihnen was besorgen? Brauchen Sie ein Medikament oder so?«

Nein, was er benötigte, waren Ordnung und Sicherheit. Er hatte einen Plan gehabt: Antonia Santos zu schützen und die Studie ins Netz zu stellen. Aber es gab keine Studie. Es gab nur Micky Maus. Damit war seinem Plan das Fundament entzogen worden.

Diese Erkenntnis hatte den Raum in sich zusammenstürzen lassen. Der Druck erschwerte ihm das Atmen, er hatte das Gefühl, ein Auto parke auf seinem Brustkorb.

Es war ein absoluter Kontrollverlust.

»Studie ...«, flüsterte er, obwohl es ihn so anstrengte, als brülle er.

»Die Studie – ja? Ich hab verstanden. Ich hab verstanden, dass sie nicht auf den Sticks ist. Ich weiß nicht, warum. Wenn sie nicht drauf ist, dann macht die Reise von Jack und mir keinen Sinn.«

»Können ... Sie ...«

Sie kniete nun neben ihm und beugte sich nah zu ihm herab, ihr Ohr dicht an seinen Lippen.

»Ja?

»Studie ... besorgen ... Quelle.«

Antonia Santos blinzelte kurz, nervös und dankbar, nun doch etwas für ihn tun zu können – vielleicht.

»Die Quelle – die Quelle sitzt in El Ejido. Ich kann die Studie besorgen, glaube ich. Ich kann Kontakt aufnehmen. Ich muss vorsichtig sein. Aber ja ... ich denke, ich kann sie besorgen.«

Ein tiefes Seufzen drang aus Losts Brust, die sich entspannte, er rollte auf den Rücken und atmete tief durch, denn die Welt rückte in Windeseile davon, alles fand in einem Sekundenbruchteil zurück in seine Position im Raum. Es war, als habe eine gewaltige Faust die Wirklichkeit wie eine Cola-Dose zusammengepresst – und als spränge sie nun plötzlich zurück in ihre ursprüngliche Form.

Der ganzheitliche Krampf zog sich mit Verzögerung aus Leanders Körper zurück und gab ihn frei. Er atmete noch zweimal tief durch, dann rappelte er sich auf und nahm Santos' Hand an, die ihn hochzog.

Es gab einen neuen Plan, dachte er, während er sich den Staub vom Anzug klopfte. In Antonia Santos' Miene las er Erleichterung. Es gab eine Möglichkeit, die Sache zu einem guten Ende zu führen. Nur nicht so zügig, wie er zunächst angenommen hatte.

»Wer ist Ihre Quelle bei Beyond? Wer hat Ihnen die Studie gegeben?«

»Es ist besser, ich sage es Ihnen nicht.«

»Was ist daran besser?«

»Wenn man Sie fasst, können Sie es nicht verraten.«

»Und wenn Sie umkommen, kann ich keinen Kontakt mit der Quelle aufnehmen.«

Der Gedanke des Mannes war nicht besonders rücksichtsvoll, aber logisch. »Ihr Name ist Lucia Romero.«

23.

Die Nummer, von der sie spät am Abend in ihrer Wohnung angerufen wurde, war ihr unbekannt. Sie traf gerade Vorkehrungen für ihre bevorstehende Reise und hatte die Hoffnung, es könne sich vielleicht um Antonia Santos handeln.

Deswegen ging sie ran: »Ja?«

»Senhora Alvarez?«

»Nein, Sie haben sich verwählt.«

»Entschuldigung.«

Lucia Romero wohnte in einer alten, aber renovierten Wohnung samt Dachterrasse, gleich gegenüber von einem Platz mit Bänken aus Beton und Bäumen, in deren Schatten tagsüber die Kinder spielten. Nach dem kurzen Telefonat machte sie sich auf den Weg durchs nächtliche El Ejido. Nur wenige Querstraßen weiter, am Bulevar n290, lag das *Clandestino*, seinem Namen entsprechend ein wenig verborgen abseits der Straße und nur zu Fuß zu erreichen. Es war eine geschmackvoll eingerichtete Bar mit einem Publikum von Mitte zwanzig aufwärts, das nicht aufs Geld schauen musste.

El Ejido, ehemals ein karger Fleck eingeklemmt zwischen Meer und Gebirge, auf das 3000 Sonnenstunden im Jahr sengten, war zu Geld gekommen. Die Hitze war beim weltweit größten Gemüseanbau zu einem verlässlichen Freund, und aus den armen Bauernfamilien, die einst Franco hier hatte ansiedeln lassen, waren die Bewohner einer der reichsten Städte Spaniens geworden.

Lucia kannte die Besitzerin des Clandestino und bat sie, kurz einen Anruf auf deren Handy entgegennehmen zu dürfen, während sie einen 10-Euro-Schein in die Holzkatze mit dem Buckel schob, die neben der Kasse auf dem Tresen stand und das Trinkgeld bunkerte.

Mit dem Handy ging Lucia vor die Tür und wartete. Sie hatte Antonia Santos vor deren Abreise nach Portugal eingeschärft, weder auf der Leitung im Büro noch auf der in ihrer Wohnung ein Wort über ihren Plan zu verlieren. Wenn sie nach Senhora Alvarez fragte, würde Lucia sich so schnell wie möglich an einen sicheren Ort begeben, wo Antonia sie erreichen konnte. Tagsüber im Bistro gegenüber von Beyond, abends hier im Clandestino.

Dieselbe Nummer wie eben erschien jetzt auf dem Handy.

»Ja?«

»Ich bin's wieder, Antonia.«

Lucia hörte so etwas wie ein Seufzen, das nahe am Wasser gebaut war. Antonias emotionale Belastung war deutlich wahrnehmbar.

»Bist du in Sicherheit?«, fragte Lucia.

»Im Augenblick ja. Jack ist tot.«

Jetzt war es Lucia Romero, der dieses spezielle Seufzen über die Lippen kam. »Ich weiß. Die ... portugiesische Polizei war hier. Sie haben sich nach Jack und dir erkundigt. Was ist passiert?«

»Es waren Männer auf uns angesetzt. Ich war nicht da – aber er. Er hat seinen Stick verschwinden lassen wollen, so sieht es im Augenblick aus. Ich erzähle es dir genauer, wenn wir uns sehen. Jedenfalls sind diese Männer jetzt hinter mir her. Beyond hat anscheinend mächtige Freunde. Die können aus dem Nichts die GPS-Daten bei den Providern manipulieren. Die wollten mich nach England abschieben und mundtot machen. Ich bin mir sicher, Beyond bekommt Hilfe von ganz oben. Aber ich denke, wenn die Studie im Netz ist, bin ich sicher. Und du auch.

Aber auf den Sticks war sie nicht. Da muss ein Fehler passiert sein. Es war ein Bild hinterlegt von … von Micky Maus.«

Lucia Romero nickte, der Schweiß brach ihr aus, er stand ihr im Nu auf der Stirn. Sie wischte sich mit dem freien Unterarm darüber. »Ich habe es absichtlich hinterlegt.«

Die Fassungslosigkeit von Antonia Santos kroch förmlich durch die Leitung. »Ich verstehe nicht.«

Lucia Romero schluckte und ging in die Hocke. Mit dem Rücken lehnte sie sich gegen die Fensterscheibe des Clandestino. »Du und Jack, ihr wart das Ablenkungsmanöver, Antonia. Wir wussten doch, der Datenklau hier bei Beyond wird wahrscheinlich bemerkt. Und so war es.«

An der Straßenecke in Olhão zog es Antonia Santos den Boden unter den Füßen weg. Ihre Finger begannen vor Wut und Fassungslosigkeit zu zittern. Sie ging nun ebenfalls in die Hocke und lehnte sich gegen den Fernsprecher, während der schwarz gekleidete Sub-Inspektor sich aufmerksam nach allen Seiten umblickte.

»Wir waren … ein Ablenkungsmanöver?«

»Ja. Die Sache war mir zu riskant für Jack und dich. Zu riskant, wenn ihr gefasst werdet, wenn …«

»Gefasst werdet? Zu riskant?«, fragte Santos und brüllte unvermittelt: »Jack ist tot! Er ist tot, hörst du?«

»Es wäre besser, Sie senkten Ihre Stimme«, riet Lost.

»Halten Sie den Mund!«

»Wer ist bei dir?«

»Jemand, der mir hilft, Lucia! Der mir gerade den Hintern gerettet hat!«

Das hatte Soraia ihm beigebracht. *Den Hintern retten*. Er kannte es auch schon von Carlos Esteves, der es gerne mit einem derberen Wort variierte. Es bedeutete, jemandem aus einer misslichen Lage zu helfen.

»Lucia?«

Kurz befürchtete Antonia, Lucia Romero könnte aufgelegt haben, aber sie hörte sie weinen, und das trieb auch ihr die Tränen in die Augen.

»Es tut mir ... unendlich leid«, schniefte Romero ein paar Hundert Kilometer entfernt, »ich weiß, ich kann das niemals wiedergutmachen, ich ...«

Ein Schluchzen, während in Antonia Santos Mitleid und Zorn miteinander rangen.

»Du hast uns ein verschlüsseltes Micky-Maus-Bild mitgegeben, damit sie nichts gegen uns in der Hand haben, wenn sie uns festnehmen sollten.«

»Ja.«

»Aber wie haben die uns gefunden?«

»Ich ...«

»Was ich?«

»Ich habe denen gesagt, dass du das Haus in Olhão gebucht hast.«

Antonia hatte vor einer Minute noch geglaubt, sie werde in ihrem Leben keine größere Fassungslosigkeit mehr erleben – und schon holte ihr Irrtum sie ein. Ihr Umfeld hatte ihr stets eine schnelle Auffassungsgabe und große Schlagfertigkeit attestiert, und zumindest das mit der Schlagfertigkeit sah sie ähnlich. Jetzt allerdings fand sie sich außerstande, auch nur einen simplen Satz zu formulieren. Genauer gesagt: Sie war außerstande, Lucias Eingeständnis als wahr zu akzeptieren.

»Aber ...«

Sie brach ab.

»Der Plan war, dass die Sicherheitsleute von Beyond sich bei der Suche nach dem Leck schnell auf euch konzentrieren und euch suchen. Und euch festnehmen lassen. Das alles hat sie viel Zeit gekostet. Zeit genug für den echten Kurier, um unbehelligt Évora zu erreichen. Und da Jack und du es nicht besser wussten, habt ihr euch genauso verhalten wie zwei Whistleblower mit einer brisanten Studie im Gepäck. Es sollte echt aussehen – aber für euch nach einer Festnahme durch die portugiesische Polizei harmlos ausgehen.«

»Deshalb hast du uns nicht eingeweiht – und deshalb Micky Maus.«

»Ja.«

Für einen Moment schwiegen die beiden Frauen und hätten gerne im Gesicht der jeweils anderen gelesen.

»Die Studie«, sagte Lost, »wir sind hier nicht auf Dauer sicher.«

Ihr erster Impuls war, ihn anzubrüllen. Ihre Wut darüber in die Welt zu schreien, dass Jack Brent wegen eines Sticks, auf dem sich ein Bild von Micky Maus befand, sein Leben riskiert (und verloren) hatte. Ihr schien, als sei die Welt verrückt geworden. Eine Welt, in der eine Whistleblowerin wie Lucia Romero ebenso taktieren musste, um ihre Verfolger mit einer Finte ins Leere laufen zu lassen, wie die, die den Skandal um Fairy vertuschen wollten.

Und mittendrin stand Senhor Lost und sagte ruhig das einzig Richtige: die Studie.

»Lucia, wann ist die Studie im Netz? Wann kommt der Kurier in Évora an?«

»Gar nicht.«

Wenn sie sich nicht schon in der Hocke befunden hätte, wäre sie jetzt in sie gegangen.

»Weil?«

»Ihm ist das Auto gestohlen worden. Mit dem Stick drin.«

»Wer ist es?«

»Das musst du nicht wissen.«

»Paco? Nicht Paco, oder?«

»Doch«, kam es kraftlos zurück.

»Gott, er hat sich schon mal auf einem Parkplatz verlaufen.«

»Ja, aber ich dachte, auf ihn würde niemand kommen. Er hat schließlich keinen Zugang zur IT. Er ist Biochemiker.«

»Die Studie«, sagte Lost eine Spur eindringlicher, »ich bin

sicher, dass bereits eine Fahndung nach uns ausgelöst worden ist.«

Antonia nickte ihm zu und kam nun wieder hoch: »Lucia, ich brauch die Studie.«

»Dazu muss ich in die Firma. Morgen komm ich ran.«

»Sie kommt erst morgen an die Studie. Wie kann sie uns erreichen?«

Lost wurde regungslos. Er blickte an ihr vorbei in den Sternenhimmel über dem Meer. Wie aus dem Nichts starteten am oberen Rand des Horizonts Flussdiagramme vor seinen Augen. Linien, die nach unten liefen, sich urplötzlich in rechten Winkeln nach links und rechts verzweigten und sich von dort noch weiter verästelten, bis sie in etwa die Form eines Baumes mit eckigen Ästen annahmen, der auf dem Kopf stand. Und der an jeder Verzweigung mit einer Option aufwartete.

Die sinnvollsten sammelte er wie reife Früchte von einem Baum und verknüpfte sie miteinander, indem er in Sekundenschnelle Wahrscheinlichkeiten, Notwendigkeiten, Risiken und mutmaßliche Züge Beyonds miteinander in Beziehung setzte, gegeneinander abwog und daraus seine Schlüsse zog.

»Sie muss uns nicht erreichen.«

Antonia verstand, und zumindest für den Moment hatte sie das Gefühl, Senhor Lost verfüge über den klareren Kopf. Also reichte sie ihm den Hörer: »Sagen Sie es ihr.«

Leander nahm den Hörer entgegen: »Leander Lost hier. Senhora Romero?«

»Ja?«

»Sie kommen morgen an das Material?«

»Morgen früh, ja. Die Sachen sind jetzt noch besser gesichert. Ich muss den richtigen Moment erwischen.«

»Warum haben Sie die Studie nicht selbst sofort ins Netz gesetzt?«

»Weil mein Plan ist, dass ich hier ausharre und auf die Ergebnisse einer zweiten Studie warte. Die müsste jeden Tag hier eintrudeln. Aber falls sie nicht vor der Zulassung der Behörde für Lebensmittelsicherheit da ist, können wir wenigstens die erste Studie veröffentlichen. Von der zweiten sind mehr Details und validere Ergebnisse zu erwarten. Hätte ich die erste schon jetzt im Netz zugänglich gemacht, hätte man hier sofort rigide Sicherheitsvorkehrungen getroffen. Und ich hätte keinen Zugang zu neueren Ergebnissen mehr gehabt. Wahrscheinlich auch brisanteren. Ich verlasse das Schiff hier erst in letzter Minute.«

Das erklärte für Leander einiges. Auch das Manöver, mit zwei falschen Kurieren wie Brent und Santos so lange wie möglich von sich abzulenken. Wenn Beyond glaubte, mit den beiden das Leck im System gefunden zu haben, war Romero dadurch geschützt und konnte weiter mitten im Herzen von Beyond operieren. Nur hatte sie nicht mit der Brutalität der Verfolger gerechnet – und nicht mit der Entschlossenheit Jack Brents, seine vermeintlich wertvolle Fracht zu schützen.

»Wenn wir uns melden müssen, wo kontaktieren wir Sie?«

»Ich sage meiner Mutter Bescheid.«

»Für den Fall, dass man Sie ab morgen ebenfalls sucht, ist das keine sichere Adresse für Sie.«

»Natürlich, Sie haben recht«, räumte Lucia Romero sofort ein, und Leander entging, dass es beschämt klang.

»Haben Sie was zu schreiben?«

»Ja.«

»Ich richte einen Account bei Twitter ein. Ich nehme einen Allerweltsnamen – João Silva. Mit einer Zahlenfolge: JoãoSilva230660. Der erste Kommentar enthält die Handynummer, unter der Sie Senhora Antonia und mich erreichen können.«

»Okay«, sagte sie.

Damit reichte er den Hörer zurück an Antonia Santos, die ihn nach einem Zögern wieder entgegennahm. Sie und Lucia Romero verabschiedeten sich mit einer Einsilbigkeit, die Ausdruck all dessen war, was ab jetzt zwischen ihnen stand. Dann legte sie auf und wandte sich Lost zu.

»Und jetzt? Was machen wir?«

»Wir tauchen ab«, sagte er.

Leander musste jetzt den Trennstrich zu seinem Team ziehen. Es gab einen Maulwurf, und er kannte dessen Identität nicht. Und er begab sich jetzt, in einem Moment absoluter Klarheit, auf einen Weg, der durch das portugiesische Gesetz nicht mehr gedeckt wurde – aber durch ein höheres. Er wusste, Menschen wie Graciana und Carlos würden sich ihm gegenüber zur Hilfe verpflichtet fühlen; und dabei vielleicht ihren Job verlieren oder Schlimmeres.

Ihm war, als sei er in den nächtlichen Pool der Villa Elias getaucht und in Embryohaltung auf den Boden gesunken, die Augen geschlossen, kein Geräusch, absolute Einsamkeit.

So war er bisher durch sein Leben gegangen: allein. Auf sich gestellt. Das war ihm wohl vertraut. Sein ureigenes Terrain.

24.

Victor Pais betrat seine Werkstatt und schloss die große Tür hinter sich. Gerade wollte er sie zusätzlich verriegeln, als er sie spürte – die Anwesenheit eines anderen.

Der Tausendsassa blickte über die Schulter und sah … nichts. Alles lag im Dunkeln. Hatte er sich geirrt?

Mit einem Schlag ging das Licht an. Keine drei Meter weiter stand Leander Lost in seinem Anzug. Er wurde von einer zierlichen Frau mit einem energischen Kinn begleitet, die einen entschlossenen Eindruck machte.

Lost nahm den Finger vom Lichtschalter.

»Wie … ähm, wie sind Sie hier hereingekommen?«

»Über den Dachaufbau. Ich wollte nicht, dass jemand sieht, wie meine Begleitung und ich Ihr Haus betreten.«

Natürlich, dachte Pais, der Mann kannte den Zutritt zur Werkstatt, seit er ihm vor gut 48 Stunden das Leben gerettet hatte.

»Und?«

»Sie haben gesagt, ich hätte einen gut bei Ihnen.«

Pais lächelte ausweichend.

»Nun ja, was man so sagt. Ich hatte viele Betäubungsmittel im Blut.«

Er schickte seinen Worten ein entschuldigendes Lächeln hinterher.

»Bedeutet das, Ihr Angebot ist inzwischen hinfällig?«

»Nun ja … das hört sich natürlich nicht nett an. Es klingt, als wäre man ein schlechter Mensch – ich meine, so, wie Sie das sagen. Und das möchte man …«

»Entschuldigen Sie, dass ich Sie unterbreche und den Small Talk nicht weiterführe: Unsere Zeit ist knapp bemessen. Stehen Sie zu Ihrem Wort oder nicht?«

Der Tausendsassa schluckte kurz, denn intuitiv oder aus purem Glück hatte Leander Lost gerade verbal auf den Knopf gedrückt, der bei Pais hochsensibel war: *sein Wort.*

Pais' Vater war ein Trickbetrüger gewesen, dessen Job vielerlei spontane Umzüge notwendig gemacht hatte – so war aus dem Tausendsassa, ehe er es sich versah, ein echter Weltbürger geworden. Nirgends daheim, aber überall zu Hause. Während sein Vater immer neue Sprachen erlernte, weil die Leute sich in ihrer Muttersprache effektiver aufs Kreuz legen ließen, wurde aus seinem Spross Victor en passant ein Kosmopolit.

Ich stamme aus einer Generation, in der das gegebene Wort eines Mannes gilt.

Victor Pais fand früh heraus, dass dieser Satz nicht eine weitere rhetorische Patrone im Arsenal des Vaters war, um jemanden übers Ohr zu hauen, sondern seiner tiefen Überzeugung entsprach. Ein Mann, der sein Wort nicht hielt, war in den Augen von Rafael Pais ein Niemand.

Was aus dem Mund eines Trickbetrügers zumindest aufhorchen ließ. Auch den Sohn Victor. Doch der erkannte schließlich, dass in der Welt eines professionellen Betrügers nichts echt ist, nichts wahrhaftig, dass kein Ding dieser Welt – schon gar kein Mensch – in irgendeiner Form Bestand hat. Während sich gleichzeitig jeder Mensch nach Verlässlichkeit und Sicherheit sehnt – und wenn ein Mann sein Wort gab, garantierte er einem beides.

Und Rafael Pais? Zuletzt hatte er in Neapel in der Unübersichtlichkeit eines rauschenden Hochzeitsfestes die Handtasche der Braut gestohlen, die vor mit Bargeld gefüllten Kuverts überquoll – Geschenke der zahlreichen, äußerst gut situierten Gäste, von denen viele auch drinnen Sonnenbrillen trugen. Der für Vermisstenanzeigen zuständige Kommissar setzte Victor Pais davon in Kenntnis, dass es sich bei der Braut um die jüngste Tochter eines Don Soundso (Victor hörte nicht genau zu) handelte, und dass es wenig Hoffnung gebe, seinen Vater noch zu finden.

»Lebendig?«

»Nein: überhaupt.«

Was sich als wahr erweisen sollte: Rafael Pais wurde nie gefunden.

Victor straffte sich. Ja, er hatte sein Wort gegeben, daran bestand kein Zweifel. »Ich schulde Ihnen einen Gefallen – und erweise Ihnen den gerne. Ist es eher ein großer, komplizierter oder eher eine … Kleinigkeit?«

»Es sind fünf Kleinigkeiten.«

»Oh, gleich fünf.«

Lost zog seine Mundwinkel nach außen, um eine Art Lächeln zu erzeugen: »Genau. Ich brauche sehr schnell Folgendes: zwei Personalausweise mit den Fotos der Senhora und von mir. Namen Ihrer Wahl. Wohnort: Lissabon. Außerdem ein Paar Nummernschilder.«

»Pkw?«

»Ja. Und zwei Handys mit SIM-Karten, die auf jemanden anderen laufen.«

»Hab ich hier. Zwei ganz neue Modelle. Die brauche ich aber zurück.«

»Natürlich. Außerdem eine Schusswaffe, wenn möglich mit einem Knauf für Linkshänder.«

»Das mit dem Knauf haut eher nicht hin. Pistole? Revolver?«

»Pistole.«

Pais nickte: »Ersatzmunition?«

»Ein Magazin.«

»Wie viel können Sie mir an Bargeld leihen?«

»Echte Banknoten oder falsche?«

»Echte.«

»Für wie lange?«

»Ich hoffe, für drei Tage.«

»Und ohne Hoffnung?«

Leander strahlte, weil er den Subtext verstanden hatte: »Ein paar Jahre, nehme ich an.«

Victor Pais sah den Mann an, dann dessen Begleiterin, um seine Aufmerksamkeit zum Abschluss wieder dem Alemão zu widmen. »Sie meinen Jahre, wenn Ihr Plan nicht gelingt?«

Leander nickte. Auch, wenn es ihm und Antonia Santos im Moment zum Vorteil gereichte, mochte er Menschen per se nicht, die das Gesetz bewusst brachen. Der eloquente Charme eines Filou, der den Tausendsassa wie eine Aura umgab, ihm Frauenherzen zufliegen ließ und den Männern ein anerkennendes Schmunzeln entlockte, all das erreichte Leander nicht. Er war dagegen immun. Was er an Victor Pais aber schätzte, war die effiziente, zielgerichtete Kommunikation, die er mit ihm führen konnte.

»2000 Euro, wenn möglich.«

»Hab ich hier. Bekommen Sie.«

»Ein Letztes noch«, begann Lost.

»Das wäre dann Gefallen Nummer sechs«, stellte Victor Pais ruhig fest.

»Es kostet Sie buchstäblich kein Wort.«

»Nämlich?«

»Ihre absolute Verschwiegenheit.«

Jetzt war es Pais, der schmunzeln musste. »Das ist bei den Gefallen, die ich erweise, inklusive. Es gehört zu meinem Geschäftsprinzip.«

»Gut. Wann kann ich die Ausweise haben?«

»Perfekte in zwei Tagen. Welche, die einer oberflächlichen Überprüfung standhalten – in einer guten Stunde, wenn wir die Fotos dafür sofort machen.«

»Dann bitte die zweite Variante«, sagte Leander.

Das Farol, die kleine, achteckige Bar direkt am Kanal von Fuseta, lag im gelben Licht der Laternen, und schon von Weitem scholl ihnen *Smoke on the Water* mit seinem eingängigen Gitarrenriff entgegen. Einmal in der Woche gab Domingos, ein Musiklehrer, der mittlerweile seinen 60. Geburtstag hinter sich hatte, Rockklassiker zum Besten. Mit einer Band, deren Mitglieder immer wieder wechselten, denn sie bestand aus seinen Schülern.

Diese Abende im Farol wurden von Jung und Alt besucht. Die Kellner hinter der Theke kamen mit den Bestellungen kaum nach, und draußen grasten die Kellnerinnen alle Tische ab und auch die Besuchertrauben, die hier eine rauchten und sich unterhielten. Drinnen wurde jedes Fleckchen Boden zum Tanzen gebraucht. Und für den Beifall, der sich nach jedem Song von innen wie von außen über die Band ergoss.

Leander wusste von Zara, dass sie und Toninho hier ihren letzten Abend vor ihrer großen Reise verbringen wollten. Zusammen mit ein paar anderen frischgebackenen Abiturienten, die glaubten, die Welt stünde ihnen nun sperrangelweit offen. Auch, wenn sie dafür den Abiball in einer Woche verpassen würden.

»Warten Sie bitte hier, es reicht, wenn man *mich* da drüben sieht«, bat er Antonia Santos, während sie sich auf dem Fußweg vom Kanal her näherten. Die Boote der Fischer lagen ruhig, das Licht der Laternen spiegelte sich als warmer Glanz auf der Wasseroberfläche.

Santos, die eine Tüte mit den beiden frisch gepressten Nummernschildern darin trug, nickte, und Leander überquerte die Straße zum Farol.

Toninho entdeckte er zusammen mit einem Freund, der gerade auf ihn einredete, bei einer Zigarette etwas abseits auf einem Betonpoller, der die Autofahrer daran hindern sollte, auf dem Bürgersteig zu parken. Toninho saß dort mit seinem typischen Gesichtsausdruck: gut gelaunt, die Körperhaltung gelassen und zu jedem Unsinn aufgelegt.

Als er Leander bemerkte, winkte der ihn unauffällig zu sich. Toninho vertröstete seinen Freund und trat zu Leander. In seinem dunklen Anzug wurde er hier für die Blicke Dritter nahezu unsichtbar.

»Como estás, Leander?«

Er wippte mit dem Kopf leicht im Takt.

»Ich möchte euch bitten, mir den Magellan zu leihen und euren Urlaub für ein paar Tage zu verschieben.«

Toninhos Lächeln wich einer verblüfften Miene. »Wie?«

»Ist Zara hier?«

»Nein, sie war müde. Sie wollte nach Hause. Ich hol sie um drei Uhr zu Hause ab, dann fahren wir in den neuen Tag. Aber ... danach sieht's ja gerade nicht aus. Was ist passiert?«

»Das kann ich dir nicht sagen. Aber ich brauche eure Hilfe. Hol sie ab und fahr mit ihr drei Tage weg. Ihr könnt meine Ducati nehmen. Es gibt ein schönes Hotel drüben in Lagos. Ich melde mich in drei Tagen bei euch. Dann bekommt ihr den Magellan zurück, und es kann losgehen zur großen Europareise.«

»Aus der wird sowieso nichts.«

»Warum?«

»Ich hatte das Geld, das ihr Zara zum Abi geschenkt habt, ein bisschen mit einberechnet für unseren Urlaub, und ... na ja ... Project Jonah, sagt dir das was?«

Leanders Anspannung wich, er nickte erfreut: »Das ist eine Organisation von Freiwilligen, die sich um verletzte und gestrandete Wale kümmert.«

»Von diesem Jonah Project musst du Zara wohl auch erzählt haben.«

»Das stimmt.«

»Ja, und sie hat denen fast das ganze Geld gespendet.«

Dabei machte er ein Gesicht wie sieben Tage Regenwetter, während Leander gar nicht wusste, wohin mit seiner Freude. Er machte deswegen einen kleinen Hüpfer, um die überschüssige Energie abzuleiten.

Toninho fand, der Hüpfer sah bescheuert aus. Ab einem gewissen Alter, neun oder zehn oder so was, machte man so was einfach nicht mehr. Außerdem trauerte er dem Geld nach.

»Das ist großartig«, fand Leander, »die können das Geld dringend gebrauchen.«

»Ja, nicht? Man freut sich so für die. Deshalb wird aus Zaras und meiner Europareise jetzt nur 14 Tage Alentejo und hoch bis Porto.«

»Porto ist auch schön.«

»Du … warst schon mal in Porto?«

»Nein, aber ich habe darüber gelesen.«

Toninho seufzte und straffte sich plötzlich. Er musterte Leander, der in der Mimik des jungen Mannes Sorge las. »Ist das ernst, das Problem?«

»Ja.«

Toninho wusste um Leanders Unfähigkeit zu lügen. Er zückte den Autoschlüssel, an dem ein Spielwürfel baumelte, und reichte ihn ihm.

»Obrigado.« Leander steckte den Schlüssel ein: »Wo steht der Kleintransporter?«

»Vor meiner Haustür. Es ist aber noch kein Proviant drin.«

»Ich brauch den Kfz-Schein.«

»Ist im Handschuhfach.«

»Wenn ich dir einen Rat geben …«

»Ich weiß schon – kein guter Platz für den Kfz-Schein.«

»Ja. Soraia und Zara werden sicherlich fragen, wo ich bin. Sag ihnen, ich bin spätestens in drei Tagen wieder da. Vielleicht schon in 24 Stunden.«

»Und Graciana und Carlos?«, wollte Toninho wissen.

»Das ist eine Angelegenheit, die über ihre berufliche Verantwortung hinausgeht. Ich möchte sie da nicht mit reinziehen. Ich bin in spätestens drei Tagen zurück. Und du kannst ihnen zum Beispiel erzählen, der Magellan ist in der Werkstatt.«

»Das ist aber eine Lüge. Ich dachte, du kannst das nicht.«

»Kann ich leider auch nicht – deswegen musst du für mich lügen. Ich danke dir, Toninho. Adeus.«

Damit wandte er sich ab und wurde zu einem hageren Schatten, der die Straße überquerte und sich auch nicht noch mal nach ihm umdrehte. Nachdem er hinter einem VW-Bus verschwunden war, traten nur einen Moment später die Silhouetten eines Mannes und einer Frau dahinter wieder hervor und wurden auf ihrem Weg den Kanal entlang rasch kleiner.

25.

Der Magellan, der von außen wie ein ganz normaler Transporter aussah – weswegen Leanders Wahl auf ihn gefallen war – stand halb verborgen hinter einem jener flachen Wohnhäuser, in denen früher die Fischer Fusetas gelebt hatten. Im Westen der Ortschaft, von wo aus die Frauen freien Blick auf den Atlantik hatten und zusammen mit den Kindern Ausschau nach ihren Männern halten konnten, die über Nacht mit ihren Booten zu den Fischgründen tuckerten.

Die Straßen gehörten zu den ältesten des Ortes, und traditionell lebten hier bis heute die weniger begüterten Familien.

Im Schutz der Nacht tauschten Antonia und Leander Lost die Nummernschilder des Magellan gegen die frisch gepressten aus. Stumm, konzentriert, zügig. Als sei das ihr fünfzigster Wagen und nicht ihr erster.

Dann gingen sie an Bord, wo Antonia sich flüchtig umsah: Küchenzeile, Sitzplatz samt Tisch, Staufächer, Toilette und Dusche, dahinter, abgetrennt durch eine weitere Tür – sie sah nicht hinein – vermutlich der Schlafraum.

Leander setzte sich hinter das Steuer und drehte den Zündschlüssel halb um. Die Instrumente leuchteten auf. Der Tank war voll.

Antonia setzte sich auf den Beifahrerplatz, und dann musterte sie ihn von der Seite. Die Wangenknochen, die langen Wimpern. »Ich kenne Sie gar nicht«, sagte sie nachdenklich, aber nicht ohne Zutrauen. Eher mit einer Spur Verwunderung. Unbewusst fuhren sie im Flüsterton fort, als schütze der sie vor einer Entdeckung.

»Ich weiß. Ich schlage vor, wir fahren nach Lissabon.«

»Warum Lissabon?«, fragte sie und musste herzhaft gähnen.

Er startete den Transporter und dirigierte ihn aus dem Fischerviertel ohne Meerblick nach Norden zur N 125.

»Den Einzelnen aufzuspüren, gestaltet sich umso schwieriger, je größer die Menge ist, in der er sich verbirgt.«

Das war einleuchtend.

»Außerdem kenne ich dort einen Journalisten, der für Público arbeitet. Wenn die Studie im Netz steht, ist sie ja noch nicht bekannt. Es wird von Vorteil sein, wenn es eine überregionale Tageszeitung gibt, die das Thema aufgreift. Danach werden es alle aufgreifen.«

Gerade verabschiedete sich eine Großfamilie vor dem Frango da Ria, einem Restaurant direkt an der Schnellstraße, das sich auf Hähnchengerichte spezialisiert hatte. Leander kannte das Lokal sehr gut, es war nur ein paar Steinwürfe von der Villa Elias entfernt – und das erste Restaurant, in das Carlos und Graciana ihn damals nach seiner Ankunft in Fuseta eingeladen hatten. Hier zu parken und zu warten, war an Unauffälligkeit schwerlich zu überbieten.

»Warum tun Sie das für mich, Senhor Lost?«

»Ich tue das nicht in erster Linie für Sie.«

Sie unterdrückte ein *wie charmant*.

»Sondern?«

»Um Schaden von den Menschen abzuwenden.«

»Ist das Bestandteil des Eides, den Sie abgelegt haben?«

»Auch. Ich halte es einfach für besser, wenn Menschen nicht zu Schaden kommen.«

Sie hatte schon bemerkt, dass er ständig ein Pokerface aufsetzte – so auch jetzt.

»Sie, ähm … Sie haben die Studie doch gar nicht gesehen.«

Jetzt erst wandte Leander den Blick von den Besuchern des Lokals und richtete ihn auf Senhora Antonia. »Sie haben nicht gelogen.«

»Woher wollen Sie das wissen?«

»Weil unbewusste Mikroexpressionen in der Mimik eine Lüge als Lüge entlarven. Auch der Versuch dieser drei Männer, an die USB-Sticks zu gelangen, spricht dafür. Darüber hinaus haben gerade erst dieses Jahr Journalisten Bemühungen etwa der USA aufgedeckt, Lebensmittel mit krebserregenden Düngerückständen für den europäischen Markt zuzulassen. Und die Bereitschaft von EU-Staaten, dieses Risiko einzugehen. Die Vorgehensweise bei Fairy ist also identisch.«

Bevor Antonia Santos etwas erwidern konnte, stoppte ein Motorroller neben ihnen – Victor Pais mit einem Rucksack.

Keine fünf Minuten später verließen sie den Parkplatz vor dem Restaurant als Leticia Rios und Paulo Garcia mit Personalausweisen, die von ihrer Versiegelung vor wenigen Minuten noch warm waren. Und mit zwei brandneuen Handys, deren Verträge auf ihre neuen Namen liefen.

Leander hatte sich seines Jacketts entledigt und bog mit gelockerter Krawatte nördlich von Moncarapacho auf die Autobahn ein. Weil die Kameras des Mautsystems hauptsächlich das Nummernschild erfassten, liefen sie nicht Gefahr, darüber entdeckt zu werden.

Keine dreißig Minuten später hatten sie das Autobahnkreuz westlich von Faro passiert und waren in Richtung Lissabon abgebogen.

»Wie war das mit Jack Brent? Sie sind am Morgen in die Padaria gefahren …«

Antonia atmete tief durch und lehnte sich zurück. Schloss kurz die Augen. Und Lost rieb sich seine. Er war mittlerweile an die 36 Stunden auf den Beinen.

»Ich war in der Padaria. Er hat mich angerufen. Da kommen Leute, hat er gesagt, Männer«, rekapitulierte sie und öffnete die Augen jetzt. »Zwei. Die sind da herumgestrichen.«

Leander Lost merkte auf: Ein Anruf von Brent an Santos stimmte weder mit den Verbindungsdaten seines noch ihres Handys überein. Es waren also nicht nur die GPS-Positionen manipuliert worden, sondern auch die Verbindungsübersicht.

»Ich habe gesagt: Jack, nimm deinen Stick und hau ab. Den Stick hatte er dann, hat er gesagt. Und dass jetzt einer der Männer hinten am Fenster ist. Ich hab gesagt, er soll die Polizei rufen, und er hat gesagt: das *ist* die Polizei. Dann hat was geklirrt, jemand hat was gerufen, das Handy ist wohl runtergefallen, und dann gab es einen Schlag, jemand hat geflucht, jemand, der nicht Brent war. Und dann Schritte und Gerangel oder so. Und dann war die Verbindung weg.«

»Und dann sind Sie zurückgefahren.«

»Ja. Da waren sie im Haus. Im Wohnzimmer. Sie haben den Boden mit etwas besprüht.«

Chlorbleiche, dachte Lenader.

»Ich hab das aus dem Garten gesehen, aber ich habe mich erst ins Haus gewagt, als die beiden es wieder verlassen haben.«

»Das waren die beiden, die uns an der Kreuzung entführt haben?«

»Genau die.«

»Und dann?«

»Dann bin ich ins Haus geschlichen und …«, hier stockte sie kurz.

»Sie haben Brents Leiche gefunden.«

»Ja«, kam es eine Spur heiser zurück, »ich weiß, ich hätte den Stick da schon suchen sollen, aber ich hatte Todesangst. Ich wusste, dass wir aufgeflogen waren. Wenn sie Brent gefunden hatten, würden sie auch nach mir suchen. Ich musste sofort weg.«

Danach war sie mit ihrem Auto zum Hafen von Olhão gefahren, um ihr Handy ins Wasser zu werfen, hatte anschließend den Wagen im Viertel Mar e Guerra abgestellt und war bei Albertina Ventura untergetaucht, bis sich die Wogen geglättet hatten. Ihre Hoffnung war es gewesen, im Ferienhaus Brents Stick zu finden, mit ihrem in Deckung zu bringen und die Studie sofort zu veröffentlichen. Aber dazu war es wegen ihrer Festnahme durch ihn, Lost, nicht mehr gekommen.

Leander begann ein paar Ecken zu zählen. Innenspiegel, Leitlinie, Rücklichter. Es gab Menschen, die blickten aufs Meer, damit die Pulsfrequenz sich senkte, andere schlossen die Augen oder sahen ihrem Mähroboter bei der Arbeit zu. Leander zählte eben Ecken. Es gab nichts Kontemplativeres für ihn. Sperrte man ihn in diesem Zustand der Unruhe in einen kreisrunden Raum, wäre das seine ganz persönliche Hölle. Es gab praktisch nichts Traurigeres als eine Welt ohne Ecken. Dicht gefolgt von einer ohne Grübchen.

Wenn die anderen Kinder im Heim seiner Eigenarten überdrüssig gewesen waren oder sich am Gefühl der Macht hatten ergötzen wollen, sperrten sie ihn manchmal ein. Sie schubsten ihn in ein Zimmer und schlossen die Tür hinter ihm ab. Manchmal konnte er sie umstimmen, mit Süßigkeiten oder indem er die Erledigung ihrer Hausaufgaben übernahm.

Aber meist überwog ihr Vergnügen an seiner Ohnmacht. Oder an ihrer Macht.

Bald schon hatte Leander im ersten Zimmer alle Ecken durch. Es folgte das nächste und übernächste. Dann der Flur. Geradezu überbordend präsentierten sich die gefliesten Waschräume – wahre Eckenfüllhörner.

Das Nonplusultra war selbstverständlich das städtische Freibad mit seinen winzigen Kacheln. Während die anderen Waisenkinder irgendwelche Jungs zum Weinen brachten, indem man sie drängte, vom Fünfmeterturm zu springen, tauchte Leander zu den Ecken, und das Wasser legte sich über ihn und schloss die Welt der Geräusche fast gänzlich aus.

Pools übten daher auch heute noch eine schier unüberwindbare Anziehungskraft auf ihn aus. Es war natürlich gefährlich, bei Gewitter im Pool zu tauchen, aber wer schon mal bei starkem Regen von unten auf die Wasseroberfläche geblickt hatte, der wusste, dass es keine größere Geborgenheit gab.

»Was betrübt dich, hm?«, hatte Herr Winterberg, der Heimleiter mit der waagerecht gespaltenen Brille, gefragt. Unten zum Lesen und oben für alles, was weiter weg war als seine ausgestreckte Hand. Herr Winterberg sah immer ein wenig erstaunt aus und eine Spur britisch. Das Britische rührte von seiner höflichen Distanz und seinem Tweed-Sakko. Das Erstaunen daher, dass er dieses Heim führte, obwohl er eigentlich Maler hatte werden wollen, dass er dieses in Hamburg-Rahlstedt tat, statt wie vorgesehen in Norditalien zu wohnen, und dass er keine Erklärung dafür zu haben schien, wann und wo er schon so viel von seiner Lebenszeit verbraucht hatte. Ja, und auch der leichte Schrecken, den er dabei empfand, war ihm anzusehen.

Herr Winterberg war ein sehr nachdenklicher Mensch. Bis zu Winterbergs Tod kannte Leander niemanden, der mehr nachdachte. Und danach konnte er ja nicht mehr.

»Ich weiß nicht, wie man einen Freund findet.«

»*Der beste Weg, einen Freund zu haben, ist, selbst einer zu sein.* Das ist nicht von mir, sondern von Ralph Waldo Emerson, aber es ist wahr.«

»Aber bei wem soll ich denn Freund sein – bei allen?«

»Wenn du zum Beispiel auf einem Geburtstagsfest bist ...«

»Ich werde zu keinem eingeladen.«

Wieder erschien auf Winterbergs Gesicht jenes ungläubige Staunen. Nicht über den Umstand an sich, sondern darüber, dass er das nicht mitbekommen hatte.

»Schön, schön, ich verstehe, unfassbar«, sagte er und holte

tief Luft, »schau mal, in 14 Tagen wirst du elf, da laden wir alle ein. Und die, die dann kommen, bei denen kannst du versuchen, ein Freund zu sein. Weil die nämlich Interesse an dir haben.«

Es kamen zwei. Britta und Tom.

Das mit dem Interesse stimmte auch nicht ganz, denn die beiden kamen, weil sie sonst auch nie eingeladen wurden. Tom hieß überall nur Tom-Tom, weil er kräftig stotterte, was ihn so stark verunsicherte, dass er in Anwesenheit anderer kaum noch ein Wort über die Lippen brachte. Und Britta, die sie im Heim Splitter-Britta riefen, hatte Glasknochen, die bei jedem kräftigeren Stoß brachen. Bei einem Sturz sowieso. Als Folge dieser Einschränkung hatte sie blaue Skleren – das Weiß um die Iris war blau eingefärbt. Zusammen mit ihren blauen Pupillen sah sie aus wie ein Alien. Es gab Kinder, die Angst hatten vor ihren Blicken, die nur wegen der Färbung eindringlich wirkten. Und es gab welche, die sie faszinierend fanden. *Welche* war bei genauer Betrachtung *welcher*: Leander.

Außerdem hatte Britta Grübchen.

Aus diesen gemeinsamen Stunden mit den beiden wurden in der Folge sehr viele. Und Leander machte die Erfahrung, dass aus der Not geschlossene Bündnisse manchmal die Basis für die tieferen Freundschaften legen.

So wie bei Tom-Tom und Splitter-Britta. Die beiden hatten Blicke, die älter waren als die der Gleichaltrigen.

Tom hatte mit der Erfindung eines Navigationssystems später viel Geld gemacht und lebte heute auf Hawaii. Britta wurde kurz vor Winterbergs Tod von einer Familie in einem weit abgelegenen Ort – Klein-Gartach – im Süden des Landes adoptiert. Die drei ließen den Kontakt zueinander bis heute nicht abbrechen.

Einmal, als man ihn eingesperrt hatte (in den Gemeinschaftsraum), lief dort immerhin der Fernseher, dessen Kanal man nicht verstellen konnte. Was als Dokumentation über Zahnmedizin begann, wandelte sich bald schon zu einer Ansammlung furchtbarer Fakten über Abertausende Bakterienstämme, die je nach Hygiene und Ernährung ein wechselhaftes Eigenleben im Mundraum führten.

Der Streifen hieß *Abenteuerreise durch den Mundraum*.

Kaum öffnete der Hausmeister gegen Abend das Gemeinschaftszimmer für die Putzkräfte, flitzte Leander hinaus und in die Waschräume, wo er sich das Zahnfleisch blutig putzte und den Mund sorgsam ausspülte.

Binnen eines Monats stieg er zu einem gern gesehenen Kunden in der örtlichen Apotheke auf, in der er sich regelmäßig von Chlorhexamed über spezielle Zahnseide bis hin zu einer beeindruckenden Sammlung an Interdentalbürsten eindeckte.

Und genau das war der Grund, warum er hinter dem Steuer des Magellans mit dem Eckenzählen begonnen hatte – Antonia Santos und er hatten lediglich das dabei, was sie am Leib trugen. Und irgendwann würden sie den Transporter abstellen und schlafen. Und dann … Abenteuerreise durch den Mundraum.

»Ich nehm die nächste Ausfahrt«, kündigte Leander an, »in Castro Verde gibt es einen Intermarché, der hat bis Mitternacht geöffnet.«

Antonia Santos warf ihm einen irritierten Blick zu: »Wozu?«

»Ich brauche Zahncreme und eine Zahnbürste. Zahnseide. Sie vermutlich auch.«

»Das und noch mehr. Aber das können wir doch morgen früh in Lissabon erledigen. Sie haben selbst gesagt, dass man wahrscheinlich nach uns fahndet.«

»Das stimmt. Aber es ist wichtig.«

»Aber es ist ein unnötiges Risiko, Senhor Lost.«

»Haben Sie eine Vorstellung von der Bakterienvielfalt im Mundraum?«

Sie seufzte. »Ich schaue mal hinten nach. Vielleicht ist ja was an Bord. Kommt ja vor, dass man für eine Reise frische Zahnbürsten kauft.«

Damit schnallte sie sich ab, ging den Gang entlang und zog ein paar Schubladen auf. Leander konzentrierte sich auf die Fahrbahn. Er hatte den Tempomaten auf die zulässige Höchstgeschwindigkeit eingestellt und überschlug die noch vor ihnen liegende Strecke. In rund zwei Stunden würden sie die Hauptstadt erreichen. Dort würde er dringend Schlaf nachholen müssen.

Dann erschollen zwei helle Schreie aus dem hinteren Teil des Wohnmobils. Die eine war Santos' Stimme. Und die andere gehörte Zara.

26.

»Und hier eine kleine Unterbrechung für einen aktuellen Fahndungsaufruf der Polizei: Gesucht im Zusammenhang mit einem Mord werden ein Mann und eine Frau. Bei der Frau handelt es sich um Antonia Santos, 27 Jahre alt, Tatverdächtige, bei dem Mann um Leander Lost, 34 Jahre alt, Kriminalbeamter aus Faro. Die beiden sind flüchtig, ihre Personenbeschreibungen samt Fotos sind auf den Websites der Polizei abrufbar. Möglicherweise sind sie bewaffnet. Falls Sie einen der beiden oder beide sehen, versuchen Sie keinesfalls, sie zu stellen, sondern rufen Sie sofort die Polizei. Für Hinweise, die zu einer Ergreifung führen, haben die Behörden 15.000 Euro ausgelobt.«

Die Ungeheuerlichkeit dieser Meldung führte zu jener Verzögerung, mit der Carlos sich sein Handy schnappte – und Graciana runterschaltete und Vollgas gab.

Sobral, die Carlos Esteves direkt erreichte, bestätigte die Echtheit der Fahndung.

»Senhor Vasco möchte das Team sprechen. Wir warten hier auf euch.«

»15 Minuten«, sagte Graciana.

»15 Minuten«, wiederholte Carlos. »Was will Vasco?«

»Ich weiß nicht. Seine Verstärkung ist gerade hier angekommen.«

Die Verstärkung bestand in einem jungen, übergewichtigen Kerl mit kahl geschorenem Schädel, der, akkurat gekleidet, Sub-Inspektor der PJ in Lissabon war und auf den Namen Lionel Andrade hörte. Er trug einen Laptop unter dem Arm und vermittelte den Eindruck, dass ihn das alles hier nicht wirklich etwas anging. Andrade schien über den Dingen zu stehen und klebte trotzdem gleichzeitig an Vascos Lippen.

Sein dünnes Pendant war in Vascos Alter und stand dort in Jeans und einer Bluse. Die Inspetora Alicia Mata machte einen souveränen und lässigen Eindruck. Ihre Augen trugen ein glasklares, helles Blau. Sie wirkte wie eine Frau, die sich nur schwer erschüttern ließ, und genau diese Unerschütterlichkeit stand ihr unaufdringlich ins Gesicht geschrieben.

Carlos fand, sie hätte von ihrem Habitus gut hierher gepasst. Duarte, Marisa, Isadora Jordão, die Chefin und Graciana standen neben ihm.

Vasco hatte sie alle in den Besprechungsraum gebeten, und er hatte das mit einer Freundlichkeit und Bestimmtheit getan, die keinerlei Zweifel daran aufkommen ließ, dass dieser Bitte selbstredend Folge zu leisten war.

»Was vorgefallen ist, ist vorgefallen«, sagte Daniel Vasco und fuhr sich dabei mit der offenen Hand übers Gesicht. Er sah von einem zum anderen, bevor er fortfuhr: »Damit alle auf dem Stand sind: Die des Mordes verdächtige Antonia Santos sollte nach England überstellt werden. Ihr Kollege Senhor Lost hat die Übergabe aus formalen Gründen abgebrochen. Auf der Fahrt zurück wurden Antonia Santos und Senhor Lost von drei Männern entführt. In Tavira haben sich die Wege getrennt. Vielleicht ist Senhor Lost und Senhora Antonia die Flucht gelungen, vielleicht hat man sich in Tavira einfach voneinander getrennt. Denn: Vielleicht gab es nie eine Entführung. Vielleicht sollte das nur so aussehen. Wir wissen es nicht.

Was wir wissen, ist das: Ohne Senhor Losts Weigerung, die Inhaftierte an die Briten zu übergeben, hätte die Entführung nicht stattfinden können. Sie alle«, er vollzog eine Geste, bei der der ausgestreckte Zeigefinger senkrecht nach unten deutete und die Hand eine Kreisbewegung vollführte, »sind Kollegen von Senhor Lost. Ich mach das ungern, aber die Vorschriften lassen mir keine Wahl: Ich muss Sie alle wegen Befangenheit von diesem Fall beurlauben. Deshalb habe ich meine Kollegen Andrade und Mata angefordert. Wir übernehmen.«

»Er braucht vielleicht unsere Hilfe«, brachte Graciana hervor.

Vasco nickte, als habe er auf diese Einlassung gewartet. »Diese Einschätzung teile ich nicht – wenn dem so wäre, könnte er sich jederzeit an eines unserer Reviere wenden. Dort würde man ihm sofort helfen. Oder den Notruf wählen. Aber er tut weder das eine noch das andere.« Hier legte Inspektor Vasco eine Pause ein, ließ seinen Blick von einem zum anderen schweifen und kurz verweilen, bevor er fortfuhr: »Vielmehr hat er Ihre Chefin, Senhora Cristina, gebeten, ihn und Antonia Santos vor einem Lokal in Olhão einzusammeln. Dort waren die beiden aber nicht. Wir haben dort über 30 Minuten gewartet – nichts. Seitdem gab es auch keinen weiteren Versuch der Kontaktaufnahme mehr. Meine Einschätzung ist, dass er im Moment gemeinsame Sache mit der Flüchtigen macht. Ich kann Ihnen dafür nicht mal ein Motiv nennen. Haben Sie eine Idee, warum Ihr Kollege sich mit einer Tatverdächtigen gemeinsam auf der Flucht befindet?«

»Vielleicht ist er in Sorge, dass sie erneut entführt wird.«

»Er hat letztes Mal hier angerufen. Er kann es jederzeit wieder tun.«

»Vielleicht ist er verletzt«, sagte Graciana, »vielleicht benötigt er dringend Hilfe.«

»Es gibt da ein paar Dinge, die Sie noch nicht wissen«, schaltete Isadora Jordão sich ein und fügte an Carlos und Graciana gewandt hinzu: »Und ihr teilweise auch noch nicht.«

Und dann brachte die Kriminaltechnikerin alle auf den aktuellen Stand: Angefangen damit, dass Antonia Santos sich zum

Zeitpunkt von Brents Tod einige Kilometer entfernt befunden habe und daher nicht seine Mörderin sein könne. Über den USB-Stick, den Jack Brent, bereits tödlich verletzt, noch in Sicherheit gebracht hatte, und der von ihnen durch Losts Kombinatorik gefunden worden war. Darauf: das Foto des Flughafens von Almería.

Und dass Antonia Santos über einen zweiten Stick verfügte, auf dem sich das identische Foto befand, und eine Zusammenführung der beiden Fotos ein Bild von Micky Maus ergab. Und Lost ganz offensichtlich mit einem anderen Ergebnis gerechnet hatte.

»Welchem?«, fragte der Kahlgeschorene an dieser Stelle.

»Zu einer Erklärung kam es leider nicht mehr«, sagte Isadora.

»Das heißt, wir haben beide Sticks hier?«

»Nur den von Brent. Das andere Foto kam als E-Mail-Anhang.«

»Ich komme nicht mit«, bekannte Mata.

»Willkommen im Klub«, sekundierte Vasco und wandte sich an die Kriminaltechnikerin, »haben Sie dafür eine Erklärung? Micky Maus? Macht das irgendwie Sinn?«

»Zweimal nein«, antwortete Isadora.

»Ich schau mir das mal an«, sagte Andrade.

Vasco nickte erleichtert.

»Wenn es Antonia Santos nicht war: Gibt es Erkenntnisse, wer Jack Brent dann ermordet hat?«, fragte Mata.

»Es gibt die Spuren zweier Schuhgrößen, die auf Männer hinweisen.«

»Sonst nichts?«

»Nein.«

»Und wie sicher ist es, dass Senhora Antonia sich nicht am Tatort befunden hat?«, hakte Mata nach.

»Hundertprozentig. Sie befindet sich auf einem Mitschnitt einer Überwachungskamera in Olhão. Es ist physikalisch unmöglich, dass sie zum Todeszeitpunkt von Brent in dessen Nähe war.

Und sie telefoniert auf dem Mitschnitt mit ihrem Handy – ein Gespräch, das es laut Verbindungsdaten des Providers nicht gab. Auf ihrem Handy, das zu diesem Zeitpunkt fünf Kilometer weiter nördlich eingeloggt gewesen sein soll.«

Daniel Vasco und seine Mitarbeiterin Alicia Mata tauschten einen ratlosen Blick.

»Wollen Sie damit sagen, jemand manipuliert die GPS-Daten des Handy-Providers?«, fragte Mata.

Sie ist schnell, dachte Graciana.

»Das weiß ich nicht«, gab Isadora gelassen zurück.

Daraufhin senkte sich eine Stille der Erschöpfung und Ratlosigkeit über alle. Es war Daniel Vasco, der es auf den Punkt brachte: »Die ganze Angelegenheit ist nicht arm an offenen Fragen und … wird immer mysteriöser. Aber ich bin zuversichtlich, dass Antonia Santos und Leander Lost nach ihrer Ergreifung etwas mehr Licht ins Dunkel bringen können. Und genau das ist jetzt unsere vordringlichste Aufgabe.«

Er ließ den Blick kurz schweifen und wandte sich schließlich an Graciana Rosado: »Helfen Sie Ihrem Kollegen, indem Sie uns Hinweise geben, wo er sich verstecken könnte und … indem Sie uns sofort einweihen, wenn er sich bei Ihnen melden sollte. Wo, denken Sie, steckt Ihr Kollege jetzt? Wo würde er Zuflucht suchen, wenn er aktiv untertauchen will?«

»Das lässt sich auf die Schnelle gar nicht sagen«, meldete Isadora sich rasch zu Wort. Marisa pflichtete ihr mit einem Nicken bei.

»Wir müssten darüber nachdenken«, fügte Carlos hinzu.

»Zwei Leute bleiben hier«, sagte Mata, »einmal Senhora Isadora. Sie machen meinen Kollegen Andrade bitte mit der gesamten IT hier vertraut. Die übernehmen wir für die Dauer des Jobs. Auch, damit wir sofort am Ball sind, falls Sub-Inspektor Lost auf die eine oder andere Weise doch noch versuchen sollte, mit dem Kommissariat in Kontakt zu treten. Senhora Cristina, von Ihnen brauche ich bitte die Personalakte von Senhor Lost.«

»Haben Sie ein Spezialgebiet bei der PJ in Lissabon?«, fragte Carlos.

»Senhora Alicia ist unser Terrier«, ließ Vasco ihn wissen, »sie findet Vermisste.«

Mata schickte ein Lächeln an Carlos Esteves, das genau das bestätigte. Sie war sich ihrer Sache so sicher wie jemand, der in seinem Job schon oft Erfolg gehabt hatte.

Vasco wandte sich an Cristina Sobral: »Ich würde Sie bitten, für Rückfragen und Organisatorisches hier bei uns zu bleiben.«

»Natürlich.«

Duarte räusperte sich vernehmlich, und die Augen der Lissaboner richteten sich auf ihn.

»Ja, Sub-Inspektor Duarte?«

Miguel nahm unwillkürlich ein wenig Haltung an: »Es ist wohl bekannt, dass Senhor Lost und ich, nun … sagen wir es so: dass wir nach Dienstschluss bisher nichts Gemeinsames unternommen haben. Und das wird sich auch in Zukunft nicht ändern. Aber ich möchte betonen, dass er ein absolut integrer Kollege ist. Er würde niemals das Gesetz brechen. Deshalb müssen Sie davon ausgehen, dass er Hilfe benötigt.«

Graciana und Carlos Esteves erschütterten Duartes Worte. Und sie wussten, ohne einen Blick, ohne ein Wort, von der Erschütterung des jeweils anderen neben sich. Dass ausgerechnet Duarte Partei für Leander Lost ergriff, beschämte sie, weil sie schlechter von dem Pfau gedacht hatten. Das und die Entschiedenheit, mit der Miguel Duarte das tat.

Einmal wirklich in die Enge getrieben, hatte Antonio Rosado mal gesagt, *geschieht etwas Spannendes: eine Entpuppung. Alles fällt beiseite, und nur der wahre Charakter bleibt stehen. Und am meisten überrascht es den, dem das passiert.*

»Wir werden das berücksichtigen«, versprach Vasco und wandte sich dann auch an Carlos und Graciana: »Es waren für Sie zwei sehr lange Tage. Gehen Sie nach Hause. Ich danke Ihnen.«

Auf dem Flur passte Graciana Isadora ab und ging sehr dicht neben ihr.

»Weißt du, wo er ist?«, flüsterte sie.

»Nein«, gab Jordão zurück.

»Was hat er als Letztes gesagt?«

»Dass er Antonia Santos in Sicherheit bringt.«

»Warum kommt er nicht zurück? Warum meldet er sich nicht?«

Graciana schüttelte auf dem Weg zurück zum Mustang den Kopf. Er stand keine hundert Meter von der Kripo entfernt an der Kirche.

»Ich weiß es nicht. Es gibt eigentlich nur zwei Möglichkeiten – er ist so schwer verletzt, dass er nicht kann, oder … er hat einen guten Grund. Ich hoffe, er hat einen guten Grund.«

Ein verliebtes Pärchen kam ihnen entgegen, und kurz wurde ihnen beiden bei dem Anblick warm ums Herz. Diese grenzenlose Unbekümmertheit, dieser Schwebezustand, in dem die beiden von nichts in dieser Welt Notiz nahmen außer von sich.

Graciana und Carlos lächelten sich kurz zu. Sie dachten, sie erinnerten sich gerade jeweils an eine unterschiedliche persönliche Situation, aber sie erinnerten sich an dieselbe – und sie würden es nie erfahren.

»Hast du noch so ein Minzbonbon?«

Wortlos ließ Esteves zwei davon aus dem Metallröhrchen in ihre offene Hand rollen, die Graciana umgehend einwarf.

Gerade erreichten sie den Bullitt, da holte Duarte sie ein. Etwas von seiner Hochnäsigkeit war im Laufen nicht so schnell hinterhergekommen. Er machte ein Gesicht wie ein Mann mit einem Anliegen.

»Ich weiß nicht, was ihr jetzt macht. Aber ich finde, wir können unseren Kollegen nicht so hängen lassen. Er ist zwar eine Nervensäge, eine deutsche dazu, doppelt plus ungut, wie Orwell sagen würde, aber … er ist unser Kollege.«

Carlos legte ihm die Hand auf die Schulter: »Miguel, du Pfau – willkommen im Team.«

Jetzt hatte die Hochnäsigkeit ihn eingeholt und komplettierte Miguel wieder zum Duarte: »Orwell ist übrigens kein Fußballspieler, sonst würdest du ihn ja kennen – er war ein Schriftsteller, Carlos.«

»Idiota.«

Gracianas Handy meldete sich, und ihr genügte ein Blick aufs Display. Sie atmete tief durch.

»Was?«, fragte Carlos.

»Soraia.«

Er nickte und wandte sich an Duarte: »Kleines Minzbonbon?«

»Gerne.«

27.

»Nein«, entschied Leander, »du musst zurück.«

»Waaaas? Nein. Das ist *so eine geniale* Aktion, Leander.«

Zara strahlte aus jeder Pore. Sie standen sich im Magellan gegenüber, den Leander Lost vor dem Intermarché abgestellt hatte, einem großen Supermarkt, auf dessen Parkplatz die Kunden im Schein des warmen Laternenlichts immer noch emsig kamen und gingen. Ausschließlich Menschen aus Castro Verde, denn der kleine Ort befand sich bereits im tiefen Landesinneren Portugals – dem Alentejo, das nördlich an die Algarve angrenzte.

Nach Castro Verde geriet man, wenn man von der Autobahn nach Lissabon rechts abbog, um nach Beja zu gelangen oder noch tiefer ins Hinterland. Oder wenn man hier geboren worden war. Es gab einen Intermarché am Nordrand des Ortes und einen am Südrand.

Sie standen an dem am Südrand.

Flaches, braunes Land, das sich in der Ferne zu kleinen, braunen Hügeln erhob, damit der Blick sich nicht ins Unendliche verlor. Hier und da grasten tagsüber die Schafe, die im Augenblick schliefen.

Wie die kleine Stadt, die Fuseta ähnelte, nur ohne Küstenlinie. Und ohne Touristen. Weiße Häuserwände, rote Dächer, eine Kathedrale im Ortskern, den man mühelos in einer Viertelstunde durchschritten hatte.

Die Straßen um diese Uhrzeit waren nahezu leer.

Auf der anderen Seite der Autobahn lag ein noch viel kleinerer Ort: Ourique. Der verfügte nur über einen Supermarkt der Kette Pingo Doce. 1139 war hier in der Gegend nach einer erfolgreichen Schlacht gegen muslimische Verbände das Königreich Portucale ausgerufen worden.

Zara hatte Toninho zum Start ihrer Reise überraschen wollen. Er sollte sie gar nicht erst an der Villa Elias aufgabeln, sondern sie wollte schon an Bord sein. Also hatte sie es sich klammheimlich im Schlafzimmer des Transporters bequem gemacht – und war darüber prompt eingeschlafen.

Irgendwann war der Magellan losgefahren, im Bett schwebte sie über die Straßen und fühlte sich geborgen und sicher und wollte jeden Augenblick aufstehen und ihren Traummann umarmen. Aber dann segelte sie wieder davon und schlief über diesem schönen Gedanken sachte ein – bis plötzlich diese wildfremde Frau neben ihr gestanden hatte und sie beide wie in einem eilig improvisierten Duett zu schreien begannen.

»Was ist hier los, Leander?«, hatte sie gefragt, nachdem sie sich einigermaßen wieder beruhigt hatte – und die energisch wirkende Frau mit dem Pagenschnitt auch.

»Wir sind auf der Flucht. Das ist Antonia Santos. Sie hat bei einem Agrarkonzern gearbeitet.«

»Wer ist die junge Frau?«

»Zara Pinto. Sie wohnt bei mir.«

Antonia Santos stand die Irritation über diese Aussage ins Gesicht geschrieben. »Ich, ähm … sind Sie .. Ihr … in was für einem Verhältnis …«

»Ich bin Waise«, erklärte Zara, der Antonia Santos gerade jetzt, da sie etwas von ihrer Reserviertheit verlor, sympathisch wurde: »Leander passt auf mich auf. Wie …«

Ja, wie eigentlich? Sie hätte den Gedanken gerne weitergedacht, aber jetzt war nicht der Moment.

»Er ist so eine Art Vormund.«

Leander nickte: »Ich erzähl dir, was passiert ist.«

»Das sollten Sie nicht«, fand Antonia Santos.

»Ich kriege es sowieso heraus, Senhora Antonia. Leander kann nicht lügen.«

Santos musterte ihn überrascht. Der sich jetzt zu einem hölzernen Lächeln zwang und nickte.

»Wie?«

»Er ist Aspie.«

»Asperger-Autist?«, fragte Antonia nach, der die Frage noch während des Aussprechens überflüssig erschien. Sie hatte bereits mehrfach über diese Entwicklungsstörung gelesen, und nun, da es im Raum stand, wurden ihr mit einem Schlag all die Verhaltensweisen des Mannes im Anzug klar, die so munter aus der Reihe getanzt waren.

»Aspie«, korrigierte Zara.

Antonia Santos sah ihr an, mit welch heiligem Ernst sie an dieser Bezeichnung hing. »Gut, Aspie«, sagte sie daher.

»Genau. Und da ich die Wahrheit sowieso erfahre ...«

Leander Lost gab ihr binnen fünf Minuten eine detailgetreue Wiedergabe dessen, was passiert war. Die fünf Minuten riss er dabei nicht, weil Santos immer wieder einhakte und Dinge zusammenfasste. Unterm Strich erfuhr Zara Folgendes: Der Konzern Beyond hatte ein Präparat entwickelt, Fairy, das den Gemüseanbau in puncto Ertrag und Nachhaltigkeit revolutionieren könnte. Ein Milliardengeschäft. Interne Studien hatten allerdings ergeben, dass der Verzehr von mit Fairy behandeltem Gemüse in El Ejido zu Schädigungen von Embryos im Mutterleib geführt hatte.

Diese Studien wollte der Konzern unter Verschluss halten – und wollte es noch immer. Um die Zulassung von Fairy für den europäischen Binnenmarkt zu bekommen, bevor die möglichen Nebenwirkungen publik würden. In der Hoffnung natürlich, Fairy nach der Genehmigung so optimieren zu können, dass es Kinder im Mutterleib nicht mehr schädigte. Oder zumindest diese Nebenwirkungen weiterhin erfolgreich vertuschen zu können.

Eine Mitarbeiterin, Lucia Romero, die IT-Sicherheitsbeauftragte von Beyond in El Ejido, war auf die Studie gestoßen. Zeitgleich mit Antonia Santos. Romero beschloss, die Studie zu veröffentlichen, bevor Fairy für die EU zugelassen würde.

Da aber bereits eine zweite Studie zu weiteren Nebenwirkungen lief, wollte sie deren Ergebnis abwarten. Weil der Diebstahl der ersten aber ohnehin nicht unbemerkt bleiben würde, schickte sie ihre Mitwisser Brent und Santos mit wertlosem Material nach Portugal, um sie im Anschluss bei Beyond zu verraten. Auf diese Weise konnte der Mann mit der Originalkopie – Paco – völlig unbehelligt nach Évora reisen, während Beyond und deren rabiate Helfer aus Großbritannien Antonia Santos und Jack Brent auf den Fersen waren – freilich ohne zu ahnen, dass sie nur eine Finte von Lucia Romero jagten.

Die lenkte mit ihrem vermeintlichen Verrat vorbildlich von sich und Paco ab und wurde daraufhin von Beyonds Führung als besonders loyal und vertrauenswürdig eingestuft. Die ideale Voraussetzung, um die zweite Studie abzugreifen, sofern Fairy nicht vorher für die EU zugelassen wurde.

Dummerweise war die Originalkopie auf der Reise nach Évora abhandengekommen. Und Senhora Lucia Romero wollte die erste Studie morgen früh ein zweites Mal beschaffen.

Und während Lost und Antonia Santos sich bei dieser Schilderung gegenseitig ergänzten, wurden Zaras Augen größer und größer. Nach zwei Minuten trat sie schon von einem Fuß auf den anderen. »Wow«, entfuhr es ihr mehrmals und – als Lost und Santos geendet hatten: »Dann sind Sie eine Whistleblowerin.«

»Nun ja«, erwiderte Santos und fuhr sich unsicher mit der Hand über den Nacken: »Ich weiß nicht, es ist … es gehört publiziert. Die Menschen müssen gewarnt werden, das ist alles.«

Dass Santos die Sache so abtat, gab Zaras Bewunderung nur neue Nahrung.

»Ich rufe dir ein Taxi, dann fährst du zurück«, entschied Leander.

»Aber … ich würde gerne mitmachen. Helfen.«

»Das ist kein Spiel«, wies Antonia sie zurück.

»Ich könnte einkaufen für euch.«

»Das können wir selbst, danke«, entgegnete Santos.

»Das ist aber nicht ganz ungefährlich«, hielt Zara dagegen und deutete hinaus auf das Fernsehgeschäft neben dem Supermarkt, das seine besten Stücke im Schaufenster ausstellte. Über zwei Dutzend Displays, die alle die Gesichter von Antonia Santos und Leander Lost in der Nachtausgabe der Nachrichten zeigten.

»Merda«, entfuhr es Antonia. Sie schaute aus den Augenwinkeln zu Lost, um zu sehen, wie der mit der Neuigkeit umging. Aber dessen Miene war unverändert. Er nahm die Neuigkeit als das wahr, was sie war: eine Information.

Dann wandte er sich an Zara: »Ich habe meine Meinung geändert: Du gehst einkaufen und du zahlst bar.«

Er reichte Zara zwei 50-Euro-Scheine, und obwohl sie sich wirklich bemühte, keine Regung zu zeigen, strahlte sie wie ein Honigkuchenpferd. Denn für sie war das hier eine mittlere Sensation. Leander Lost, der ansonsten penibel jedes Gesetz einhielt und jede Regel befolgte, wurde gerade landesweit gesucht – Wahn-Sinn! Und wie er dastand, in seinem Anzug, als überlege er, ob er noch tanken sollte oder eher nicht, während er dabei war, eine Whistleblowerin zu unterstützen gegen diesen Riesenkonzern, der für seinen Profit buchstäblich über Leichen ging. Ziviler Ungehorsam at it's best. Um ein Haar wäre Zara von einem Bein aufs andere gehüpft.

Sie wusste, dass Graciana und Carlos ihn hinter seinem Rücken wegen seiner Pedanterie manchmal *Senhor Léxico* nannten. Liebevoll, natürlich. Aber eigentlich war er gerade das, was sein Kollege Miguel Duarte immer so gerne sein wollte: *Senhor Cool*. Aber nicht so ausgestellt. Understatement. Michael-Caine-mäßig.

»Hast du dein Handy dabei?«

»Ja. Wieso?«

»Gib es mir, bitte.«

Im Handumdrehen hatte sie es ihm gereicht. Er blickte darauf. »Wir haben Empfang. LTE.«

Sie nickte. Und da sie ganz genau wusste, dass Leander an effizienter Kommunikation gelegen war, fragte sie nur: »Was soll ich einkaufen?«

Zwei Minuten später sahen Leander und Santos sie mit einem Einkaufswagen den Supermarkt betreten. Dann zog Lost die Gardine vor dem Fenster wieder zu.

Er setzte sich ans Steuer und startete den Motor.

»Was soll das?«

»Wir fahren weiter.«

»Aber … sie denkt, dass sie mitkommt.«

»Vermutlich«, freute Lost sich, weil Zara ihm *auf den Leim gegangen* war (auch so eine lustige Metapher, die er sich gemerkt hatte). Er begann zu rangieren, weil inzwischen jemand direkt vor ihnen eingeparkt hatte.

»Hängen Sie an ihr?«

»Wie Sie sehen, sitze ich am Steuer und Zara ist im Supermarkt. Ich kann nicht an zwei Orten gleichzeitig sein.«

»Ah … ich meinte … okay. Verstehe. Ist auch unsinnig. Es reicht mir, wie sie Sie angesehen hat. Das Handy des Mädchens ist hier. Wenn es jetzt zurück nach Hause fährt, wissen die schon, dass sie hier war, weit weg von Fuseta. Die werden ahnen, mit wem sie unterwegs war. Und sie werden sie in die Zange nehmen. Ihr vielleicht suggerieren, dass Sie sich in großer Gefahr befinden. Dass man Sie unbedingt finden muss.«

Antonia Santos sah, wie es in ihm arbeitete.

»Rufen Sie sich nur mal in Erinnerung, dass Beyond in der Lage gewesen ist, GPS-Koordinaten zu manipulieren, mir Morde anzuhängen und eine Auslieferung an Großbritannien in die Wege zu leiten. Die werden leichtes Spiel mit dem Mädchen haben. Sie darf nicht zurück.«

Lost überlegte kurz, dann stellte er den Motor aus.

»Gut. Wir nehmen sie mit«, sagte er dann und hinterließ in dem neu eingerichteten Twitter-Account als João Silva die neue Mobilnummer des Handys, das sie vom Tausendsassa erhalten hatten und unter der Lucia Romero sie ab jetzt erreichen konnte.

28.

Soraia Rosado bekam diesen *Blick*.

Graciana selbst hatte ihn das erste Mal gehabt, als sie mit zarten elf Jahren den Nachbarsjungen um dessen halben Schneidezahn erleichterte. Tagelang hatte er sie geneckt, geärgert, veralbert. Bis ihr die Zornestränen in den Augen brannten und sie all ihre kindliche Wut in eine gerade Rechte legte. Erst später stellte sich heraus, dass er in sie verliebt gewesen war und sich nicht anders zu helfen wusste, als seine Zuneigung durch so lustige Sachen wie An-den-Haaren-Zupfen oder ähnliche Dinge dieser Kategorie auszudrücken. Jungs eben.

Auch Soraia verfügte über diesen Blick, der allergrößte Entschlossenheit signalisierte.

Die Schwestern standen zusammen mit Carlos und Duarte auf der nächtlichen Terrasse der Villa Elias und hatten sie soeben auf ihren Kenntnisstand gebracht: Nachdem er aus formalen Gründen die Auslieferung einer Tatverdächtigen an britische Kollegen verweigert hatte, waren er und die Tatverdächtige von drei unbekannten Männern entführt worden, hatten sich aber befreien können. Wie es aussah, stimmten ein paar Dinge in dem Mordfall nicht (etwa, dass die Tatverdächtige aus vier Kilometern Entfernung niemanden mit einem Messer töten konnte), und möglicherweise war die Frau also unschuldig. Jedenfalls war Leander offenbar mit ihr untergetaucht, nachdem er Cristina Sobral gebeten hatte, die Verdächtige und ihn in Sicherheit zu bringen, anschließend am Treffpunkt aber nicht aufgetaucht war.

Die Geschichte mit den Sticks und der hinterlegten Micky Maus, von der sich Leander laut Isadoras Aussage wohl mehr versprochen hatte, erwähnten sie in aller Kürze nur, um Soraia eine Idee davon zu geben, was Leander Losts Ziel sein könnte.

»Das sind natürlich alles Dienstgeheimnisse, nicht wahr?«, erinnerte Duarte sie.

Carlos seufzte.

»Irgendeine Idee, wo wir Leander finden könnten?«, fragte Graciana ihre kleinere Schwester.

Soraia deutete ein Kopfschütteln an und bemühte sich, die Sorge um ihn zurückzudrängen, damit die sie nicht lähmte. »Er hat nichts zu mir gesagt.«

»Kein Anruf, keine SMS …«

»Nichts, ich hab alles gecheckt. Ich frage mich, warum …«

Soraia unterbrach sich selbst.

Warum er sich nicht meldet.

»Zara«, sagte Carlos Esteves und marschierte schon aufs Casinha zu.

»Ist nicht mehr da«, sagte Soraia. Zwei Geckos marschierten gerade kopfüber an der Terrassendecke über sie hinweg und blieben exakt über Soraia stehen, als wollten auch sie die Neuigkeiten aufschnappen.

»Sie hat sich verabschiedet und Grüße an Leander ausgerichtet. Sie wollte Toninho überraschen und sich schon in den Magellan legen.«

»Magellan?«, merkte Miguel auf.

»Erklär ich dir später«, vertröstete Carlos ihn, der kehrtgemacht hatte und zu ihnen zurückgegangen war.

Graciana tippte eine Nummer in ihr Handy.

»Zara?«

Kopfschütteln.

»Toninho.«

Sie hätte es nicht benennen können, und wenn ihr Leben davon abgehangen hätte. Es war wie ein kaum hörbarer Klang, so weit entfernt, dass man gar nicht mit Sicherheit sagen konnte, ob man ihn überhaupt gehört hatte.

Und in diesem Klang lag ein Vibrieren – das dazu riet, Zara *nicht* anzurufen.

Sie entschied sich dagegen, bevor ihr Verstand ihr den Grund dafür liefern konnte: *Ortung ohne Vorwarnung*.

Toninho verabschiedete sich gerade von zwei Freunden am Farol, in dem gerade *Run to you* von Bryan Adams ertönte. Domingos und seine Schüler waren mittlerweile verschwitzt, aber bester Laune.

Kaum hatte der Mustang in zweiter Reihe gehalten, schoss Soraia auf Toninho zu. Dessen gelöste Heiterkeit verflog ein wenig, da es jetzt Zeit war, Leanders Botschaft zu übermitteln. Und was ihm vorhin noch leicht und übersichtlich erschienen war, legte mit jeder weiteren Person, die aus dem Mustang kletterte, an Gewicht zu.

Sie wirkten alle vier ernst und besorgt.

»Sicher seid ihr wegen Leander hier?«, kam er Soraia zuvor.

»Wo ist er?«

»Das weiß ich nicht, Soraia. Aber ich soll dir was von ihm ausrichten. Dass er spätestens in drei Tagen wieder da ist.«

»Und wo ist er bis dahin?«, wollte Graciana wissen, die ihn zusammen mit den beiden Männern ebenfalls erreicht hatte.

»Hat er nicht gesagt.«

»Und Zara, wo ist die?«

»Wie? Die hole ich mit dem Magellan um 3 Uhr ab. Sie wollte noch schlafen.«

Vier alarmierte Gesichter, die jetzt schweigend Blicke tauschten.

»Nein, Toninho. Zara wollte im Magellan auf dich warten. Es sollte eine Überraschung sein.«

Der junge Mann schluckte. Es vergingen nur ein, zwei Sekunden, dann griff er blitzschnell nach seinem Handy.

»Nicht«, kam Graciana ihm zuvor und legte ihm sanft die Hand auf den Unterarm, um die Aufwärtsbewegung abzustoppen, und Toninho spürte überrascht, wie viel Kraft darin lag.

»Isadora soll sie orten«, schlug Duarte vor.

Aber Esteves tat vier Dinge gleichzeitig: Er nahm sein Handy, schüttelte den Kopf, zündete sich eine an, deren Spitze in der Nacht aufglühte, und sagte: »Nein. Bei Isadora sitzt dieser Technikfreak von Vasco. Wir machen das dezentral.«

»GNR?«, hakte Miguel Duarte nach.

Immerhin war er nicht auf den Kopf gefallen, hielt Graciana ihm zugute. Und Carlos nickte.

»Diese Minzbonbons«, sagte Duarte.

»Ja?«

»Die kommen gut. Hast du noch welche?«

»Aber klar.«

Das Handy gab nur ein dezentes Brummen von sich. Ganz leise und sanft. Unaufdringlich. Fast kindlich – wie Rui Aviola vorhin, nachdem sie sich geliebt hatten und er eingenickt war, in der Hitze der Nacht. Die Wärme hing über Fuseta, die Luft stand und nach dem Abendessen hatte sie ihn das erste Mal in ihre Wohnung geführt.

Jetzt hob und senkte sich sein Brustkorb. Der Mondschein, vermischt mit dem Licht einer einsamen Laterne, verlieh seinem Körper Konturen. Ana Gomes hatte den Kopf auf die Hand gestützt, sie lag seitlich neben Rui und betrachtete ihn.

Zum Glück fand sich an seiner Hüfte eine Narbe, und er hatte einen Hallux am rechten Zehgelenk, ansonsten wäre er zu perfekt gewesen. Die Narbe, hatte er bei ihrem zweiten Tête-à-Tête gesagt, stammte aus einer Rettungsaktion für eine Hündin – was gelogen war. Denn er wusste, dass Ana Gomes ein riesiges Herz für Tiere hatte, und diese Variante hörte sich schöner an als die des Zimmermanns, der zu früh nach Hause gekommen war und die Geschichte seiner Frau von dem nackten Neffen, der plötzlich wieder aufgetaucht war und um Kleider gebeten hatte, nicht so recht Glauben schenken wollte – und mit seinem Messer zustach.

Wieder summte das Telefon. Sie hatten Nachtbereitschaft, aber auf Fusetas Straßen war alles in Ordnung. Sie befanden sich im dritten Stock eines Mietshauses in der Rua da Liberdade, gleich über der Stadtbücherei, in die Ana Gomes noch nie einen Fuß gesetzt hatte. Von dort unten fanden alle Geräusche hier hinauf. Die der Autos, die die Straße entlangzuckelten, manchmal auch ein knatterndes Moped, die Nachtgestalten, die vorbeiflanierten und Gesprächsfetzen zurückließen, die von den Wänden abprallten und deren Echo in ihre Wohnung hallte. Dazu der Beat aus dem Farol, der Schrei einer schlaflosen Möwe und noch viele weitere Details vermischten sich zu einer kleinen, profanen Sinfonie. Zu einem typischen individuellen Hintergrundrauschen, über das jeder Ort verfügte.

Ana hörte, wenn das Rauschen sich änderte. Wenn etwas nicht stimmte.

Im Augenblick stimmte alles. Nur, dass die Luft stand. Brütend. Wie vor einer Entladung. Selbst die Moskitos, auf die hier sonst Verlass war, rührten sich nicht.

Kein Grund also, ans Telefon zu gehen. Zumal – ihre Mutter hatte ihr das geraten – sich manchmal Dinge fügten, wenn man nicht sofort loslegte, sondern abwartete. Dinge fügten sich manchmal auch, wenn sich zum Beispiel andere ihrer annahmen.

Und tatsächlich verstummte das Klingeln.

Mit dem Zeigefinger strich sie sanft sein Schlüsselbein entlang. Und erinnerte sich an ihr Essen im *Não Existo* in Moncarapacho. Das Fleisch auf dem heißen Stein, das Zischen, der Duft, und wie Rui dann, nach dem Hauptgang, einen Zettel hervorgeholt und entfaltet hatte.

»Ich, ähm, ich habe dir ein Gedicht geschrieben.«

Sie war aus allen Wolken gefallen – Rui und Lyrik? Wer hätte das gedacht?

Er räusperte sich und las dann von dem Papier ab:

»Du Lilie, du, am Wegesrand,
Wie gerne würde ich dich pflücken,
Und dich in eine Vase stellen,
Aber
… *(hier lächelte er traurig)* …
dann gehst du ein.
Lieber komme ich vorbei und
… *(an dieser Stelle kniff er die Augen zusammen und beugte sich vor, um seine eigene Schrift zu entziffern* …
ah ja: … und seh dich an.«

Er hob den Kopf und strahlte sie erwartungsvoll an.

»Wie schön, Rui.«

Ana Gomes war gerührt gewesen von der Konzentration, die es ihm abnötigte, diesen einfachen Reim vorzutragen, der sich an keiner Ecke reimte. Und dann wurden ihr die Augen feucht, weil ihr bewusst wurde, dass noch kein Mann in ihrem Leben ihr je ein Gedicht geschrieben hatte. Obwohl jeder Einzelne davon intellektuell mehr dazu in der Lage gewesen wäre als Rui.

Wieder klingelte es.

Vielleicht ein Kleinkind, das hilflos neben seiner zusammengebrochenen Mutter saß und den Polizeinotruf wählte?

Seufzend löste sie ihren Finger von Ruis Haut und warf einen Blick aufs Display: Graciana. Zum zweiten Mal. »Merda«, sagte sie leise und ging ran: »Estou?«

»Graciana. Ich brauch eine Notortung.«

»Aber warum …«

»Warum nicht Isadora?«

»Ja.«

»Es darf nicht über die PJ in Faro laufen. Kennst du jemanden, den du diskret darum bitten kannst? Kollegen aus Tavira vielleicht?«

»Um diese Zeit … ich weiß nicht , ich …«

»Drei Tage Sonderurlaub ab mor…«

»Welche Nummer?«

Jetzt, mitten in der Nacht, war es still in der Rua do Municipio von Faro. Die Steine der Gasse und deren Hauswände strahlten immer noch die Wärme ab, die sie den ganzen Tag über gespeichert hatten. Die Lichter in den Häusern waren erloschen, die Leute schliefen – bis auf die Fenster der Polícia Judiciária. Die waren erleuchtet. Lissabon hatte übernommen und sich hier eingenistet.

»Sinéad O'Connor ist nach Hause gegangen«, eröffnete Andrade seinem Chef, der sich im Besprechungsraum der Kripo in Faro mit seinem Laptop eingerichtet hatte und gerade seine dritte Bica trank.

Lionel Andrade grinste wegen seiner Anspielung – weil die Kriminaltechnikerin Isadora ihre Haare stoppelkurz und ansonsten weite Sachen trug – eine Armeehose und ein Herrenhemd, manchmal auch Hosenträger. Eine gewisse Ähnlichkeit mit der irischen Sängerin war ihr tatsächlich nicht abzusprechen.

Vasco schenkte ihm ein müdes Lächeln.

Andrade nahm ungefragt gegenüber Platz und deutete auf seinen geöffneten Laptop: »Seit fünf Minuten geht keine Meldung mehr raus – außer von diesem Rechner. Und außer, Sie wollen das.«

»Gut.«

»Alle eingehenden Nachrichten werden für die Empfänger blockiert und landen hier.«

»Diese Jordão ist auf zack«, ließ er seinen IT-Mann wissen. »Nach der haben schon einige die Finger ausgestreckt. Die Polícia Judiciária in Lissabon wollte sie auch haben.«

Andrade nickte eine Spur gekränkt: »Porto hat mich auch mal abwerben wollen.«

»Ich weiß.«

Andrade war überrascht. »Woher das?«

Vasco deutete auf Andrades Laptop: »Das ist wie mit dem hier, Lionel. Bevor was Wichtiges an Sie geht, geht es an mich.«

Vasco zeigte es mit keinem Lächeln und seine Miene strahlte pure Gleichgültigkeit aus. Aber innerlich erfreute er sich an Andrades verblüfftem Gesichtsausdruck. Lionel Andrade hatten sie von der Straße angeworben. Weil er als Hacker im Netz Gott gespielt hatte. Indem er mit Ransomware Firmen um Geld erpresst hatte.

Fünf Jahre Knast – oder Sie können zur guten Seite wechseln und sind ein freier Mann.

Das waren, Vasco musste schmunzeln, gleich drei Lügen in nur einem Satz gewesen. Andrade drohten keine fünf Jahre, sondern eine Strafe auf Bewährung. Außerdem waren sie nicht die gute Seite. Auch nicht die schlechte. Sie waren mal dieses und mal jenes, meist irgendwas dazwischen. Und, last not least, wurde Andrade mit dem Wechsel zu ihnen kein freier Mann – er war an der langen Leine. Tag und Nacht. Oder, wie es heute hieß: 24/7.

Und wenn er mal zu vorwitzig war, zu eigenständig, genügte ein kurzes Zupfen an der Leine, um ihn wieder zu erden. Wie mit der Information über die Kollegen aus Porto, die ihn hatten abwerben wollen.

Was glaubte er denn wohl, fragte Vasco sich nicht zum ersten Mal, wie man so eine pikante Abteilung leitete? Ganz sicher nur, indem man besser informiert war als alle anderen. Vasco hatte seinen Job, weil er schon wusste, dass Andrade sich im Nacken kratzte, bevor er es tat.

»Ich will nur sichergehen, dass Senhora Isadora keinen Zugang mehr hat.«

»Hat sie nicht«, meldete Andrade gehorsam und kratzte sich im Nacken.

Jetzt war er wieder in der Spur.

Alicia Mata, die gerade zur Tür hereinkam, war selbstverständlich nicht so naiv wie ihr jüngerer Kollege. Und sie ernährte sich auch gesünder, das sah man schon an der Haut. Wenn Daniel Vasco nicht alles täuschte, würde sie in nicht allzu ferner Zukunft seine Nachfolgerin werden.

Und sie machte keine Umschweife: »Dieses Foto im Foto – Micky Maus, stimmt das?«

Andrade nickte: »Nach dem Prinzip eines geteilten Geldscheines, ja. Jeder Teil einzeln ist wertlos, erst zusammen ergeben sie ein Ganzes. In diesem Fall Micky Maus.«

»Und da liegt ganz sicher keine weitere Information verborgen? In einer anderen digitalen Ebene oder so?«

»Definitiv nein.«

Alicia Mata wirkte nicht entmutigt, sondern als bestätigte sie das lediglich in ihrer Annahme.

»Also hatten Brent und Santos nie das, was wir geglaubt haben. Sie hatten einen Fake. Oder: Micky Maus ergibt erst dann einen Sinn, wenn ein dritter Stick mit einem dritten Foto dazukommt. Anders gesagt: Der zerrissene Geldschein könnte aus *drei* Teilen bestehen.«

Vasco wandte sich an Andrade: »Macht so was Sinn?«

»Absolut. Es gehen auch vier Teile oder 10 oder 5000.«

»Kannst du anhand der zwei Sticks die Studie emulieren?«

»Nein. Unmöglich. Nur mit den Informationen dieser beiden Sticks kommt man nicht an die Studie.«

»Was braucht es?«

»Weiß ich nicht. Ich frage mich aber, warum die beiden mit diesem Unsinn losgezogen sind. Hat dieser Brent sich nicht sogar noch gewehrt?«

»So heißt es, ja«, bestätigte Vasco.

»Was folgern wir daraus?«, fragt Alicia Mata den Computerexperten.

Der deutete ein Achselzucken an. Auch etwas, was sie nicht

verblüffte. Stattdessen lächelte sie, und Vasco begriff, dass der *Terrier* Witterung aufgenommen hatte.

»Die wussten nicht, womit sie unterwegs waren. Die dachten, sie hätten die Studie. Hatten sie aber nicht. Also ist keiner der beiden das Mastermind. Das sitzt immer noch unerkannt bei Beyond. Und sammelt schön weiter Daten.«

»Die bei Beyond rechnen auch damit«, schaltete Vasco sich ein. »Die haben ihre Überwachung verstärkt. Wenn da noch jemand ist, der was abgreift, haben die ihn umgehend.«

Mata nickte zwar, aber sie wollte auf etwas anderes hinaus: »Ich hab mir Antonia Santos' Biografie angesehen. Helles Köpfchen, politisch aktiv, die riskiert auch was für die richtige Sache. Aber mit einem toten Kollegen ist die definitiv überfordert. Die kann das nicht eigenständig lösen. Sie ist aber klug genug, um zu wissen, was sie braucht.«

»Die Studie«, schloss Vasco. »Wenn die an die Öffentlichkeit gelangt, ist sie außer Gefahr.«

Mata bedachte ihn mit einem Lächeln: »Ja. Also wird sie Mama anrufen. Mama sitzt in El Ejido. Und hört von Brents Tod. Und hat die verzweifelte Antonia Santos an der Strippe …«

Sie ließ es unausgesprochen.

»Und Mama lässt sie nicht im Regen stehen«, schloss Vasco und zückte sein Handy. »Mama macht sich auf den Weg. Schließlich hat sie was gutzumachen.«

Er stand auf und öffnete die Tür zur Terrasse.

»Und nun?«, fragte Andrade.

»Nun werde ich Mamas Abreise beschleunigen«, sagte er und trat hinaus, wo er sich eine anzündete und den frischen Wind genoss, der von Faros Marina herüberwehte. Nach dem zweiten Klingeln hatte er seine Chefin am Apparat.

»Beyond muss vom Netz«, sagte er, »sofort.«

»Die Nummer hat sich seit den letzten zwei Stunden in mehrere Funkzellen eingeloggt. Von Fuseta der A 22 folgend, vorbei an Faro und dann nach Norden.«

Die Frau, die Ana das mitteilte, hieß Helena. Sie hatte tatsächlich früher in Tavira bei der GNR ihren Dienst versehen, war dann aber an die Westalgarve gewechselt, nach Alvor. Dort reihte sich mittlerweile ein Pub an den anderen.

Da Ana Gomes und Helena seit mehr als zwei Jahren nicht mehr miteinander zu tun gehabt hatten, hatte Ana das nächtliche Gespräch eröffnet – die Kollegin in Alvor hatte Nachtschicht – mit etwas Small Talk: wer in Fuseta und Umgebung gestorben war, wer geheiratet hatte, wer von wem schwanger war, diese Geschichten. Erst dann bat sie Helena um die kleine, inoffizielle Amtshilfe.

Die machte kein großes Tamtam, sondern leitete die Sache sofort weiter. Und während sie auf das Ergebnis warteten, fragte Ana höflicherweise (und ja, ja, zugegeben: aus Neugier), wie es ihr denn so erging in Alvor. Mit all den Briten.

Das war ein Fehler.

Denn Helena ging es gut. »Er heißt Malcolm, er macht in Aktien«, sagte sie und lachte, »ich habe davon keine Ahnung.«

»Ich auch nicht.«

»Aber er. Soll ich dir was sagen?«, fragte sie und wartete Anas Antwort gar nicht erst ab: »Er fährt einen Porsche. Und hat hier ein Haus. Mit einem Riesenpool. Ständig kauft er mir was zum Anziehen. Ich reiße noch zwei Wochen GNR ab, dann ist mein Arbeitsleben zu Ende. Malcolm ist mein Hauptgewinn.«

Geschlagene zwei Minuten berichtete Helena von Malcolm und von ihrem neuen Leben an seiner Seite. Wie er guckte, wenn er telefonierte, wie sein Motorboot hieß und dass er sein Frühstücksei dynamisch köpfte. Wie er sie vergötterte und ihr tagein, tagaus das Geld hinterherwarf. Um dann zu enden mit: »Das ist wie in Pretty Woman mit Julia Roberts.«

»Die spielt da eine Prostituierte.«

Ana konnte es sich einfach nicht verkneifen. Kurz war Stille in der Leitung.

Und dann erfolgte die Ortung, die Helena ihr mit sachlicher Stimme vorlas.

»Ich mail dir die Ergebnisse mit den GPS-Positionen.«

»Danke.«

»Aber gerne. Und du? Bist du mit jemandem zusammen?«

»Mit Rui«, sprudelte es aus Ana heraus, »das ist aber noch ganz frisch.«

»Aviola?«

»Ja. Man sieht es ihm nicht an, aber … er hat mir ein Gedicht geschrieben.«

»Rui?«

»Ja. Und beim Abendessen vorgetragen.«

»Lass mich raten: *Du Nelke, du, am Wegesrand, wie gerne würde ich dich pflücken …*«

Jedes Wort, nein: Jede *Silbe* ein Stich ins Herz. Ana meinte, Helenas Genugtuung hören zu können. Ihre Fingerspitzen fühlten sich plötzlich kühl an, dann ihre Wangen.

Und während es ihr irgendwie gelang, das Telefonat zu beenden, warf sie ihrem Gesicht im Spiegel einen Blick zu – sie war aschfahl. Blass vor Wut.

Das Gedicht war stets dasselbe, er tauschte einfach nur die Blume aus!

Ana marschierte schnurstracks in ihr Schlafzimmer, wo Rui immer noch rücklings ausgestreckt auf ihrem Bett lag und schlief. Mit einem kindlichen Gesichtsausdruck. Und dem verpasste sie jetzt eine schallende Ohrfeige.

Wie vom Blitz getroffen schoss er mit dem Oberkörper hoch und war im ersten Augenblick orientierungslos. Da beugte sie sich zu ihm und nahm ihn in die Arme. »Hat mein Schatz schlecht geträumt, ja?«, flüsterte sie.

»Ja, ich … wie eine Peitsche«, nuschelte er verschlafen und fuhr sich über die rot anlaufende Wange.

»Eine Peitsche?«

»Ja.«

»Du Armer.«

»Wir haben sie«, ließ Graciana die anderen wissen, als sie ihr Gespräch mit Ana Gomes beendet hatte.

»Wo?«, wollte Toninho wissen.

»Bei einem Intermarché in Castro Verde.«

»Castro Verde?«, fragte Duarte,

»Das ist die Autobahn nach Lissabon hoch, rechts. Keine fünfzig Kilometer von hier.«

»Wir fahren«, sagte Graciana sofort und warf dabei Carlos nachträglich einen fragenden Blick zu, weil sie seine Bereitschaft vorausgesetzt hatte. Aber sie wollte ihn nicht bevormunden.

Immerhin waren sie – bis auf eine oder zwei Stunden Schlaf – jetzt praktisch seit über 24 Stunden auf den Beinen.

»Wir fahren«, bestätigte er, und sein Blick fand zu Duarte: »Hm?«

»Ich bin dabei. Ich müsste nur kurz … hat das da eine Herrentoilette?«

Miguel Duarte deutete auf das Farol, aus dem ihm *Radio Orchid* entgegen schmetterte. Carlos nickte und Duarte machte sich auf den Weg. Carlos sah ihm nachdenklich hinterher.

»Und ich?«, fragte Toninho.

»Du bleibst, falls Zara sich meldet oder hier auftaucht«, wies Graciana ihn an.

»Aber ich könnte helfen.«

»Wir fahren zu dritt«, übernahm Carlos Esteves die Erklärung, »es macht keinen Sinn, wenn wir alle auf einem Haufen hocken. Wenn du helfen willst, bleib hier. Und red mit niemandem drüber.«

»Wie? Warum?«

»Weil nach Leander gefahndet wird.«

Toninho fing die Kinnlade auf halbem Weg ab.

»Was?«

Perplex wandte er sich vor und seine Stimme senkte sich vertraulich »Und wer weiß das?«

»Du mitgerechnet?«, erkundigte Soraia sich.

Er nickte.

»10,2 Millionen Menschen. Er war in den Abendnachrichten.« Damit wandte sie sich ihrer Schwester zu und riss sich zusammen: »Wo kann ich helfen?«

Graciana hatte so oft es ging die Hand über ihre kleinere Schwester gehalten. Jetzt ging es nicht. »Wenn Leander Kontakt zu dir aufnehmen will, wenn er jemanden schickt, was auch immer, dann ist es besser, So, du bist hier. Papa weiß Bescheid.«

»Wann hat er sich gemeldet?«

»Schon auf dem Weg zu dir – nach den Nachrichten hat halb Fuseta bei ihm angerufen.«

Duartes Hände zitterten vor Aufregung, als er an den Kabinen der Herrentoilette vorbeiging und die Klinke zur Hintertür des Farol herunterdrückte und öffnete. Auf der Rückseite war es nahezu menschenleer. Ein paar Jugendliche standen an den kleinen Holzkabinen, in denen die Fischer ihre Netze, Flickzeug und ihre alten Transistorradios aufbewahrten. Sie ließen eine Weinflasche kreisen und rauchten.

Duarte trat hinaus und wählte die Nummer, die er sich eingeprägt hatte.

Denn darauf hatte sein Gegenüber bestanden und ihm auf die Stirn gedeutet: »Keine Notiz. Die Nummer ist nur da drinnen.«

»Ja«, hatte er Daniel Vasco versprochen.

Der war im Laufe des Abends in das Büro gekommen, in dem Duarte vor dem Rechner gesessen und die Datenbank nach den drei Entführern abgegrast hatte. Vasco hatte ihn kurz angelächelt und sich eine angezündet.

»Das, ähm … das darf man hier nicht. Wegen der Rauchmelder.«

»Ja«, sagte Vasco, nahm einen Zug und lehnte sich an den Tisch gegenüber.

»Ich habe noch nichts gefunden«, sagte Miguel und deutete auf den Monitor.

Der Mann aus Lissabon schien mit seinen Gedanken ohnehin ganz woanders zu sein. Kurz wirkte es sogar so, als habe er genickt. Als wüsste er bereits um das Ergebnis von Duartes Bemühungen, bevor der sie abgeschlossen hatte.

»Ein Team ist ein Team, hm?«

Miguel hatte keinen Schimmer, was der gut gekleidete Hauptstädter, der ihn mit einem wohlwollenden Lächeln musterte, damit mitteilen wollte.

»Don Pablo Esteban Duarte«, sagte Vasco.

Unwillkürlich nahm Duarte in seinem Stuhl Haltung an, was Daniel Vasco nicht entging. »Sie, ähm … kannten meinen Vater?«

»Aber nein«, entgegnete der Mann jovial, »nein, nein. Ich habe mich über Sie informiert, Senhor Duarte. Sie scheinen mir sehr verständig.«

Miguel nickte unwillkürlich.

»Sie wissen ja: Früher oder später kriegen wir alle. Die Mörderin von Senhor Brent – und auch Senhor Lost. Allerdings: Wenn meine Vorgesetzte in Lissabon mit *irgendwann* zufrieden wäre, hätte sie die Fahndung abgewartet. Das ist sie aber nicht, deshalb bin ich jetzt hier. Mit mir wird es zu keinem anderen Ergebnis kommen. Nur, so die Hoffnung, zu einem schnelleren. Das bringt mich auf den zweiten Gedanken: Wenn Senhor Lost sich nicht bei uns meldet, dann meldet er sich vielleicht bei seinem Team. Und tut er das nicht – so jedenfalls funktioniert die Kripo in Lissabon –, sucht ihn das Team. Das bleibt ja nicht tatenlos sitzen, nur weil da ein Senhor Vasco aus Lissabon hereinschneit und sie von dem Fall beurlaubt. Ein Team in Lissabon würde schon aus reiner Selbstachtung nach dem Kollegen suchen. Und natürlich auch aus Sorge um ihn.«

Er atmete tief durch, um noch einen Zug zu nehmen. Und um erneut hinzuzufügen: »Ein Team ist eben ein Team, hm?«

»Ja«, antwortete Miguel vorsichtig. Er spürte förmlich, dass hinter der Fassade des gutmütigen und harmlosen Daniel Vasco viel mehr schlummerte. Er traute ihm sogar zu, sich die fünf, sechs Kilo Übergewicht absichtlich zugelegt zu haben, um eine gewisse Trägheit vorzutäuschen. Eine Trägheit, die diesem Anschein jovialer Gemütlichkeit den letzten Schliff verlieh.

»Und jetzt kommen Sie ins Spiel, Miguel – darf ich Sie so nennen?«

»Ich, ... ja. Sicher.«

»Gut. Also: Sie kommen jetzt ins Spiel. Sie können dafür sorgen, dass das Team um Senhora Graciana sich nicht schuldig macht, indem es den Kollegen unterstützt oder uns wichtige Informationen vorenthält. Zum Beispiel über den Aufenthaltsort von Senhor Lost und seiner Begleiterin. Indem Sie mich über die wichtigen Schritte des Teams auf dem Laufenden halten. Einen schicken Anzug haben Sie, Miguel. Stil – wie Ihr Vater. Die Schuhe – Pollini, oder?«

»Genau.«

»Warum laufen die hier rum, im Sand von Fuseta, statt in der Rua Augusta mit Blick auf den Tejo, hm?«

Rua Augusta – *die* Fußgängerzone in Lissabon.

»Wie halten die Pollini das hier aus, hm?«

»Schwer«, gab Duarte zu und schluckte leer.

Vasco stieß sich überraschend behände vom Tisch gegenüber ab, kam auf ihn zu und setzte sich halb auf seine Tischkante. Jetzt trennten sie keine anderthalb Meter mehr, plötzlich hatte die Situation etwas Vertrauliches. Draußen war es längst dunkel, nur der indirekte Lichtschein der Gasse fand herauf und mischte sich mit dem kegelförmigen Strahl der Schreibtischlampe.

»Ich hab mir Ihre Akte angesehen. Hohe Aufklärungsquote. Viele Weiterbildungen«, sagte Vasco und zählte sie mühelos auf: »Sprengstoff, Grundlagen der Cyberabwehr, Personenschutz I und II, Verdeckte Ermittlungen. Was machen Sie hier? Schauen Sie gerne aufs Meer? Haben Sie eine Freundin, die hier gebunden ist?«

»Weder noch. Ich hatte mich vor zwei Jahren bei der PJ in Lissabon beworben. Allerdings hat man mich abgelehnt.«

Vasco zog die Augenbraue hoch. »Würden Sie immer noch zu uns kommen wollen … Miguel?«

Gran Dios!

Jetzt musste er Nerven bewahren. Er durfte es nicht verpatzen. »Wenn das mit einer höheren Besoldungsstufe verbunden wäre – ja.«

Ein breites Grinsen, so plötzlich, dass es keinesfalls gespielt sein konnte, legte sich auf Vascos Gesicht. Der Mann aus Lissabon war ehrlich amüsiert: »Sie haben Schneid. Ich lasse Ihre Bewerbung noch mal überprüfen.«

»Aber der damalige Personalchef …«

»… ist pensioniert«, unterbrach Vasco ruhig, »… und der neue mein Schwiegersohn in spe. Ich denke, dass Ihre Chancen da recht passabel stehen, Miguel. Ganz besonders, wenn Sie uns in der Causa Lost und Santos den entscheidenden Hinweis liefern. Das spräche sich selbst bis zum Innenministerium herum, hm?«

Er reichte ihm ein kleines, rundes Stück Metall, das sich leichter anfühlte, als es aussah.

»Ein Sender?«

»Ganz recht.«

Also hatte Duarte sich bei der Besprechung in Vascos Gegenwart zu Carlos' und Gracianas Verblüffung für Leander Lost eingesetzt und sie später noch ganz zufällig am Parkplatz abgepasst. Mit dem gewünschten Resultat: dass sie ihn auf ihrer Mission mitnahmen und er damit ganz automatisch auf dem Laufenden war.

Und jetzt, keine 30 Minuten später, reichten sie ihm praktisch auch noch sein Ticket nach Lissabon.

»Ja?«, meldete Vasco sich. Der Mann rauchte wieder, Duarte hörte es.

»Es gibt eine Handyortung.«

»Wo?«, fragte Vasco und war sofort hellwach. Er befand sich immer noch auf dem Innenhof der Kripo in Faro.

»Castro Verde. Das ist weiter nörd...«

»Ich weiß, wo das ist. Wo da?«

»In der Funkzelle eines Intermarché«, sagte ihm der Sub-Inspektor mit den großen Ambitionen. Und schilderte ihm auf Nachfrage, um wessen Mobiltelefon es sich handelte und in welcher Beziehung Zara Pinto zu Lost stand. Das Kennzeichen des Transporters, mit dem sie unterwegs waren, kannte Duarte nicht, aber Lionel Andrade würde keine Minute benötigen.

»Dann können Sie sich jetzt ausklinken«, ließ Vasco den gebürtigen Spanier wissen. Vielleicht kam daher der krankhafte Ehrgeiz, schoss es ihm durch den Kopf. Weil er Spanier war. Aber letztlich war es unwichtig – nach diesem Job würden sie sich vermutlich eh nie wiedersehen.

»Ausklinken? Ich kann für Sie am Ball bleiben. Ein Team ist ein Team, hm?«

Fast musste Daniel Vasco, konfrontiert mit seiner eigenen Phrase, schmunzeln. Aber eben nur fast.

Immerhin: Wo der Sender in Duartes Jackett war, waren auch Graciana Rosado und Carlos Esteves nicht fern. Wenn der erste Zugriff scheitern sollte, war das vielleicht das Ass im Ärmel, das er benötigen könnte.

»Sie haben recht, Miguel. Bleiben Sie mein Satellit.«

TAG VIER

29.

Jetzt, bei Nacht, erhob sich das Gebäude von Beyond wie eine kantige Arche aus dem dunklen Plastikmeer, dessen Planen im Wind raschelten. Die Laternen der Zufahrtsstraße spendeten gelbliches Licht und ließen die Insekten sinnlose Ellipsen ziehen.

Es ist klüger, es gleich jetzt zu tun, sagte Lucia Romero sich, als sie aus ihrem kleinen Citroën ausstieg. Der Gedanke kam ihr aber nicht plötzlich hier, sie hatte den Entschluss bereits nach dem Telefonat mit Antonia Santos gefasst.

Brent war tot. Und Antonia auf der Flucht vor Festnahme und Auslieferung.

Sie löste sich vom Auto und überquerte die Straße.

Abends war hier nur noch der Werkschutz unterwegs. Bullige Typen in dunkelblauen Uniformen mit überdimensionierten Stabtaschenlampen – die sich ihrer Länge wegen auch zum Zuschlagen eigneten. Und sie trugen Funkgeräte, in die sie eifrig sprachen, um sich gegenseitig wach zu halten. Der Konzern ließ sie patrouillieren, weil die Leitung bis runter zu ihrem Vorgesetzten Ortega sich vor Industriespionage fürchtete.

Im digitalen Zeitalter musste man allerdings normalerweise keine Prototypen mehr stehlen und keine Zahlenkombinationen von Tresoren knacken, um an Originalrezepte oder an Bargeld zu kommen. Man musste ein System hacken. Digital eindringen, Daten rauben, digital abhauen und digitale Spuren verwischen. Kaum ein Krimineller ging noch höchstpersönlich in eine Bank und bedrohte den Kassierer am Schalter mit einer Schusswaffe. *Oldschool,* sagte ihr jüngerer Bruder dazu, das machen nur noch *Offliner*.

Nein, *die Information* war das Gold des 21. Jahrhunderts. Und der Mensch seine wertvollste Mine.

Mittels ihrer Magnetkarte verschaffte sich Lucia Romero Zugang zum Foyer. Unten an der Rezeption saß Ernesto, dessen Körperhaltung suggerierte, er schlafe. Dabei war sein silbriger Haarkranz nur weit nach vorne gebeugt, weil er durch seine dicken Brillengläser las. In seinen Schichten als Nachtwächter schaffte er drei Romane die Woche.

Es gab natürlich Ausnahmen. Die heute war eine – Tag vier und immer noch nicht fertig.

Der alte Mann blickte kurz auf, ein freundliches Lächeln glitt über seine Lippen. Sie hatten schon einige Nächte gemeinsam verbracht – Lucia an ihrem Platz im ersten Stock, er hier unten. Und manchmal, wenn sie ein Problem wälzte, war sie hergekommen, und sie hatten ein paar Worte gewechselt. Es war für ihn nichts Ungewöhnliches, wenn sie nachts an ihrem Arbeitsplatz auftauchte.

»Guten Abend, Lucia.«

»Guten Abend Ernesto«, antwortete sie freundlich und hoffte inständig, er bemerke das leichte Zittern ihrer Stimme nicht. Sie erhaschte ein Wort auf dem Buchrücken, und sofort wurde ihr warm ums Herz. Als angehender Twen hatte sie es verschlungen. Und um das Timbre aus ihrer Stimme zu verdrängen – vielleicht musste sie noch einen Plausch mit einem der Wachmänner halten – sprach sie weiter: »Was macht Paul Atreides?«

»Oh, er reitet seinen ersten Sandwurm.«

»Ich erinnere mich – bis später.«

»Ja, bis später.«

Und schon hatte er sich wieder über sein dickes Buch gebeugt.

Sie war alleine, das gesamte Großraumbüro lag im Dunkeln. Lucia schaltete das Licht ein, das sanft in den Wandfugen aufglomm. Anschließend legte sie ihre Handtasche neben ihrem Rechner ab, setzte sich und sah sich um, während das Betriebssystem des Computers hochfuhr.

Ortega hatte sie engagiert, um Beyond gegen Hacker zu schützen. Gegen Cyberattacken. Erst im Zuge dieser Aufgabe war sie auf *Fairy* gestoßen. Auf die Studie zu Fairy. Auf die Versuchskaninchen aus Nordafrika.

Niemand kannte die digitalen Sicherheitsnetze, die sie gespannt hatte, besser als sie selbst. Die ultimative Abwehr hatte natürlich darin bestanden, alle Rechner, die mit Fairy zu tun hatten, vom Netz zu nehmen. Diejenigen Rechner, die Zugang zum Internet hatten – etwa der im Foyer neben Ernesto –, waren mit denen aus der wissenschaftlichen Abteilung nicht verbunden. Eine Attacke von außen würde damit immer erst die Peripherie treffen und niemals Beyonds Herz. Wer immer Beyond um Informationen erleichtern wollte, musste tatsächlich physisch hier rein.

Wie sie.

Die Nummer morgen am helllichten Tag durchzuziehen, dafür hätte sie niemals die Nerven gehabt – mit denen war Lucia Romero jetzt schon zu Fuß. Sie hatte alles bedacht – hatte sie geglaubt (und schüttelte nun den Kopf über ihre eigene Naivität). Ihr hatte ein perfektes Rififi vorgeschwebt. Brent und Santos als Nebelkerzen, Paco, der die feindlichen Linien unterlaufen sollte, und ein publik gemachter Skandal, in dem Beyond mit seinen gefährlichen Machenschaften blamiert in der Öffentlichkeit stand.

Und dessen Geschäftsführung im Anschluss nicht mal hätte benennen können, wer sie aufs Kreuz gelegt hatte. Lucia Romero hätte noch einige Monate zur Tarnung hier gearbeitet und wäre dann gegangen.

Lautlos.

Und dann hatte sich alles verkehrt. Alles lief schief. Und mit einem Mal war klar, dass Beyond niemals auf den gigantischen Profit verzichten würde, den Fairy europaweit in seine Kassen spülen würde. Da waren plötzlich Kreise beteiligt, die Brents Tod in Kauf nahmen, die – nicht weniger erschreckend – eine Unschuldige zu einer tatverdächtigen Mörderin werden lassen konnten. Samt eines plötzlich auftauchenden Amtshilfeersuchens aus Beyonds Heimat: Großbritannien.

Sie hatte sich, das war ihr spätestens seit dem Telefonat mit Antonia klar, mit finanzstarken und einflussreichen Kreisen angelegt. Für die das alles hier eine existenzielle Bedrohung darstellte, die sie mit allen Mitteln, derer sie habhaft werden konnte, abwenden wollte.

Lucia begannen wieder die Finger zu zittern.

Aber hätte sie wegschauen sollen?

Sie schüttelte unbewusst den Kopf. Die Gewissenslast hätte sie früher oder später erdrückt. Und deshalb würde sie jetzt die Studie herunterladen und …

Das fehlende Surren des Computers fiel ihr als Erstes auf. Ein Blick zum kleinen Kontrolllämpchen bestätigte ihr Stutzen: Es brannte nicht. Auch der Monitor war schwarz geblieben.

Sie schaltete den Rechner noch mal aus und wieder an. Nichts.

Sie stieß sich kräftig mit den Füßen am Boden ab, sodass die Rollen des Stuhls sie zum Nachbartisch trugen. Dort hielt sie sich an der Tischkante fest und drückte den Knopf am Rechner des Kollegen, der hier tagsüber arbeitete. Aber auch dessen Rechner blieb stumm.

Unwillkürlich schluckte sie, weil ihr Bauch schon wusste, was ihr Verstand ihr jetzt nachlieferte: Etwas stimmte nicht. Jemand hatte den Rechnerpark vom Strom getrennt. Den internen

Zirkel, nicht den externen, denn Ernestos Bildschirm im Foyer hatte einwandfrei funktioniert.

Sie waren ihr auf den Fersen.

Lucia schaute unwillkürlich über die Schulter – aber da war nur das Großraumbüro. Obwohl jede Faser in ihr danach schrie, sofort die Flucht zu ergreifen, blieb sie sitzen. Flucht ohne die Studie war keine Option.

Und wer weiß? Vielleicht hatten sie sich morgen schon neue Vorkehrungen und Sicherheitsmaßnahmen ausgedacht. Denkbar war etwa, dass sie den Laden einfach schlossen, bis die Europäische Behörde für Lebensmittelsicherheit Fairy für den europäischen Markt durchgewunken hatte.

Deswegen musste sie bleiben. Musste es *jetzt* geschehen.

Regulier den Atem, beschwor sie sich selbst, regulier den Atem.

Lucia atmete jetzt bewusst ein, bewusst aus. *Kontrolle*. Und so senkte sich ihre Herzfrequenz.

Natürlich, sie konnte sich auf den Weg nach unten zu den Sicherungen machen und die Stromzufuhr für die Rechner hier wieder aktivieren. Es wäre ja auch leicht zu begründen – ohne Strom konnte sie schließlich schlecht programmieren.

Aber niemand nahm hier alles vom Netz und ließ dann die Sicherungen unbeaufsichtigt. Also musste sie die Studie kopieren – ohne den Rechner hochfahren zu können. Und das ging nur auf die harte Tour.

Lucia öffnete die oberste Schublade mit den filigranen Werkzeugen, mit denen man auch die entlegensten Winkel im Inneren der Computer erreichte. Aber die benötigte sie gar nicht – nur einen Imbusschlüssel.

Mit dem löste sie die Rückwand des Rechners unter ihrem Tisch, als Pepe hereinspazierte. Der kleinste der Wachmänner, der einen Schnauzer trug und fünf Kinder hatte und drei Jobs: Taxifahrer, Kellner und Wachmann.

»Guten Abend.«

»'n Abend, Pepe.«

»Ui, sieht kompliziert aus – was machen Sie da?«

»Ich tausch eine Platine«, log sie, »für den Hexadezimalkreislauf der Druckerroutine.«

»Hexa– was – Kreislauf?«

»Hexadezimal – das ist die Sprache der Maschinen.«

»Wow. Schräg. Bis dann.«

»Ja, bis dann.«

Schon verzog er sich wieder, und sie konnte die Rückwand des Rechners vorsichtig abnehmen. Sie nutzte die kleine Lampe ihres Smartphones, um in das Gehäuse zu leuchten. Im zweiten Schacht war die Festplatte arretiert. Lucia zog die Kontakte ab und löste die Schrauben. Dann nahm sie die Festplatte heraus und ließ sie in ihre Handtasche gleiten.

Es war geschafft.

Fast.

Sie konnte die Studie am Laptop zu Hause nicht auslesen. Für den Zugriff auf die soeben entwendete Festplatte benötigte sie einen entsprechenden Hochleistungsrechner, mit dem sie die Festplatte verbinden konnte, und entsprechende Softwaretools. Aber das war die geringste Hürde, sobald sie nur wieder hier raus war.

Während Lucia Romero in Gedanken die Möglichkeiten durchdeklinierte, wo sie die Festplatte auslesen konnte, nahm sie den Fahrstuhl ins Erdgeschoss. Zeitgleich zum Gong, der sanft ertönte, trat sie ins Foyer.

Ernesto, der beneidenswert tief in Herberts *Wüstenplaneten* steckte, saß unverändert hinter der Theke der Rezeption. Die Eingangshalle war nahezu leer.

Lucia wäre am liebsten hinausgesprintet. Aber sie zwang sich zu einem alltäglichen Gang. Zu einem Schlendern.

Schlendern war die Unschuld des Gehens.

Unverdächtig.

Draußen wendete ein Taxi. Es fiel ihr auf, weil das Licht des

Taxischildes auf dem Dach gerade auf Grün wechselte. Frei. Also hatte der Fahrer jemanden hier abgesetzt.

Wer das gewesen sein dürfte, wurde Lucia klar, als sie um die Ecke bog, die die Fahrstühle vom Foyer trennte.

Dort stand Pepe nah an Lino Ortega. Der Co-Chef von Beyond EE sah aus, als habe man ihn aus dem Bett geholt. Eine Strähne am Hinterkopf stand ab wie ein Stück Federschmuck.

»Hexadezimalkreislauf oder so«, sagte Pepe gerade.

»Das ist kompletter Unsinn – so etwas gibt es nicht.«

»Aber sie hat es gesagt. Sie hat es gesagt. Ich ...«

»Ruhe«, fuhr Ortega dazwischen in dem Moment als er Lucia Romero sah: »Gehen Sie.«

Pepe suchte umgehend das Weite.

Lucia steuerte auf den Ausgang zu – aber dort nahmen gerade zwei weitere Wachmänner Position ein.

»Senhora Lucia.«

Sie beschloss, in die Offensive zu gehen: »Jemand hat den inneren Zirkel vom Netz genommen.«

»Ja, ich weiß. *Ich* habe das veranlasst.«

»Sie?«

»Ja.«

Er nickte, sein Blick ruhte auf ihr. Und Lucia spürte, dass er anders war als sonst.

Es lag ein stummer Vorwurf darin. Ja, *er ahnte es.*

»Und Sie, so spät noch hier?«

Die Wachmänner hatten sich nicht zufällig am Eingang postiert – diese Maßnahme galt ihr. Die Knie wurden Lucia weich.

»Ich wollte ein Update für die Benutzerrechte aufspielen.«

Ortega nickte – aber sie war sicher: Er glaubte ihr kein Wort.

»Verstehe. Bitte nehmen Sie es nicht persönlich, aber wegen des jüngsten Vorfalls werden ab jetzt alle Mitarbeiter vor dem Verlassen des ...«

»Ist mir wirklich unangenehm, aber könnten Sie sich kurz

gedulden?«, fragte sie und deutete mit vielsagendem Blick auf die beiden Toilettentüren rechter Hand: »Bin gleich zurück.«

Sie wartete eine Antwort erst gar nicht ab, sondern betrat die Damentoilette. Beim Schließen der Tür warf Lucia Romero noch einen Blick ins Foyer. Ortega hatte sich den beiden Wachmännern an der Tür zugewandt, und einer von ihnen machte auf dem Absatz kehrt und rannte nach draußen.

Lucia wusste, was das bedeutete. Er wollte sie abfangen.

Sie lief an den Kabinen und Waschbecken vorbei. In der letzten Kabine gab es ein kleines Fenster an der Rückwand. Sie sprang auf die Toilettenschüssel und öffnete es – die Rückseite von Beyond. Dunkelheit und Sternenhimmel. Keine zehn Meter weiter flatterten die Plastikplanen im Wind.

Der pure Angstschweiß schoss ihr in die Handflächen, sodass sie schmerzhaft abrutschte als sie sich durch das schmale Fenster zwängte und zu Boden fallen ließ. Sie sprintete sofort auf die Anbaufläche zu, wo Hunderte Salatgurken in die Höhe rankten. Sie schoss ungebremst in den Bereich unter die Planen und rannte um nicht weniger als ihr Leben.

Irgendwo hinter ihr erreichte der Wachmann das offene Fenster. Sie hörte Funkrauschen. Dann einen Ruf. Das Licht einer Taschenlampe und dann, mit kurzer Verzögerung, das Aufgleißen einer zweiten. Noch mehr Funkrauschen. Rufe. Bellen.

Die Hunde.

Die Männer würden sie vermutlich nicht einholen, zumal sie jetzt schon den zweiten rechten Winkel schlug und damit erneut die Richtung wechselte.

Die Gurken wurden von den Paprika abgewechselt.

Ein vielstimmiges Bellen, das plötzlich verstummte. Jetzt hatten sie die Schäferhunde von den Leinen gelassen und die schnellten über die Anbaufläche.

Durch den Schweiß, den sie ausstieß, eine Mischung aus Anstrengung und Angst, war sie sicherlich auch für einen Pudel in Madrid zu riechen.

Linker Hand lichtete sich das Paprikafeld.

Und hinter ihr tauchte der erste Schäferhund auf und jagte auf sie zu.

Nicht so, das war ihr Gedanke.

Nach allem, was auf dem Spiel stand. Nicht durch einen Hund.

Links, rechts, vor und hinter ihr begann es zu zischen. Ein Gurgeln, Gluckern, Brausen.

Dann schoss aus den Leitungen ein Wasser-Fairy-Gemisch aus den Zerstäubern – und der Schäferhund stoppte ab, zog den Schwanz ein und rannte davon.

Vielleicht, kam Lucia der unpassende Gedanke, wussten Hunde eben instinktiv mehr als wir Menschen.

Dann sprang sie aus dem Feld und lief hinüber zu der Landstraße nach Almería, wo sie mit brennender Lunge wie wild winkte. Ein Transporter und ein normaler Pkw fuhren einfach vorbei.

Doch das dritte Auto verlangsamte und stoppte neben ihr ab. Es war weiß und trug einen knallroten Strich vom Außenspiegel quer über die Beifahrertür – ein Taxi!

»Himmel«, wisperte sie dankbar. Dann riss Lucia die Hintertür auf und sprang hinein.

Vorne saß eine Frau Mitte sechzig, die sie besorgt musterte: »Alles in Ordnung mit Ihnen?«

»Ja und nein.«

Die Frau nickte, als würde das erklären, wieso Lucia mitten in der Nacht am Rand der Anbaufläche stand. Dünne Lichtkegel schossen aus dem mit Planen überzogenen Äckern. Die Umrisse von Männern.

»Wie lange geht Ihre Schicht?«

»Lange genug.«

»Für Sevilla?«

Lucia erhaschte über den Innenspiegel das zufriedene Lächeln der Taxifahrerin.

»Für Sevilla und weiter.«

»Gut. Dann los.«

Die Frau wendete das Taxi, gab beherzt Gas und unterbreitete ihr einen Pauschalpreis.

»Ich gebe Ihnen hundert Euro mehr – aber ich muss schnell da sein.«

»Werden Sie.«

30.

Der See lag still und weitab von einer menschlichen Siedlung.

Riesig erstreckte er sich und uferte an hellsandiges, leicht hügeliges Land, das meist von verbranntem Gras bewachsen war. Ganz in der Nähe befand sich eine Sternwarte, weil man den Sternenhimmel wegen der wenigen Lichtverschmutzung durch menschliche Siedlungen hier ganz besonders klar sehen konnte.

Auf einer kleinen Landzunge, auf der nur ein paar Bäume wuchsen, parkten vier Wohnmobile. Bei zweien waren die Vorhänge zugezogen. Bei den anderen saßen die Leute um ein Lagerfeuer, aus denen die Funken orange glühend in den Nachthimmel stoben.

Nachdem sie den Magellan abgestellt hatten und ausgestiegen waren, winkte man ihnen zu und sie winkten zurück. »Ist das relaxed hier«, fand Zara, seufzte und breitete die Arme aus, die Nase mit Hingabe in die Luft gestreckt.

Leander Lost und Antonia Santos schritten einmal um den Magellan herum und sahen sich um. Weit oben, viele Kilometer entfernt, erhob sich Monsaraz, ein schmaler Berggrat, der trotz seiner widrigen Platzverhältnisse schon in der Bronzezeit besiedelt und bebaut worden war.

Denn er bot drei Vorteile: Zugang zu Wasser in Form des Guadiana, der Portugal und Spanien voneinander trennte. Dazu bei gutem Wetter eine Sicht von bald dreißig Kilometern, die jedes

Heer mit zwei Tagen Vorlauf ankündigte. Und zu guter Letzt die Festung am höchsten Punkt, gegen die jeder Feind ungeschützt anrennen musste und selbst für ungeübte Bogenschützen ein leichtes Ziel abgab. Im Augenblick aber lag Monsaraz, das nur ein paar Hundert Bewohner beherbergte, im dezenten Schein von zwei Dutzend Lichtern, die sich am Scheitelpunkt des Grates vor dem Nachthimmel abhoben.

Gleichzeitig von diesem Anblick gefangen, blieben Santos und Lost nebeneinander stehen. Dann warf er einen Blick über die Schulter, wo Zara in einer faustgroßen Grube, die von einzelnen Steinen umschlossen war, Reisig ablegte.

Antonia Santos folgte seinem Blick. »Sorgen Sie sich, Sie könnten ihr ein schlechtes Vorbild sein?«

»Grundsätzlich ja, in diesem Fall nicht. In diesem Fall sind Sie und ich ihr hoffentlich ein sehr gutes Vorbild.«

»Haben Sie selbst auch Kinder, Senhor Lost?«

»Nein.«

Sie nickte zwar, aber ihrer Mimik entnahm er Grübeln.

»Mögen Sie keine?«

»Nur nicht, wenn sie laut oder unlogisch sind.«

»Es gibt auch leise.«

»Ja, aber unlogisch sind sie alle.«

Sie grinste. »Das ist kein Scherz, oder?«

»Nein, ich scherze nicht.«

Santos' Lächeln erstarb – sie hatte es sich gedacht. Ihr Handy vibrierte, und sie warf einen Blick aufs Display.

»Eine Nachricht von Lucia«, sagte sie angenehm überrascht, »Ihr Hinweis mit dem neuen Twitter-Account hat tatsächlich funktioniert.«

Sie stellte sich so neben Lost, dass er die Nachricht ebenfalls lesen konnte.

Ich habe das Geschenk. Möchte es gerne mit dir auspacken. Wo bist du?

»Was für ein Geschenk?«, fragte Leander.

»Sie meint die Studie. Sie hat sie mit Sicherheit auf irgendeinem Datenträger. Es ist, falls Leute mitlesen, Sie wissen schon.«

»Ja, das verstehe ich. Aber woher wissen Sie, dass mit dem Geschenk die Studie gemeint ist?«

»Was sonst sollte sie meinen? Sie wollte die Studie beschaffen und uns danach treffen.«

»Vielleicht hat Senhora Lucia die Studie dabei *und* ein Geschenk.«

»Nein.«

»Aber es wäre möglich.«

»Ja, aber so ist es nicht.«

Leander beschloss, ihr zu glauben.

»*Möchte es gerne mit dir auspacken* heißt, dass sie es nicht allein ins Netz stellen kann. Sie will es mit mir auspacken. Sie braucht mich dazu.«

»Warum?«

»Ich weiß es nicht. Sie will wissen, wo wir sind.«

»Gut«, sagte Leander und entledigte sich seiner Krawatte, was Antonia aufatmen ließ.

»Ich würde ihr jetzt sagen, dass wir in Monsaraz sind – aber vorsichtshalber ohne den Ort zu nennen.«

Lost nickte.

»Ich weiß bloß nicht wie«, fügte sie hinzu, »wir sind hier ja am Ufer des Alqueva-Stausees. Der ist riesig.«

Leander hatte darüber gelesen. Der Grenzfluss zwischen Spanien und Portugal, der Guadiana, staute sich vor der Talsperre zu einem gigantischen See auf. Der größte künstliche See in Europa, den 1100 Kilometer Uferlinie umspannten – weswegen sie hier vor einer Entdeckung relativ sicher waren; und seine Nennung für Lucia Romero auf Grund mangelnder Präzision wenig hilfreich wäre.

»Was kennen Sie in Monsaraz, was auch Senhora Lucia kennt – war sie überhaupt schon mal hier?«

Antonia Santos nickte: »Wir haben beide in Évora studiert.

Ich länger und sie für zwei Auslandssemester. Sie kennt das *Xarez*, das ist ein Restaurant oben in Monsaraz. Wir haben uns vor Kurzem darüber unterhalten, dass wir beide da schon öfter gegessen haben und … ich hab's.« Sie begann, die SMS zu beantworten und Lost parallel einzuweihen: »Die Besitzerin heißt Pipa, sie kommt wie Lucia aus Salamanca. Sie waren in derselben Schule: Ich schreibe ihr, wir sind bei Pipa.«

Nachdem die Nachricht rausgegangen war, hörten sie hinter sich ein Zischen und Knacken. Zara hatte das Reisig entzündet. Erste Flammen loderten auf. Sie grinste ihnen zu. »Hey, wir könnten noch was grillen.«

Es war zwar mitten in der Nacht, aber sie hatten trotz ihrer Müdigkeit Mordshunger. Außerdem hielt das ihren Nachbarn, der ebenfalls noch grillte, auch nicht ab, und zweitens hatte Zara im Intermarché Vorräte für einen nuklearen Winter eingekauft.

»Es sind zwei Frauen und ein Mann. Am Feuer.«

Funkrauschen.

»Das Kennzeichen?«

»Nicht identisch«, meldete die Stimme.

Daniel Vasco seufzte. Er saß neben Alicia Mata, die den Wagen fuhr, den eine Spezialwerkstatt für das Innenministerium präpariert hatte. Äußerlich ein harmloser Mittelklassekombi. Aber unter seiner Haube lauerte ein hochgezüchteter Motor, mit dem man Porsches einfangen konnte.

»Passt denn der Wagentyp?«, hakte er nach.

»Wie getarnte Wohnmobile eben so aussehen. Wie ein Lieferwagen. Ja, passt.«

»Die haben die Nummernschilder getauscht«, sagte Alicia Mata und tippte auf das Tablet, das zwischen ihnen auf der Ablage ruhte. Es zeigte eine Google-Maps-Karte mit einem blinkenden Punkt, der sich nicht bewegte. Und der sich direkt an einem See befand.

Vasco nickte ihr zu und wandte sich dann wieder dem Funkgerät zu: »Das Signal steht. Schick ein Zweierteam rüber, getarnt als Passanten.«

»Gut. Da sind allerdings noch andere Wohnmobile. Alles Wildcamper.«

»Egal. Schick das Team rüber. Und dann Zugriff und Festnahme. Wir sind in zehn Minuten da.«

»Verstanden und Ende.«

»Ende.«

Mata bog nach Norden ab – und gab Gas.

Sie saßen um das Feuer herum, das seinen uralten Reiz auf sie ausübte, und aßen würzige Chouriços, die sie mit angespitzten Stöcken im Feuer gewendet hatten. Sie waren mit Paprika und Knoblauch versetzt. Und manchmal bildete sich ein Tropfen Fett und fiel mit einem Zischen in die Glut.

Dazu hatte Zara einen Salat aus reifen Tomaten gezaubert. Leander, der sich sträubte von dem Brot zu essen, von dem andere ein Stück abgebrochen hatten, bekam sein Weißbrot auf einem separaten Teller.

Er hatte das weiße Hemd etwas geöffnet und saß in schwarzer Anzughose und barfuß am Feuer. Zara musterte heimlich immer wieder Antonia Santos, die eine große Anziehungskraft auf sie ausübte. Vor allem die Radikalität, mit der sie für ihre Überzeugungen einstand. Ohne Rücksicht auf sich selbst.

Gerade wollte sie sie dazu befragen, als sich zwei Gestalten aus dem Dunkel der Landzunge schälten und auf sie zukamen. Zwei Männer, in deren Gang Dynamik und Elastizität lagen. Sportlichkeit.

Leander, der sie ebenfalls kommen sah, verschränkte die Arme vor der Brust. Nicht, weil ihm kalt war, sondern weil er auf diese Weise unauffällig die Linke auf den Knauf der Waffe legen konnte, die der Tausendsassa ihm mitgebracht hatte.

»Boa noite«, eröffnete einer der beiden das Gespräch.

»Óla«, sagte Antonia.

»Uns ist der Wein ausgegangen«, sagte der Größere.

»Das ist ärgerlich«, befand Antonia.

»Nicht, wenn man nette Nachbarn hat.«

Als Alicia Mata und Daniel Vasco den Kombi nur drei Minuten später mit Karacho vorfuhren, erfassten die Scheinwerfer noch jede Menge Staubpartikel, die in der Luft rund um das Wohnmobil tanzten. Sie waren bei dem Kampf entstanden, den der Zugriff zur Folge gehabt hatte.

Mata und Vasco stießen die Türen auf und kamen ihren beiden Kollegen im Laufschritt zu Hilfe, da eine der Frauen sich mit unbändiger Kraft wehrte und nach ihnen trat.

Der Mann lag bäuchlings neben der Feuerstelle. Der kräftigere Polizist ruhte mit dem Knie auf seinem Rücken und presste ihm die Mündung seiner Waffe hinter das Ohr. Neben ihm hielt er eine Frau mit seiner freien Hand auf den Untergrund gepresst, die keine Gegenwehr mehr zeigte.

Die Tür des Transporters war offen, und es war so, wie Duarte es beschrieben hatte: Von außen betrachtet ging das Ding als Lieferwagen durch, aber drinnen war es eingerichtet wie ein Wohnmobil.

»Hilfe!«, brüllte die junge Frau, mit dem der zweite Kollege rang, aus Leibeskräften.

Aus anderen Wohnmobilen, die nicht weit entfernt standen, näherten sich bereits einige Gestalten. Männer zumeist. Mit der Bereitschaft einzuschreiten, aber noch latent unschlüssig.

Mata zückte ihren Ausweis: »Polícia Judiciária. Gehen Sie zurück. Los – jetzt gleich! Kehren Sie um!«

Das hielt sie zumindest auf.

Vasco genügte ein Blick auf den Mann am Boden – es war nicht Senhor Lost.

»Merda.«

Verdutzte Blicke.

Er eilte zurück zum Wagen und schnappte sich das Tablet mit der Ortung von Zara Pintos Handy. Sie stimmte bis auf wenige Meter mit seiner Position überein. Der Punkt blinkte im Hinterteil des Wohnmobils. »Die sind's nicht«, hörte er Mata sagen, die neben dem Feuer stand. »Trotzdem Personalien aufnehmen.«

Da der Anruf nun niemanden mehr warnen würde, wählte Vasco von seinem Smartphone aus Zaras Handynummer. Und mit einer kurzen Verzögerung setzte tatsächlich der Klingelton im Wohnmobil ein.

Daniel Vasco brauchte nur zwei Versuche bei den von außen zugänglichen Staufächern. Das zweite war nicht abgeschlossen. Es enthielt auch nur Krempel wie einen Sonnenschirm und eine Plastiktüte mit Wäsche. Er schob die Tüte beiseite und dort lag es.

Vasco schnappte sich das Handy und marschierte zur Feuerstelle. Er hielt es dem Mann unter die Nase, der dort mittlerweile mit hinter dem Rücken fixierten Händen saß und ziemlich bleich war.

»Wer hat euch das gegeben? Wann?«

»Ich weiß nicht.«

»Ich auch nicht«, kam die Frau neben ihm Vasco zuvor, während er sich gerade an sie richten wollte.

»Wo haben Sie das letzte Mal angehalten?«

»An einer Ampel.«

»Komm mir nicht so pseudowitzig.«

Vasco verlor den letzten kleinen Rest an Jovialität. Da sie nicht Bestandteil seines Charakters war und er sie also von jeher behaupten musste, kostete ihn das Kraft. Über die Jahre hatte er diesen Muskel trainiert, sodass die Anstrengung überschaubar war.

Aber selbst die war ihm gerade zu viel, und so beugte er sich vor und sein Blick versprach eine Menge Unannehmlichkeiten. Er sprach ruhig und deutlich: »Du willst mich nicht zum Problem haben. Wo hast du zuletzt angehalten?«

»In Castro Verde. Auf dem Parkplatz eines Supermarkts«, antwortete der Mann prompt.

Vasco und Mata wussten sofort, dass die Fragen, die man den dreien noch stellen würde, sie nicht weiterbrächten. Mata nickte den Kollegen trotzdem zu, denn man konnte nie wissen: »Abtransport.«

Dann wandten sie sich ab und machten sich schleunigst auf den Weg zurück zu ihrem Wagen.

»Was haben wir?«, fragte er Alicia Mata, während die Kollegen die drei Wohnmobilurlauber zur näheren Befragung in einem Wagen der GNR mitnahmen. Sie fuhren dazu zum GNR-Posten der Kreisstadt Reguengos de Monsaraz, keine fünf Kilometer entfernt.

»Na, zum Beispiel, dass dein kleiner Satellit nicht lügt.«

Vasco wusste, was sie meinte – die Information mit dem Mädchen an Bord und deren Handy hatte gestimmt. Hieß also: Auf den ehrgeizigen Sub-Inspektor Duarte konnten sie sich verlassen. Er war erleichtert. Zumal das jetzt, nachdem Senhor Lost sie erfolgreich geleimt hatte, der einzige Windhund war, den sie noch im Spiel hatten.

Zumindest auf portugiesischem Boden. Denn in Spanien hatte auch schon jemand Witterung aufgenommen: Dale Cooper.

»Was Neues von Cooper?«, erkundigte er sich bei diesem Gedanken.

Alicia deutete ein Kopfschütteln an. Sie hatten den Wagen erreicht, verspürten nach der Fahrt hierher aber nicht den Wunsch, sofort wieder einzusteigen, Alicia Mata zündete sich eine an, und er nahm einen Schluck lauwarmen Wassers aus einer Plastikflasche.

Sein Blick strich über den Stausee – den *Barragem de Albergaria de Fusos*. Nordwestlich von Beja. Er erstreckte sich über knapp 15 Quadratkilometer tief im Alentejo. Das war das Hinterland Portugals zwischen der Küste an der Algarve und der

Weltstadt Lissabon. Hier war die Zeit stehen geblieben. Die Störche nisteten ungestört, die Esel schauten den wenigen Autos nach, die in der Gegend unterwegs waren, verfallene Gebäude standen am Wegesrand und berichteten stumm von Lebensläufen aus dem letzten Jahrhundert, die die Zeit weggewaschen hatte.

Was für ein Verlust.

Und kilometerweit erstreckte sich unbesiedelte, karge Landschaft. Vasco hätte hier der Geruch der Druckerschwärze auf der Tageszeitung gefehlt, das Gerede am Nachbartisch, während er eine Bica trank, das Bimmeln der Straßenbahn, kurz: das Hintergrundrauschen der Stadt. Von Zivilisation. Von Kultur. Er war ein Freund der Oper (als Ausgleich für den täglichen Zynismus im Job), und ein Opernfreund konnte sich hier draußen nur eine Kugel durch den Kopf jagen, um sein Leiden zu verkürzen.

Doch immerhin: Da fuhr man unverrichteter Dinge um die nächste Kurve und vermutete eine weitere Variation von Dürre, und dann lag da ein See so unvermittelt wie eine Oase. Still und gelassen und ruhig, als wisse er mehr. Als er seine schwarze Oberfläche betrachtete, spürte Vasco die Müdigkeit, die langsam in ihm hochkroch. Der Mann aus Lissabon glaubte nicht an so etwas wie Wiedergeburt. Aber falls doch … ein See wäre keine üble Option.

Cooper.

Cooper hatte nicht mehr Informationen als sie beide auch – die Sicherheitsleute von Beyond waren sich ziemlich sicher, dass Lucia Romero nach ihrer Flucht durch die Anbauflächen ein Taxi Richtung Sevilla erwischt hatte. Denn die Fahrerin des Taxis mit der Nummer 101 hatte sich aus ihrem Funkbereich mit diesem Ziel bei der Zentrale abgemeldet. Und natürlich waren die Kollegen in der Taxizentrale in El Ejido vorstellig geworden und hatten wissen wollen, welche Taxifahrer sich außerhalb bewegten.

Dale Cooper hatte sich aus Spanien telefonisch bei Daniel Vasco gemeldet. Was kein Wunder war, denn Vasco selbst hatte ihn in El Ejido platziert, weil er sich sicher war, dass das Mastermind dieses Datendiebstahls noch einmal zugreifen und dann fliehen wollen würde. Und falls das stattfand und Beyonds Sicherheitsleute sich übertölpeln ließen – *quod erat demonstrandum* –, Cooper sich an ihre Fersen heften sollte. Seitdem befanden sie sich im ständigen Kontakt miteinander.

Vasco mochte Typen wie Cooper nicht. In seinen Augen waren sie durch die Bank gestört. Schwieriges Elternhaus, schiefe Bahn, Konflikt mit dem Gesetz, militärische Ausbildung, Einsätze in der Dritten Welt. Riskante Operationen, hohes Risiko, viel Geld, moralische Verrohung. Er hatte im Zuge seiner Laufbahn hin und wieder mit solchen Leuten Kontakt gehabt. Das Muster war stets dasselbe.

Und etwas jener Erlebnisse in Bürgerkriegsregionen oder bei klammheimlichen Kommandoaktionen blieb diesen Männern in den Kleidern hängen und später im Gemüt. Sie hatten, fand Vasco, einfach einen Knick in den Synapsen.

Woher sie stammten, wer sie waren und all das, darüber schwieg die Chefin sich beharrlich aus.

Verwenden Sie Ihre Zeit nicht mit der Suche nach der Herkunft des Skalpells – sondern nutzen Sie es und legen Sie es ab, wenn Sie fertig sind, Vasco.

Leute wie Dale Cooper konnte man mieten, wenn man sich selbst aus Dingen heraushalten wollte. Wenn Cooper gefasst würde, würde Vasco ihn nicht kennen, und Coopers Schweigen war im Preis mit inbegriffen.

Insbesondere über diesen unverzeihlichen Fauxpas in dem Ferienhaus, als sie mit diesem englischen Hünen nicht fertig wurden, weil dessen vehemente Gegenwehr sie überrumpelt hatte, war Vasco verstimmt. Höchst ärgerlich, weil unnötig.

»Irgendeine Vermutung, wo diese Romero von Sevilla aus hinfahren wird?«, hatte Cooper ihn gefragt. Von Sevilla aus hatte die 101 sich in der Zentrale in El Ejido gemeldet, weil sie wegen Müdigkeit nicht sofort die Rückfahrt antreten, sondern bei Freunden übernachten wollte. Dort erwarteten sie keine Viertelstunde später Beamte der spanischen Kripo und erfuhren auf Nachfrage, dass Romero das Taxi gewechselt hatte.

»Meine Vermutung ist: nach Westen. Nach Portugal. Santos und Brent waren hier, Santos ist es vermutlich noch. Romero wird ihr helfen wollen. Sie wird über die Grenze gehen – außer, Sie erwischen sie vorher.«

»Wo?«

»Wissen wir nicht.«

Er blickte auf seinem Tablet nach rechts – wo Spanien lag. Und sich der riesige Alqueva-Stausee befand. Über 250 Quadratkilometer groß.

Und dann – wie ein kleiner, zackiger Schlag in den Nacken – war es ihm klar. Sie war nach Sevilla gefahren und hatte das Taxi vermutlich gewechselt, um ihre Spur zu verwischen. Nordwestlich von Sevilla lag der Stausee. Und nicht weit davon die Provinzhauptstadt Évora.

»Natürlich.«

»Was?«

Vasco blickte auf wie aus einem Traum – und Mata schaute ihn über das Autodach hinweg an.

»Was?«, wiederholte sie.

»Lucia Romero hat in Évora studiert – wie Antonia Santos. Da will sie hin. Und sie wird übers Wasser kommen – Cooper?«

»Ja?«

»Unsere Leute überwachen die Straßen zwischen Spanien und Portugal. Wenn Romero in Sevilla das Taxi gewechselt hat, kommt sie übers Wasser.«

»Woher wissen Sie das?«

Ich weiß es. Es liegt auf der Hand. Es macht Sinn. Es passt alles – ich weiß es einfach.«

»Alqueva?«

Immerhin dachte er mit.

»Ja.«

»Und wo?

»Keine Ahnung – Ihr Job. Aber Sie werden lachen: Über die 250 Quadratkilometer Wasserfläche führt nur eine einzige Brücke. Und die haben wir im Blick.«

Die Leitung war absolut still und trotzdem – *trotzdem* – meinte Vasco das Grinsen des Mannes auf der anderen Seite zu hören. Zu spüren.

Klar. Typen wie Cooper waren keine dumpfen Totschläger. Die waren erfahren und besaßen jenes Quantum Kaltblütigkeit, wenn es darauf ankam. Ganz sicher waren sie nicht dumm oder von komplexen Situationen überfordert. Außer einer seiner Leute im Girassol, der sich vor Brents wuchtigen Schlägen hatte schützen wollen und dann mit dem Messer auch noch die Aorta getroffen hatte.

Vermutlich – und das ängstigte Vasco insgeheim seit Tagen – steckte jemand wie Cooper ihn intellektuell sogar in die Tasche.

»Der See hat 1.000 Kilometer Uferlinie«, sagte Cooper ruhig, »Romero ist Spanierin. Die stapft nicht durch einen Sumpf rüber, sie meidet die Straße. Sie nimmt also kein offizielles Boot, das sie übersetzt. Also … also *kennt* sie hier jemanden. Sie kennt jemanden, der sie sicher rüberbringt. Oder wenigstens den Weg kennt.«

»Und weiter?«, fragte Vasco provokativ und hätte sich dafür am liebsten auf die Zunge gebissen.

»Weiter? *Ihr* Job. Tauchen Sie in Romeros Biografie. Es gibt hier in Spanien gegenüber vom Alqueva eine Anlaufstelle. Ganz sicher. Und die weiß, welchen Weg sie nimmt.«

»Ich …«, sagte Vasco noch, aber dann hatte Dale Cooper sich aus dem Gespräch ausgeklinkt.

»Und?«, fragte Alicia Mata.

»Alqueva. Er glaubt, sie kommt übers Wasser. Und ich glaube das auch. Sie wird die Lage checken, in Monsaraz vielleicht. Viele Touristen, da fällt sie nicht auf.«

Alicia Mata nickte und schaute nach Osten. Irgendwo dort hinten lag der Alqueva-Stausee.

»Der nächste Ort auf portugiesischer Seite ist die Burg von Monsaraz, oben auf dem Höhenzug«, bestätigte sie.

Vasco nickte. Dann rief er Lionel Andrade in Faro an und leitete Coopers Anliegen mit der gebotenen Dringlichkeit weiter: *Lucia Romero hat östlich des Alqueva-Stausees nördlich von Sevilla eine Anlaufstelle – welche?*

31.

»Wir müssen so denken wie er.«

»Also, ich müsste in seinem Kopf ständig nach dem Weg fragen«, räumte Miguel Duarte ein und wedelte etwas von dem Rauch weg, der von der Fahrerseite zu ihm herüberwaberte, obwohl Carlos Esteves sein Seitenfenster geöffnet hatte.

Carlos hatte die Rückenlehne fast in eine 45°-Stellung gebracht, ja, zu Duartes Befremden fuhr der Mann quasi im Liegen. Rauchte genüsslich und hatte sein Bier neben den Zigarettenanzünder geklemmt. Graciana befand sich direkt hinter ihm, den Rücken ans Seitenfenster gelehnt, die Beine auf den Rücksitzen.

So schob sich der alte Mercedes von Carlos über die Autobahn nach Norden und durch die Nacht. Der über 20 Jahre alte Motor brummte verlässlich vor sich hin. Begleitet von *So Far Away* von den Dire Straits.

Graciana fühlte sich in dem alten Wagen, der äußerst gemütlich und geräumig war, wie in Abrahams Schoß – was am Fahrer lag. Wenn Carlos sie beide so gelassen – war er je anders, hatte er je die Ruhe verloren? – durch die Nacht kutschierte, erwischte sie sich regelmäßig dabei, niemals anhalten zu wollen.

Es gab keinen tieferen Frieden, keine größere Zuflucht, als mit Carlos irgendwohin zu gondeln. Nur weit musste es sein. Carlos dachte in diesem Augenblick dasselbe: sie als Begleiterin durch die Nacht bei sich zu wissen – es gab nichts, was das ersetzen konnte. Von ihm aus konnte es irgendwann mal so enden. Wenn sie wieder überholte mit ihrer traumwandlerischen Sicherheit und sich vielleicht mal verschätzte und ein Brückenpfeiler so schnell käme, dass sie es nicht bemerkten und erst recht nicht spürten und das Gefühl hätten, immer weiter zu fahren, während sie es schon längst nicht mehr konnten.

So oder ähnlich dachten sie beide übereinander und lächelten voneinander unbemerkt in sich hinein. Und auch das sollten sie sich bis zu jenem denkwürdigen Tag nicht sagen, an dem Graciana starb.

Carlos gähnte herzhaft und rieb sich dann die Augen.

»So denken wie er«, wiederholte Graciana, »*logisch.*«

»Und er hat euch nicht angerufen oder so?«, vergewisserte Duarte sich.

Carlos schüttelte den Kopf.

»Aber wieso nicht?«

»Vielleicht will er uns nicht mit reinziehen?«, schlug Carlos vor.

»Dieses Handysignal …«

»Nein, nein«, meldete Graciana sich von hinten zu Wort, »mit Sicherheit ist er garantiert nicht da, wo das Signal ist. Die Überwachungskamera des Intermarché zeigt Zara Pinto im Supermarkt, wie sie einkauft. Spätestens da war Leander klar, dass die wissen, dass sie dabei ist. Dass man sie orten wird.«

Carlos nickte: »Die Strecke, die Zaras Handy ab dem Intermarché in Castro Verde nimmt, ist nicht die Strecke, die Lost gefahren ist. Das Handy hat er höchstens dazu benutzt, Typen wie Vasco in die Irre zu führen.«

»Äh, woher wisst ihr das mit den Überwachungskameras im Intermarché?«

Carlos sah über die Schulter und fand Gracianas Blick. Stumm waren sie sich einig, den Pfau einzuweihen.

»Isadora hat von außen Zugriff auf Mãe.«

»Wie? Dieser Andrade hat doch alles gekappt«, entgegnete Duarte.

Er fand, er hatte so was wie den Oscar für seine lammgleiche Darstellung von *Der Wolf im Schafspelz* verdient. Vielleicht sollte er sich bei einer Verfilmung einfach selbst spielen.

»Isadora ist dem doch haushoch überlegen, die geht per VPN von ihrem Boot aus in den Polizeirechner. Es ist, als würde sie in ihrem Labor sitzen. Sie hat auf alles Zugriff.«

»Sehr gut«, sagte Duarte. Dabei musste er nicht mal lügen, seine positive Überraschung war echt – nach dem Handy von Zara Pinto war das die nächste Information, mit der er Vasco versorgen und sich einen Platz in der PJ in Lissabon sichern konnte. Er musste ein breites Lächeln unterdrücken: »Ein Team ist ein Team, hm?«

»Du sagst es«, bestätigte Esteves.

»Auf jeden Fall ist er nicht verletzt, schätze ich«, sagte Graciana und hörte sich in der Tat erleichtert an, »sonst hätte er mit Zaras Handy keine Fehlspur gelegt. Er will wirklich Antonia Santos in Sicherheit bringen.«

Die Festnahme der drei Unschuldigen durch Vascos Leute war über die GNR in Reguengos de Monsaraz zu Antonio Rosado durchgesickert, der mindestens südlich von Lissabon in jedem GNR-Revier jemanden kannte. Und natürlich hatte er umgehend seine Tochter mit der Information versorgt.

»Und Senhor Vasco tappt jetzt im Dunkeln«, frohlockte Carlos, »nach Zaras Handy hat er keinen Anhaltspunkt mehr, wo er suchen soll.«

»Gut für uns«, sagte Duarte.

Er würde sich eine Wohnung mit Blick auf die schöne Tejo-Bucht nehmen. Mit Dachterrasse.

»Aber irgendwas haben sie noch zu erledigen, sonst wären sie längst über alle Berge«, antwortete Carlos.

Und natürlich eine Tiefgarage für sein Cabrio. Das er abends über die Avenida da Liberdade, der baumgesäumten Prachtstraße der Hauptstadt, auf und ab fahren würde. Sehen und gesehen werden.

»Logisch ist, dass er alles vermeidet, wo sie gesehen werden: Hotels, Pensionen und so weiter.«

Und endlich wieder Bars und Hotellounges, in denen der Kellner einen nicht hilflos anstarrte, wenn man einen Dry Martini bestellte oder einen Sauv Blanc. Mit dem man noch über etwas anderes parlieren konnte als über Fußball und Stockfisch.

»Mit dem Magellan wird er auch die Camping- und Stellplätze meiden, an denen er sich anmelden müsste.«

Konzerte, Museen, Theater und all das, wovon die Hinterwäldler hier keine Ahnung hatten.

Im Radio gaben die Dire Straits weiter an Lou Reed, *Perfect Day*.

»Seine Route fliegt über Zaras Handy auf«, sponn Graciana Rosado weiter, »also wird er sie ändern.«

Mit etwas Glück gab es eine portugiesische Kollegin bei der Lissaboner Kripo, die dem Anmut einer gebürtigen Spanierin ansatzweise das Wasser reichen konnte.

»Er muss damit rechnen«, sagte Carlos, »dass ihn Leute suchen, die wissen, dass er denkt, wie er denkt. Logisch. Also, wäre ich Lost, würde ich etwas Unlogisches machen. Ich würde meinen Fluchtweg nicht logisch erschließen.«

Gran Dios, so ermittelte ein portugiesischer Sub-Inspektor, konstatierte Duarte in Gedanken.

»Das stimmt«, nahm Graciana Carlos' Gedanken auf, »er würde die Entscheidung so fällen, dass sie logisch nicht nachvollziehbar wäre.«

»Und wie?«, mischte Duarte sich ein, um mal etwas Struktur in diese geistige Savanne zu bringen, »ein Mensch, der von Kindesbeinen an in logischen Bahnen denkt, kann nicht plötzlich auf Willkür umschalten.«

»Guter Gedanke«, sagte Graciana.

»Ja«, fand Duarte. »Aber warum genau?«

»Weil damit klar ist, dass er die Entscheidung nicht selbst fällen kann.«

»Sondern Antonia Santos?«

»Nein. Kein Mensch.«

Carlos und Duarte sahen sich in seltener Gemeinsamkeit über die Schulter.

»Er überlässt die Entscheidung dem Zufall«, sagte Graciana. »An Toninhos Autoschlüssel hängt einer.«

»Daran hängt ein Zufall?«, fragte Duarte.

»Ein Würfel«, antwortete Carlos, der sofort begriff, worauf sie anspielte: »Er kann die Route auswürfeln, und niemand von außen kann es nachvollziehen.«

»Und was genau würfelt man da?«, wollte Duarte wissen. »Eine 1 für Paris, eine 2 für Coimbra, eine 3 für ... ja, für was? Chicago?«

Kein Wunder, dass man hier früher oder später Saudade bekam.

»Vielleicht lässt er an jeder großen Wegkreuzung den Würfel entscheiden. Die ersten vier Zahlen könnten für die Himmelsrichtungen stehen. Osten, Süden, Westen, Norden.«

»Und die 5 und die 6? Es gibt ja keine sechs Himmelsrichtungen.«

»Bei 5 und 6 würfelt er eben noch mal«, schlug Carlos vor.

»Ist das dein Ernst?«

Esteves nickte gleichmütig und trug sie in seinem altersschwachen Mercedes einen Hügel hinauf, wo er an einer Weggabelung stoppte.

»Ich würd's so machen«, sagte er leichthin, um dann nach rechts abzubiegen.

»Du fährst nach Osten?«, stellte Duarte fest. »Wieso Osten?«

»Weil's ein Trickwürfel ist.«

»Hm? Was soll das sein?«

»Der Würfel fällt immer auf die 1«, erklärte Graciana.

Carlos nickte: »Hat Toninho sich früher was mit nebenbei verdient. Aber seit er mit Zara zusammen ist, macht er das natürlich nicht mehr.«

Da meldete sich Antonio Rosado bei Graciana.

»Pai«, sagte sie, und Duarte wunderte sich, wie man so viel Zärtlichkeit in drei Buchstaben legen konnte. »Ich stelle dich laut. Carlos und Senhor Duarte sind auch da.«

»Der Pfau?«

»Ja«, beeilte Graciana sich zu sagen, »wo bist du?«

»In der Villa Elias – auf der Terrasse. Bei Soraia«, fügte er hinzu.

Gracianas Augen wurden feucht, was sie ärgerte, und sie wischte sich umso vehementer darüber. Ihr Vater hatte sich – ganz sicher mithilfe seiner Frau – samt Rollstuhl dorthin gewuchtet, um Soraia beizustehen. Und mit Sicherheit hatte ihre Mutter Raquel was zubereitet (*bevor mir mein Kind verhungert*).

»Deine Mutter hat auf die Schnelle Massa de Pimentão mitgebracht.«

Graciana seufzte vor Wonne. Als hätte ihr Vater auf Distanz damit einen Schalter umgelegt, hatte sie den Geruch der scharf (das war der Trick einer gelungenen Massa de Pimentão!) gerösteten Paprikapaste in der Nase. Eine unauslöschliche Kindheitserinnerung.

»Daniel Vasco«, kam Antonio Rosado auf den Punkt, »arbeitet in einer Abteilung, die zwischen der Polícia Judiciária in Lissabon und dem Innenministerium angesiedelt ist. Offiziell dient sie der besseren Kommunikation der beiden Behörden. Inoffiziell wird Vasco beauftragt, wenn die Regierung irgendwie die Zahnpasta zurück in die Tube drücken muss.«

»Wow«, entfuhr es Duarte voller Bewunderung. Und als er Carlos' irritierten Blick auffing, schüttelte er die rechte Hand, als habe er sich gerade verbrannt: »Wow-ow-ow … hei-jei-jei.«

»Also ein Krisenmanager«, sagte Graciana.

»Auf den Punkt«, antwortete ihr Vater. »Hat Wirtschaftswissenschaften studiert, gehobene Laufbahn für zwei Jahre bei der PJ in Porto, diplomatischer Dienst in ein paar Botschaften, dann fehlt ein halbes Jahr …«

»SIS?«, fragte Graciana.

Sie meinte den *Serviço de Informações de Segurança*, den Inlandsgeheimdienst.

»Vermutlich«, bestätigte ihr Vater, »seit sieben Jahren leitet er jetzt diese Verbindungsstelle zwischen Innenministerium und den Polizeibehörden.«

»Wer steht über ihm?«, fragte Carlos.

»Patrícia Gaspar.«

Die Innenministerin. Seine Chefin.

»Ich hab noch nie von ihm oder dieser Abteilung gehört«, bekannte Carlos.

»Das spricht für seine Arbeit«, gab Antonio Rosado zurück. »Er tritt kaum offiziell in Erscheinung. Man holt ihn, wenn es heikel wird.«

Miguel Duarte räusperte sich: »Wie … kommen Sie an solche Informationen?«

»Ich kenne Leute, die Leute kennen, die Leute kennen«, ließ Antonio Rosado ihn freundlich abtropfen. »Graciana, was brauchst du noch?«

»Nichts. Senhor Lost hat sich nicht gemeldet, nehm ich an?«

»Nein.«

Sie ließ ihren Vater noch wissen, was sie vermuteten – dass er unverletzt war und mit hoher Wahrscheinlichkeit guten Grund für sein Verhalten hatte.

»Das hat er immer«, stellte Antonio Rosado fest, und er sagte das tatsächlich so, als äußere er sich über ein unveränderbares Naturgesetz. Es rührte sie auf seltsame Weise, und es tat gut, dass er das noch sagte, bevor sie auflegten.

Für eine geschlagene Minute war es still im Mercedes, jeder hing seinen eigenen Gedanken nach.

Miguel nahm sich vor, Vasco bei nächster Gelegenheit zu fragen, in welcher Verbindung er zu den drei Männern stand, die Antonia Santos entführt hatten. Er zog sich mit dem Kamm den Scheitel nach und wandte sich an Graciana: »Hat dein Vater vorhin *Pfau* gesagt, als er gehört hat, dass ich auch dabei bin?

»Pfau? Nein. Oder, Carlos?«

»Nee, hab ich nicht gehört. Dann hätte er ja *pavão* gesagt.«

»Ja.«

»Aber das macht ja gar keinen Sinn, Miguel.«

»Nun ja ...«, begann Duarte.

»*Pavio* sagt Gracianas Vater manchmal, wenn es um kluge Leute geht«, improvisierte Carlos.

»Er sagt *Docht*, wenn es um kluge Menschen geht?«, fragte Duarte ungläubig.

»Ja. Docht. Licht«, sekundierte Graciana.

»Kerzenflamme«, brachte Esteves die fragile Nummer über die Ziellinie, »heller Kopf.«

»Ungewöhnlich«, fand Duarte.

»Wir sind eine merkwürdige Familie«, stellte Graciana fest.

Merkwürdig empfand Miguel für jemanden, der von Leuten als Docht sprach, noch sehr charmant. Offensichtlich war ihr Vater meschugge. Höchste Zeit, dass er sein Ticket nach Lissabon buchte.

Carlos stoppte den Mercedes an der nächsten großen Kreuzung. Sie waren von Castro Verde aus gesehen bereits einmal nach rechts abgebogen, nach Osten. Und an dieser Kreuzung ging es nun rechts zum Alqueva-Stausee. Nach Osten. Und dorthin bog er nun ab.

Von einem der anderen Wohnmobile trug der laue Wind gemächlich ein paar Musikfetzen herüber, die letzten Takte von *Perfect Day*.

Leander und Zara saßen sich am Lagerfeuer gegenüber, dessen letzte Zweige knackten und aufloderten. Antonia Santos hatte sich ins Wohnmobil verabschiedet. Zara spielte mit dem Würfel von Toninhos Autoschlüssel und ließ ihn von einer Hand in die andere gleiten.

Und jetzt legte sich auch diese Brise und kehrte die Wärme zurück. Zara sah zu einem Lichtband am Himmel, das sich senkrecht über dem Alqueva-Stausee erhob. Leander hatte ihr beigebracht, dass es sich nicht um ein Band handelte, sondern das menschliche Auge, getrübt durch andere Lichteinflüsse in der Atmosphäre – und durch die biologischen Beschränkungen des Auges, das aus naheliegenden Gründen eher einen Säbelzahntiger entdeckte als Antares –, eine milliardenfache Ansammlung von Sternen erblickte: die Milchstraße. Ihre Heimat im Universum, die hier, weitab störender Lichtquellen, mit betörender Klarheit am Nachthimmel erschien.

Und die nun im weiteren Verlauf der Nacht zu wandern schien, aber sich tatsächlich – Leander hatte nie die Geduld verloren, Zara das zu erklären – gar nicht bewegte. Es war die Erde, die rotierte und den Sternenhimmel für Betrachter wie Zara und Leander in Bewegung setzte.

»Was passiert, wenn die Studie im Netz ist?«

»Könntest du deine Frage präzisieren?«

Zara atmete tief durch. Die fast zwei Jahre auf demselben Grundstück wie Leander Lost hatten auch ihre Spuren in ihr hinterlassen.

»Wenn ihr die Studie im Internet veröffentlicht – was passiert dann mit dir?«

»Ich werde mich im Anschluss an die Publikation selbstverständlich stellen. Man wird zunächst auf Antrag der Staatsanwaltschaft Untersuchungshaft anordnen und mich dann in dem darauffolgenden Prozess zu einer Freiheitsstrafe verurteilen. Zu einer tatsächlichen oder auf Bewährung.«

»Warum?«

»Weil ich einer Tatverdächtigen zur Flucht verholfen habe,

statt sie festzunehmen. Strafvereitelung im Amt. Paragraf zweihundert …«

»Aber sie ist doch unschuldig!«, entgegnete Zara. Ihre Empörung schwang für Leander unhörbar mit, aber er las es aus ihrem Mienenspiel.

»Ja. Aber um das zu klären, gehört sie festgenommen und vor ein Gericht gestellt. Wenn das Gericht sie freispricht, ist sie das. Vorher nicht. Eine Gesetzgebung, an die sich niemand hält, ist sinnlos. Und auch deshalb ist es wichtig, dass man mich später zur Rechenschaft zieht.«

»Na schön, aber dazu musst du ja nicht unbedingt hier sein. Wir könnten doch abhauen. Da drüben«, sie deutete über den See, direkt zur Milchstraße, »ist Spanien. Wir lassen einfach den Magellan hier stehen. Wir können untertauchen, bis Gras über die Sache gewachsen ist. Von Spanien aus könnten wir nach Frankreich. Sprichst du Französisch?«

»Nein.«

»Aber du kannst es dir ja schnell beibringen. Wir warten auf diese Lucia-Tante, setzen die Sache ins Internet und hauen ab. Ich meine: Du tust über 400 Millionen Menschen einen Riesengefallen, und dafür sollst du dann ins Gefängnis? Das ist nicht fair!«

»Das ist keine Frage der Fairness, Zara.«

Sie musste lächeln. Es war zwar extrem cool, was er hier abzog – stille Wasser sind tief –, aber wenn er glaubte, er müsse ihr gegenüber ein besonderes Vorbild abgeben, setzte er ihren Namen gerne ans Satzende.

»Was auch immer«, erwiderte sie ungeduldig, denn ihr Plan gefiel ihr. »Ich habe eine Brieffreundin in Helsinki. Da könnten wir hin, Skandinavien ist riesig. Ihr Bruder hat ein Holzhaus im Nirgendwo. In den Wäldern sind wir unsichtbar.«

»Im Nirgendwo?«

»Das sagt man so. Irgendwo weit weg, wo keiner einfach so vorbeikommt. Abgelegen. Nur kalt ist es da etwas. Aber egal. Und Soraia und Toninho können später nachkommen, und …«

»Nein, das ist nicht der Weg.«

»Aber warum?«

»Weil ich an das Gesetz glaube und an seinen Sinn. Wir können nicht einige daran messen und richten und andere nicht. Entweder es gilt für alle oder für niemanden. So wie die Menschenrechte. Wer sie für andere verneint, verneint sie folglich auch für sich selbst, seine Familie, seine Kinder. So verhält es sich auch mit dem Gesetz.«

Zara musterte ihn ein wenig irritiert. »Aber … du brichst das Gesetz gerade.«

Er nickte – Leander war frei von Irritation. »Manchmal muss man das Gesetz brechen, um das Richtige zu tun.«

Aus seinem Mund klang das so einfach.

»Das klingt so einfach.«

»In diesem Fall ist es das auch: Offensichtlich hat man Antonia Santos einen Mord angehängt, um sie daran zu hindern, die EU-Bürger vor gefährlichen Rückständen in Lebensmitteln zu warnen. Es ist richtig, die Studie zu publizieren. Und es ist falsch, das zu verhindern. Jemanden dafür zu verfolgen, dass er die Wahrheit sagt, ist immer falsch.«

Bei Licht betrachtet war das tatsächlich alles, was es zu entscheiden galt.

»Aber man muss auch bereit sein, den Preis dafür zu zahlen«, schlussfolgerte Zara.

Leander nickte: »Den höchsten Preis zahlt man immer dann, wenn man es nicht tut. Wer für eine Überzeugung handelt, ist mit jedem Preis einverstanden. Ansonsten vertritt man lediglich eine Haltung. Die Währung von Überzeugung ist … Verzicht. Antonia Santos verzichtet auf ihre Freiheit, weil sie ihrer Überzeugung folgt und … der Würfel …«

»Ja? Was ist mit dem?«

»Der fällt immer auf die 1.«

»Ja, klar. Das ist ein Trickwürfel. Wusstest du nicht?«

Losts Miene wurde starr.

32.

Das Xarez von Senhora Pipa wirkte wie ein traditionelles Lokal mit einer groß angelegten Terrasse und einem hippen Namen. Aber der Name stammte aus der maurischen Herrschaft über diesen Landstrich – das arabische Wort für die hier reichlich blühenden Zistrosen war Saris: der Berg der Zistrosen. *Monte Xarez.*

Monsaraz erhob sich in Form eines markanten, schmalen Bergrückens in fast 200 Metern Höhe über die flache Landschaft. Eine Stadtmauer aus grobem Stein umschloss den Ort. Vom turmbewehrten Eingangsportal durchzogen vier Gassen den winzigen Ort, der sich auf rund 400 Meter Länge erstreckte und dessen vier Gassen sich am Ende vor dem Kastell vereinigten: einer alten Wehranlage samt Burgfried und Wachtürmen, die sich auf der Erhöhung noch einmal weiter dem Himmel entgegenreckte.

Doch der Ort war gar nicht so überschaubar, wie die Platzverhältnisse vermuten ließen, denn ständig entleerten Reisebusse ihre Passagiere. Den Ort, die Gruppe und sich selbst fotografierend suchten sie die Souvenirläden, die Kirche und natürlich die wenigen Restaurants heim. Immer wieder schwappte eine neue Besucherschar einer Welle gleich durch die Gassen und wurde gebremst durch die entgegengewandte Welle der vorherigen Besucher zurück zu den Parkplätzen. Auf diese Weise waren die Gassen von morgens bis abends mit Touristen gefüllt.

Mit solchen, die in Gruppen kamen und alles im Schnelldurchlauf erlebten, solchen, die sich das Land individuell per Wohnmobil untertan machten, und solchen, die über die Touristen aus dem eigenen Land grundsätzlich die Nase rümpften und ihre Begleiter fragten: »Wisst ihr eigentlich, woher der Ort seinen Namen hat? Der kommt aus dem Arabischen …«

Wer ins Xarez wollte, musste über kurz oder lang das *O Canto* passieren, das sich sinnigerweise an der Ecke gegenüber des Eingangsportals befand. Durch das Lucia Romero in diesem Augenblick schritt. Sie bildete dabei das Schlusslicht einer französischen Reisegruppe, der sie sich vor zwanzig Metern einfach angeschlossen hatte.

Lucia Romero hatte die Nacht im Haus eines alten Bekannten verbracht, Mateo Ferrer. Einem Mann, den sie an der Uni in Évora kennen- und lieben gelernt hatte. Die Verbindung zerbrach, er heiratete eine andere, wurde Witwer. Sie trafen sich wieder und wurden Freunde.

Er lebte zurückgezogen in Cheles, auf der spanischen Seite des Alqueva-Stausees, und war mit fünfzig schon seit über einem Jahr Großvater. Sein Cousin, ein junger Heißsporn, hatte sie im Morgengrauen an einer schmalen Stelle mit seinem Boot übergesetzt, sodass sie nur ein paar Minuten später den Fuß auf portugiesischen Boden gesetzt hatte.

Nur eine Bucht weiter stieß sie auf eine Anlegestelle und hielt den Daumen raus. Eine belgische Kleinfamilie nahm sie mit ihrem Transporter die steile Bergstraße, die sich weiter oben in eine Serpentine verwandelte, mit hinauf zu den Parkplätzen unterhalb von Monsaraz.

Und jetzt sah sie schon das Xarez.

In diesem Augenblick war Soraia Rosado noch eine gute Stunde von dem Ort entfernt, gerade hatte sie Beja hinter sich gelassen. Als Graciana sie am frühen Morgen in der Villa Elias erwischte, wo sie – ihr Handy umklammernd – in der Hängematte eingeschlafen war und ihr sagte: »So, du musst dir keine Gedanken machen«, wusste sie, dass das Gegenteil der Fall war.

Graciana erklärte ihr etwas von einem Würfel und Himmelsrichtungen, da hatte sie die Hängematte schon mit einem olympiareifen Satz hinter sich gelassen und sich den Schlüssel ihres erst 12 Jahre alten Flitzers geschnappt.

»Wo ist er?«

»In Monsaraz, unten am Ufer.«

»Nicht in Évora?«

»Nein, wieso fragst du?«

Weil es eine geflüsterte Abmachung gab zwischen Leander und ihr, in der es um Évora ging. Eine dieser Wenn-alle-Stricke-reißen-sehen-wir-uns-da-Versprechungen, die Soraia überflüssig fand. Weil sie im Leben normaler Menschen im 21. Jahrhundert ihre Relevanz eingebüßt hatten. Aber da sie in Leanders persönlichem Sicherheitsnetz eine Rolle spielten, hatte sie ihm den Gefallen gerne getan. Sie hätte sich mit ihm auch auf Io verabredet.

Carlos und ihre Schwester (und Miguel Duarte) hatten den Magellan gefunden. Am Alqueva-Stausee. Menschenleer.

Mateo Ferrer hatte das leise Weinen seines Enkels bis in die Werkstatt gehört, in der er eine wurmstichige Kommode restaurierte. Er liebte die Arbeit mit Holz. Die Struktur, wenn er darüberstrich. Der Geruch, der sich noch steigerte, sobald das Holz mit Öl bestrichen wurde.

Seine Tochter hatte gesagt, der Kleine schlafe. Sie wollte nur kurz zum Bäcker.

Mateo hielt mit der Pinselei inne und spitzte die Ohren, ob das Wimmern vielleicht noch weiter ging. Ging es.

Er seufzte, musste dann aber doch lächeln. Er war schwer verliebt in den kleinen Fratz.

Mit wenigen Schritten ging er durch die Küche ins Kinderzimmer und … erstarrte. Auf dem Stuhl neben dem Bettchen, dessen Rahmen Mateo mit eigenen Händen geschnitzt hatte, saß ein hagerer Mann mit seinem Enkel auf dem Schoß. Das Wimmern war ein Glucksen, denn der Mann hatte ihn auf seinem Schoß sitzen und wiegte ihn überraschend mal nach links, mal nach rechts. Der Unterarm des Mannes war bandagiert. An einem Ende war ein Teil einer Tätowierung zu erkennen: Ismael Ruiz.

Mateos Mundhöhle fühlte sich schlagartig trocken an.

In der freien Hand hielt der Fremde ein Smartphone.

»Lucia Romero – hast du ihr dein Handy gegeben?«, fragte er.

»Ich hab … ich …«

Mateo fiel keine Ausrede ein.

»Die Nummer.«

Er gab sie dem Mann, der sie daraufhin für seinen Gesprächspartner, mit dem er telefonierte, wiederholte, bevor er die Verbindung beendete.

»Hinsetzen.«

Ferrer nahm Platz. Er hatte genug Lebenserfahrung und Menschenkenntnis, um zu wissen, dass der Mann auf dem Stuhl nicht zögern würde. In keinerlei Hinsicht.

»Bitte, was wollen Sie?«

»Nichts. Nur, dass du sitzt und ruhig bist. Hier.«

Er stand auf und drückte ihm den Fratz in die Hände, und eilig nahm Mateo ihn erleichtert in die Arme. Der Mann ging ans Fenster und blickte hinaus.

»Wenn deine Tochter zurückkommt, bleiben wir alle drei hier sitzen, wir und der kleine Mann. Wir warten. Wenn mein Telefon fünfmal klingelt, gehe ich wieder.«

Alicia Mata hatte mithilfe einiger Kollegen aus der nächstgrößeren Stadt Évora die Zufahrtstraßen von Monsaraz im Blick und unter Kontrolle – der Haupteingang mit dem Portal, von dem sie wussten, dass Lucia Romero es soeben passiert hatte. Die

Ortung von Ferrers Handy, die Lionel Andrade ihnen aus Faro zur Verfügung stellte, war punktgenau.

Die zweite Zufahrt lag in Monsaraz' östlicher Stadtmauer, gleich hinter der Kirche eine enge Gasse, durch die ein Auto passte.

In ihren Augen hatten die sich für ihr Treffen die perfekte Falle gesucht. Einmal drinnen, kam niemand mehr raus. Und es sah nicht so aus, als befände sich ausgerechnet hier oben der spezielle Rechner, den es brauchte, um die Festplatte auszulesen.

Sie musste nur abwarten, was jetzt gleich passierte.

Mata gab einem der Zivilpolizisten ein Zeichen, damit er ihre Position einnahm. Dann machte sie sich selbst auf den Weg zum Ostportal. Ihr Instinkt sagte ihr, dass ein Flüchtiger eher diesen Weg wählen würde als den Hauptzugang.

Und dann wäre sie zur Stelle.

»Es geht los, ich seh sie«, hörte sie Vascos Stimme aus dem kleinen Mikro in ihrer Ohrmuschel.

Daniel Vasco hatte einen Logenplatz – die gepflasterte Hauptgasse war von ein- bis anderthalbstöckigen Häusern gesäumt. Allesamt weiß, allesamt ineinander übergehend. Die Hitze und der Wind hatten den Putz von den Wänden blättern lassen und legten darunter Steinmauern frei, die dem Grund der Gassen ähnelten. Nur dann und wann erhob sich eine Pflanze, lugten die Früchte eines Zitronenbaums über eine Mauer oder erhob sich eine Zypresse schmal und spitz über alles andere, als wolle sie sich durch menschliche Bauten nicht den Blick rauben lassen.

Vor dem geduckten Häuschen, vor dem jemand eine weiße Bank gemauert hatte, saß Vasco auf dieser und hatte die gesamte Gasse bis zum Hauptportal im Blick. Direkt über ihm wuchs, getragen von einem schwarzen, gusseisernen Arm, eine Laterne aus der Wand. Viereckig, verglast und ebenfalls mit einem gusseisernen Abschluss versehen.

Und jetzt sah er Lucia Romero, die sich zur Tarnung einer Gruppe aus einem Reisebus angeschlossen hatte. Seit gut zehn Minuten beobachteten sie auf ihren Tablets jeden ihrer Schritte. Seit Cooper sich ihres Anlaufpunkts drüben in Cheles angenommen hatte.

Fast war sie nun auf Höhe des O Canto.

Das sahen auch Graciana und Carlos, die sich im Xarez an einen Tisch mit Blick zur Gasse gesetzt hatten. Das Lokal war schon gut besucht, wobei sich die Mehrzahl der Gäste auf der anderen Seite befand – mit Blick über die Landschaft.

»Da ist sie«, murmelte Carlos und deutete mit einer Kopfbewegung hinaus, und auch Graciana erkannte sie von ihrem Besuch bei Beyond in El Ejido wieder. Sie trug immer noch ihren markanten Zopf.

»Du hattest recht mit Joaquim«, fügte Esteves hinzu und wickelte schnell die *rissoís*, die kleinen mit Hühnerfleisch und Krabben gefüllten Teigtaschen, in eine Serviette, die er wiederum in den Untiefen seiner rechten Jacketttasche verschwinden ließ.

Joaquim. Das war der junge Mann unten am Girassol gewesen – ein Freund von Antonia Santos. Der fallen gelassen hatte, dass sie öfters hier gewesen waren, im Xarez. Er erinnerte sich wegen des arabischen Ursprungs des Namens.

Und Graciana hatte sich an das Gespräch mit ihm erinnert: der leere Magellan, die spanische Grenze, das Xarez. Was im Kopf von Leander Lost eine mögliche Verknüpfung von vielen darstellte, möglicherweise sogar eine signifikante, war für Graciana Rosado ganz nah am Status einer Gewissheit: So *musste* es sein.

Blieb nur die Frage, wo Antonia Santos sich aufhielt – im Xarez jedenfalls nicht.

Miguel Duarte wartete schräg gegenüber an einem Bistro mit Stehtischen. Er tat so, als blättere er in einem Reiseführer.

»Als würde das zu seinem Anzug passen«, sagte Carlos und schüttelte den Kopf.

»Da ist sie«, sagte auch Antonia Santos, während Leander sechs, sieben, acht Gesichter abtasten musste, bevor er am Ende der Reisegruppe das passende gefunden hatte. das nämlich, das dem Foto von Lucia Romero in ein paar signifikanten Details entsprach. Ein Foto, das Antonia ihm auf der Homepage von Beyond gezeigt hatte.

Sie saßen beide im O Canto, um Lucia Romero noch vor dem Xarez abzufangen. Eigentlich konnte niemand wissen, dass sie sich gerade hier treffen wollten – aber wer konnte das schon mit Sicherheit ausschließen?

Leander sah über die Schulter, als spüre er ein Augenpaar in seinem Nacken, aber Zara war glücklicherweise nicht unter den Gästen. Wenn sie sich an ihr Versprechen hielt, wartete sie unten an den Parkplätzen.

Er hatte seit der Ortung ihres Handys – er war sich sicher, dass sie das getan hatten – alles unternommen, um nicht so zu handeln, wie er sonst handelte. Denn Logik war kalkulierbar. Das Verhalten eines logisch handelnden Menschen war für andere antizipierbar.

Dass Lost, um wirklich unvorhersehbar zu agieren, sich des Würfels an Toninhos Autoschlüssel bedienen würde, war zwar ebenfalls fast naheliegend. Zumindest für diejenigen, die den Schlüsselanhänger kannten. Wie Graciana und Carlos. Was für sich betrachtet nicht weiter besorgniserregend war. Wenn man allerdings um die Manipulation des Würfels wusste und sich noch Himmelsrichtungen dazudachte, landete man in etwa dort, wo sie mit dem Magellan gehalten hatten.

Das war Leander zu brenzlig.

Und deshalb hatte er trotz allen Murrens und widerwilliger Seufzer darauf bestanden, den Magellan zurückzulassen und sich zu Fuß abzusetzen.

»Ich gehe und lotse sie her«, sagte Antonia und war, bevor Lost etwas erwidern konnte, an der Tür. Sie öffnete sie und verließ das O Canto, was weder von Duarte und Vasco noch von Carlos und Graciana unbemerkt blieb.

Und auch von Lucia Romero nicht. Auf deren Gesicht breitete sich maßlose Erleichterung aus. Sie breitete die Arme auseinander. In der einen Hand hielt sie die Stofftasche mit der Festplatte.

Antonia lächelte jetzt auch. Sie war erleichtert und dankbar, dass es hier gegen eine immer kleiner werdende Wahrscheinlichkeit doch noch zu einem guten Ende kam.

Und mitten hinter einer Traube von Touristen trat ein hagerer Mann mit einem Baseballcap und einer Sonnenbrille hervor und schoss Romero von hinten in den Kopf.

Die Zeit dehnte sich plötzlich.

Der Zopf flog unendlich langsam hoch, Romeros Beine gaben unter ihrem eigenen Gewicht nach und brachen ein. Ohne sich reflexmäßig abzustützen, prallte sie hart auf die Steine und eine Vibration durchlief ihren reglosen Körper. Blut lief ihr aus dem Ohr.

Selbst der Hall des Schusses kam verzögert bei Antonia Santos an.

Lucia Romeros Griff lockerte sich und entließ den Beutel über die Gasse, die er entlangschlitterte – exakt auf Antonia zu.

Vasco sprintete los – viel schneller, als man es beim Anblick seiner Erscheinung für möglich gehalten hätte.

Und dann, als nähme eine unsichtbare Macht plötzlich das Brennglas von dieser Situation, fand die Zeit zurück in die Bahn.

»Rettungskräfte ans Hauptportal!«, rief Vasco in sein Funkmikro.

Carlos und Graciana hatten beide ihre Dienstwaffen gezogen und stürzten zum Eingang, während …

… die Passanten draußen ungläubig aufblickten und andere schon Deckung suchten.

Antonia Santos ergriff den Beutel und tauchte in einer Drehung weg – um vor Cooper davonzulaufen.

Der legte jetzt, während die Touristen panisch seine Schussbahn kreuzten, auf sie an.

In dem Sekundenbruchteil splitterte die Frontscheibe des O Canto, weil Lost – um wertvolle Zeit zu sparen – direkt durch das breite Fenster feuerte.

Das Projektil riss Cooper die Baseballkappe vom Kopf. Aber der erwiderte das Feuer nicht in Richtung Lost, sondern blieb auf Santos fokussiert, die nicht wie ein Profi davonlief – im Zickzack –, sondern gradlinig.

»Waffe fallen lassen, auf den Boden!« brüllte Graciana, die zusammen mit Carlos aus dem Xarez stürmte, als Cooper abdrückte und …

… Antonia Santos im rechten Schulterblatt traf. Sie stolperte nach vorne, verlor den Tritt und stürzte schließlich zu Boden. Abermals fiel die Tasche mit der Festplatte zu Boden und rutschte weiter, und …

… Lost drückte nahezu gleichzeitig ab.

Die Kugel traf Cooper jetzt an der Hüfte, wirbelte ihn mit ihrer Wucht herum, und er erwiderte aus Reflex ein Deckungsfeuer – eine Folge von vier schnellen Schüssen in Losts Richtung. Der letzte …

… traf Leander und riss ihn zu Boden, während …

… Antonia Santos sich aufrappelte und im Schock ihrer Schussverletzung schreiend davonlief und …

… Carlos abdrückte und Cooper in die Brust traf. Der Mann stürzte zu Boden, nur wenige Meter von Antonia Santos entfernt.

Leander atmete schnell, er umschloss mit den Fingern der freien Hand, der rechten, den ersten Wächter an seinem Halsband, den Ring aus Speckstein an dem Lederriemen. Er tat es, damit der Raum nicht implodierte und ihn zusammenpresste.

Leute starrten auf ihn, zum Teil hatten sie Schutz unter den Tischen gesucht. Eine Gestalt trat näher. Sie hielt eine Waffe und näherte sich geduckt: Miguel Duarte.

Der sah, dass Lost angeschossen war – eine Fleischwunde am Arm.

Hier lag es vor ihm, sein Ticket nach Lissabon, sein Faustpfand in ein neues Leben. Das war die Abmachung mit Vasco: Er hatte ihn gefasst.

Antonia Santos war außer Sicht. Aber mit ihrer Verletzung würde sie nicht weit kommen und man würde ihr helfen müssen – dieser Gedanke schoss Graciana durch den Kopf, als sie in dem ganzen Trubel der flüchtenden und panischen Menschen neben Lucia Romero auf die Knie ging und etwas außer Atem ihren Puls fühlte. Carlos, der beinahe gleichauf mit ihr war, lief weiter zu Cooper, der seitlich am Boden lag und sich wand und keuchte.

»Die Studie?«

»Was?«

Romero deutete liegend und verletzt auf die Tasche, die Antonia Santos fallen gelassen hatte – und die Vasco jetzt erreichte.

»Fairy ist … gefährlich … sie wollen … verhindern, dass die Menschen … das erfahren. Bitte. Sie müssen … die Studie …«

Das war das fehlende Stück! Fairy, der wunderbare Dünger, den man Carlos und ihr bei ihrem Besuch bei Beyond vorgeführt hatte. Die USB-Sticks, Micky Maus, die Manipulation der GPS-Daten, die versuchte Auslieferung von Santos an London – und natürlich Losts Verhalten! Er hatte Santos geholfen, weil er die Wahrheit kannte.

Aber warum hatte er sie nicht mit ihnen geteilt?

Vasco jedenfalls hob die Tasche an, blickte hinein und drehte sich zur Seite. Er zog seine Dienstwaffe, steckte sie hinein und drückte ab. Der trockene Knall wurde von dem Stoff der Tasche kaum gedämpft. Damit war der Inhalt der Festplatte unwiderruflich zerstört.

Die Leute blickten aufgeschreckt und verängstigt in seine Richtung.

»Polizei!«, rief er. »Nichts passiert!«

Da fuhr der Rettungswagen vor. Zwei Ärzte und Sanitäter sprangen heraus und übernahmen die Versorgung der beiden Verletzten Romero und Cooper.

Carlos trat zu Graciana. »Alles in Ordnung?«

»Ja. Hol den Wagen, bitte.«

»Hierher?«

Sie hatte diesen energischen Rosado-Blick und nickte.

Esteves machte sich auf den Weg. Er sah noch, wie Duarte aus dem O Canto kam.

»Und? Lost?«

»Hier ist er nicht«, sagte Miguel Duarte. Und Graciana fand, er wirkte unendlich traurig.

»Oh Leander, was ist passiert? Du blutest.«

Zaras Gesichtsausdruck zeugte von enormer Besorgnis, als sie Leander sah, der den Hinterausgang des O Canto genommen hatte und dann über eine Mauer in die untere Gasse geklettert war.

»Ich bin angeschossen worden. Es ist üblich, dass man dann blutet. Wir müssen weg hier. Aber nicht mit dem Magellan.«

»Müssen wir nicht deine Verletzung versorgen?«

»Doch, aber nicht hier.«

»Hast du Schmerzen?«

»Nein. Ich habe einen Schock. Die Schmerzen kommen später.«

Sie nahm ihren Rucksack von einer Vespa, neben der sie stand, und setzte sich darauf.

»Wir können damit fahren. Jemand hat den Schlüssel stecken lassen.«

»Wer?«

»Ein junger Mann, der mir gerade eine Cola besorgt.«

»Du hast keinen Führerschein.«

»Toninho hat es mir beigebracht.«

»Aber du darfst nicht fahren.«

»Manchmal muss man das Gesetz brechen, um das Richtige zu tun.«

Es war für Leander eine ungewohnte Erfahrung, mit den eigenen Waffen geschlagen zu werden.

Da die Zeit drängte, nahm er hinter ihr Platz.

»Festhalten.«

Leander legte den unverletzten Am um ihre Taille, während sie losjagte: Die enge Gasse entlang und dann nach links durch das Osttor.

Alicia Mata hatte ihren Posten dort verlassen und war Antonia Santos entgegengelaufen, die recht blass auf dem Boden saß und an der Wand der Kirche lehnte. Sie ging neben ihr in die Hocke und besah sich die Wunde. »Das ist nicht lebensgefährlich … machen Sie sich keine Sorgen – die Sanitäter sind unterwegs.«

Bei Mata meldete sich ein Posten: »Zwei Personen auf einem Zweirad. Kommen direkt vom Berg runter auf uns zu.«

»Augenblick.«

Sie fingerte ihr Tablet aus der Beintasche und wischte darüber. Fast sofort erschien Monsaraz auf der Karte und ein blinkender Punkt, der sich mit hohem Tempo von der Bergkuppe hinabbewegte: der Peilsender, mit dem Vasco ihren kleinen Satelliten Miguel Duarte ausgestattet hatte.

Sie schob sich das Funkmikro instinktiv näher in Richtung Mund, bevor sie antwortete: »Das ist unser Mann. Passieren lassen.«

Die Straßensperre aus zwei Autos, die Zara im Zweifelsfall zu umgehen versucht hätte, machte ihnen Platz, indem der rechte Wagen schnell ein paar Meter vorgefahren wurde. So entstand die Lücke, durch die Zara fuhr, und einer der Wachtposten hob zum Gruß sogar noch die Hand.

Mata sah durch das Osttor hinab. Auf der Straße, die ins Tal führte, fuhr ein Motorroller. Täuschte sie sich, oder flatterte da eine Krawatte im Wind?

Der erste Rettungswagen mit Dale Cooper an Bord verließ den Ort durch das Hauptportal, während Lucia Romero, schon mit einer Infusion versorgt, in einen zweiten geschoben wurde. Der Notarzt hatte die Blutung am Kopf gestillt. Sie wollte etwas zu Graciana sagen, aber der Arzt schüttelte den Kopf: »Auf keinen Fall. Nichts sagen, bleiben Sie ruhig.«

Dann verschwand sie im Inneren des Rettungswagens.

Vasco stellte sich nun neben Graciana.

»Sie hier?«

»Das wollte ich Sie auch gerade fragen, Senhor Vasco.«

»Ich dachte mir, dass Sie nicht unten in Faro bleiben und abwarten, wie die Geschichte ausgeht, hm?«, sagte Daniel Vasco zu Graciana. »Aber ich werde ein gutes Wort für Sie alle einlegen.«

»Oh, da bin ich erleichtert – der Mann, der auf Lucia Romero geschossen hat, kennen Sie den?«

»Nein. Aber ich werde ihn persönlich verhören.«

»Gut zu wissen. Und Senhor Lost, wissen Sie, wo der ist?«

»Ich dachte erst, er war derjenige, der aus dem Lokal da das Feuer auf den unbekannten Mann eröffnet hat«, antwortete Vasco und deutete mit dem Kopf auf das O Canto, »aber wie es aussieht, ist er nicht vor Ort. Meine Kollegin, Senhora Alicia …«

»… Ihr Terrier …«

»Genau – sie sagt, dass sie bei Antonia Santos ist.«

»Gut.«

Graciana sah, wie sich weiter hinten Esteves' alter Benz näherte.

»Was ist das eigentlich in der Tasche?«

»Das?«

»Ja.«

»Ich weiß nicht, etwas aus Metall. Aber vermutlich sowieso nicht mehr funktionstüchtig.«

»Weil?«

»Bei dem Schusswechsel muss es von einem Querschläger getroffen worden sein.«

»Wirklich?«

»Ja.«

»Von hier hat es so ausgesehen, als hätten sie selbst den Schuss abgegeben.«

»Als hätte ich selbst den Schuss abgegeben?« Vasco setzte ein freundliches Lächeln auf: »Sie wollen mir doch nichts unterstellen, hm?«

»Sie meinen, wie man Antonia Santos den Mord an Jack Brent unterstellt hat?«

Daniel Vasco wusste um den schalen Beigeschmack eines

hölzernen Lächelns und stellte es deshalb ganz ein. »Ich glaube, Sie verknüpfen da Sachen, die nicht zusammengehören.«

Im gleichen Augenblick hielt Carlos' alter Mercedes neben ihnen. Die Beifahrertür schwang auf. Vasco blickte kurz hinter sich. Und als er wieder nach vorne schaute, sah er zunächst Duartes vor Erstaunen weit geöffneten Mund. Dann blickte er an sich hinab – die Sub-Inspektorin hatte ihre Waffe auf ihn gerichtet.

Das war von einer Unwirklichkeit, die ihn jetzt doch wieder lächeln ließ. Eine absurdere Situation war ihm die letzten zehn oder sogar fünfzehn Jahre in seinem Job nicht untergekommen. »Sind Sie wahnsinnig?«

»Ich verhafte Sie hiermit wegen Vernichtung von Beweismitteln im Mordfall Jack Brent. Geben Sie mir die Tasche und steigen Sie ein.«

»Sie haben keine Ahnung, was für einen Fehler …«

»Einsteigen«, unterbrach sie ihn unbeeindruckt.

Sein Lächeln erstarb, er sah ihr in die Augen, und die Art, wie sie seinen Blick erwiderte, beerdigte jeden Zweifel. Vasco schluckte und stieg ein. Graciana schloss die Beifahrertür und steckte die Waffe ein. Dann sah sie zu Miguel: »Kommst du?«

Obwohl er irgendwie – wer konnte den Ursprung eines Gefühls schon immer exakt bestimmen? – auf den Anruf gehofft hatte, war er doch überrascht, als er eintraf. Seine Frau, Raquel, nahm ihn entgegen.

»Senhor Lost«, sagte sie erleichtert, »wo sind Sie? Wie geht es Ihnen? Soraia sucht Sie. Können wir Ihnen helfen? – Nördlich von Ihnen. Gut. Das dachte ich mir. Ja. – Graças a deus! Es ist Senhor Lost. Er braucht Hilfe.«

Damit reichte sie Antonio das Smartphone, das in dessen Hand einfach zu verschwinden schien.

»Senhor Lost, was brauchen Sie?«

»Eine Information von Lucia Romero.«

Der Mercedes fuhr auf die Sperre zu, an der Antonia Santos gerade auf einer Trage ebenfalls in einen Rettungswagen geschoben wurde. Mithilfe eines Kollegen und eines Sanitäters hatten sie sie hierhergebracht.

Alicia Mata richtete den Blick auf das Auto. Vorne rechts erkannte sie Carlos Esteves, den ihr Chef eigentlich von diesem Fall abgezogen hatte. Aber auf dem Beifahrerplatz saß Vasco höchstpersönlich.

»Und einmal winken«, sagte Graciana, woraufhin Vasco lässig die Hand hob und Mata einen Gruß schickte. Graciana, die sich die Rückbank mit einem sehr schweigsamen Miguel Duarte teilte, sah, wie die Sperre aufgehoben wurde und sie passieren konnten.

Mata sah dem Wagen hinterher.

Vasco war nicht umsonst ihr Chef. The Brain.

Sah unverdächtig aus. Unauffällig. Wie einer jener ambitionslosen Kundenberater hinter dem Paravent im Foyer einer kleinen Bankfiliale.

Wusste der Teufel, was er jetzt gerade wieder Raffiniertes ausheckte.

Aber …

Täuschte sie sich etwa?

Schnell hob sie das Fernglas vor ihre Augen und fokussierte auf den hinteren Teil des Mercedes, dessen Fahrer ihr auch noch den Gefallen tat, in dieser Sekunde nach links abzubiegen. Und hinter ihm, auf der Rückbank, saß Duarte. *Ohne jeden Zweifel.* Er zog sich gerade den Scheitel nach.

Dabei war er doch erst vor fünf Minuten auf einer Vespa hier durchgefahren.

Vielleicht heckte ihr Chef also gar nichts aus. Vielleicht war er in Gefahr?

Leander Lost hängte den Hörer wieder in der Vorrichtung der Telefonzelle ein, an der sie standen, Zara, die Vespa und er.

»Und?«, fragte Zara.

»Er braucht Zeit.«

»Und dann?«

»Dann muss ich dorthin, wo wir erwartet werden – nach Évora, aber vorher müssen wir an einer Apotheke halten, bitte. Ich brauche Schmerztabletten. Und Desinfektionsmittel.«

33.

Soraia Rosado war kleiner und filigraner als der Primeiro Sargento der GNR in Évora vermutet hatte. Wie es aussah, hatte sie viel von ihrer Mutter mitbekommen, und die hatte er nie kennengelernt. Aber augenscheinlich war sie eine sehr schöne Frau.

Sein Name war Dario Ferreira. Früher hatte er im Süden gearbeitet, aber dann hier, in der Hauptstadt des Alentejo, seine jetzige Frau kennengelernt. Seitdem leitete er eine der GNR-Dienststellen in dieser historischen Kleinstadt, in der sich in deren ruhmreicheren Tagen die portugiesischen Könige hatten krönen lassen.

Medizinisch war die Stadt bestens aufgestellt, denn sie beherbergte gleich drei Kliniken. Noch am Fuß von Monsaraz hatte ein Rettungshubschrauber Lucia Romero übernommen und binnen sieben Minuten in die Notaufnahme gebracht.

»Senhora Soraia?«

Die junge Frau nickte und schenkte ihm ein Lächeln. Sie hatte nette Grübchen.

»Dario.«

Sie schüttelten sich kurz die Hände, dann bedeutete er ihr mit einer Geste, ihm vom Foyer in den zweiten Stock des Krankenhauses zu folgen. Es roch nach Desinfektionsmitteln, und Pfleger schoben Patienten in Rollstühlen oder Betten über die Flure.

»Wie geht es Ihrem Vater?«

»Ausgezeichnet, danke.«

Soraia hätte aus Höflichkeit noch ein paar Sätze mit dem jungen Mann getauscht, aber sie war gerade wach bis in die Fingerspitzen, fast elektrisiert – Leander lebte. Er war, ihr Vater hatte kurz mit ihm telefonieren können, unversehrt. Ebenso wie Zara. Soraia war wenige Minuten nach dem Schusswechsel in Monsaraz eingetroffen, und dort hatte sie der erlösende Anruf ihrer Eltern erreicht.

Dario Ferreira führte sie zu einer Tür, die von einem weiteren GNR-Polizisten bewacht wurde. »Olá, João, wir müssen für eine Minute rein.«

»Die Frau von der PJ Lissabon sagt, es darf niemand rein.«

Dario Ferreira nickte väterlich, obwohl der Mann in seinem Alter war. Was auch immer die Frau aus Lissabon gesagt oder angeordnet hatte – Antonio Rosado hatte ihn um einen Gefallen gebeten, und der Primeiro Sargento war froh, ihm diesen endlich erwidern zu können. Und noch dazu mit diesem kleinen Aufwand.

»Ich hab Karten für das Benfica-Spiel. Drei Stück. Fankurve. Du und deine Söhne. Hat Rafael nicht Geburtstag, nächste Woche?«

»Schön, aber macht schnell.«

Daraufhin nickte Ferreira ihr zu und öffnete die Tür, die er auch wieder hinter ihr schloss, sobald sie drin waren.

Lucia Romero war bei Bewusstsein. Ihr Kopf war verbunden, der Ständer mit der Infusion aus Kochsalz und Schmerzmitteln ragte hinter dem Bett auf. Ihre Augen fanden zu ihr, aber sie bewegte den Kopf nicht.

»Ich bin Soraia«, sagte Soraia Rosado leise und trat vorsichtig an das Bett der Verletzten. »Leander Lost ist mein Freund. Ich bin seinetwegen hier.«

Obwohl die Spanierin sich immer noch nicht rührte, nahm Soraia wahr, wie sie sich bei diesen Worten entspannte.

»Es ist … alles verloren.« Prompt sammelten sich die Tränen in ihren Augen.

»Nein. Wir haben noch eine Karte, die wir spielen können.«

Lucia Romero sah die kleine Frau erstaunt an. Die Vorhänge des Zimmers waren zugezogen, weil die Mittagssonne unerbittlich am gleißend blauen Himmel stand. Aber in der Mitte war ein kleiner Spalt übersehen worden, durch den ein Sonnenstrahl hereinfiel und das Haar von Soraia Rosado illuminierte. So, wie sie neben dem Bett stand, wirkte sie auf Lucia wie eine Engelsgestalt, sodass sie kurz die Möglichkeit in Betracht zog, sie halluziniere.

»Paco«, sagte Soraia ruhig, »es gibt einen Mann namens Paco. Und Leander muss wissen, wo er ihn finden kann.«

Unwillkürlich musste Lucia lächeln. Natürlich, das war eine Möglichkeit, wenn auch eine wenig aussichtsreiche. Ein Strohhalm. Aber immerhin.

»Er ist hier. In der Pousada Convento de Évora.«

34.

Wenn man sich mit etwas Restwürde zu Tode trinken wollte, war die Pousada in Évora eine stilvolle Option. Zwischen der imposanten Kirche und den Überresten römischer Säulen befand sich dieses Hotel in den verwinkelten Gängen eines ehemaligen Klosters. Man mixe geschmackvolles Interieur mit rustikaler, schwerer Bauweise und beantworte die Frage, was wohl nach der nächsten Ecke kommt, mit einem weiteren, individuellen Refugium: Arkadengang, Pool, ein pflanzengesäumtes Atrium, Steinveranda, Lobby – oder eben eine gut bestückte Bar.

Der Pousada Convento de Évora gelang das Kunststück, Understatement und Noblesse so zu vereinen, dass es unaufdringlich und familiär wirkte. Es gab praktisch keinen Gast, der seine Abreise nicht bedauerte.

Die Bar war klein und hinter einem wuchtigen Steinportal verborgen. Die Theke nur so breit, dass lediglich vier Barhocker davor Platz fanden, deren Sitzpolster mit weißem Leder überzogen waren. Und trotzdem gab es keinen Wunsch, der den Barkeeper in Verlegenheit gebracht hätte.

Sein Name war Gérard, er war marokkanischer Herkunft, aber er sagte gerne, dass Lebenskünstler keine Herkunft besäßen, weil sie natürlich überall zu Hause waren – wie er selbst. Eine schmale, sehnige Gestalt mit einem fein gestutzten, grauen Schnurrbart und glitzernden Augen. Was da genau aufblitzte, der Schalk, die Klugheit, die Gelegenheit für einen Scherz oder schlicht die Reflexion der Wandleuchte, war schwer zu bestimmen. Jedenfalls war er ein charmanter Kerl, der so viele Geschichten auf Lager hatte, dass es einem mit ihm nie langweilig wurde.

Hier, hatte Paco Casado vor zwei Tagen beschlossen, würde er sich in eine bessere Welt trinken. In der er die Sache mit dem Stick nicht vermasselt hatte.

Da erschien direkt neben ihm ein großer Kerl mit lockigen Haaren, der eine Tasche mit sich trug. Er nahm auf dem Barhocker neben ihm Platz.

»Bom dia«, wurde er von Gérard begrüßt.

»Bom dia«, erwiderte Carlos und wandte sich seinem Sitznachbarn zu: »Die Rezeptionistin sagt, Sie sind Senhor Paco Casado.«

Der Angesprochene erstarrte. Er war durchaus gut gekleidet, wie Carlos schon festgestellt hatte. Die Finger lang und fein, von Schwielen weit und breit keine Spur. Die Gesichtshaut für einen Spanier eher blässlich, fast eine Spur teigig. Auch deutete kaum etwas darauf hin, dass er sich im Job oder seiner Freizeit übermäßig bewegte.

Etwas Verschrecktes hatte sich jetzt in seinen Blick geschlichen.

»Lucia Romero schickt mich«, beruhigte Carlos ihn daher schnell und schob gedanklich ein *sozusagen* hinterher. Falls es bei Paco Casado noch eine Steigerung von hellwach gab, hatte er sie soeben erklommen.

Carlos holte die Festplatte aus der Tasche und legte sie sanft auf die Theke, wo sie von Paco und Gérard mit identischer Neugierde betrachtet wurde.

»Die ist hinüber«, stellte Paco sachkundig fest.

Carlos nickte und zückte seinen Dienstausweis, den er Gérard zeigte: »Polícia Judiciária. Sie sind zu Stillschweigen verpflichtet. Auch über das Imperial, das ich bei Ihnen bestelle, und über Ihr Handy, das Sie mir bitte reichen.«

Gérard nickte würdevoll, überreichte Esteves sein Handy und begann ein Bier zu zapfen, während Senhor Casado sich ein wenig versteifte, weil der kräftige Mann neben ihm sich als Polizist zu erkennen gegeben hatte.

Esteves tippte zügig eine Nummer und wartete kurz ab, bis sich jemand meldete: »Estou, Carlos«, sagte er, »ich gebe ihn dir, sein Name ist Paco.«

Damit reichte er Gérards Handy an Paco Casado.

»Nehmen Sie.«

Paco ergriff das Smartphone mit sichtbarem Zögern. »Ja?«

»Paco Casado?«

Paco zögerte. Die Stimme am anderen Ende klang jung und rau zugleich. Er hörte deutlich, wie im Hintergrund die Brandung ans Ufer rollte. An welches auch immer.

»Äh, ja?«

»Ich heiße Isadora. Ihnen ist Ihr Auto gestohlen worden.«

»Das, ähm … ist korrekt. Aber dazu muss man wissen, dass es nur eine kleine Unaufmerksam …

»Verstehe. Folgendes: Wann, wer, wo? Fangen wir mit *wann* an.«

Daniel Vasco war darauf trainiert, alles aufzusaugen, was sich seinen Augen darbot. Das Einmaleins entführter Personen.

Von Évora, wo sie Carlos Esteves abgesetzt hatten – wozu eigentlich? – war Graciana Rosado nach Westen gefahren, Richtung Lissabon. Um dann an einer ziemlich verlassenen Kreuzung, nur von zwei Störchen und drei Eseln mit weißen Schnauzen beäugt, nach Nordosten abzubiegen. Richtung Santa Maria. Für die Tiere, nahm Vasco an, waren sie sicherlich das Monatshighlight.

»Wo wollen Sie mich eigentlich abliefern?«

Sie hatte ihn sicherheitshalber mit einer Handschelle an der Beifahrertür fixiert. Allein könnte er sie zwar nicht überwältigen. Aber hinten saß ja sein Satellit. Senhor Duarte, dem sich der Ehrgeiz tief ins Gesicht und ins Gemüt geätzt hatte.

Daniel Vasco hatte natürlich einen Peilsender dabei. Jeder aus seiner Abteilung trug ihn rund um die Uhr. Das war quasi das Willkommensgeschenk, wenn man in der Abteilung anfing. Ein Implantat.

Alicia Mata, der Terrier, hatte ihn also auf dem Schirm. Seine Position.

»In Ônibus.«

»Noch nie gehört.«

»Nicht die Schuld des Ortes.«

Er nickte – Vasco schätzte schlagfertige Persönlichkeiten; er war selbst eine. »Wollen wir nicht Klartext reden?«

»Ich rede nichts anderes, Senhor Vasco.«

»Es ist unsinnig, dass Sie mich bei der GNR in … Ônibus …?«

»Ja.«

»In Ônibus abliefern. Ich bin im Handumdrehen wieder draußen.«

»Dann ist es ja nicht zu Ihrem Nachteil, wenn ich Sie der Guarda Nacional dort übergebe.«

»Hmmm … sagen wir so: Es macht Lärm, wo keiner nötig ist.«

»Gut: Klartext. Wer hat Jack Brent ermordet?«

»Sein Name ist Dale Cooper. Es gab eine Meldung, dass zwei Leute Informationen von Beyond abgegriffen haben. Und sie auf zwei Sticks dabeihaben. Es gab die Information, wo sie sich befinden.«

»Waren Sie dabei?«

»Nein, sonst wäre Brent nicht tot.«

Auf seltsame Weise glaubte sie ihm das.

»Was ist passiert?«

»Sie wollten mit ihm sprechen. Aber er hat auf sie eingedroschen. Und dann hat einer von Coopers Leuten zugestochen. Als er tot war, im Garten, glaube ich, haben sie ihn ausgezogen, alle Kleidungsstücke verbrannt und ihn dann in die Dusche gelegt.«

»Auch die Schuhe?«, erkundigte sich Graciana, die sich wie Duarte an Losts ständige Fragerei nach Brents Schuhen erinnerte.

»Ja. Warum fragen Sie?«

»Unwichtig. Cooper und seine Leute sind … Ihre Leute?«

»Nein. Gott, nein. Wir wissen nur: Die gesamte EU will Fairy. Als Dünger, als Verhandlungsmasse für die Briten – es gibt vielerlei Gründe und Interessen. Niemand ist daran interessiert, dass kurz vor knapp eine Bombe platzt. Und dann werden alle aktiv. Die Briten bieten sich an, Antonia Santos aus dem Verkehr zu ziehen.«

»Und Sie?«

»Ich reguliere Dinge. Ich ziehe Sie und Ihre Truppe von dem Fall ab. Ich stelle Santos still und lasse Senhor Lost verhaften. Ich sorge dafür, dass Ruhe eintritt. Dass Dinge in Vergessenheit geraten. Und später wird das dann alles in Ruhe geregelt. Wir hätten Santos nach einem halben Jahr zurückgeholt und auf freien Fuß gesetzt. So verläuft sich dann alles.«

»Okay. Cooper haben nicht Sie selbst von der Leine gelassen. Aber irgendjemand hat. Wer?«

»Weiß ich nicht. Ich bekomme aus dem Innenministerium eine Telefonnummer, dann rufe ich die Nummer an, dann stimme ich mich mit solchen Leuten ab – wer sucht wo –, um Kapazitäten richtig zu nutzen, aber mehr weiß ich nicht. Ich kenne seinen richtigen Namen nicht, ich weiß nicht, was für eine Ausbildung er hat, ich weiß nicht, wer ihn engagiert hat. Ich weiß nur: Er arbeitet da, wo andere nicht arbeiten.«

»Und was vermuten Sie?«, mischte sich Duarte jetzt zum ersten Mal von der Rückbank her ein.

Vasco warf ihm nur einen kurzen, da unverfänglichen Blick zu: »Ich vermute frei mietbare Söldner. *Dale Cooper* ist ganz bestimmt nicht sein richtiger Name.«

»Das war der Rollenname von Kyle McLachlan in *Twin Peaks*«, wusste Duarte.

»Da hören Sie's«, sagte Daniel Vasco an Graciana gewandt: »Sie wollen Klartext?«

Graciana nickte.

»Hier ist er: Die Studie von Beyond war auf der Festplatte. Und die ist nicht mehr lesbar. Es gibt keinen Beweis.«

»Sie wollen verseuchte Lebensmittel zulassen? Für unser Land? Die EU? Ihre Familie?«

»Man wird Fairy optimieren. Fehler begradigen. Die Situation ist günstig in den Verhandlungen mit den Briten. Und was heißt *verseucht*? Was überall in den Supermärkten liegt, ist ja längst mit Pestiziden überzogen. Die Leute essen es trotzdem.«

»Ich verstehe.«

»Ja?«

»Ja.«

Vasco setzte sich auf und drehte sich zu ihr: »Wenn Beyond es nicht für den europäischen Markt macht, macht es das woanders. Brasilien oder so. Und was passiert dann? Genau: Wir importieren es für viel Geld. Überseeflüge. CO_2. Den Leuten ist es scheißegal, wann die Zeit für Tomaten ist oder Paprika. Sie wollen sie einfach immer. Und danach gehen sie auf die Straße und demonstrieren gegen die Abholzung im Amazonas. Oder sie echauffieren sich bei Facebook gegen alles Mögliche, Assanges Haft, Ausbeutung von Näherinnen in Bangladesch – und kaufen dann morgen ihr Shirt bei Primark –, sie sind rund um die Uhr alarmiert, aber ihre Empörung reicht nicht für mehr als einen Mausklick. Das war's dann. Überfischung im Netz disliken und danach ein Thunfischsteak mit Freunden essen. Und für drei Tage in den Kurzurlaub fliegen.

Chinas Führung macht Beyond schon länger Avancen. Die EU hat dagegengehalten. Die KP in China weiß, dass die Überbevölkerung auf uns alle zurollt. Die treffen *jetzt* ihre Maßnahmen, nicht erst, wie in Europa üblich, wenn das Kind in den Brunnen gefallen ist. Wollen Sie denen Fairy überlassen? Einer lupenreinen Diktatur?

Darum geht es hier, Senhora Graciana, und nicht darum, ob es ein paar missgebildete Kinder gibt.«

Er war ein Fachmann für Gesichtsausdrücke. Sie lesen zu können, verschaffte ihm einen Informationsvorteil. Und das war alles, woraus das 21. Jahrhundert gestrickt war: Information. Und Vasco sah, dass sie zwar keinesfalls überzeugt war – aber seine Worte ihre Wirkung nicht verfehlt hatten.

»Sie möchten mir sagen, dass die Welt komplex ist?«

Er nickte.

»Ich möchte nicht in einer Welt leben, in der eine Frau, die die Wahrheit sagt, wie eine Verbrecherin gejagt wird, und man Verbrecher wie Beyond schützt – und das damit rechtfertigt, dass die Welt komplex ist. Ich fürchte, auf Dauer machen Pragmatiker wie Sie das Rennen. *Heute* machen Sie es jedenfalls nicht.«

Nos ossos que aqui estamos pelos vossos esperamos.

Das stand in schwarzer Schrift über dem Portal der Kapelle, die von Touristen rege besucht wurde.

Unsere Knochen, die hier sind, warten auf eure.

Eine kleine Erinnerung an die Sterblichkeit. Leander und Zara standen gegenüber des Kapelleneingangs und warteten hier. Busladung um Busladung strömte in die Capela dos Ossos, einem vergleichsweise kleinen Raum.

Hier blickte man dem Tod direkt ins Gesicht.

Im 16. Jahrhundert war es auf den Friedhöfen in Évora ein wenig eng geworden, und so exhumierte man die Verblichenen und errichtete aus ihren Knochen diese Kapelle. Säulen aus Schädeln, die die Lebenden aus dunklen Höhlen zu mustern schienen. Die Wände, die Decke, die Säulen – allesamt aus Skeletten. Nur der Boden war mit schweren schwarzen und hellen Steinplatten ausgelegt.

Nos ossos que aqui estamos pelos vossos esperamos.

Unsere Knochen, die hier sind, warten auf eure.

»Das ist voll gruselig«, sagte Zara, die nur einen Blick von hier draußen ins Innere warf, wo sich im Augenblick Asiaten lächelnd, aber nachdrücklich um die besten Plätze für ihre Selfies drängelten.

»Ich denke, das erdet«, entgegnete Leander und warf sich noch eine Tablette ein.

Zara hatte ihm aus einer Apotheke Verbandszeug und Desinfektionsmittel besorgt. Und die Tabletten. Er ließ den linken Arm sichtlich hängen.

»Erdet?«

»Der Anblick setzt Dinge ins Verhältnis. Ich finde das hilfreich.«

»Ah ja.«

Für Zara war es eine schauerhafte Vorstellung, dass man die Überreste der Toten aus ihren Gräbern geholt und sie als Wanddekoration benutzt hatte.

Für Leander war es Mahnung, sich auf Wichtiges zu fokussieren. Als er die Kapelle damals mit Soraia während einer ihrer wenigen gemeinsamen Ausflüge betreten hatte, hatte die sich enger an ihn geschmiegt. »Lange mag ich hier drinnen nicht bleiben«, hatte sie gesagt.

Daraufhin hatte Leander die anderen Besucher beobachtet: Tatsächlich hielt sich hier niemand länger auf – er stoppte es – als im Mittel vier Minuten. Ungläubiges Staunen, manchmal Befremden, immer Erschauern, ein paar Fotos, und dann schnell wieder hinaus.

Es gab ja Menschen – vor allem Paare –, die für den Fall einer Trennung durch höhere Gewalt einen Treffpunkt vereinbarten. Die Literatur über den Zweiten Weltkrieg etwa war voll davon. Nach einer Flutwelle, einem Erdbeben (Portugal konnte davon schließlich ein Lied singen, ein trauriges, natürlich, so wie alle Lieder hier), einer Flucht, dem Einschlag eines Meteoriten und so weiter und so fort, Leander konnte locker zwei Dutzend Szenarien aufzählen, die eine Umwelt hinterließen, in der die Telekommunikation am Boden lag. Vom Internet ganz zu schweigen. Und die Infrastruktur auch.

Die Überlebenden würden sich an bestimmten Hotspots versammeln, wo sie Zugang zu Wasser und Nahrung hatten, zu medizinischer Versorgung. Die Capela dos Ossos bot nichts davon. Niemand hätte nach einer Katastrophe Anlass hierherzukommen. Oder würde das aus freien Stücken tun.

Deswegen hatte Leander Soraia diesen Ort vorgeschlagen, sollten sie sich einmal aus den Augen verlieren und sich ohne Zuhilfenahme moderner Technik finden müssen.

Selbst also, wenn man das Gespräch zwischen Antonio Rosado und ihm abgehört hatte, gab es auf der ganzen Welt nur zwei Menschen, die mit der Verabredung, sich an »ihrem« Platz zu treffen, etwas anfangen konnten: Soraia und ihn.

Und die kam jetzt durch das Hauptportal und sah ihn sofort. Sie lief auf ihn zu. »Le-an-der!«

Selbst, wenn sie ihn rief, klang sein Name aus ihrem Mund immer noch wie eine kleine Melodie.

Sie umarmte erst ihn, dann Zara. »Ich bin so froh«, sagte sie, und ihre Unterlippe zitterte dabei.

»Froh zu sein, bedarf es wenig und wer froh ist, ist ein König«, sagte Leander.

Soraia lachte und weinte gleichzeitig.

Da entfaltete sich in Leander ein neues, nie dagewesenes Gefühl: Ganz gleich, wo er Soraia getroffen hätte, er wäre immer zu Hause gewesen.

Es war das schönste Gefühl, das er je hatte.

Warum fahren die im Kreis? Das fragte sich gerade Alicia Mata.

Die GPS-Daten von Vascos Peilsender waren eindeutig. Er bewegte sich zwar auf unterschiedlichen Routen, aber immer um Évora herum. Wozu?

Sie rief Andrade an, der es sich in dem Büro der Kriminaltechnikerin in Faro bequem gemacht hatte.

»Gehen wir logisch vor«, sagte Andrade zu dem Sachverhalt, »die Festplatte ist zerstört. Sie haben keinen Zugriff auf die Studie. Wenn das, was da vor sich geht, nicht Vascos Plan ist, sondern die ihn als Geisel oder so benutzen …«

»Dafür haben sie ziemlich wenige Forderungen gestellt«, unterbrach Mata ihn.

»Verstehe. Aber dann macht die Sache keinen Sinn. Außer … die wissen was, was wir nicht wissen. Sie kommen im Augenblick nicht an die Studie, richtig?«

»Richtig. Die Kollegen in Spanien sagen, dass Beyond immer noch vom Netz ist. Keiner kommt rein, weder physisch noch digital. Damit hat niemand Zugriff.«

»Dann können sie nur noch auf jemanden hoffen, der Zugriff *hatte*«, schloss Lionel Andrade.

Und bei diesen Worten war es ihr sofort klar: »Santos und Brent waren Nebelkerzen. Mit Micky Maus auf den Sticks. Das war die Ablenkung. Und wenn das die Ablenkung war …«

»Dann gab es einen echten Kurier.«

»Vermutlich im gleichen Zeitfenster. Lionel, finde raus, wer bei Beyond noch gerade im Urlaub ist.«

Direkt danach wies sie die Kollegen an, Monsaraz zu räumen und das Fahrzeug mit Vasco an Bord zu stoppen und alle festzunehmen.

Das Kennzeichen des Wagens lautete 1208 OZE.

Wie von Paco via Carlos beschrieben, hatte der Diebstahl an einer Tankstelle kurz vor Évora stattgefunden, wie Isadora anhand der Aufzeichnungen dort feststellen konnte. Normalerweise hätte sie einen Antrag auf Einsicht stellen müssen, aber wegen der Dringlichkeit hängte sie sich mithilfe eines alten Bekannten aus Studientagen, der bei GALP Energia arbeitete, in das System der Tankstellenkette.

Paco Casado hatte sich dort austricksen lassen. Der Wagen fuhr ohne ihn davon.

Und er hatte die Sache nicht zur Anzeige gebracht. Polizisten hätten Fragen gestellt. Den Wagen vielleicht sogar gefunden. Ihn durchsucht – handelte es sich vielleicht um eine Drogengeschichte? Und dann hätten sie womöglich noch den Stick gefunden. Man konnte das alles als Industriespionage bewerten.

Was stand in Portugal darauf? Oder würde man ihn an Spanien ausliefern? Die Geschichten von unbescholtenen Bürgern, die in der Untersuchungshaft eines spanischen Gefängnisses gelandet waren, hörten sich nicht erquicklich an. Eine Episode also, auf die er in seinem Leben herzlich gerne verzichten konnte.

Isadora sah über eine Überwachungskamera an einer Kreuzung das Fahrzeug verschwinden und nur zwei Stunden später an der gleichen Kreuzung wieder auftauchen – jetzt aber mit einem portugiesischen Kennzeichen: IZ 17 HS.

Wie mit Carlos besprochen, rief sie daraufhin bei Graciana an: »Ich hab ihn.«

Graciana stoppte den Mercedes auf der Anhöhe eines Feldwegs neben dem ausladenden Dach einer Pinie. Sie hatten die Fenster unten, der warme Wind strich durchs Wageninnere.

»Was ist passiert? Wo ist der GNR-Posten von Ônibus?«

»Den gibt es nicht. Ich wollte meinen Leuten nur Zeit verschaffen. Dafür musste ich Sie aus dem Spiel nehmen, Senhor Vasco.«

Sie wartete seine Erwiderung nicht ab, sondern stieg aus und streckte sich, damit sie nicht länger neben ihm sitzen musste. Die Wärme unter der Pinie war herrlich. Sie brannte nicht, sie war nicht schwül, sie legte sich angenehm auf die Haut – dazu der kräftige Geruch der Nadeln. Würzig und aromatisch. Graciana setzte sich in den Schatten des Baumes und lehnte sich an den Stamm. Das alles in der hundertfachen Sinfonie der Zikaden.

Was für ein wundervoller Tag. Und was auch immer nun passieren mochte, mochte passieren. Ein Mensch im Einklang mit sich, erfasste sie hier im Schutz der Pinie, war immer gewappnet.

Von fern sah sie eine Staubfahne, die sich in die Luft erhob. Zwei Autos, die mit großer Geschwindigkeit einen Feldweg entlang rasten. Und die näher kamen. Graciana machte sich keine Illusionen. Sie entlud ihre Dienstwaffe und nahm auch die Kugel aus dem Lauf. Beides, Waffe und Magazin, legte sie neben sich ab.

Es war ein guter Tag. Ein guter Tag mit den richtigen Gefährten. Viel mehr konnte man nicht verlangen.

»Er heißt Paco Casado«, gab Lionel Andrade gerade durch.

Alicia Mata raste mit Blaulicht in Richtung Évora.

»Und weiter?«

»Arbeitet zwar nicht in derselben Abteilung wie Lucia Romero, hat aber an den gleichen Tagen Urlaub genommen wie Santos und Brent – und ist in Évora.«

»Wo?«

»In der Pousada Convento de Évora. Das ist …«

»Weiß ich.«

Vasco spürte, dass etwas anders war. Die Fähigkeit, kleinste Stimmungen zu erfassen und korrekt zu klassifizieren, war für seinen Job unerlässlich. Duarte wirkte distanziert.

»Haben Sie den Schlüssel für die Handschellen?«

»Nein.«

Vasco nickte. Die Antwort war ihm gleichgültig, er wollte nur Duartes Distanz klarer fassen.

»War Lost in Monsaraz?«

»Ja, im O Canto.«

»Was war mit ihm?«

»Er war verletzt. Am Arm.«

»Sie haben ihn nicht festgenommen.«

»Nein.«

»Warum nicht?«

»Das würden Sie nicht verstehen.«

»Kommen Sie«, sagte Vasco und bemühte ein joviales Lachen, »geben Sie mir eine Chance.«

»Er hat *Hilfe* gesagt.«

Vasco musterte den Mann genauer, um zu überprüfen, ob es sich vielleicht um einen subtilen Scherz handelte – tat es nicht.

»Das, ähm ... das verstehe ich nicht.«

»Das habe ich ja gesagt – ein Team ist ein Team, hm?«

In dem Moment stoppten die zwei Wagen und wurden von ihrer eigenen Staubfahne eingeholt. Die Zivilpolizisten sprangen heraus und nahmen Duarte und Graciana fest.

»Warum haben Sie uns nicht informiert?«, erkundigte Carlos sich in einer Mischung aus Empörung und Enttäuschung. Er ging sehr zügig durch die mittägliche Hitze der Stadt, Leander Lost neben ihm.

Der Alemão war mit Soraia und Zara in dem Augenblick in der Pousada eingetroffen, in der die Nachricht von Isadora eintraf. Carlos ließ Soraia und Zara in der Obhut von Senhor Gérard und machte sich mit Lost und Paco Casado auf den Weg zu den Diebinnen.

Paco musste alle paar Meter wegen des Tempos einen kleinen Trippelschritt einlegen, um nicht hinter den beiden zurückzufallen.

»Weil ich das Gesetz brechen musste.«

»Ach, kommen Sie? Vertrauen Sie uns so wenig? Wir legen das Gesetz ständig neu aus. Man kann mit einem Lineal keine Regenbögen messen, so sagen wir hier«, log er und fand, es war gar kein schlechtes Sprichwort, das er da einfach so aus dem Hut gezaubert hatte. Während Paco nur darin bestätigt wurde, dass die Portugiesen wirklich seltsame Redewendungen pflegten. Denn auch dieses machte überhaupt keinen Sinn. Und Lost hatte sich die Redewendung im Geist notiert.

»Es ging hier nicht um Auslegungen, es ging um einen bewussten Bruch. Sie hätten suspendiert und verurteilt werden können, wenn Sie verschwiegen hätten, wo ich mich aufhalte. Ich wollte nicht, dass Sie sich meinetwegen dazu verpflichtet fühlen könnten.«

»Ihretwegen? Schulden wir Ihnen was?«

»Nein, keinen Cent.«

»Ich meine das nicht wirklich … was ich sagen will: Wie kommen Sie darauf, dass wir das für Sie riskiert hätten, hm?«

»Weil ich es für Sie auch getan hätte.«

Manchmal machte er einen stumm. Und es ärgerte Carlos Esteves ein wenig, dass er jetzt auch noch kurz schlucken musste, obwohl er das nicht wollte. »Überlassen Sie doch einfach nächstes Mal uns selbst die Entscheidung.«

»Gut.«

»Wir können die Folgen nämlich auch abwägen.«

»Ja. Nur nicht so zügig wie ich.«

Carlos hatte auch dafür keine Antwort parat, aber Losts Bemerkung verärgerte ihn, weil sie vermutlich zutraf. Zum Glück hatten sie die Adresse erreicht: Rua não Existencia No. 7. Ein flacher, nach vorne fensterloser, weiß verkalkter Bau mit einer sattgrünen Holztür. Und, wie seit der Diktatur bis 1974 üblich, ohne Namensschildern an den Klingeln.

Carlos hielt sich gar nicht erst mit der Suche nach der richtigen Klingel auf, sondern hämmerte gegen die Tür. Das entsprach seiner Gemütsverfassung.

Es dauerte entgegen seiner Erwartung keine zwei Wimpernschläge, bis die Tür von einem großen jungen Mann mit nacktem Oberkörper geöffnet wurde. Die Haare fielen ihm halblang auf die Schultern, er trug ein Grinsen im Gesicht und eine Zigarette. Er sah sehr sehnig aus. Man sah ihm die Sit-ups und die Hantel-Übungen an. Hinter ihm führte ein langer Flur ins

Innere, von dem rechts und links die Zimmer abgingen. Aus einem von ihnen plätscherte Musik durchs Haus. Und die gedämpften Stimmen von Frauen, die miteinander sprachen. Außerdem schlug Esteves satter Haschischgeruch entgegen.

»Was geht, Bruder?«

Er wollte schon etwas entgegnen wie: *Alles easy, Bro*, aber er fand das lächerlich. »Mein Name ist Carlos Esteves. Ich suche Leticia und Izabel Martins.«

»Nicht hier.«

»Und wo kann ich die finden?«

»Woanders. Adeus.«

Der Mann wollte die Tür schließen, aber Carlos stellte den Fuß vor die Zarge. Also öffnete er sie wieder.

»Es ist dringend«, erklärte Carlos.

Paco hinter ihm nickte.

»Uns würde schon helfen, wenn Sie uns sagen könnten, wo wir eine der beiden finden, Senhor …«, schob Lost nach: »Wie heißen Sie denn eigentlich?«

»Sie sind nicht hier. Und jetzt haut ab.«

Carlos sah über die Schulter und deutete zwischen Lost und Paco hindurch: »Schauen Sie mal, der Kranich.«

Lost und Paco sahen sich um – aber da, wo der Kranich hätte sein sollen, sahen sie nur die Straßenflucht und zwei alte Frauen, die von Fenster zu Fenster miteinander sprachen. Dafür hörten sie zweimal hintereinander eine Art dumpfes Klatschen, gefolgt von einem Stöhnen und Poltern. Und als sie wieder nach vorne blickten, war der junge Mann mit aufgeplatzter Lippe mit dem Rücken an der Tür zu Boden gerutscht, wo er nun leicht betäubt saß.

»Schwächeanfall«, sagte Carlos, »ist zweimal gegen den Türrahmen gestolpert.«

Und schon war er über *den Bruder* hinweggestiegen.

Danach ging alles sehr schnell: Eine der beiden flüchtenden Frauen fasste er, und unter großem Gejammer und Gezeter – nur unterbrochen von ein paar Drohungen – führte sie sie in einen Innenhof, wo sieben Autos standen, an denen Lackiererarbeiten stattgefunden hatten und die nun zum Teil abgedeckt waren.

In einem von ihnen erkannte Paco zu seiner großen Freude seinen Citroën wieder. »Das ist er.«

»Wo ist der Stick?«

»Im Behälter für das Scheibenwischerwasser.«

»Holen Sie's.«

Paco griff nach der Klinke an der Fahrertür. »Abgeschlossen.«

Carlos, der die junge Frau – vermutlich Izabel Martins – am Oberarm festhielt, packte fester zu. Sie wirkte benebelt.

»Wo ist der Schlüssel?«

»Ich weiß nicht«, erklärte sie lahm, »vielleicht in der Kommode in der Küche. Der blauen Kommode. Oder Jean hat ihn mitgenommen.«

»Jean? Wo ist der?«

»Ich weiß nicht, er wollte noch einkaufen.«

Carlos ließ sie los und schlug mit dem Knauf seiner Pistole kurzerhand die Seitenscheibe ein, er griff durch das frisch entstandene Loch hindurch und entriegelte die Motorhaube.

Anschließend fischten Paco und er den Stick aus dem Wasserbehälter. Der kleine Datenspeicher selbst war mehrfach von Folie umwickelt und verklebt.

»Da ist ganz bestimmt die Studie drauf?«

»Ganz bestimmt«, versicherte Paco Casado ihm.

35.

Daniel Vasco ließ die Beamten an den Eingängen zurück und betrat in Begleitung von Duarte, Graciana und seinem »Terrier« Alicia Mata den Barbereich, wo er auf Carlos Esteves und Leander Lost stieß, denen der Bartender gerade im Shaker einen Cocktail mixte.

»Wo ist Paco Casado?«, fragte Alicia Mata.

»Das spielt keine Rolle mehr«, antwortete Carlos gelassen, »die Studie ist in der Öffentlichkeit.«

»Das wüssten wir«, gab Mata zurück.

In dem Augenblick gab Vascos und dann wie ein Echo darauf auch das Smartphone von Mata einen dezenten Ton von sich. Beide beschlossen sie, nicht darauf zu reagieren, aber dann folgten vereinzelt weitere Töne und schließlich ein ganzes Stakkato.

Vasco musste nur einen kurzen Blick auf all die eingehenden Meldungen werfen.

Lebensmittelskandal in Spanien. Vergiftetes Brexit-Geschenk aus London. Ungeborene Babys in Gefahr.

Eine lange Liste unschöner Schlagzeilen diverser Nachrichtenagenturen, die jetzt im schnellen Takt eintrudelten. Er seufzte und schaltete sein Smartphone aus.

»Darknet, internationale Presse, Bellingcat, die europäische Gesundheitsbehörde, Ärzte ohne Grenzen und noch so einiges mehr – ganze Arbeit. Isadora Jordão?«

»Wir haben ihr die Studie vor ein paar Minuten gemailt«, bestätigte Leander Lost seine Annahme.

Vasco nickte erneut, sah dann zu Carlos, Duarte, Lost und schließlich zu Graciana Rosado. In seinem Blick lag Anerkennung.

»Der Tag heute geht an Sie, Senhora. Und Ihr Team.«

TAG SIEBEN

36.

Es roch nach Salz und dezent nach Algen. Und jetzt, als die Sonne einen letzten Gruß übers Wasser schickte, kamen die bunten Lampions auf der großen Terrasse erst voll zur Geltung. Die Paare in ihren Anzügen und Abendkleidern bewegten sich scheinbar lautlos.

Die Friseure und Schneider in und um Fuseta hatten alles gegeben, und wenn einer der Abiturienten sich nicht früh genug bemüht hatte, hatte er heute mithilfe seiner Familie nach Olhão und Tavira ausweichen müssen. Aber auch dort feierten die Abiturklassen heute ihren Abschied von der Schulzeit und ihren Übergang in die Erwachsenenwelt.

Die Klasse in Fuseta hatte sich das »Dolce« ausgesucht, ein großes Lokal direkt an der Ria Formosa mit einer sagenhaften Terrasse. Ihre Holzstufen führten direkt in den Sand und zu den Prielen und den Salinen, und man musste kein Glück haben, um den Flamingos beim einbeinigen Einschlafen zuzusehen, sie lebten hier.

»Wow, Carlos, bist du das?«, neckte Graciana Rosado den Mann im Smoking, der – wo sonst – an der Theke stand und sich gerade ein Bier reichen ließ. Er war frisch rasiert und hatte offenbar auch noch einen Friseurtermin erwischt. Ein Mannsbild in einem Smoking.

Carlos Esteves drehte sich zu ihr um und wollte etwas Lässiges erwidern, aber dann sah er sie in diesem zeitlosen

Audrey-Hepburn-Kleid, das fast knielang war. Mintgrün und ärmellos. Dazu eine schlichte Kette und die Haare hochgesteckt, sodass ihr Hals wunderbar zur Geltung kam. Es verschlug ihm die Sprache. So sehr, dass es Graciana fast unangenehm war.

»Ich weiß, es passt nicht zu mir.«

»Aber …«

»Ich hätte es wissen müssen.«

Schon griff sie hinter ihren Kopf, um sich die Haare zu öffnen.

»Nein, lass.«

Sie hielt in der Bewegung inne und sah Carlos in die Augen. Er senkte den Blick nicht.

»Du siehst ganz wunderbar aus. Nichts ändern.«

Langsam senkte sie die Hand.

»Ich vertrau dir, Carlos Esteves.«

»Das kannst du.«

Nur wenige Meter entfernt standen Soraia Rosado und Leander Lost. Er wie gewohnt im Anzug mit weißem Hemd und Krawatte – nur auf die Espadrilles hatte er auf Soraias Wunsch heute Abend verzichtet und stattdessen jene schwarzen Halbschuhe angezogen, die er bei seiner ersten Ankunft in Portugal getragen hatte. Sie trug dasselbe Kleid wie Graciana, nur in einer bordeauxroten Variante. Die Erfahrung, die Carlos eben gemacht hatte, blieb Leander allerdings verwehrt, denn in Leanders Augen waren Kleidungsstücke Kleidungsstücke. Für ihn machte es nur einen Unterschied, ob jemand angezogen war oder nicht.

Toninho und Zara kamen mit einem Disco Fox vorbei. Er mit einem Anzug, der etwas aus der Mode war (aus dem Nachlass seines Vaters), sie im kleinen Schwarzen. Die Rosado-Schwestern bemerkten, wie einige Augenpaare der Gäste dem Paar folgten, das wiederum nur Augen für sich selbst hatte. Heute Nacht endlich würde es zu seiner verschobenen Tour mit dem Magellan aufbrechen.

Die Abiturienten hatten ihre Partner und Partnerinnen mitgebracht und ihre Eltern. Woraufhin Zara sie vier gebeten hatte, ihre Familie zu sein.

Ein Wunsch, dem sie gerne entsprachen. Sie hatten selbst was zu feiern: Gerade heute hatten sie erfahren, dass man sie weder dienstlich noch zivilrechtlich belangen würde.

Der DJ, den man engagiert hatte, griff am Ende des Songs zum Mikro: »Und nun möchte ich die jungen Damen bitten, ihre Väter zum Tanz aufzufordern – und die Herren Abiturienten ihre Mütter.«

Während die Terrasse in Bewegung kam, Eltern die Tanzfläche betraten und Freundinnen und Freunde sie verließen und an der Theke Getränke orderten oder mit Blick auf die Ria Formosa eine rauchten, startete Annie Lennox ein – *A Whiter Shade Of Pale*.

Die ersten Paare bildeten sich und begannen zu tanzen. Manche etwas unbeholfen, andere geübter. Zara stand kurz irritiert auf der Tanzfläche. Toninho bot ihr mit einem Lächeln seinen Arm an, um sie über den Moment zu retten, aber sie schüttelte den Kopf. Und hob den Blick. Mit einem Mal war es ihr klar.

Zara ging zu Leander und blieb vor ihm stehen. Und als er nicht begriff, reichte sie ihm die Hand. Soraia biss sich auf die Unterlippe, und Graciana und Carlos erstarrten, weil sie Zara ansahen, welches Gewicht sie dem beimaß.

»Ich bin nicht dein Vater.«

Ihre Hand blieb in der Luft. Da war nichts Verkniffenes in ihrer Miene, sondern ein sanftes Lächeln, jetzt, da sie sich sicher war.

Dann endlich nahm Leander ihre Hand, und sie mischten sich unter die anderen und begannen zu tanzen. Davon abgesehen, dass die Algarve nie einen ungelenkeren Tänzer gesehen hatte, vollführte Leander die Schritte korrekt. Nur eben wie ein Cyborg.

Was Zara nicht störte. Sie legte ihren Kopf seitlich an seine Brust, schloss die Augen und hielt ihn fest. Und wurde festgehalten. Sie wünschte, der Tanz würde niemals enden. Und auf gewisse Weise tat er das nicht.

37.

Nachdem Zara noch ein Netz mit Proviant im Magellan untergebracht hatte, fehlte nichts mehr, und um 2:49 Uhr (Lost schaute auf seine Armbanduhr), verließen sie und Toninho, zu beiden Seiten aus den Fenstern winkend, den Platz vor der Casinha der Villa Elias.

Ein paar Augenblicke später waren sie nur noch ein Paar Rücklichter, das wenig später zu einem Einzigen verschmolz und schließlich ganz in der Nacht verschwand.

Leander empfand dabei ein merkwürdiges Ziehen in der Brust, das zunahm, je weiter der Magellan sich von ihm entfernte.

Soraia stand neben ihm, den Kopf etwas in den Nacken gelegt. Aber sie schaute gar nicht in die Sterne, denn sie hatte die Augen geschlossen. Aber ihre Grübchen waren deutlich zu sehen – sie lächelte.

»Warum freust du dich?«

»Weil du da bist, Leander.«

Da nahm er sie an die Hand und führte sie barfuß über die Pflastersteine, die selbst jetzt noch sanfte Wärme abstrahlten. Er führte sie vorbei an dem blühenden Oleander zum Pool. Hier brannte zwar kein Licht und keine Kerze, aber die Sterne spiegelten sich in dem Wasser.

Leanders Spitze des Zeigefingers tippte in schnellem Rhythmus gegen den Daumen und er benetzte seine Lippen. Soraia war mit den Symptomen seiner Unruhe wohl vertraut. Nur den Grund für die aktuelle kannte sie nicht.

»Ich möchte dich etwas fragen.«

»Ja, gerne.«

Er nickte und sammelte sich kurz.

»Wir müssen dazu unsere Sachen ausziehen.«

»Oh lala«, neckte sie ihn, aber ihm war es ernst. Seltsam ernst.

Schon schlüpfte er aus seinem Jackett und knöpfte sich das Hemd auf.

Mit zwei Griffen sorgte sie dafür, dass das Kleid einfach an ihr hinab zu Boden sank und nun um ihre Füße herum ein kleines Knäuel bildete.

Leander staunte, und das war die Wirkung, auf die Soraia gehofft hatte.

»Enorm zweckmäßig«, kommentierte er den Anlass seines Staunens. Soraia musste über sich selbst schmunzeln, um ein Haar hätte sie den Kopf über ihre Naivität geschüttelt.

Einige Augenblicke später standen sie sich splitternackt gegenüber.

Gerade wollte Soraia mit der Frage ansetzen, was jetzt zu tun sei, schluckte sie aber angesichts seiner ernsten Miene herunter.

Stumm reichte er ihr die Hand, die sie nahm. Langsam führte er sie über die vier Stufen hinab in den Pool. Das Wasser war wärmer als gedacht. Es war dunkel, auf andere hätte es vielleicht bedrohlich gewirkt und fremd. Aber Soraia wusste um die Bedeutung des dunklen Pools für Leander. Abzutauchen ins lautlose Nichts und sich dort geborgen zu fühlen. Für ihn war die Dunkelheit unter Wasser sein intimstes Refugium.

Entsprechend wich mit jedem Schritt hinein ins Wasser auch seine Unruhe.

Er blieb stehen und sah sie an.

Ohne etwas zu sagen ließ er sich unter die Wasseroberfläche sinken, und da sie über die Hände immer noch miteinander verbunden waren, tauchte sie mit ihm. Sie sanken auf den Grund.

Die Fußsohlen voran, die die Kacheln spürten. Dann folgte der Rest ihrer Körper, und mit angezogenen Beinen gingen sie beide in die Hocke.

So blieben sie und verharrten. Nur ab und zu stiegen kleine Luftbläschen aus ihren Mundwinkeln zur Oberfläche empor.

Und im Schein des Mondes sah sie, wie Leander die Augen schloss. Sie tat es ihm gleich. In dem Augenblick wurde ihr unglaublich warm, es war, als umgebe und durchdringe sie plötzlich ein angenehmes elektrisches Feld. Denn sie wusste jetzt, was die Frage war.

Soraia stieß sich vom Poolgrund ab. Zusammen mit Leander durchbrach sie die Wasseroberfläche und strahlte, aber ihre Augen waren todernst.

»Ja«, sagte sie, »ich will.«

Und jetzt lächelte er auch.

EPILOG

Jack Brents Leiche wurde nach England überführt und dort beigesetzt.

Dale Cooper wurde des Mordes an ihm für schuldig befunden und zu über 20 Jahren Freiheitsstrafe verurteilt. Seine Mittäter konnten nicht identifiziert werden.

Cooper selbst entkam bei einer Überführung nur drei Monate später, weil es ihm gelang, zwei Wachmänner zu überwältigen.

Er ist bis heute flüchtig.

Keiner der Mitarbeiter in der Polícia Judiciária in Faro wurde strafrechtlich oder disziplinarisch verfolgt. Im Gegenteil: Vom Innenministerium erhielten sie als Anerkennung für ihr außergewöhnliches Engagement in dem Fall eine Dankesurkunde (als Gruppenausfertigung).

Vascos Team wurde in den Medien europaweit dafür gefeiert, dass sie einen Lebensmittelskandal aufgedeckt und die Bevölkerung geschützt hatten. Die Europäische Behörde für Lebensmittelsicherheit verweigerte Beyond die Zulassung von *Fairy* für den europäischen Markt.

Beyond gründete ein Tochterunternehmen in Südamerika, wo laut hausinterner Pressemeldung »*Start-ups nicht mit rigiden gesundheitlichen Vorschriften erstickt werden*«.

In den Brexit-Verhandlungen führte die Aufdeckung des *Fairy*-Skandals dazu, dass den Verhandlern um Michel Barnier ein Trumpf in die Hände gespielt wurde, mit dem sie den Briten wichtige Zugeständnisse beim Gezerre um die nordatlantischen Fischereirechte abtrotzen konnten.

Beyond brachte vier Monate nach den Vorfällen in Portugal zunächst in Argentinien das Düngemittel *Hada* auf den Markt und kündigte für den asiatischen Markt ein Joint-Venture für *Hada* mit Peking an.

Antonia Santos wurde nicht nach Großbritannien ausgeliefert, denn London ließ mitteilen, den Behörden sei wohl eine Verwechslung unterlaufen. Sie verließ das Gefängnis in Faro als freie Frau und nahm sich zusammen mit Lucia Romero eine Auszeit.

Ein paar Monate später schickten die beiden eine Dankespostkarte an Leander. Sie war in Argentinien aufgegeben worden.

Nach dem fulminanten Start seiner Krimireihe um Leander Lost, den so ungewöhnlichen wie liebenswerten Hamburger Kommissar in Diensten der portugiesischen Polícia Judiciária, führt uns Gil Ribeiro nun in einen äußerst spannenden Fall, dessen Hintergründe um die koloniale Vergangenheit Portugals kreisen.

Mitte Juli. An der Algarve herrscht brütende Hitze, als plötzlich zwei Morde, deren Opfer auch auf den zweiten Blick anscheinend nicht miteinander in Verbindung stehen, dem Team um Leander Lost Rätsel aufgeben. Bis der Sohn eines Drogenbosses, der im benachbarten Spanien seit zehn Jahren im Gefängnis sitzt, in Fuseta auftaucht ...

Ganz Fuseta freut sich: Leander Lost, der so ungewöhnliche wie liebenswerte Austauschkommissar aus Deutschland, darf weiter in Diensten der portugiesischen Polícia Judiciária ermitteln – und seine Freundin Soraia Rosado zieht zu Lost in die Villa Elias. Doch die sommerliche Idylle wird jäh gestört, als im Hinterland der Algarve eine Autobombe explodiert und eine Filiale der Crédito Agrícola in die Luft jagt …